D1832605

उम्रक़ैद

उम्रक़ैद

महाश्वेता देवी

अनुवाद
सुशील गुप्ता

वाणी प्रकाशन

वाणी प्रकाशन
4695, 21-ए, दरियागंज, नयी दिल्ली 110 002
शाखा
अशोक राजपथ, पटना 800 004
फ़ोन : +91 11 23273167 फ़ैक्स : +91 11 23275710
www.vaniprakashan.in
vaniprakashan@gmail.com
sales@vaniprakashan.in

URMAQAID
by Mahashweta Devi
Translated by Sushil Gupta
ISBN : 978-935000-322-0
Novel

© लेखिकाधीन

संस्करण 2008, 2012
आवृत्ति 2018
मूल्य : ₹195

इस पुस्तक के किसी भी अंश को किसी भी माध्यम में प्रयोग करने के लिए प्रकाशक से लिखित अनुमति लेना अनिवार्य है।

रजौरिया प्रिंटर्स, दिल्ली-110 093 में मुद्रित

वाणी प्रकाशन का लोगो मक़बूल फ़िदा हुसेन की कूची से

यह किताब क्यों?

मेरी ज़िन्दगी में ढेरों काम हिसाब-बाहर ही होते हैं। अनगिनत काम-अकाम करते-करते दिन गुज़रते जाते हैं। उन सब कामों में, लिखने का ढेरों मसाला भी ज़रूर होता है, मैं ही नहीं लिखती। वजह यह है कि जिन लोगों के साथ मैं काम करती हूँ, उन लोगों को लेखन की विषय-वस्तु बनाना हमेशा सम्भव नहीं होता। उन पर लिखना, उनका अपमान करना होता है।

कभी, किसी वक़्त, कुछ लोगों को उम्रक़ैद की सज़ा मिली, लेकिन मीयाद ख़त्म हो जाने के बाद भी उन्हें रिहाई नहीं मिली। ऐसे चन्द लोग, जब आवेदन करते हैं, तो मैं उन लोगों की थोड़ी-बहुत मदद करने की कोशिश करती हूँ। आजकल आजीवन का मतलब, बीस वर्ष की क़ैद नहीं, बल्कि सचमुच आजीवन क़ैद है। ख़ैर, यह मेरे लिए सुनी-सुनाई ख़बर है। यह कहाँ तक सच है, मुझे नहीं पता। दो साल पहले तक, इसका मतलब था, बीस साल की क़ैद। जेल-अधिकारी आजीवन सज़ा झेलते हुए क़ैदियों के चाल-चलन और बर्ताव से सन्तुष्ट हुए, तो वे लोग चौदह साल बाद, न्याय-मन्त्रालय को उनकी मुक्ति की सिफ़ारिश करते थे। सिफ़ारिश भेजने के बाद भी, जिन लोगों को रिहाई नहीं मिलती थी, वे ही क़ैदी किसी तरह, मुझसे आवेदन करते थे। मैं उन लोगों के पक्ष में न्याय-मन्त्रालय को बण्डल-बण्डल तालिका भेजती रहती थी। बस, यहीं तक! मेरी दौड़, कोशिश करने भर की थी।

असल में, 'लाइफ़र' के बारे में मेरी धारणा काफ़ी अस्पष्ट थी। मुक्त हुए लाइफ़र लोगों से ही पता चला कि बीस साल को चौदह साल तक उतार लाने के भी ढेरों नियम मौजूद हैं। मसलन, स्वेच्छा से बार-बार रक्तदान; जेल में साँप निकल आये, तो साँप मारना; कोई दुर्घटना हो जाये तो उसके लिए काम करना, वग़ैरह-वग़ैरह! इसके अलावा भी जेल-गाथा के अनेक रहस्य हैं। किसी-किसी लाइफ़र ने ऐसी-ऐसी कहानियाँ भी लिखी हैं कि मैं सिर्फ़ सुनती रही हूँ। जो सब मामले, जेल-जीवन में, स्थायी तौर पर कायम होकर, नसों में समा गये हैं, वह सब जानने के लिए, फ़ुर्सत की ज़रूरत होती है, जो सम्भव नहीं है।

मेरी कहानियाँ लाइफ़र क़ैदियों के जीवन के बारे में नहीं हैं। कम-से-कम सीतेश और अबीर की कहानी के सन्दर्भ में, यह बात बिलकुल सच है। हाँ, अन्ना की कहानी ज़रूर फ़र्क है।

अपने कमरे में बैठे-बैठे ही, मैंने लाइफ़र क़ैदियों के बारे में, एक बात, बार-बार सुनी है। मध्यवित्त और अन्यान्य वर्ग के लोग (उच्चवित्त नहीं। उच्चवित्त के लोग क्षमतावान होते हैं, उनके लिए तो हर कोई मौजूद होता है) इन अपने लोगों की मुक्ति के लिए, किस कदर आकुल-व्याकुल होते हैं। एक मुसलमान किशोर था। झूल-झाड़न, पंखों के झाड़न वग़ैरह बेचता था और अपने बाप के लिए हाहाकार करता रहता था। जब तक उसका बाप रिहा नहीं हुआ, तब तक कई-कई बार झूल-झाड़न मैं ख़रीद-ख़रीदकर बाँटती रही। मैंने यही देखा है कि अधिकांश लोग, अपनों की रिहाई के लिए आकुल-व्याकुल रहे।

मैंने यह भी देखा है कि ढेरों लोग उम्र-क़ैद की सज़ा झेलते रहे, पैरोल पर बाहर आते रहे, दुबारा जेल में लौटते रहे।

ऐसा भी हुआ है कि कुछ लोग पूरी सज़ा काटकर निकल आये हैं और अपनी पुरानी मेहनत-मशक्कत की ज़िन्दगी में लौट गये हैं या फिर कोई नयी जीविका खोज ली है।

सीतेश और अबीर से जुड़ी मेरी कहानी बिलकुल अलग तरह की है। जो लोग निम्न-मध्यवित्त तबके के हैं (आजकल मध्यवित्त वर्ग का भी वार्षिक उपार्जन बिलकुल अलग तरह का है) उन्हें अपने पुराने मुहल्ले में ही लौटना पड़ता है; वहीं रहना-सहना भी होता है। उन लोगों के मामले में, उनके साथ-साथ उनके अपनों को भी उम्र-क़ैद की सज़ा झेलनी पड़ती है। ये लोग ग़ैर-राजनीतिक बन्दे होते हैं। इन लोगों के लिए हत्या के ज़ुर्म के पीछे, कोई आदर्शवाद या ऐसी कोई प्रेरणा भी नहीं होती, इसलिए ख़ास सख़्त-समर्थ भी नहीं होते। 'लाइफ़र' के रूप में उनका अवतरण उनके अपने लोगों के जीवन में भी, सैकड़ों सवाल खड़े कर देते हैं। मूल्यबोध और स्नेह-ममता कहती है कि सन्तान/भाई/बड़े भाई/मालिक—इनसे आप इनकार नहीं कर सकते। लेकिन उनके साथ रहना-सहना भी ख़ास आसान नहीं होता। मैं ऐसे भी कुछेक लोगों को जानती हूँ, जिन लोगों ने अपने सगों को मुक्ति दे दी और अपना नाम बदलकर, नये परिचय के साथ कहीं और चले गये। यानी इन लोगों को जन्मान्तरित होना पड़ा है। जिन दिनों वे लोग जेल गये थे और जिन दिनों वे लोग लौट कर आये, इस बीच समाज असम्भव रूप से बदल चुका था। हालाँकि वे लोग ज़्यादा हद तक बदले हुए नहीं होते, क्योंकि बाहरी दुनिया से उनका रिश्ता-नाता टूटा हुआ था।

मुमकिन है, किसी दिन ऐसी सहज-सरल कहानी न लिखी जाये, बल्कि कोई लेखक बहु-स्तरीय कहानी लिखने की सोचे, जिसमें हत्यारे, हत्यारे के परिवार, मृतक के परिवार—कहानी में उन लोगों के बारे में भी लिखा जाये। वर्तमान कहानियों में मृतक लोगों को 'मृत्युयोग्य' कहें, तो चल जाता है। वैसे टापू ऐसा नहीं है। हत्या, हत्यारा—कौन,

क्यों वग़ैरह के बारे में, किसी ज़माने में मैंने काफ़ी कुछ लिखा है। 'घातक' उसी स्तर की यह रचना, सबसे बड़े सच के सर्वाधिक करीब है। उस कहानी की आख़िरी पंक्ति थी—'असली हत्यारा कभी भी हाथ में छुरा नहीं पकड़ता।' आज के समाज के नियन्ता ही, उसी किस्म के असली हत्यारे हैं। उन लोगों के बारे में भी मैंने कुछ-कुछ लिखा है। अब उस विषय से मन उचाट हो गया है। अब मन उन विषयों पर दुबारा लौटेगा या नहीं, पता नहीं।

इसमें अन्ना की कहानी बिलकुल अलग किस्म की है। वह सीतेश या अबीर की क्लास की नहीं है, वह दूसरी ही क्लास की औरत है। इस कहानी की पृष्ठभूमि काल्पनिक है या सच्ची, मुझे नहीं लगता कि यह बताने की कोई ज़रूरत है। इन लोगों के समाज में औरत महज़ गोश्त का टुकड़ा होती है। इसलिए उनकी ख़रीद-फ़रोख़्त होती है और यह बात बहुतेरे लोग जानते हैं। आजकल तो पहली दुनिया ही तीसरी दुनिया में कच्ची उम्र के लड़के-लड़कियों के ज़रिये यौन-कर्म उद्योग को प्रमोट कर रहे हैं। पहले कुछ-कुछ दबा-ढँका था, लेकिन अब, वह सब फूँक में उड़ाकर, यौन-कर्म को वृहद् उद्योग में परिणत करने का इन्तज़ाम भी लगभग पक्का हो चुका है। मुझे तो यह पता चला है कि एशिया के कई-कई देशों में यह धन्धा काफ़ी गहरे जड़ जमा चुका है। भारत क्या बच सकेगा? या 'सेक्स-टूरिज़्म' के जाल में जा फँसेगा, नहर काटकर, ख़ुद ही मगरमच्छ को घर ले आयेगा। इस बारे में हमें ही सोचना होगा। मेरा ख़याल है कि नाबालिग़ यौनकर्मियों का धन्धा, कानून में निषिद्ध है और यह दण्ड-योग्य ही रहेगा। शुक्र है कि, इस बारे में इतना-सा कानून मौजूद है। वैसे कानून को तुच्छ करके, अँधेरे की दुनिया में यह धन्धा चलता ही रहता है। जब तक जनमत और जन-संगठन सक्रिय नहीं होगा, सिर्फ़ कानून के भरोसे, यह धन्धा कम नहीं हो सकता। इन सब कामों के नियन्ता 'असली और पेशेवर पापी' होते हैं, ये नज़र नहीं आते। अच्छा, लड़के क्या मध्य-पश्चिम जाते हैं? औरतें क्या इसी महादेश में ही यहाँ-वहाँ भटक रही हैं? इसका जवाब हम खोजें या न खोजें? इससे ज़्यादा मुझे कुछ नहीं कहना है।

प्रकाशक चाहते थे मैं इन तीनों कहानियों को गूँथकर एक कर दूँ। कहानियों में सूत्र एक ही है। नहीं, मुक्त जीवन से बन्दी जीवन नहीं कहूँगी। अन्ना जैसे लोगों का जीवन शृंखलाबद्ध है, मध्यवित्त जीवन किसी और ही तरीके से, अपने ही मूल्यबोध की दुनिया में मगन रहता है। बहरहाल, इस मूल्यबोध का चरित्र-निरूपण मेरा उद्देश्य नहीं है। हाँ, मानवीय मूल्यबोध की कामना ज़रूर है। मानवीय मूल्यबोध जहाँ है, वहीं जीवन का भी लक्षण होता है। कहानियों में अन्तःसूत्र एक ही है। जेल से बाहर आने से पहले ही सीतेश को अन्दाज़ा हो गया था कि उसकी वापसी घरवालों के लिए सुखद नहीं होगी। इसीलिए तो उसे ख़ारिज करके, उसके बिना ही, उसकी बहन और बीवी ने अपनी-अपनी ज़िन्दगी रच-गढ़ ली है। उसके माँ-बाप के लिए भी मुमकिन है, उसकी उपस्थिति, अन्त में उनकी ज़िन्दगी के अभ्यस्त पैटर्न को तितर-बितर कर देगी। इसलिए

उसने लौटने का जोखिम उठाया ही नहीं। उसे नहीं मालूम कि उसके न लौटने को, उसके माँ-बाप कैसे लेंगे।

अबीर जब लौटा, तो उसे समझ में आया कि उसके लिए प्यार, घर में भी ज़िन्दा है और बाहर भी! लेकिन वह अगर वहाँ रुक गया, तो उसका परिवार अभ्यस्त नियम तोड़कर किसी नयी ज़िन्दगी में दाख़िल होने को लाचार है। अबीर वहाँ से चल देता है। मगर प्राप्ति के ढेर-ढेर एहसास के साथ विदा लेता है।

अन्ना पहले लाइफ़र नहीं थी। लेकिन अब वह जिस किस्म की लाइफ़र हो सकती थी, उसके आगे उम्र-क़ैद जैसी सज़ा बिलकुल तुच्छ थी। वह सज़ा देना चाहती थी, वही उसने दिया। बेटियाँ मिल जातीं, तो वह कोई नयी ज़िन्दगी शुरू करती, लेकिन ऐसा नहीं हुआ। वह जेल चली जाती है, लेकिन उसे नहीं लगता कि वह मुजरिम है। वही न्यायाधीश है, वही दण्डदाता भी!

इन कहानियों को आपस में जोड़नेवाला सूत्र कहाँ है, पाठक ही फ़ैसला करें।

—महाश्वेता देवी

क्रम

चला गया ...

11

वह नहीं लौटी

66

वापसी

151

चला गया...

पापा

मैं, हितेश, सुबह-सुबह ही समझ गया कि पिछली रात मैं सोया नहीं, प्रतिमा जान गयी है।

ख़ैर, जान तो वह जाती ही। पिछली रात वह भी तो नहीं सोयी थी।

सुबह-सुबह उठते हुए उसने कहा, ''तुम अभी, और थोड़ी देर लेटे रहो। इसी वक्त बिस्तर न भी छोड़ो, तो चलेगा।''

पहले वह कहती थी, ''रिटायर हो चुके हो। अब सुबह-सवेरे उठकर हड़बड़ी मचाने की ज़रूरत नहीं।''

उन दिनों सच ही सुबह छः बजे उठ जाता था।

टुक्के भर ज़मीन पर मैंने बड़े एहतियात से कामिनी, गन्धराज, जवा, नयनतारा के पौधे लगाये थे। उनसे बतियाने का वक्त तो भोर-भोर ही होता है। उन दिनों भी बेदेमुहाल में (सुन्दर बसु सरणी नाम की, अभी भी आदत नहीं पड़ी है) भोर का वक्त, भोर जैसा ही होता था। खुले-खुले मैदान थे; पोखर-तालाब थे; रिहायशी बस्ती कम थी। लेकिन यह कब की बातें हैं? उन दिनों तो मेरे बेटे-बेटी भी काफ़ी छोटे-छोटे थे।

उन दिनों मैं सुबह-सुबह ही उठकर बाग़वानी में जुट जाता था। पौधों की सिंचाई करता था, जड़ों की मिट्टी कुरेदकर अलग करता था। बाग़वानी के मामले में, मैं काफ़ी कड़क था। मेरे पौधों को कोई भी हाथ नहीं लगा सकता था। कोई फूल नहीं तोड़ेगा। ख़बरदार!

उसके बाद, मैं चाय की चुस्कियाँ लेते हुए अख़बार की सुर्ख़ियों पर नज़रें दौड़ाकर एक ओर रख देता था।

शाम को जब घर लौटता था, तब एक-एक ख़बर बड़े ध्यान से पढ़ता था।

सुबह तो चाय पीकर मैं बाज़ार निकल जाता था। रेल लाइन के पार बाज़ार बैठता था। घर के लिए सौदा-सुलुफ़ मैं वहीं से लाता था। बाज़ार जा कर, मैं कपड़े बदलकर, ट्यूबवेल से पीने का पानी भर देता था। ट्यूबवेल का हैंडल उठाते-गिराते उसे बेहद तकलीफ़ होती थी।

घर पर मेरी ख़ूब-ख़ूब नज़र होती थी। इतवार के दिन बाथरूम रगड़-रगड़कर धोता था, आँगन में काई हरगिज़ नहीं जमने देता था। मानो वह घर सिर्फ़ मेरा था। उसके प्रति सिर्फ़ मेरी ज़िम्मेदारी थी।

इस घर में मेरी बीवी, बाल-बच्चे रहते थे। ये लोग भी तो मेरे ही थे। जब सभी लोग मेरे थे, उनकी देख-भाल मुझे ही तो करनी थी।

उन दिनों शोभन बाबू मेरे गार्जियन हुआ करते थे।

वे बड़े गर्व से लोग-बाग को मेरा घर दिखाते फिरते थे—देखो, हितेश का घर देखो, कैसा झक्झक् कर रहा है।

उसके बाद, नहा-धो कर खाना खाने के बाद, दफ़्तर के लिए रवाना हो जाता था।

मुझे विदा करते हुए, प्रतिमा हर रोज़ देवी मइया को प्रणाम करती थी—दुर्गा! दुर्गा! हे दुर्गतिनाशिनी!

प्रतिमा भी स्कूल में टीचर थी! लड़कियों को पढ़ाने की नौकरी करती थी।

आँखें मूँदते ही, मैं आज भी उस ज़माने का बेदेमुहाल देख सकता हूँ। आँखें खोलता हूँ तो देखता हूँ, अब वहाँ न तो खुले-खुले मैदान हैं, न पानी! बस, घर-मकानों का जंगल उग आया है।

मेरी बन्द आँखों को सब कुछ नज़र आता है।

मैं और शोभन बाबू! दफ़्तर में सभी लोग एक-दूसरे को 'दादा' कहते थे, लेकिन शोभन बाबू, शोभन बाबू ही रह गये। कुछ दिनों बाद, मुझे पता चला, 'बाबू' उनका मध्य नाम है। उनकी पदवी है—मित्र!

यानी वे शोभन बाबू मित्र थे!

शोभन बाबू हथेली उलट कर कहा करते थे, "अब क्या उपाय? नियति में बाधा क्यों डालें? मेरे ख़ानदान में प्रचलन है, मध्य नाम 'बाबू' ज़रूर होगा यानी 'ब' से ही होगा। परदादों के नाम के मध्य में जुड़ा होता था—बल्लभ! दादा हो गये—'बिहारी'! समुच्चा ख़ानदान, रावण का ख़ानदान जो था। इसलिए अनगिनत नाम थे...समझे, बिरादर?"

—मेरे जेठू भावुक प्राणी थे, जिसे कहते हैं भावुक स्वभाव! विवाह के अवसर पर कवित्त लिखते थे, मौत पर 'शोकगीत'! वह सब जाने कभी गुम हो गया।

—उन दिनों जेठू, हमारी ही लाइन में थे! यानी मेरे दादा के लाइन में सबके सिरमौर! उन्होंने ही कहा—बल्लभ हुआ, बिहारी भी हुआ। अब से सब 'बाबू' होंगे। इसलिए, उसके बाद, ख़ानदान, अमलबाबू मित्र, विमल बाबू मित्र, शोभन बाबू मित्र।

हम लोग हँस देते थे।

"हँस रहे हो? हँसो! लेकिन अब तो दिनोंदिन नाम का रिवाज़ पलटता जा रहा है। हमारे बाल-बच्चे क्या अपने नाम के साथ 'बाबू' जोड़े रखेंगे? नहीं, नहीं रखेंगे।"

नहीं, बच्चों ने 'बाबू' नाम बाद दे दिया। अब शोभन बाबू का बेटा, सिर्फ़ तपन था; नाती सिर्फ़ गौतम!

बहरहाल, यह तो कहना ही होगा कि वह इन्सान काफ़ी सामाजिक और परोपकारी बन्दा था। दफ़्तर का दरबान हो या चपरासी या कैंटीन के लोग—आफ़त-विपद में या बेटी के ब्याह में, शोभन बाबू उनके लिए एक रुपया फ़ी आदमी चन्दा उगाहते थे।

वे कहा करते थे, "हर बात में कोई-न-कोई दर्शन निहित होता है। भइये! सन 1960 में अगर दस रुपल्ली की माँग करें, तो सब अपनी सफ़ाचट चाँद खुजलाने लगेंगे। हाँ, एक रुपया दिया जा सकता है।"

दफ़्तर में किसकी बेटी का ब्याह नहीं हो रहा है; किसके बेटे को अस्पताल में भर्ती कराना है—इस सबकी ज़िम्मेदारी वे ख़ुद आगे बढ़कर, अपने कन्धों पर ले लेते थे। हर वक्त हँसता हुआ चेहरा! पनडिब्बे में पान की छोटी-छोटी गिलौरियाँ!

मैं पूछता था, "आते तो हैं इतनी दूर, बाली से! भाभी जी ये गिलौरियाँ कब सजाती हैं?"

"क्यों? मुँह अँधेरे उठकर?"

"खाना कब बनाती हैं?"

"क्यों? मुँह अँधेरे!"

"सच्ची! आपको काफ़ी सुघड़ बीवी मिली है।"

"सुघड़ बीवी घर-घर में मौजूद हैं, भइये! मेरी बीवी है, मेरी मझली भाभी की मौसेरी बहन! उन लोगों का ख़ानदान भी ख़ासा बड़ा है। आज के ज़माने में भी उनके यहाँ मेहमान आ कर, खाते-पीते हैं। घर में दोनों जून पूरे चालीस अदद पत्तल पड़ते हैं! लड़की बड़े ख़ानदान की हो तो उसे लोगों के साथ मिलजुलकर चलना आता है! ऐसी लड़कियों का दिल भी उदार होता है।"

हमारे यहाँ अवनी, ख़ासा होंटकट्टा था! काफ़ी मुँहफट!

वह छूटते ही कहता था, "ऐसे दिन अब नहीं रहेंगे शोभन बाबू! बीवियाँ चूल्हा फूँकें और मियाँ लोग सैर-सपाटे करते फिरें, अब वह ज़माना लद गया।"

"लेकिन मेरे यहाँ तो अभी भी यही चलता है। रही खाना पकाने की बात, मेरी बेटियाँ काफ़ी कामकाजी हैं। अपनी माँ के कामों में हाथ बँटाती हैं! इसके बावजूद, वह रसोई से एक कदम भी हिलने को राज़ी नहीं होती।"

यही शोभन बाबू ही मुझे बेदेमुहाल ले आये। मुझे आज भी याद है, बैंडेल गेट से गुज़रकर मैं पूरब दिशा की ओर बढ़ा जा रहा था।

रास्ते में बड़े-बड़े तालाब, बड़े-बड़े मैदान, अनगिनत पेड़-पौधे!

मैंने कहा, "देखने में तो काफ़ी ख़ूबसूरत लग रहा है, लेकिन ये सब जगहें बिलकुल..."

"देख लीजियेगा, दस साल के अन्दर ही बिलकुल बदल जायेगा। अरे, साहब, कलकत्ता क्या कलकत्ता में ही रहेगा? चलिए, घर भले न बनायें, जगह तो ख़रीदकर, रख छोड़ें। पश्चिम में गंगा बहती है। ऐसा भी दिन ज़रूर आयेगा, जब यह नदी पूरब, दक्षिण, उत्तर में भी फैल जायेगी। बैंडेल गेट, यहाँ से कुल पन्द्रह मिनट का रास्ता! देख लीजियेगा, कुछ ही दिनों में इस जगह के दाम कैसे आसमान छूने लगेंगे।"

"यह आप कह रहे हैं?"

"हाँ, कह रहा हूँ। पूर्व पाकिस्तान में जो आपकी जायदाद थी, बदले में आपको कुछ तो हिस्सा मिला है न! नौकरी भी आपकी बुरी नहीं है। ज़मीन ख़रीदना सोना ख़रीदने जैसा ही मुनाफ़ा देगा, देख लीजियेगा।"

"लेकिन..."

"ठीक है, बहूरानी को दिखा लें। वे आपसे ज़्यादा बुद्धिमान हैं। होंगी नहीं? बाप रे! ग्रेजुएट होना क्या आसान बात है?"

"अब ऐसा नहीं है! मेरे दफ़्तर में ही कितनी ग्रेजुएट औरतें काम करती हैं। यहाँ कौन-सी औरत, ग्रेजुएट नहीं है?"

"हाँ, सो तो है! मगर आप एक बार उन्हें दिखा लें।"

ग्रेजुएट शब्द के प्रति! शोभन बाबू की अतिशय कमज़ोरी थी। हाँ इसकी वजह मुझे नहीं मालूम! प्रतिमा अपने हाथों से अगर उन्हें चाय भी बनाकर पिलाती, तो वे कहते थे—"ग्रेजुएट लड़की के हाथों की बनी हुई चाय का स्वाद ही बिलकुल अलग होता है।"

ख़ैर, ऐसा थोड़ा-बहुत पागलपन तो उनमें था ही।

कहीं जाने के लिए वे दो ट्रामें छोड़कर, तीसरे नम्बर, ट्राम पर सवार होते थे। वजह मुझे नहीं मालूम।

जीवन-बीमा उन्हें सख़्त नापसन्द था। उनका ख़याल था, बीमा कराते ही, आदमी जान से हाथ धो बैठता है।

'पानागढ़' नाम सुनते ही, वे बिदक जाते थे—नहीं, नहीं पानागढ़ बेहद ख़ुराफ़ाती जगह है! उनके इस जुमले की वजह भी मुझे नहीं मालूम!

यही शोभन बाबू ही प्रतिमा को भी लिवा लाये। जगह देखते ही, उसने फ़ैसला कर डाला।

"बाल-बच्चे यहाँ हाथ-पैर फैलाकर खेल-कूद कर सकेंगे। ऐसा कोई दूर भी कहाँ है? पन्द्रह मिनट में रेलवे-लाइन पार किया...और, बस...।"

"आदमी अभी ही घर बनाता है भला?"

"अभी नहीं बनायेगा, तो और कब बनायेगा? आख़िरी उम्र में? अपने बापू को ही देखा न मैंने! आख़िरी उम्र में, जब वे रिटायर कर गये, उसके बाद घर बनाया उन्होंने दस साल भी नहीं गुज़रे। वैसे भी बेटे-बेटी के साथ ज़्यादा साल गुज़ारना, किस्मत की ही बात है।"

"बच्चे पढ़ेंगे-लिखेंगे कहाँ?"

"अरे वाह! स्कूल है न! कुछ लोगों ने तो अच्छा-भला घर भी बनवा लिया है। वे लोग अपने बच्चों को पढ़ा-लिखा भी रहे हैं और डॉक्टर-वैद्य की भी सुविधा ज़रूर पा रहे होंगे।"

बहरहाल, शोभन बाबू के लिए तीन हज़ार कट्ठे के दर पर, पाँच कट्ठे ज़मीन ख़रीद ली गयी।

वह घर भी शोभन बाबू और प्रतिमा ने ही खड़ा किया। दो मंज़िले के लिए बुनियाद डाली गयी। प्लान यही बना कि निचली मंज़िल पर चार कमरे और ऊपरी मंज़िल पर चार कमरे बनवाये जायेंगे। लेकिन, जैसे ही वहाँ एक कमरा, बाथरूम और रसोईघर तैयार हो गया, हम यहाँ रहने चले आये।

बाकी निर्माण में, अपनी जेब के मुताबिक हाथ लगाया। संस्कृत में ऑनर्स के दम पर प्रतिमा को विराजमोहिनी विद्यालय में नौकरी भी मिल गयी। हम दोनों ने मिलकर धीरे-धीरे...। लेकिन प्रतिमा, दूसरी मंज़िल बनवाने को राज़ी नहीं हुई।

यानी मेरे घर की बुनियाद दो मंज़िल के लिए थी। लेकिन, एक मंज़िल ही पूरी की गयी।

प्रतिमा ने कहा, "छोड़ो, अब और नहीं! एक मंज़िल ही रहने दो। बेटे अगर बनवा सकेंगे, तो बनवा लेंगे। आजकल के लड़के ठहरे! वे लोग कलकत्ता में ही रहेंगे, यह ज़रूरी नहीं है।"

यानी सीतेश! सीतेश! हर बात की जड़ में सीतेश! छः साल गुज़र गये, मैं रिटायर हो गया। रिटायर होने के बाद, मेरी और सुषेण मल्लिक के बीच यह बात तय हो चुकी थी कि मैं कन्स्ट्रक्टर ऐंड लैंड डेवलपर के एकाउंट्स देखूँगा।

सुषेण बाबू ने कहा, "जनाब आप भी मल्लिक हैं और मैं भी। बंगाली हुए, तो क्या फ़र्क पड़ता है? हैं तो एक ही बिरादरी!"

सीतेश ने एतराज जताया, "तुम कहाँ नौकरी करोगे? क्यों?"

"अरे! रिटायर करने के बाद, क्या बैठा रहूँगा?"

"क्यों? ज़िन्दगी के मज़े लो! देश-देश घूमो-फिरो! लाइब्रेरी जाना शुरू करो। पढ़ो-पढ़ाओ।"

उसके जवाब देने से पहले, नीतेश ही टपक पड़ा, "यह सब पापा के बूते की बात नहीं है, भाई!"

"जा बाबा! मैंने तो भले के लिए ही कहा..."

"अरे, भाई, अभी वे गृहस्थी चलायेंगे! गीति का ब्याह करेंगे..."

"अच्छा? मुझे ताने दे रहा है?"

"नहीं, नहीं, ताने देनेवाला मैं कौन होता हूँ? अरे, मैं क्या बनूँगा? हद से हद क्लर्क! शादी-ब्याह हो गया, तो सारी कमाई गुड़-गोबर! अम्मू-पापा को तो अपनी ही टेंट की अठन्नी भुना-भुनाकर गुज़ारा करना होगा...?"

"फिर वही बात...।"

ऐसी बातचीत छिड़ते ही, सीतेश कमरे से उठकर, बाहर चल देता था।

सीतेश को अपने परिवार की फ़िक्र नहीं थी। वैसे बी.एस.सी. पास करने के बाद, वह किसी की नौकरी-चाकरी नहीं करेगा, घर की कोई ज़िम्मेदारी नहीं लेगा, यह बात भी उसकी, कल्पना से बाहर थी।

नीतेश और गीति और तरह के थे। उन दोनों ने अपना काम ख़ुद चलाया!

मेरा और प्रतिमा का आपसी रिश्ता बेहद करीबी था। माँ-बाप का आपसी रिश्ता अगर ठीक-ठाक हो तो उनके बच्चों को भी मानसिक भरोसा होता है। बच्चे भी स्वस्थ और स्वाभविक होते हैं—यह बात मैं हमेशा से ही सुनता आया हूँ, अख़बारों में भी पढ़ता आया हूँ।

समाज में भी क्या यही कुछ नज़र नहीं आता?

नीतेश और गीति! जो दूर चले गये, वह तो उस भयंकर दिन के बाद!

हम दोनों सीधे-सरल दम्पति थे, जो अपने आम कर्तव्य निभाते रहते हैं; थोड़े-से में ही ख़ुश हो जाते हैं। अपने बच्चों को 'बेटा-लल्ला' कहकर या 'स्वीटी पाइ' कहकर, उनका लाड़-प्यार भी दिखाया जाता है, यह न हमें आता था, न हमने दिखाया।

हर किसी से, हर किसी का रिश्ता, काफ़ी शोभन भी था और सुन्दर भी! अड़ोसी-पड़ोसी हमेशा यही कहते थे—यही एकमात्र ऐसा घर है, जहाँ से कभी चीख़-पुकार या शोरगुल नहीं सुनी।

हमने तो कोई बड़ी-बड़ी अपेक्षाएँ नहीं की थीं।

हम अपने बेटे-बेटी को लिखाते-पढ़ाते रहे और यह अपेक्षा करते रहे कि इम्तहान पास करके, वे दोनों कामकाज में लगेंगे! उनका शादी-ब्याह होगा...घर-गृहस्थी होगी।

यानी हमारी कोई उच्चाकांक्षा नहीं थी।

मैं सरकारी कारिन्दा था; प्रतिमा स्कूल-टीचर थी! हमारे यहाँ इतवार के दिन गोश्त पकाया जाता था। वह दिन उत्सव मनाने और मौज-मज़ा का दिन होता था। कभी-कभार हम फ़िल्म वग़ैरह भी देख आते थे और वह ख़ास घटना होती थी।

हम सपरिवार क्या दूसरे-दूसरे देशों के सैर-सपाटे पर नहीं गये? गये हैं! हम एक बार पुरी गये थे। तीन बार, दीघा! शान्ति निकेतन भी घूम-फिर आये।

प्रतिमा भी अपने स्कूल की टीचरों के साथ एक बार हज़ारीबाग़ भी घूम आयी।

नीतू और गीतू को भी, उनके स्कूल-कॉलेज के संगी-साथियों के साथ झाड़ग्राम, रांची या नेतारहाट की सैर-तफ़रीह पर जाने से भी कभी नहीं रोका।

हाँ, यह सच है कि हम अपने परिवार में कुछ ज़्यादा ही सीमाबद्ध रहे। अड़ोसी-पड़ोसी के साथ हमारी गले-गले दोस्ती या प्रीति नहीं थी। बाहर स्नेह-दोस्ती रखने की, हमने कभी ज़रूरत भी महसूस नहीं की।

बेहद सहज-सरल मध्यवित्त जीवन! ऐसा जीवन, जो बाल-बच्चों के अनुरूप जीवन से जा मिलता है।

तीनों बेटे-बेटियों के सयाने होते-न-होते, अपना-अपना अलग स्वतन्त्र कमरा मिल गया।

मेरे साढ़ू, रमापति, अक्सर ही टोकते रहते थे, "आप न ज़्यादा ही हद कर रहे हैं। अरे, आप सपरिवार दो कमरों में गुज़ारा करते और बाकी दो कमरे किराये पर चढ़ा देते। घर में पैसे तो आते।"

प्रतिमा छूटते ही जवाब जड़ देती, "हाँ, यह तमाशा तो आप वाकई दिखा रहे हैं। ख़ुद इतनी ऊँची नौकरी करते हैं! ले-दे कर एक ही बेटी है। कुल डेढ़ कमरों में ठँसे-ठँसे बाकी कमरे किराये पर चढ़ा रखा है। मुझे तो यह हैरानी होती है कि आप लोग यूँ रहते कैसे हैं।"

"हर महीने पूरे ढाई सौ रुपये भी तो मिलते हैं।"

मुझसे तो ऐसे एक दिन भी गुज़ारा न हो।"

रमापति, कोल इंडिया में टाइपिस्ट थे। इसके अलावा वे लोगों का जीवन बीमा भी कराते थे। उसके बाद, उन्होंने चाय की ख़रीद-फ़रोख़्त शुरू कर दी। बेटी जाने कभी ही ब्याह गयी, लेकिन अभी भी वे रुपये के पीछे-पीछे दौड़ते थे।

अनिमा को भी हमेशा ख़ुश-ख़ुश ही देखा, मेरा मतलब है, जब उन्हें आख़िरी बार देखा था।

रामायण में पिता की वजह से बेटा वनवास के लिए गया, ऐसा लिखा गया है।

अब मैं कैसे बताऊँ, किसे बताऊँ, बेटे के लिए ही मैं, प्रतिमा, नीतेश, गीति, काजल, मल्लिका, चौदह साला निष्पाप किशोर, ऋषि, कैसे भयंकर निर्वासन की सज़ा भुगत रहे हैं! कैसी ख़तरनाक सज़ा, सीतेश हमें दे गया है! उफ़! हमारे मन में कैसा तो पापबोध समा गया है!

वह पाप हमारा कर्मफल है, व्यवहार या आचरण की वजह से नहीं रचा-गढ़ा गया।

जो घट गया, वह पाप था या नहीं, पता नहीं। पाप! अपराध—सीतेश तो बाथरूम में अपने रक्तरंजित हाथ धोकर, अपने कपड़े बदल रहा था।

अपराध? पाप?

जानता हूँ! जानता हूँ नर-हत्या पाप है! दण्डनीय अपराध है!

वैसे अगर प्रमाणित भी हो जाये, तो इस राज्य में उम्रक़ैद या फ़ाँसी नहीं होती।

यह भी जानता हूँ कि प्रमाण ही सब कुछ है। वैसे यह तो बिना शक-शुबहे के. साबित हो चुका है कि सीतेश ही सुषेण और उसके साथियों को कन्स्ट्रक्शन साइट तक बुला ले गया था और उसी ने टापू का ख़ून किया था। हाँ, सिर्फ़ कई-कई हिसाब नहीं मिला पाया।

टापू समाज-दुश्मन था, यह तो सभी जानते थे। टापू ठेके पर काम करता था। दूर...बहुत दूर, शायद पूर्व दिशा में, उगते हुए सूरज के रश्मिवलय के करीब, जो लोग सालों से झोंपड़-झुग्गियों में रसे-बसे थे; जिनकी जीविका, उन दिनों भी फल-फूल रही थी—बेदेमुहाल की नहर से मछलियाँ और सीप चुनना और चूने वालों को घोंघे बेचना

ही, जिनका पेशा था, ऐसे दो सौ साठ परिवारों को उजाड़ने का काम सुषेण मल्लिक ने टापू की मदद से ही किया था। यह भी ख़बर मिली कि बाधा देने वाले दो-चार लोगों की लाशें भी गिरी थीं।

'उगते सूरज का रश्मिवलय' ज़रा कविता जैसी भाषा हो गयी न? सूरज ठीक किस जगह से उगता है, यह कोई भी नहीं देख पाता। सुना है, विस्मृत अतीत में, जब इन सब जगहों में बाघ का जंगल हुआ करता था, उन दिनों यहाँ एक संन्यासी रहते थे, जो धर्मदेवता की पूजा किया करते थे। पुराने रिकॉर्ड में यह 'आग्रह' काजल के काका, तारक बाबू ने लिखा था, जिन्होंने 'परगना का इतिहास' लिख कर, अपने ख़र्च से किताब छपायी और लोगों में बाँटी गयी थी। मैंने भी वह किताब पढ़ी है। इसीलिए तो संन्यासी डाँगा धर्मतला मउजा के नाम का ज़िक्र मिलता है। तारक बाबू की किताब में ऐसी ढेरों किंवदन्तियाँ मिलती हैं।

जब उस संन्यासी का मृत्यु-समय नज़दीक आया—'उन्होंने एक-एक पदक्षेप में दस-दस कोस अग्रसर होते हुए पूरब दिशा में, सूर्योदय के उत्स-संधान के लिए गमन किया।'

वर्तमान सुन्दर बसु सरणी के 11/2/1 बी, नम्बर मकान में बैठे-बैठे, ऐसा लगता है, यह किंवदन्ती मानो किशोर उम्र की कोई परी-कथा हो। मैं अपने पूरे होशो-हवास में, वर्तमान से मुँह फेरे रहना चाहता हूँ, लेकिन नाकाम रहता हूँ। मेरा वर्तमान मुझे निगलता जा रहा है। पिछले चौदह साल से मैं निर्वासन में हूँ! बेहद असहाय और निरुपाय हूँ।

उस जगह की ज़मीन पर, अब कृत्रिम खाद उत्पादन का विशाल कारख़ाना है। यह कारख़ाना सुषेण मल्लिक का नहीं, किसी जलोटा का है। किसी विशाल कम्पनी के सहयोग से, वहाँ अब खाद तैयार किया जा रहा है, जिसके ख़िलाफ़ आजकल काफ़ी लिखा-पढ़ी चल रही है।

मेरे बेटे, सीतेश ने टापू की हत्या की थी। उन दिनों इमरजेंसी का ज़माना था, जब सीतेश टापू या सुषेण मल्लिक से भिड़ गया था।

उसने तो मुझे बता ही दिया था, "मुझसे कुछ भी कहना, फ़िज़ूल है, पापा! तुम्हारी तरह क्लर्की करना, मेरे लिए सम्भव नहीं है।"

वैसे इस बात की भी पूर्व-कथा है।

मेरे बेटे का जन्म सन 1956 में हुआ था यानी आज़ादी उससे नौ साल बड़ी थी। जन्म 15 अगस्त! ऐसे बेटे का नाम स्वदेश या स्वाधीन या स्वराज रखना चाहिए था। सीतेश नाम प्रतिमा ने दिया था।

इमरजेंसी साल में ही वह ग्रेजुएट हुआ।

शोभन बाबू ने कहा, "क्या देख रहे हो, बिरादर? एक ही घर में तीन-तीन ग्रेजुएट! दो अभी और होनेवाले हैं। कमरे की दीवार में फ़िट दो-दो आलमारियों में कितनी-कितनी किताबें ठुँसी हुई हैं। उस पर से मेरे हितेश भाई साहब को फूलों का शौक है। उनके

घर में चाय कभी प्लेट में नहीं छलकती; काँच के गिलास में अण्डे की गन्ध नहीं होती; वहाँ का कोई बन्दा पर्दे से हाथ नहीं पोंछता। जिसे कहते हैं कल्चर्ड घराना! सभ्य और सुसंस्कृत ख़ानदान!''

तीन नम्बर ग्रेजुएट या स्नातक का नाम भी रोज़गार केन्द्र में दर्ज़ कराया गया।

सीतेश ने कहा, ''फ़ालतू...।''

''क्यों? फ़ालतू क्यों?''

''एक्सचेंज से कब पुकार आयेगी, इस आसरे भला कोई बैठा रहता है? मुझसे यह नहीं होगा।''

नासमझ! वह बिलकुल नासमझ था।

या फिर इससे भी बड़ा सच यह था कि वह हर पल ग़ुस्से से भभकता रहता था।

''नहीं! मुझे बाज़ार नहीं जाना! झोला लेकर चलने में, मुझे कोई शर्म नहीं। लेकिन झोले में से अच्छी-बुरी चीज़ें अगर ताक-झाँक करने लगें, कहीं छुटकी मछलियाँ और कच्चू-घण्टा वग़ैरह-वग़ैरह नज़र आ जाये, तो न्ना, मुझसे यह नहीं होगा।''

बीच-बीच में वह अक्सर चीख़ने-चिल्लाने लगता था; अपने में जलता-फुँकता रहता था। हमारे लिए पहेली बन जाता था।

—मेरे पास और ज़्यादा शर्ट-पैंट क्यों नहीं है?

—क्यों? क्यों मैं सुबह-सवेरे हाथ की बनी रोटी और आलू की भुजिया खाऊँ?

—प्रोटीन न खाऊँ, तो सेहत नहीं बनती।

एक दिन जब वह खाने बैठा, तो प्रतिमा ने कहा, ''सीतू, हम जितना करते हैं, उससे ज़्यादा कुछ करने की हमारी औकात नहीं है। ऐसा करो, तुम कोई काम-काज करो, रुपये कमाओ और अपने पर ख़र्च करो। लेकिन, घर में ऐसी आबोहवा मत रचो। मैं और तुम्हारे पापा, इतनी मेहनत-मशक्कत करके घर लौटते हैं। हमें परेशानी होती है।''

''हाँ, हाँ, मेरी तो मौजूदगी ही तुम दोनों के लिए असहनीय हो उठी है।''

''ग़लत समझकर अगर तुम्हें ख़ुशी होती है, तो समझो।''

प्रतिमा धीमी आवाज़ में ही बोल रही थी, ''हमने कैसे यह घर खड़ा किया, कैसे तुम लोगों को पढ़ाया-लिखाया...''

''यह तो सभी करते हैं, माँ!''

''इससे ज़्यादा की हमारी औकात नहीं है।''

सीतेश एकदम से घर से बाहर निकल जाता था! रात देर से घर लौटता था! खाना उसी तरह पड़ा रहता था।

गीति ने कहा, ''भइया से तुम लोग कुछ मत कहना। तब तो वह हमेशा के लिए ही चला जायेगा।''

''जाता है, तो जाये। मैं क्या कर सकती हूँ!'' प्रतिमा ने जवाब दे डाला।

"आजकल वह टापू के साथ ज़रा ज़्यादा ही..."

टीपू सीतेश से सीनियर था! सन बहत्तर के सामूहिक-नकलबाज़ी के साल में पास किया हुआ लड़का। सेहत बनाने के लिए कसरत वग़ैरह करता था। फ़ुटबॉल क्लब उसी के हाथों गढ़ा हुआ था। उनका खपरैल का घर था। उसकी बहनें अचार-जेली के कारखाने में काम करती थीं।

इसी टापू नामक लड़के को सुषेण मल्लिक ने अपने करीब खींच लिया।

आज सन 1994 में, ज़मीनें दखल करना, पोखर-तालाब भरना, हाइराइज़ खड़े करना, ज़मीनों की फाटकेबाज़ी करना—यह सब दाल-भात बन चुका था।

अब तो तरीके भी बदल गये हैं। अब सारा कुछ काफ़ी चुपचाप हो जाता है।

गीति के दूल्हे ने बताया, "कलकत्ता से डायमंड हार्बर जाते हुए, रास्ते में इतने सारे प्रमोद-उद्यान, इतने हॉली डे होम नज़र आते हैं, वह सभी तो खेतों की ज़मीन पर खड़े किये गये हैं। पहले जितने सारे धान-खेत नज़र आते थे, अब, सब मरीचिका! अब सारी ज़मीन कारखानों की हो गयी है! कारखाना ही कारखाना!"

"बंगालियों के कारखाने?"

"आप कहाँ हैं, मौसा जी? ज़्यादातर, ग़ैर-बंगालियों के कारखाने हैं। लेकिन बंगाली-ग़ैर-बंगाली से क्या फ़र्क पड़ता है? उन लोगों की एक ही जाति है। या वे लोग जातिहीन हैं। वे लोग जमा-ज़मीन ध्वंस करके, मुनाफ़ा वसूल रहे हैं। सफ़ेद रुपयों का कारोबार कम ही होता है।"

सुषेण बाबू यह बात बहुत पहले ही समझ गये थे। वह अन्धाधुन्ध ज़मीनें ख़रीदता रहा, दखल करता रहा और अपना साम्राज्य बढ़ाता रहा।

उन दिनों की कार्य-प्रणाली, आजकल की तरह जटिल नहीं थी। सन सत्तर की अतिशयता के बाद, इमरजेंसी का फ़ायदा उठाते हुए, सुषेण बाबू जैसे लोग मदमस्त हो उठे थे।

मुझे तो यही जानकारी थी कि उनके घर से आगे, पूर्व-दक्षिण में उन्हीं की सीमा के बाँस-बागान और पोखर बेतरह कुख्यात थे।

काफ़ी रात गये पुलिस-वैन वहाँ दाख़िल होती थी। पोखर के सामने से गुज़रकर कुछ दूर जा कर रुक जाती। गोलियों की आवाज़ें! सुबह लोग सिर झुकाए-झुकाए बाज़ार आते, बाज़ार करके सिर झुकाए-झुकाए ही हट-बढ़ जाते।

प्रतिमा सीतू को आगाह करती रहती थी, "सुन, होशियारी से रहना! इन दिनों पुलिस जिस-तिस को धर-पकड़ रही है।"

"मुझे नहीं पकड़ेगी।" वह गहरे आत्मविश्वास से जवाब देता था।

इसकी वजह थी, टापू उसे कभी-कभार बुलाता रहता था, हालाँकि हमें इसकी ख़बर नहीं थी।

एक दिन मैंने ही ज़िक्र छेड़ दिया। अब मैं सोचता हूँ, उन दिनों मैं मूर्ख था या अन्धा?

"आज चलते-चलते, अचानक टापू लोगों की तरफ़ पहुँच गया। हैरत है! उनका घर तो अब पहचान में नहीं आता! पक्की छत बन गयी है; घर का रंग-रोगन हुआ है; कई नये कमरे भी बन गये हैं।" मैंने कहा।

"कलेजे में हिम्मत है, इसलिए बन गया।" सीतू ने छूटते ही जवाब दिया।

"उस तरफ़ जाते ही क्यों हो?" प्रतिमा बोल उठी।

"अरे! उस तरफ़ टहलने निकलो, तो लोगबाग से भेंट जो होती रहती है। सुषेण बाबू भी उस वक्त टहलने निकलते हैं।"

"इससे तुम्हें क्या?"

"अरे, भई, कोई बंगाली बन्दा...कारोबार कर रहा है...दौलत कमा रहा है। यह तो अच्छा है! हमारे ज़माने में..."

"क्या होता था, पापा, तुम्हारे ज़माने में?" सीतू ने पूछा।

"हमारे ज़माने में बंगाली दान-ध्यान करते थे! स्कूल, अस्पताल...इन्होंने भी तो स्कूल में डोनेशन दिया था। क्लब-घर पक्का करा दिया...।" कहते-कहते प्रतिमा ने प्रसंग बदल दिया, "थोड़ा-सा कटहल और दूँ?"

हम सब एक साथ ही खाना खाते थे। बरामदे में खाने की मेज़! कवर्ड बरामदा, ग्रिल से घिरा हुआ!

सीतू ने ईषत हँसकर कहा, "वाकई! सुषेण बाबू के मग़ज़ में बुद्धि है।"

उन दिनों गीति की उम्र काफ़ी कम थी। यही कोई तेरह वर्ष। लेकिन वह अतिशय नीतिवागीश थी! ख़ूब पकी-पकी बातें करती थी।

उसने कहा, "उस आदमी में तुझे बुद्धि कहाँ से नज़र आ गयी, भाई?"

"है! उसमें बुद्धि है। वह काफ़ी विशाल ज़मीन का सौदा करने वाला है।"

"कम्पनी के मैदानवाली ज़मीन न?" अचानक नीतू टपक पड़ा।

"तुझे कैसे पता?"

"परेश बता रहा था। उन लोगों को, फ़ी घर के लिए तीन हज़ार रुपये मिलेंगे, लेकिन वे लोग छोड़कर नहीं जायेंगे।"

"देखा जायेगा—" सीतू ने कहा।

बाद में नीतू ने कहा, "भइया, टापू का आदमी बनता जा रहा है। पापा, परेश के बप्पा कह रहे थे, कम्पनी की ज़मीन क्या कोई ख़रीद सकता है?"

उस डेढ़ सौ बीघे ज़मीन का नाम 'कम्पनी का मैदान' क्यों है, 'परगना का इतिहास' में, इसका ज़िक्र नहीं है। सुनने में आया था कि उस जमीन के मालिक टाकी के मुसलमान थे। अनगिनत हिस्सेदार थे। उनमें से बहुतेरे हिस्सेदार, उस पार के बंगाल में जा बसे। अब जो हिस्सेदार बच रहे थे, उनमें से किसी के भी पास, इसका निपटारा करने लायक, न लोकबल था, न अर्थबल!

अब वह ज़मीन इतिहास बन चुकी थी।

सुषेण बाबू ने वह ज़मीन, अदालत के ज़रिये हासिल की थी और बाद में वही ज़मीन, सरकारी हाउसिंग बोर्ड को मोटे मुनाफ़े में बेच दी। आज तो उस ज़मीन पर कतार-दर-कतार हाउसिंग इस्टेट खड़े हैं। नाम भी ख़ासा शानदार—एम्राल्ड ग्रीन!

उन्हीं दिनों, सीतेश भी नाम-यश-सम्पन्न सुषेण बाबू के कन्स्ट्रक्शन वग़ैरह के कामकाज में टापू के साथ लग लिया।

टापू झक्झक् बुर्राक पोशाक में मोटर-बाइक हँकाते हुए, उसके घर के सामने आ खड़ा होता था।

सीतू फ़ौरन बाहर निकल जाता था।

मैंने उसे आगाह भी किया था, ''यह तू क्या कर रहा है, सीतू? सोच-समझकर आगे बढ़ना।''

''तुम्हारा जेनरेशन बहुत ज़्यादा सोचता था पापा, काम कम करता था। हम सोचते कम हैं, काम ज़्यादा करते हैं।''

''लेकिन यह तो फाटकेबाज़ी का काम है, सीतू!''

''ज़मीन के कारोबार के भविष्य का, कुछ अन्दाज़ा है आपको?''

''तू क्या उनके यहाँ नौकरी कर रहा है?''

''अभी काम कर रहा हूँ। ज़मीन जब डेवलप की जायेगी, तब मिट्टी का काम टापू करेगा। मैं उसके साथ रहूँगा।''

''टापू उम्र में तुझसे बड़ा है न ?''

''उसे 'दादा' कहलाना पसन्द नहीं है।''

लेकिन उन दिनों टापू मुहल्ले भर का दादा ही बना हुआ था।

हैरत है! एक इतवार को ख़ुद सुषेण बाबू की गाड़ी, मेरे घर के सामने आ रुकी।

''क्या हो रहा है, भई? बाग़वानी?''

मैं हकबका गया।

''बस, जरा ये कुछेक पेड़-पौधे...जितना हो पाता है, देख-भाल कर लेता हूँ।''

''अच्छा है! बहुत अच्छा है! मैं तो बस, ढेरों सपने ही देखता रहता हूँ...फूलों की एक नर्सरी बनाऊँ...फलों के चारा तैयार करूँ। मेरा भानजा कल्याणी से कृषि की डिग्री लेकर यू.पी. चला गया...''

''आइये...आप अन्दर तो आइये।''

''हाँ, जब आ ही गया, तो...। ख़ासा घर बनाया है! मानो चिड़िया का बसेरा...'' उन्होंने ख़ुद ही ज़ोर का ठहाका लगाया।

''चाय मँगवाऊँ...?''

''बस, वही नहीं चलती, जनाब, न चाय, न कॉफ़ी! एक पान के अलावा, और कोई नशा नहीं है। हाँ, तो मैं यह कह रहा था कि सीतेश के बारे में फ़िक्र न करें। बिलकुल निश्चिन्त हो जायें।''

मैं ख़ामोश!

प्रतिमा अन्दर के कमरे में बैठी-बैठी उनकी बातें सुन रही थी।

उन्होंने आवाज़ धीमी करते हुए कहा, "यहाँ के नौजवान लड़के...क्या कहते हैं, उन लोगों को प्यार देना होगा! देखा नहीं, देश में क्या काण्ड हो गया? यहाँ भी हो रहा है। मतलब नौजवानों को देना होगा...?"

"आदर्श! उनको आदर्श देना होगा। यही न, सुषेण बाबू?"

"उनको काम देना होगा! ढेर-ढेर काम! उनके रोज़गार वग़ैरह में मदद करना होगा। अब नौकरी की आशा तो दुराशा बन चुकी है! पाँच किस्म के जात-बिरादरी के लोग इसी कलकत्ता शहर में जैसे-तैसे पैसा कमा रहे हैं।"

मैं चुप!

"बंगाली लड़के सिर्फ़ नौकरी खोजते हैं।" सुषेण बाबू ने बातों का सिलसिला ज़ारी रखा, सीतू ही क्यों, मुहल्ले के बीसों लड़कों को मैंने सार्थक रोज़गार में लगा रखा है।"

"वह कहता है, वह टापू के साथ काम करेगा।"

"टापू के साथ क्यों? मेरे साथ रहेगा। मतलब मैं हर पल उस पर निगरानी रखता हूँ। आप बिलकुल फ़िक्र न करें। आपका बेटा बेहद लायक है। होगा नहीं? वह तो हमेशा कहता है कि मेरे माँ-बाप ने काफ़ी तकलीफ़ें उठाकर, हमें इन्सान बनाया है। इसलिए मैं अपने बेटे से भी कहता रहता हूँ, मुँह में चाँदी का चम्मच ले कर पैदा हुए हो, तुम इन्सान नहीं बन सकते। ख़ैर! आप बिलकुल निश्चिन्त रहें। मैं इन लड़कों की लगाम कसे रहता हूँ, वर्ना वे लोग भी 'लक्सल' (नक्सल) लोगों की तरह गुमराह हो जायेंगे। इन लोगों को सँभाले रखना, हमारा कर्तव्य है। मेरी तो यही राय है...।"

सुषेण बाबू उठ खड़े हुए।

"इस बार गाँधी जी के जन्मदिन पर, इस तरफ़ के प्राइमरी स्कूल में नल-पायख़ाना डोनेट करूँगा। आपकी भी शायद नज़र पड़ी हो, अपने घर में भी मैंने दातव्य होमियोपैथी डिस्पेंसरी खोला है?"

उनके जाने के बाद, प्रतिमा ने तमक कर कहा, "हाँ, खोला ज़रूर है, लेकिन इनकम टैक्स बचाने के लिए...।"

"जो भी हो! छोड़ो!"

"तुम सोच क्या रहे हो?"

"वह सीतू के बारे में बात करने क्यों आया?"

"सीतू ने ही उसके आने का मौका दिया।"

सुषेण बाबू का कम्पनी का मैदान झटपट ख़रीदना, झटपट हाउसिंग बोर्ड को बेच देना, कुछ दिनों बाद, परेश जैसे लोगों की लम्बी-चौड़ी बस्तियाँ, मानो प्रश्नचिह्न की तरह झूलती रहीं।

उसी बस्ती के करीब ही तो तारक बाबू, उसकी भतीजी, काजल भी रसे-बसे थे। काजल का बड़ा भाई, इमरजेंसी के दिनों में गिरफ़्तार हो गया।

उसी बस्ती को उजाड़ते हुए जो हंगामा मचा, सुनने में आया कि उन्हीं दिनों काजल और सीतू की जान-पहचान हुई।

ख़ैर! यह किस्सा मैंने बाद में सुना। उस वक्त मुझे जो जानकारी मिली, वह यही कि पूरे हज़ार रुपये सीतू के हाथ आये थे। उन दिनों हज़ार रुपये, काफ़ी रुपये होते थे।

प्रतिमा और मैं! मुहल्ले के बाकी सभी लोगों की तरह ही हम दोनों रात भर जगे-जगे शोरगुल, बमबाज़ी सुनते रहे।

पुलिस-गाड़ी का सायरन! उच्छेद प्रतिरोध कमेटी गठन के कार्यकर्त्ताओं को पुलिस पकड़ ले गयी।

मेरे घर काम करने वाली महरी, गौरी ने कहा, "इतनी पीढ़ी से रसे-बसे हैं, उन लोगन को उखाड़ना क्या आसान है? वे लोग नहीं उठने वाले। कहते हैं, ई अदालत का फ़ैसला है। हमनी को कुछ ख़बर ना भयी और फ़ैसला हो गवा? कहते हैं, जमीन का कउनो काग़ज़-पत्तर नाही है। लेकिन कचहरी में तो कुछ न कुछ काग़ज़ होवेगा? सुनकर आय रही हूँ, वह ज़मीन बेवारिस है। अचानक मल्लिक बाबू कहाँ से आय टपके?"

"तुम तो डॉक्टर बाबू के घर में रहती हो न?"

"हाँ, वहीं रहत हैं। लेकिन मोरा घर तो है ऊहाँ! मोरी भतीजी रहत है उहाँ। उसका दुलहा उहाँ रिक्सा चलावत है।"

"तुम लोगों को कुछ रुपया-पैसा मिला?"

"उस बारे में भी मल्लिक बाबू लोगन जिसको जो समझाय रहे हैं।"

उस दिन शाम को गौरी काम पर नहीं आयी। अगले दिन भी ग़ैरहाज़िर रही। डॉक्टर बाबू की बेटी, गीति के साथ ही पढ़ती थी।

प्रतिमा ने कहा, "एक बार जा कर देख आ तो, गीति! जब वह नहीं आती, तो जमुना की माँ ही काम कर जाती है। लेकिन वह भी नहीं आयी।"

गौरी डॉक्टर बाबू के यहाँ रहती थी। रात को उनका खाना पकाती थी। और हमारा भी काम कर जाती थी। ठेके पर काम करनेवाली औरतें-लड़कियाँ, कम्पनी के मैदान की तरफ़ से ही आती थीं। बाद में उनकी क्या हालत होगी, उस वक्त इसकी भी जानकारी नहीं थी। अब तो पार्ट-टाइम महरी मिलना ही दुष्कर हो आया। दक्षिण से भी औरतें ट्रेन पकड़कर आती थीं। वे लोग जान गयी हैं कि हमें उन लोगों की ज़रूरत है। उनके बिना हम असहाय हैं।

गीति मुँह लटकाकर लौट आयी। उसकी रुलाई की आवाज़ सुनकर, मैं उसके कमरे में गया।

"क्या बात है? क्या हुआ, गीति?"

इस लड़की का नाम ही इतना छोटा था कि उसे पुकार का कोई नाम नहीं दिया गया।

प्रतिमा ने नीरस आवाज़ में कहा, "गौरी अब काम नहीं करेगी। अब कोई दूसरी महरी मिलना भी मुश्किल है।"

"क्यों? काम क्यों नहीं करेगी?"

"जिन लोगों ने वहाँ तोड़-फोड़ मचायी, मार-पीट की, बमबाज़ी की, उनमें सीतू भी था। गौरी की भतीजी आ कर उसे बता गयी।"

"ओऽऽ–" जाने किसने तो लम्बी साँस भरी।

"कौन है? कौन है वहाँ?" मैंने आवाज़ दी।

"मैं हूँ–नीतू! अब तुम क्या करोगे? सुषेण बाबू नौजवानों से क्या काम करा रहे हैं, इसका नमूना तो देख रहे हो–"

"सीतू को घर आने दो–"

सीतू पूरी बात से ही मुकर गया। "हाँ, वह गया था। अदालत की नोटिस पाकर भी, वे लोग अपनी जगह से टस से मस नहीं हुए। सुषेण बाबू ने हर परिवार को तीन-तीन हज़ार रुपये दे दिये, मगर फिर भी वे लोग, उस जगह से चिपके हुए हैं।"

मेरा नीतू बेहद मितभाषी, ज़िद्दी और चुप्पा लड़का था।

अब वह भी बिफ़र पड़ा, "क्यों, दादा, कितने लोगों को रुपये मिले? सुषेण बाबू तो मुनाफ़े से लाले-लाल हो गये। तीन पीढ़ी पहले, किसको ज़मीन दी गयी, अब उनके ख़ानदान के कौन लोग वहाँ रहते हैं–नाम मेल नहीं खाता! वे बेचारे कुछ बता भी नहीं सकते। सबके सब अनपढ़। यह तुम लोगों ने क्या किया?"

"मैंने कुछ नहीं किया–"

"तुम वहाँ गये तो थे–?"

"हाँ, बस, देखा था।"

"देखा था? क्या देखा था, सीतू? इन्सानों का रोना-धोना? चीख़-चीत्कार? आतंक?"

सीतू के बड़े होने के बाद, पहली बार, प्रतिमा ने बेटे के मुँह पर तमाचा जड़ दिया।

उसका ग़ुस्सा इस कदर प्रचण्ड था कि ख़ून उसके सिर पर चढ़ गया और वह बेहोश हो गयी।

घर में निःशब्दता चीत्कार कर उठी।

गीति चीख़ उठी, "माँऽऽ"

नीतू डॉक्टर बाबू को बुला लाया। उन्होंने प्रतिमा के प्रेशर की जाँच की।

"उम्र?" उन्होंने दरयाफ़्त किया।

"पैंतालीस।"

"दवा लिख देता हूँ। कुछ दिनों पूरी तरह विश्राम! कोई तनाव न हो! कोई हंगामा न हो और इन-इन खानों से परहेज़ रखें।"

अपना काम पूरा करके, डॉक्टर ने विदा ली। सीतू अपने कमरे में ही बना रहा। वह न तो अपने कमरे से बाहर निकला, न ही उसने खाना खाया।

रात को वह हमारी पलंग के करीब आ खड़ा हुआ। मुझे अन्दाज़ा हो गया कि वह किसी कशमकश में पड़ा हुआ था। लेकिन वह अपनी माँ को लेकर परेशान था, इसलिए कुछ कह नहीं पा रहा था।

उसमें कुछ कहने की हिम्मत भी नहीं थी।

मैंने ही कहा, "जाओ, सो जाओ, सीतू!"

"माँ को प्रेशर है?"

"इतने दिनों तो...तेरे मामा को ही...वैसे इसी तरह अचानक, उनका भी प्रेशर चढ़ गया था और वे भगवान को प्यारे हो गये।"

"मैं...वहाँ नहीं था, पापा, बस, देखकर भाग आया था! दूर जा खड़ा हुआ था।"

मैंने एक लम्बी उसाँस छोड़ी।

"जा, सोने जा सीतू! बाद में बात करेंगे, ठीक है? और हां... कल मेरे दफ़्तर और मां के स्कूल में जा कर, ख़बर दे आना।"

"दे दूँगा!"

"जा, सो जा!"

जहाँ लोगबाग आपस में हिलमिलकर रहते हैं, वहाँ के संवाद बेहद सहज होते हैं—मछली का माथा, छोटे भाई को दे दो, बड़े भाई!, "लो, गुड़ पराठा खा लो," "ए-जी, कल ज़रा कटहल लाना तो! गीति को पसन्द है।", "नीतू, तू कलमी साग नहीं लाया? तेरे पापा को ख़ास पसन्द है!"

इस किस्म की छुटपुट बातों पर जिनका सुख-दुःख केन्द्रित था, उस परिवार में असहजता की दीवार उठ खड़ी हो, तो ज़िन्दा रहना मुश्किल हो जाता है। अब सुबह क्या होनेवाला है, यह सोच-सोचकर मैं दहशत से भर उठा, इतने अर्से तक ज़िन्दगी जिस तरीके से चलती रही है, उस राह पर आगे बढ़ते-बढ़ते, अब, सामने भूस्खलन उतरता नज़र आ रहा था।

गीति और नीतू की भूमिका कभी भी नहीं भूल सकता। उस वक्त भी रतजगे की थकान मैं उतार नहीं पाया था। अचानक गीति की आवाज़, मेरे कानों में पड़ी।

"ए हो भइया, चटपट चाय पी ले। पिछली रात तूने कुछ नहीं खाया। चल, तेरे लिए चटपटा-सा नाश्ता बना देती हूँ।"

"तू? नाश्ता बनायेगी?"

"जी-जनाब! और कौन बनायेगा, ज़रा सुनूँ! माँ को तो छोटू भइया बाथरूम में ले जा कर, उनका मुँह धुला रहा है।"

"तू चल, मैं आता हूँ।"

माँ बिस्तर पर पड़ी हुई, ऐसा दृश्य मेरे बच्चों ने कभी नहीं देखा। मैं प्रतिमा के सिरहाने ही बैठा रहा। बच्चों ने ही हाथों-हाथ बर्तन धो डाले, पानी भी भरकर रख दिया। कुछ देर में खाना भी तैयार हो गया।

हमने खाना खाया! प्रतिमा ने भी थोड़ा-बहुत अन्न मुँह में डाला।

हाँ, उसने सीतू से कोई बात नहीं की।

सीतू बाहर निकल गया।

दोपहर गुज़रकर शाम में ढल गयी। नीतू अपने भाई को खोजने निकल पड़ा।

"अब मैं दादा को उन लोगों के पास नहीं जाने दूँगा।"

काफ़ी देर बाद, नीतू, सीतू और काली-छरहरी एक लड़की, घर में दाख़िल हुए।

लड़की ने बेहद सहज लहज़े में अपना परिचय दिया, "मैं काजल हूँ! सीतू की दोस्त!"

प्रतिमा ने करवट बदलकर, आँखें मूँद लीं।

काजल ने कहा, "सीतू से अकेले कुछ नहीं हो पाता, इसलिए उसके साथ मैं भी गयी, टापू भी गया! सुषेण मल्लिक से काफ़ी कहा-सुनी हो गयी।"

"टापू भी तुम लोगों के साथ गया था?"

"हाँ, गया तो था...।"

"ये सब बातें, इस कमरे में न करो, तो बेहतर है, बिटिया!"

"नहीं, मुझे बताना ही होगा! सुनिए, मौसी जी, सुषेण मल्लिक हर परिवार को हज़ार-हज़ार रुपये देंगे। जिनके घर की तोड़-फोड़ की है, उन लोगों को पाँच सौ रुपये ज़्यादा देंगे लेकिन, बहुतों के मामले में फाँकी मार गया।"

"तुम...तुम वरुण की बहन हो न?"

"हाँ! मेरे दादा के दोस्त लोग होते, तो क्या...? लेकिन, काका...हमारे हिसाब के सर...! और हाँ, मैं झुंड भर औरतें भी बटोरकर ले गयी थी।"

"राज़ी हुआ वह?"

"राज़ी तो होना ही था? वर्ना हम लोग छोड़ते? हम सब भोर से ही धरना दिये बैठे थे? आपने धमकी दी—पुलिस बुलाऊँगा। हमने भी कहा—बुलाइये! पुलिस देखते-देखते, अब हमारा डर निकल गया है।"

"सचमुच, वह रुपये देगा?"

"देगा! देगा, मौसा जी, कोई आसानी से रुपये निकालता है भला? वसूल करना पड़ता है! टापू तो अपनी जान के डर से भाग गया। उस पर जिन लोगों को भयंकर ग़ुस्सा है, उनके खौफ़ से गया था—"

"सीतू तो अब नहीं जायेगा न?" प्रतिमा ने पूछा।

"यह तो...सीतू ही तय करे। लेकिन हाँ, काम जैसा काम तो किया है, तपन' दा ने! आपलोग उन्हें नहीं, पहचानते। वकील हैं न! किसे-किसे हरजाना नहीं मिला, उनके नामों की सूची बना ली उन्होंने वे सब जानते है!"

"सुबह से कुछ खाया नहीं होगा, कुछ खाओगी?" गीति ने पूछा।

"नहीं, भई, मेरे काका बिना खाये बैठे होंगे। चलती हूँ! ठीक है? आप जल्दी-जल्दी ठीक हो जाइये, मौसी जी।"

प्रतिमा करीब छः दिनों में स्वस्थ हो गयी।

इसके बाद ही एक दिन सीतू हज़ार रुपये लेकर लौटा!

"सुषेण बाबू ने दिया?" प्रतिमा ने पूछा।

"हाँ, काम छोड़ने के रुपये!"

"ये रुपये...तू अपने पास ही रख ले! कभी अचानक तुझे ही काम पड़ेगा..."

"हाँ, मेरे ही पास पड़ा रहे! तुम तो इन रुपयों को हाथ भी नहीं लगाओगी।"

"अब...तू क्या करेगा, सीतू?"

"देखूँ?"

इस घटना के बाद ठेके की नौकरानियाँ, जिनकी परिस्थिति सामान्य हो गयी, दुबारा अपने-अपने काम पर आने लगीं। जो नौकरानियाँ मुहल्ले के आस-पास ही रहती थीं, मसलन गौरी, वे लोग दुबारा काम पर आने लगीं।

अन्यान्य लोगों में से कौन, कहाँ गया, पता नहीं। शहर की ज़रूरत पर, जो लोग उजाड़ दिये जाते हैं, वे लोग कहाँ जाते हैं? इतने सारे वाशिन्दे हांडी-कड़ाही, बिस्तर-चटाई, बीवी-बच्चे समेत आख़िर कहाँ गये?

गौरी ने कहा था, "यह जानकर तुम का करिहौ, बाबू? तुम लोगन तो उजाड़े नाहीं जाओगे।"

हाँ, हम जैसे लोग नहीं उजड़ते, उजड़ते तो वे लोग हैं। यही घटना, अगर दस साल बाद हुई होती तो शोर मच जाता; जनमत तैयार होता; उच्छेद-विरोधी संगठन कायम होता; अख़बारों में सुर्ख़ियों में प्रकाशित होता।

इमरजेंसी के ज़माने में यह कुछ भी सम्भव नहीं था। लेकिन कभी-कभी मेरे मन में सवाल उठता है, उस दिन वे लोग कहाँ गये होंगे।

काजल ने बताया, "कुछ लोग गोबरा, तिलजला...यहाँ-वहाँ चल देंगे। कुछ छापा की तरफ़! तब तक काजल, हमारी भी अपनी सगी बन चुकी थी।

मैंने काजल से ही कहा, "टापू का संग-साथ तो सीतू छोड़ नहीं पाया। वह क्या उसीके साथ ठेकेदारी का धन्धा करता है?"

"अरे वह अगर छोड़ना भी चाहे तो भी नहीं छूटेगा।"

"क्यों?"

"पकड़ना आसान है! छोड़ना...टापू तो समाज-दुश्मन है। मल्लिक ने क्या उसे कम ढुँसाया है?"

"पता नहीं, सीतू किस मोह में खिंचा चला गया...।"

"कहता तो है माटी भराई के काम में कोटा पूरा होते ही, उसे छोड़ देगा। वैसे टापू को नाराज़ कर दिया, तो मुसीबत है। आजकल टापू और सुषेण बाबू में भी पटरी नहीं बैठ रही है। टापू को अपने रुपये मिल जायेंगे तो वह सटक लेगा। कहीं दूर चला जायेगा। ख़ैर, जाना तो उसे होगा ही।"

"क्यों?"

"वह जिससे ब्याह करने वाला है, वह यहाँ हरगिज़ नहीं रहेगी।"

"अरे, तो एकाध ब्याह और कर लेगा।"

"टापू अतिशय गलीज़ लड़का है। लेकिन विवाह वह कोकिला से ही करेगा।"

"वो नर्स... कोकिला?"

"हाँ, मौसी जी?"

"अच्छा ही तो है! विवाह करके, शराफ़त की ज़िन्दगी बसर करे, यही तो चाहिए।"

"इन्सान अगर एक बार समाज-विरोधी कामों में उतर जाये, तो उससे निकलना बेहद मुश्किल होता है।"

"सीतू को...तुम ज़रा समझा सकती हो?"

"टापू के साथ, वह इन दिनों माटी-ख़ुदाई के काम पर जाता है, आप जानते हैं?"

"नहीं, मैं नहीं जानता...?"

"टापू हर वक्त उसे अपने साथ रखता है, अकेले-अकेले उसे डर लगता है।"

"क्यों? सीतू की उसे क्यों ज़रूरत है?"

सच्ची, हम लोगों ने नहीं समझा और यह नासमझी की कोई माफ़ी नहीं होती। हमें यह अन्दाज़ा ही नहीं था कि सुषेण बाबू के साथ टापू जैसे लोग प्रत्यक्ष रूप से और सीतू जैसे लड़के अप्रत्यक्ष रूप से जुड़ जायें, तो उस चक्रव्यूह से निकलना मुश्किल होता है।

इन दिनों तो वे सब दबे-ढँके संक्रमण, देश के समूचे तन-बदन पर कैंसर के अनगिनत घाव की तरह फूट पड़ा है, ताज़ा ज़ख़्म की तरह रिसता रहता है। राजनीति को समाज विरोधिता की ज़रूरत होती है या समाज विरोधिता को राजनीति की? या सभी कुछ अब एकमेक होकर, एकल-संगीत बन चुके हैं। नहीं, अब मैं नहीं, सोचता, कुछ भी नहीं सोचता! अब तो लगता है, मेरी उम्र चौंसठ नहीं, एक सौ चौंसठ वर्ष है।

एक दिन काजल ने सीतू के कमरे में बैठे-बैठे ही कहा, "देखो, सीतू, नौ मन तेल जलाकर भी, राधा नाच नहीं नाचेगी। आख़िर कौन-सा राज-काज निपटाने के बाद, तू टापू का साथ छोड़ेगा?"

"उसके पास मेरे रुपये बाकी हैं।"

"हुँहः तुम लोग समझते हो कि तुम्हीं लोग शातिर चालाक हो। लेकिन सुषेण मल्लिक की गिद्ध-नज़रें तुम्हीं लोगों पर गड़ी हुई हैं। ख़ैर, तुम लोग मित्र बाबू का काम. ..काजिया-देवपाड़ा में मिट्टी-ख़ुदाई का काम कर रहे हो न?"

"मालूम है! मित्र बाबू उस आदमी के कौन होते हैं?"

"अच्छा? तो उसी आदमी का काम कर रहे हो? मित्र बाबू तो शिखंडी है। क्यों करते हो उसका काम? तुझे इतनी क्या ज़रूरत आ पड़ी है? पाँच-साढ़े पाँच हज़ार रुपये तो जमा हो गये। किसके लिए?"

"अगर मैं कहूँ, तुम्हारे लिए?"

"छिः!"

काजल हनहनाती हुई कमरे से बाहर निकल गयी। उस दिन हम सब भी समझ गये कि सीतू ने मन ही काजल का ही पल्ला थाम लिया है।

वैसे काजल और सीतू हमउम्र नहीं थे। काजल उससे साल भर बड़ी थी।

काजल अपने काका, तारक बाबू के यहाँ रहती थी। काजल ने कुछ लोगों के साथ मिलकर, लड़कियों का एक जूनियर स्कूल खोला था। उसके काका को पूरा विश्वास था कि किसी न किसी दिन उस स्कूल को सरकारी अनुमोदन भी मिल जायेगा। काजल वहाँ कोचिंग पढ़ाती थी। उसके काका ने टीचरी और कोचिंग करके ही, काजल और बाकी बेटियों को बड़ा किया था।

सीतू, काजल के प्रति आकर्षित है, इसके सबूत भी मिलने लगे थे।

काजल, सीतू को सही राह दिखाने की कोशिश क्यों कर रही थी, हमें इसका अन्दाज़ा नहीं था।

प्रतिमा ने कहा, "वह सीतू का भला चाहती है।"

अच्छा, मैं, प्रतिमा, नीतू और गीति क्या सीतू को अकेला बेहद अकेला किये दे रहे थे? वह जो रुपये लाता था, हम उन रुपयों को ग़लत तरीके से अर्जित रोज़गार मानते थे। वह लड़का मन ही मन बेहद अकेला, अक्खड़ होता गया, शायद इसीलिए उसने काजल को कसकर जकड़ लिया। वह क्या काण्ड-ज्ञानहीन होता जा रहा था?

जब-जब यह ख़याल आया है, मैं अपने को माफ़ नहीं कर पाया। उन दिनों सन सतहत्तर की विपुल विजय ने देश को उत्ताल कर रखा था। हम सबके मन से मानो एक वज़नी चट्टान उतर गयी थी।

उन्हीं दिनों यह ख़बर मिली कि जिन सब क़ैदियों को मुक्त किया गया है, उनमें वरुण नहीं है।

काजल गुमसुम हो आयी।

"कोई भी अपराध साबित नहीं कर पाये, इसके बावजूद भइया को नहीं छोड़ा?" काजल ने सवाल किया।

"तू परेशान मत हो" सीतू ने तसल्ली दी

"काका के गले पड़ी रहकर, आख़िर कितने दिनों उन्हें तकलीफ़ दूँ? उस पर से वे दमे के मरीज़ हैं, और कितने दिनों की आयु है उनकी?"

"मैं हूँ न!"

"मैं तुमसे यही कहने आयी थी। सीतू! पहले तुम टापू का संग-साथ छोड़ो, उसके बाद कहना—मैं हूँ न! लेकिन यह तुम्हारे बूते की बात नहीं है। अब, तुम मुझसे कोई वास्ता मत रखना।"

गीति ने प्रतिमा से कहा, "काश! भाई को अगर समझ आ जाती, तो काजल' दी उन्हीं से ब्याह करती।"

"जैसे उसने तुझसे कहा है?"

"ओफ़ ओ! यह बात सिर्फ़ तुम लोग ही नहीं जानते, बाकी सभी लोग जानते हैं।"

"गीति तू उम्र में सबसे छोटी है न?"

"छोटी तुम लोगों ने रहने कहाँ दिया? ख़ैर तुम लोग बस, यह जान लो कि भाई अगर काजल' दी से शादी कर लें तो मुझे और छोटू भाई को ख़ुशी होती।"

''ख़ुशी तो हम लोगों को भी होती। लेकिन, यह बात समझाएँ किसे?''

कई रात सीतू सो नहीं सका। अपने कमरे में लगातार चहलकदमी करता रहा और सोचता रहा।

अचानक एक दिन सुनने में आया कि सीतू ने टापू से नाता-रिश्ता तोड़ लिया है और उसके जाल से निकल गया।

उसने हम लोगों को कुछ नहीं बताया, हमने भी उससे कुछ नहीं पूछा।

यह भी सुनने में आया कि टापू भी सुषेण बाबू के जाने कैसे रुपये-पैसे ले कर हवा हो गया है।

बीच के समय में ढेर-ढेर बातें, ढेर-ढेर घटनाएँ। बी.ए. पास करने के बाद से ही, नीतू सरकारी नौकरी की तलाश में भटकने लगा। हम सबको बेतरह ख़ुश करते हुए गीति ने फ़र्स्ट डिवीज़न में ग्यारहवीं क्लास पास कर लिया।

''अगर दो ट्यूशन कम करती, तो 'लेटर' पा सकती थी।'' मैंने कहा।

''यह तो महज़ आदत थी, पापा!''

सीतू एक दिन चूरा-साबुन का पैकेट लिये-दिये घर में दाख़िल हुआ।

माथे का पसीना पोंछते हुए, उसने ऐलान किया, ''चूरा-साबुन, 'सी फोम' की एजेंसी ले ली, पापा! बहुत-ब-हो-त बढ़िया साबुन है।''

लेकिन वह किसी से आँखें नहीं मिला पाया। मानो वह मुजरिम है और हम विचारक!

''ला, मुझे दे।'' प्रतिमा ने कहा।

सीतू ने बिना सिर उठाये ही जवाब दिया, ''बाद में मुझे शायद कम्पनी में शामिल कर लें। फ़िलहाल...मेहनत करूँ, तो महीने में करीब पाँच सौ रुपयों की कमाई तो होती जायेगी। बस, जी-तोड़ मेहनत करनी होगी।''

''जा, काजल को बता आ—'' प्रतिमा ने कहा।

''सुषेण बाबू मीटिंग में तुम लोगों को भी बुलायेंगे।''

''कैसी मीटिंग?''

''नये एम.एल.ए. का अभिनन्दन करने के लिए मीटिंग बुलायी गयी है। सुषेण बाबू जैसे बन्दों के लिए...कभी, कोई मसला न होता।''

सचमुच यही हुआ। अब सुषेण बाबू नहीं रहे! अब उनका बेटा, सुसीम, हमारा काउंसिलर, खेल-जगत का पृष्ठपोषक, पुरी में होटल-मालिक वग़ैरह-वग़ैरह।

सुसीम जैसे इन्सानों को कभी, कोई परेशानी नहीं होती।

सुषेण बाबू ने हमें नहीं बुलाया। अगर बुलाता भी तो हम नहीं जा पाते, क्योंकि 'सी फोम' साबुन बेचते-बेचते ही काजल और सीतू ने शादी कर डाली।

दस्तख़त की शादी! काजल अपने काका को छोड़ने को तैयार नहीं थी।

तारक बाबू ने ही कहा, ''यह सब नहीं होगा। तुम अपने घर रहो, मैं अपने घर!''

बहरहाल, छोटा-मोटा जश्न तो मनाना ही पड़ा। प्रतिमा और काजल के स्कूल-टीचर, मेरे कई सहकर्मी, गीति और नीतू के चन्द यार-दोस्त!

समारोह मेरे छत पर ही आयोजित किया गया। शोभन बाबू मुझे बार-बार याद आते रहे। आज, अगर वे होते, तो कितने ख़ुश होते!

साल भर हुए शोभन बाबू स्वर्गवासी हो गये।

दूल्हे की उम्र बाईस! दुल्हन की तेईस! ख़ैर इससे क्या फ़र्क पड़ता है?

हाँ, मैं यह कह सकता हूँ कि सन उन्यासी से पहले यानी सन अठहत्तर की पूजा तक, हम सब बेहद ख़ुशहाल थे। काफ़ी ख़ुशी-ख़ुशी दिन गुज़रते रहे। काजल भी अपने स्कूल जाती रही। सीतू, मैं और प्रतिमा अपने-अपने काम पर जाते रहे। गीति, लेडी ब्रबॉर्न कॉलेज में पढ़ने जाती रही।

प्रतिमा ने कहा, "देखो वे लोग बाद में घर बनायेंगे। उसमें तीनों लोगों का हिस्सा होगा। क्यों?"

"ज़रूर होगा।"

सन अठहत्तर की दिसम्बर में अचानक ख़बर मिली कि टापू लौट आया है। वह कहता फिरा कि सुषेण बाबू से उसे अपना हिसाब-किताब चुकता करना है। सुषेण बाबू के पास अभी भी उसके कुछेक हज़ार रुपये निकलते हैं।

पहली बार सीतू और काजल को आपस में झगड़ते हुए देखा। नहीं, उन दोनों की तू-तू-मैं-मैं, हमें कभी सुनायी नहीं दी।

"सुनो, अगर वह तुम्हें बुलाये भी, तो तुम हरगिज़ मत जाना।"

"उसे जवाब क्या दूँगा?"

"उसका हिसाब-किताब, वह ख़ुद समझे।"

उस पल, सीतू की आवाज़ में जो असहनीय यन्त्रणा, तीखी हताशा और दबे-ढँके क्रोध का लहज़ा था, अभी भी जब-तब मेरे कानों में बज उठता है तो मेरी कई-कई रातों की नींद छीन लेता है।

उस दिन, उन दोनों की बातचीत आज भी मुझे याद आती है।

"लेकिन...उसने जो कहा, वह तो सच है न! सुषेण बाबू ने मेरे सामने ही उससे कहा था...कम्पनी के मैदान से अगर, उन लोगों को उजाड़ दे...तो वह उसे पन्द्रह हज़ार रुपये देगा। मुझे...पाँच देगा। उस दिन, मैं भाग आया...रुपये नहीं लिये! बस, वही जो हज़ार रुपये एडवान्स..."

"मालूम है मुझे!"

"न-हीं, सारी बात तुम नहीं जानती। न तुम जानती हो, न कोई और! एकमात्र सुषेण बाबू जानता है कि कहाँ गया...गौरी का वो...? वो कौन तो था न!"

"उसकी बहन के बेटी-दामाद तो नहीं?"

"नहीं, नहीं...जाने कौन तो था..."

"जिसे वह रात को अस्पताल ले गया था।?"

"अस्पताल नहीं, वह मर गया था...।"

"टापू ने मार डाला?"

"नाऽऽ, पता नहीं, किसने मारा! टापू ने ही कहा—हे काली मइया, यह तुमने क्या किया?"

"उसके बाद?"

"अस्पताल में तो नहीं। सुषेण बाबू के कहने पर...टापू ने उसे...शायद धापा के मैदान में..."

"उसी टापू के पास तुम क्यों जाओ? उससे कोई सरोकार क्यों रखो?"

"न रखूँ? तुन्हें पता नहीं, टापू ने ही मुझसे कहा—मैं तो भूसा हो गया, सीतू, तू यहाँ से कट ले। शरीफ़ माँ-बाप का बेटा है तू, यह लाइन तेरे लिए नहीं है। अगर वह न कहता, तो मैं लौट नहीं सकता था..."

"कृतज्ञता जताने जाओगे?"

"मैं सिर्फ़ वहाँ जाऊँगा, सुषेण बाबू से कहूँगा—उस दिन आपने मेरे सामने ही उसे ढेरों रुपये देने का वचन दिया था। मैं उस बात का गवाह हूँ। अगर यह बात मैं कहूँगा, तो वह रुपये ज़रूर देगा। टापू रुपये-पैसे लेकर, चम्पत हो गया है। यह अफ़वाह तो उन्होंने ही फैलायी थी।"

"टापू को अगर रुपये मिल गये, तो वह उसमें तुम्हें हिस्सा देगा?"

"मुझे हिस्सा नहीं चाहिए। रुपये अगर मुझे लेने होते, तो बहुत पहले ही ले सकता था। टापू और कोकिला...सुनो तुम मुझे मना मत करो। अगर तुम रोकोगी, तो मैं एक कदम भी हिल नहीं सकता।"

"आज मुझे जाने कैसा तो डर लग रहा है। अच्छा, तुम अगर न जाओ, तो क्या होगा?"

"मानता हूँ, टापू ने बहुत-से अन्याय किये हैं। अब, अगर उस बेचारे को थोड़े-बहुत रुपये मिल जायें, तो उसकी ज़िन्दगी ज़रा बदल जाये...सुषेण बाबू ने तो उसे सामने रखकर, ढेरों बार लखपति बन गये, काजल।"

हाँ, उसकी यह बात, मैंने सुनी, प्रतिमा ने भी सुनी थी।

हमारे सुख के ये चन्द महीने, कितने क्षणस्थायी थे!

उसके बाद तो सबने जान-सुन लिया।

सुषेण बाबू के कंस्ट्रक्शन साइट पर ही गया था सीतू। टापू से वहीं भेंट होने की बात थी!

उस रात न मैं सोया, न प्रतिमा! काजल भी जगी बैठी रही!

घण्टा गुज़रते-न-गुज़रते, सीतू दौड़ता हुआ वापस लौट आया। लौटते ही, उसने उल्टियाँ शुरू कर दीं। टूटी-फूटी, विकृत आवाज़ में टुकड़े-टुकड़े शब्द, मानो कोई धन्ध ाधुन्ध कंकड़ बरसा रहे हों।

"...टापू...म...मर गया, काजल! मैं...मैं समझा नहीं...एक...दम नहीं समझा! वह. ..पड़ा हुआ था। जैसे ही उस चित करने गया..."

उल्टियों की आवाज़ें...

मैंने उस पर विश्वास कर लिया।

काजल ने भी विश्वास कर लिया।

अपने उस अँधेरे समय में भी सीतू ने किसी का ख़ून नहीं किया। नीतू ने भी सीतू का विश्वास किया।

गीति ने भी!

प्रतिमा ने तो ख़ैर किया ही।

लेकिन, किसी को विश्वास दिलाना बेहद मुश्किल था।

वजह यह थी कि फ़ौरन पुलिस आ पहुँची। असम्भव अफ़रातफ़री में केस भी सज़ा लिया गया। कितनी जल्दी-जल्दी गवाह-साक्षी भी जुटा लिया गया।

सीतू ने तो छुरा तान लिया था...टॉर्च की रोशनी फेंककर, उसने टापू को देखा था। वह टॉर्च भी, वहीं फेंक आया था।

घरवालों की गवाही तो ख़ैर टिकी ही नहीं।

काजल तो एक ही जुमला रटती रही, जो सीतू ने उसे सिखाया था।

लेकिन वे सब तो घरवाले थे। लेकिन बीवी या बाप, या माँ या भाई या बहन तो किसी अपने को बचाने की कोशिश करेंगे ही।

राज्य बनाम सीतेश मल्लिक का केस, दायरा अदालत से हाईकोर्ट में पहुँच गया। वकील खड़ा करते-करते हमारी तो हालत पतली हो गयी।

कोकिला ने कहा, "टापू कहता था, सीतू मेरा एहसानमन्द है। उसी के पास पहले जाऊँगा।"

टापू के बाप और बहनें तो अदालत में, अदालत के बाहर, बाज़ार में, हम लोगों को ही गाली-गलौज करते थे।

सुषेण बाबू ने कहा, "पार्थ (टापू का भला नाम पार्थ था, यह हमें मालूम ही नहीं था) और सीतू तो समाज-विरोधी बन गये थे। सुना है कि उन दोनों में काफ़ी तनातनी चल रही थी। वे दोनों अगर मेरे पास आते, तो मैं निपटारा करा देता! लेकिन, सीतू ऐसा कोई काण्ड कर बैठेगा, इसका अन्दाज़ा नहीं था।"

मैं देखता रहा, मेरी आँखों के सामने ही, वकीलों की जिरह-दर-जिरह के साथ-साथ सीतू की तस्वीर किस कदर भयंकर होती गयी।

मानो उम्र-क़ैद की सज़ा का हुक्म सीतू के लिए नहीं सुनाया गया, बल्कि सज़ा हमें मिली हो।

चौदह साल! आज चौदह साल से उसे देखने और भेंट-मुलाकात के लिए मैं ही जाता हूँ। सिर्फ़ मैं। दमदम, अलीपुर, सेंट्रल, मेदिनीपुर, बहरामपुर, अलीपुर प्रेसिडेंस!

लाइफ़र लोगों को तो इन्हीं पाँचों जेलों में घुमाते हैं।

एकमात्र हम लोग ही तहस-नहस हो गये। दण्डादेश सुनकर काजल वहाँ से निकलकर, सीधे घर लौट आयी। कई दिनों बाद उसने सूचना दी कि वह जा रही है।

गीति ने ख़बर दी, "भाभी शायद माँ बनने वाली है।"

प्रतिमा ने कहा, ''ना किस ज़ुबान से कहूँ? लेकिन घर में तो सिर्फ़ उसके काका रहते हैं। वैसे यह घर भी तो उसका अपना है।''

काजल ने हमें कभी 'बाबू जी' या 'माँ' कभी नहीं कहा।

काजल ने धीमे लहज़े में कहा, ''बच्चा अगर यहाँ पैदा हुआ, तो उसे यही पता चलेगा कि उसका बाप ख़ून का असामी था।''

''लेकिन, यह बात तो सच नहीं है, काजल!''

''फ़िलहाल यही सच है। मुझे स्वार्थी होना ही होगा। मौसी! यहाँ तो सबकी आँखों में अविश्वास झलकता हुआ! मुझे सुना-सुनाकर ताने सुनाना...यह अगर झूठ था, तो साबित क्यों नहीं हुआ? मुझे तो जाने ही दें।''

''लेकिन...''

''मेरे भाई रिहा हो ही जायेंगे। मेरे काका हैं न! हमेशा से मैं ज़िन्दगी से जूझती रही...मैं सीतू की तरह लुजलुजी-नरम नहीं हूँ, मौसी जी! मैं झेल लूँगी।''

''झेल तो लोगी ही! सौ बार, झेल लोगी। तुम भी न, माँ! वह हमारी तरह यहाँ रहने को मजबूर नहीं है।''

काजल चली गयी।

मेरा दफ़्तर, प्रतिमा का स्कूल! दरवाज़े के बाहर कदम रखते ही बाहर की दुनिया! हम लोग मानो बलि के पशु हों और बाहर के लोगों की आँखें मानो शिकारी हों। लोगों ने कितनी जल्दी हमारे यहाँ आना-जाना बन्द कर दिया। ''क्यों? कैसे हैं? क्या ख़बर है?''—लोगों ने तो यह तक पूछना छोड़ दिया था।

कॉलेज से लौट कर, एक दिन गीति ने ऐलान किया, ''अब मैं कॉलेज नहीं! जाऊँगी।''

''क्यों?''

''हर कोई भाई का ज़िक्र छेड़ देता है। आख़िरकार मैंने चीख़कर सुना दिया—मेरे भाई ने ख़ून नहीं किया, फिर भी उन पर ख़ून का इल्ज़ाम थोप दिया गया है। उन्हें कातिल साबित किया गया, यह तो तुम लोग भी जानते हो। अब मुझसे और क्या जानना चाहते हो?''

''तूने ग़लती की—'' नीतू ने कहा।

''कैसी ग़लती?''

''हम शान से सिर उठाकर ही चलेंगे! भाई की घटना, हम दबा नहीं सकते। लेकिन भाई लाइफ़र हो गये, इसलिए क्या हम जीना बन्द कर दें? माँ स्कूल नहीं जाती? पापा दफ़्तर नहीं जाते?''

''भाई भी न! हम सबको मारकर रख गये।''

मैं और प्रतिमा ख़ामोश!

पता नहीं, सीतू पर कौन-सा भूत सवार हो गया। खाने-पीने को लेकर तो स्वार्थी था ही लेकिन इस किस्म के स्वार्थी तो बहुतेरे लोग होते हैं। लेकिन वे लोग टापू जैसे छोकरों के साथ मेल-मिलाप नहीं करने जाते।

''ख़ैर, वह ख़ुद भी बेमौत मरा—'' प्रतिमा ने बमुश्किल जवाब दिया।

''उसे तो मौत इसी तरह आनी थी! इतने-इतने कत्ल करने और सन्त्रास फैलाने के बाद वह क्या आराम से बिस्तर पर लेटे-लेटे मरता?'' गीति ने कहा।

''कोकिला' दी की तो ज़िन्दगी ही तबाह हो गयी।''

''ख़ैर, अब उसने आसनसोल में साड़ी की दुकान खोल ली है। कोई ख़ास तकलीफ़ में नहीं है।''

''टापू का घर भी न...बिलकुल अजूबा लगता है। बाप या बहनों को देखकर कौन कहेगा कि...?''

''...कि किसी तरह की आर्थिक कड़की है...।''

नीतू ने ईषत हँसकर कहा, ''सुषेण बाबू हैं न? अदालत में ऐसा सफ़ेद झूठ बोलता रहा, किस बूते? अरे, उस जैसे लोग, अपने दाएँ-बाएँ समझ-बूझकर काम करते हैं।''

''रुपये के लिए उसने उस लड़के को कत्ल करा दिया...'' प्रतिमा ने कहा।

''अब इन्सान होना जो सीख गया है, माँ! कोकिला' दी की दुकान खुल गयी, इन लोगों को पैसा मिल गया! टापू की मझली बहन तो मल्लिक कंस्ट्रक्शन के दफ़्तर में ही रिसेप्शनिस्ट की नौकरी कर रही है! बेमौत तो हम लोग मरे।'' नीतू ने मन्तव्य दिया।

''अब तो यह हमारी ज़िन्दगी भर का संग-साथ बन गया। अब मैं क्लास में फ़र्स्ट आनेवाली लड़की नहीं रही। अब मैं सीतेश मल्लिक की बहन हूँ।''

''मजबूरी यह है कि हमें यहीं रहना होगा।'' नीतू ने कहा।

प्रतिमा ने खाना परोसते हुए कहा, ''काजल चली ही गयी। नौकरी-चाकरी मिल जाये, तो तुम लोग भी खिसक लेना।''

''माँ यह घर हम बेच नहीं सकते?''

''बेचकर जितने पैसे मिलेंगे, उसे लेकर कलकत्ते में रहना नामुमकिन है। लक्खीकान्तपुर की राह लेनी होगी।''

''नहीं ऐसा सम्भव नहीं है, छोटू भइया!'' गीति ने भी कहा, ''भाई के मामले को लेकर, हम लोग मानो किसी खड्डे में पड़ गये हैं, आँखें, दीवार पर जा लगी हैं—यह सब सोचकर कुछ नहीं होगा। पापा इक्यावन के हो गये, माँ उन्चास! तू इक्कीस का है और मैंने सतरह पूरा कर लिया—बाकी ज़िन्दगी हमें ज़िन्दा तो रहना होगा न!''

''हाँ यही सब लेकर ज़िन्दा रहना होगा।''

''हम लोग भागें क्यों? क्या हम लोगों ने कोई जुर्म किया है?''

पहली बार सीतू को देखने मैं और प्रतिमा, दोनों प्राणी साथ गये।

''यह मैंने तुम लोगों को किस मुसीबत में डाल दिया—!'' सीतू ने कहा।

''अब तू परेशान न हो।'' प्रतिमा ने कहा।

''काजल तो अपने काका के पास लौट गयी—''

प्रतिमा ही कहा करती थी कि रूढ़ सच्चाई चोट पहुँचाती है, मगर फिर भी इसे छिपाने से नुकसान होता है।

"चली गयी...?"

"हाँ, वह माँ बनने वाली है।"

"अच्छा...?"

मैंने सुना बाद में काजल भी उससे मिलने गयी थी। उन दोनों में क्या बात हुई, यह मुझे नहीं मालूम!

साइकिल-रिक्शे पर सवार होकर एक दिन, काजल के काका, तारक बाबू, आ पहुँचे। उम्र से बूढ़े, मगर आँखें चमकती हुईं। बाल दूधिया-सफ़ेद, मगर भौंहें काली। करीब से वैद्य की दवाओं की गन्ध। दमे के मरीज़।

उन्होंने मुझे 'परगना का इतिहास' की एक प्रति सौंपते हुए कहा, "घर को मातमख़ाना बनाकर मत रखें। इन्सान को कोई भी रोग हो सकता है। फ़र्ज़ करें कोई बहुमूत्र का शिकार हो जाये या लूला-लंगड़ा हो जाये! फ़र्ज़ करें, उसका एक पाँव कट जाये, फिर भी यह महाकष्ट झेलते हुए उसे ज़िन्दा रहना होता है, काजल की फ़िक्र न करें। देखिएगा, वह ठीक-ठाक ही रहेगी।"

"वरुण लौट आया?"

"आज या कल लौटने वाला है! आप लोग सकुशल रहें! कितने दिनों दुःख मनाया जा सकता है?"

"सब कुछ तो झूठ है।"

"झूठ भी हो, तो क्या फ़र्क पड़ता है? मल्लिक से बदला लेने के लिए, आपके बेटे को भी मार-काट करना पड़ा। हम लोग उस लाइन नहीं जा सकते। हमारी ज़ुबान की भाषा में अभी भी गंगा-पद्मा का मेल है। अच्छा, आप लोग ठीक-ठाक रहिएगा।"

"काजल मज़े में है?" प्रतिमा ने पूछा।

"मज़े में रहना उसे आता है। आयेगी वह! उसे किसी से भी शिकायत नहीं है। अच्छा, मैं चलता हूँ।"

हमें तसल्ली दे कर वे चले गये और रास्ते से उन्होंने चार अदद मछली ख़रीदी। काजल के लिए।

यही है हमारा इतिहास! चौदह सालों में गीति, नीतू, काजल ने अपना-अपना जीवन रच-गढ़ लिया और खिसक लिये। सीतेश की छाया, उन लोगों का ज़रूर पीछा कर रही थी।

हम दोनों प्राणी निर्वासन में हैं। मैं सन अठ्ठासी में रिटायर हो गया और प्रतिमा सन नब्बे में!

अब, अगर हम लोग चाहें तो आसानी से बाहर आ-जा सकते हैं। यह मुहल्ला भी और तरह का है। बहुतेरे लोग हमें नहीं पहचानते और बहुत-से लोग 'सीतेश मल्लिक' का नाम तक नहीं जानते।

हमारी महरी, रीना ने कहा, "इतनी साफ़-सफ़ाई करा रहे हैं, बेटा मानो अमेरिका से आय रहा है। सुना है, उहाँ सब बड़े साफ़-सुथरे रहत हैं।"

रीना ट्रेन में सवार होकर, सुभाषग्राम से आती थी। सलवार-कमीज़ चढ़ाये रहती थी। दस बजे दिन से दोपहर तीन बजे तक काम करती थी और तीन सौ रुपये तनख़्वाह लेती थी। हर वक्त सुनाती रहती थी—"हनुमान 'एपाटमेंट' में एक-एक 'फिलैट' हरदम चार-चार, पाँच-पाँच सौ रुपये देत हैं।"

हम सुनते रहते थे।

"कोई अच्छी नौकरी मिले, तो तुम चली जाना। रीना!" प्रतिमा भी उसे सुना देती थी।

उन दोनों में इस किस्म की बातचीत पिछले तीन सालों से जारी थी। पिछले चौदह सालों में कम महरी तो इस घर में नहीं आयीं-गयीं।

हमें इस निर्वासन की भी आदत पड़ गयी थी। तारक बाबू की सलाह मुताबिक इन सबके साथ, बस, जिए जा रहा हूँ।

लेकिन-निर्वासन-काल का अवसान किस कदर भयंकर होता है, कितना ख़ौफ़नाक होता है...मैं छिन्न-भिन्न हुआ जा रहा हूँ...टुकड़े-टुकड़े! मुझे समझ में नहीं आ रहा है कि मैं क्या करूँ।

सीतू अब किसी भी दिन लौटने वाला है। उसके बाद?

❐

माँ

मुझे बखूबी समझ में आ रहा है कि वे बेहद विचलित हैं! वे यह सोच-सोचकर परेशान हैं कि इस वापसी को, हममें से कौन, किस रूप में लेगा।

सीतेश का लौट आना।

स्वेच्छा रक्तदान करने से मीयाद कम हो सकती है, इसलिए बहुतेरे क़ैदी रक्तदान करते रहते हैं। सीतेश दो-एक बार तो रक्तदान कर सकता है, लेकिन मीयाद कम करने के लिए वह बार-बार अपने पर ज़ोर-ज़बरदस्ती नहीं कर सकता।

मैं उसे देखने के लिए कुल दो-एक बार ही गयी थी।

वहाँ मैं ठीक-ठाक स्वाभाविक रहती थी।

मगर घर आ कर बीमार पड़ जाती थी।

उसके बाद सीतू ने ही ख़त लिखा—"माँ, पापा तो आते ही हैं। तुम अब मत आया करो। मैं समझ सकता हूँ, घर लौट कर तुम बीमार पड़ जाती हो। पापा भी...कभी-कभार आ जायें, तो भी चलेगा। उनसे ज़ोर-ज़बरदस्ती मत करना।"

सीतू और मेरे बीच, जी खोलकर बातचीत किये तो लम्बा अर्सा गुज़र गया। जब वह गिरफ़्तार हुआ, उससे भी चार साल पहले से हमारी, उन्मुक्त बातचीत थम गयी थी। लेकिन मुझे जितना वह पहचानता है, बाकी बच्चे उतना नहीं पहचानते थे।

वह समझता था कि उसके पापा जो उससे मिलने जाते थे, वह मेरी ही ज़ोर-ज़बरदस्ती से! वैसे मैं रोती-धोती बिलकुल नहीं थी। हम दोनों में ऐसा रिश्ता है कि मैं पलकें भर उठाती हूँ और वे समझ जाते हैं।

जब हम दोनों चाय की घूँट भर रहे होते हैं, मैं हद से हद इतना भर ज़िक्र छेड़ती हूँ, "बहुत दिन हो गये...बहरमपुर...। एक बार न हो...।'

मेरी ज़ोर-ज़बरदस्ती बस, इतनी ही!

लेकिन...उस बार, मेदिनीपुर लोकल से लौटते हुए ट्रेन अस्वाभाविक तौर पर लेट हो गयी। उन्हें लौटने में देर हो गयी। वे लगभग बीमार ही हो गये।

बस, उसके बाद, मैंने उन्हें बहरमपुर या मेदिनीपुर नहीं जाने दिया। न अलीपुर सेंट्रल, न अलीपुर प्रेसीडेंसी, न दमदम! हाँ, उसकी खोज-ख़बर रखती रही हूँ। अपने

हाथ से ढेर सारा खाना तैयार करके, पूजा के बाद, उसे भेजा है। उसे बार-बार हिदायत देती रही हूँ कि वहाँ जितने भी पैसे मिलते हैं, सब अपने खाने-पीने पर ही ख़र्च करना।

नहीं मैंने अपने और उसके पापा के बीच के रिश्ते को ऐसा नहीं बनाया कि उसके बारे में बात करके, शर्मिंदा होऊँ। आख़िर हम दोनों उसके माँ-बाप हैं। सिर्फ़ इसी घर में उसके बारे में बातचीत की जा सकती है।

काजल ने अपने बेटे, ऋषि को यही बता रखा है कि उसका बाप लापता हो गया है। उसकी कोई ख़बर नहीं है।

गीति जब कभी-कभार यहाँ आती है। तो भाई का हाल-समाचार पता कर लेती है। अमिय और उसकी मुहब्बत की शादी थी। अमिय इंडियन स्टैटिस्टिकल इंस्टीट्यूट में नौकरी करता है। गीति दमदम के किसी कॉलेज में अंग्रेजी पढ़ाती है। वे दोनों, मियाँ-बीवी लेक टाउन में रहते हैं। अभी भी वे किराये के घर में ही रहते हैं। लेकिन अब जल्दी ही अपना निजी मकान बनवानेवाले हैं। गीति के जुड़वाँ बेटे, रूटुन (तपोमय) और कूटुन (शुभमय) भी उसी इलाके में पढ़ते हैं।

उनके विवाह-पूर्व की शर्त यही थी कि वे दोनों सीतू के बारे में कभी बात नहीं करेंगे। उन दिनों अमिय और गीति भी इस मामले में काफ़ी अक्खड़ थे। मुझे नहीं मालूम कि अमिय अब थोड़ा-बहुत नरम पड़ा है या नहीं!

रूटुन और कूटुन भी जानते हैं कि उनके बड़े मामा खो गये हैं। वे लोग सपरिवार कभी-कभार यहाँ आते हैं। यहीं खाते-पीते हैं, किसी-किसी दिन रुक भी जाते हैं। गीति और बच्चे!

अमिय चला जाता है। वह हमारे यहाँ नहीं रुकता।

उसका कहना है, "घर की पहली मंज़िल पर रहता हूँ। रात को अगर घर पर न रहूँ, तो ख़तरा है।"

गीति ने ही एक दिन नीतू को समझाया था, "भाई लाइफ़र हैं! उम्र-क़ैद के सज़ायाफ्ता! यही हमें मानकर चलना होगा। इसमें हमारे लिए शर्मिन्दगी की क्या बात है?"

उसी गीति ने ही ढेर-ढेर समझौते कर लिये।

ख़ैर, उसे करने दो। एक बालिग़ प्रोफ़ेसर, नौकरीयाफ़्ता लड़की ने अपने चुने हुए पात्र से विवाह किया। दहेज वग़ैरह का सवाल ही नहीं था। अमिय के माँ-बाप सिलिगुड़ी में रहते हैं। उसके बड़े बेटे की बीवी एक नेपाली, ईसाई डॉक्टर है। मझले बेटे ने मौसेरी बहन से विवाह किया है। एक बेटी ने किसी लफ़ंगे, चिट-फ़ण्ड के व्यापारी से ब्याह कर लिया है। छोटी बेटी का पति एक अदद उम्रदार, धाकड़ वकील है। अमिय के माँ-बाप बिलकुल साफ़-साफ़ कहते हैं—भई, जिसका जहाँ जिससे ब्याह करने का मन करे, कर ले। बस, हमें अपने ढंग से रहने दो।

नहीं, गीति का विवाह भी आजकल के नियम मुताबिक रजिस्ट्री करके सम्पन्न हुआ। और दोनों पक्षों के मिले-जुले ख़र्च पर रिसेप्शन दिया गया।

मेरी बहन, अणिमा तो खुलेआम कहती है—दीदी ने तो सारा कुछ बिना किसी ख़र्च के, मुफ़्त में ही सम्पन्न कर डला।

ख़र्च मैं आख़िर करती कहाँ से? सीतू के मुकदमे की जब सुनवाई शुरू हुई, तब हम दोनों ने ही अपने-अपने प्रॉविडेंट-फ़ण्ड से कर्ज़ लिया। बड़े जतन से जमा की गयी सारी पूँजी, इसी में निकल गयी। मेरे पास जो थोड़े-बहुत ज़ेवर थे, सारा कुछ बिक-बिका गया।

विवाह के समय, बाद में भी काफ़ी अर्से तक अमिय एक मामले में बिलकुल कड़क रहा।

नो स्कैंडल!

गीति को भी काफ़ी समझौते करने पड़े हैं। भइयादूज पर गीति जब नीतू को टीका लगाने आती है, तब अपने बड़े भाई के नाम से दीवार पर टीका लगा गयी है। नहीं, सीतू को देखने या उससे मिलने वह कभी नहीं गयी। नीतू भी कभी नहीं गया। सीतू को उसके विवाह की ख़बर देते हुए उसके पापा की आवाज़ काँप गयी।

लेकिन सीतू ने उन्हें तसल्ली दी, तुम क्यों परेशान होते हो? मेरा ज़िक्र तक छिपाकर, उन लोगों को चलना होगा, मुझे मालूम है। चलो, छोड़ो यह बताओ कि विवाह-समारोह कैसा रहा? उन लोगों की क्या ख़बर है?

जेल चले लाने के बाद, वह अपने भाई-बहनों के हाल-समाचार ही ज़्यादा पूछता रहता है। पहले-पहले उसे इतना उत्सुक या जिज्ञासु कभी नहीं देखा।

जब ये बातें मैंने काजल को बताईं वह ख़ामोश रही।

थोड़ा ठहर कर उसने कहा, "सीतू पहले काफ़ी अधकचरा बन्दा था। कहीं से भी परिपक्व नहीं था। लेकिन, अब काफ़ी समझदार हो गया है। मेरी राय में जब वह बाहर आयेगा। तब वह काफ़ी आत्मस्थ होगा। अब वह काफ़ी भलामानस और शरीफ़ इन्सान बनकर निकलेगा।"

हाँ, ये सीतू से सम्पर्क बनाये रखते हैं।

मैं और काजल, कमज़ोर-सा ही सही, एक-दूसरे से रिश्ता बनाये हुए हैं।

उस दिन गीति अचानक आ पहुँची।

मैंने ग़ौर किया वह बेहद उत्तेजित और विचलित थी।

"अगर मैं दिन भर तुम्हारे पास रहूँ, तो क्या तुम्हें असुविधा होगी?" गीति ने पूछा।

"बुद्धुओं की तरह बात मत कर।"

"अख़बारों में अमिय के बहनोई की ख़बर पढ़ी न?"

"हाँ पढ़ी।"

"ख़बर किस अख़बार में नहीं छपी! अब अमिय मुँह छिपाये फिर रहा है।"

"गीति!"

"क्या बात है, माँ?"

"तू क्या अमिय से लड़कर आयी है?"

गीति का मुँह अचरज से खुला का खुला रह गया।

"तुझे कैसे पता चला?"

"क्योंकि मैं तुझे पहचानती हूँ। तूने कहा होगा—'स्कैंड्ल सिर्फ़ मेरे परिवार के बारे में ही नहीं है। तुम्हारे परिवार के बारे में भी है।' तु और भी कुछ कहा है?"

"हाँ, कहा है। मैंने उसे यह भी सुना दिया कि मेरे भाई को तो फँसाया गया था। उसने अपना और अपने परिवार के अलावा, और किसी को नुकसान नहीं पहुँचाया! और किसी को संकट में नहीं डाला। लेकिन तुम्हारे बहनोई के चिट फंट की वजह से तो एक बेकसूर इन्सान ने आत्महत्या कर ली, हज़ारों गरीब परिवार भिखारी हो गये। अब यह स्कैंडल तो तुम अगर चाहो, तो भी नहीं दबा सकते।"

"तुझे ऐसा नहीं कहना चाहिए था।"

"ब्याह के बाद से ही, भाई की बात दबाते-दबाते..."

गीति की बात सच नहीं थी। हम बड़े-बुज़ुर्ग, अतीत को भूल जाते हैं। और अतीत की किसी घटना को याद करते हुए अब जैसा देखते हैं, उसी मुताबिक व्याख्या देते हैं।

सीतू, टापू जैसे लड़कों की संगति में रहता था। उससे मिलता-जुलता था, गीति और नीतू इसी का समर्थन नहीं कर पाये। उनके किशोर मन में इसी बात को लेकर अपने भाई के प्रति ज़हर भर गया था।

यही स्वाभाविक भी था। हम सब भले लोग हैं, किसी के भी सात-पाँच में नहीं रहते। हम सब पढ़े-लिखे लोग हैं। कभी किसी तरह का हल्ला-गुल्ला नहीं। मचाते—यह सब हमारे लिए गर्व की बात थी। इसी गर्व में, हम मामूली कपड़ों में भी शान से सिर उठाये चलते-फिरते थे।

सीतू ने वह गर्व ही तोड़ दिया! सीतू अगर सच ही कोई ख़ून कर देता, तो क्या होता, पता नहीं। ख़ून न करके भी यह ख़बर लोगों तक पहुँचने, बदनामी फैलने में तो कोई कमी नहीं आयी यह तो नहीं रोका जा सका।

गीति और नीतू जब बड़े हो रहे थे, उस किशोर-कोमल उम्र में सीतू ने उन्हें ज़बरदस्त चोट दी थी।

इसीलिए, अमिय से शादी करने के बहुत पहले से ही, गीति अपने भाई से मिलने नहीं जाती थी।

नीतू तो ख़ैर कभी नहीं गया।

मैंने गीति को समझाया, "जा, नहा आ! चल आज हम साथ-साथ खाना खायेंगे। अब, दिमाग़ ठण्डा कर। अमिय को ऐसे किसी काण्ड-कारखाने की आदत नहीं है। इस वक्त उसे तेरी ज़रूरत है। ज़रा ख़याल कर, बच्चे क्या सोच रहे होंगे।"

"चलो झगड़ा न हो निपटा लूँगी। लेकिन उसकी बहन...। छिः छिः छिः...हमेशा दौलत का गुमान! हर वक्त बड़ी-बड़ी बातें। इतनी सारे लोगों की आँखों में आँसू..."

"अरे, भई, आज कल ज़माना ही ऐसा है। यह भोगवादी सभ्यता का युग है..."

"इस बात को मन में दबाये, मैं चलूँगी-फिरूँगी कैसे?"

"तुम लोगों ने तो कुछ इनवेस्ट नहीं किया था?"

"पागल हुई हो? लेकिन, माँ, यह तो तुम मानकर ही चलो।"

"मेरे घर से मल्लिक लोगों की कोठी साफ़ नज़र आती है! न चाहते हुए भी देखना ही पड़ता है।"

सच ही तो!

गीति रो पड़ी। मैं उसका सिर सहलाती रही। बचपन में वह कहा करती थी—मुझे तुम लोगों ने छोटी नहीं रहने दिया।

सच ही गीति आज भी बड़ी नहीं हो पायी। सीमित आय में ही सही, उसने सोचा था, वह अपना एक घर बनायेगी, बाल-बच्चों को बड़ा करेगी, शराफ़त से ज़िन्दगी बसर करेगी, उसका सर शान से ऊँचा रहेगा—यह सारा कुछ करते हुए हमने क्या उन लोगों का शैशव या किशोर छीन लिया था?

पता नहीं!

बहरहाल काफ़ी देर रो-धोकर वह शान्त हुई।

हम दोनों ने एक साथ खाना खाया।

उसके पापा ने कहा, "अगर पता होता कि तू यहाँ खायेगी, तो बढ़िया मछली लाता।"

"फिर किसी दिन ले आना! उनके यहाँ मछली कहाँ आती है? बाप और दोनों बेटे पिछले जन्म में किसी और ही राज्य के इन्सान थे। इस जन्म में तो दाल, अचार, पापड़, घी और बस, आलू से जो भी चाहो, पका लो।"

"यहाँ जब आती है, तब तो खाती है।"

"शराफ़त के तकाज़े पर खा लेती है। अब तो गोश्त भी नहीं खाना चाहती! हाँ अण्डे को मना नहीं करती।"

खाना वग़ैरह निपट जाने के बाद, अपने कमरे में आ कर, उसके पापा ने कहा, "एक ख़ुशख़बरी है।"

"कैसी ख़ुशख़बरी, पापा?"

"जेल में उन लोगों को पेंटिंग सिखाते हैं! मूर्ति गढ़ना सिखाते हैं। आजकल सीतू काफ़ी मन लगाकर तस्वीरें बनाना सीख रहा है! यह सब सुना भर है, अपनी आँखों से नहीं देखा।"

गीति ने काँपती हुई आवाज़ में कहा, "भाई तो हमेशा से ही रवीन्द्र-नज़रुल जयन्ती पर पोस्टर आँकते थे...दीवारों पर लिखते थे...याद नहीं है?"

बस, यहीं तक!

उन्नीस से लेकर तेईस की उम्र तक सीतू ने जो-जो किया, हम सब उसी में डूबे रहते हैं। उससे पहले, उसने क्या-क्या किया, जिसे उसकी ख़ूबी समझी जाये, वह सब हम भूल चुके हैं।

मैंने गीति को सिर्फ़ इतना ही समझाया, "देख, अमिय से इस बारे में झगड़ा-झंझट मत किया कर–"

"भाई तो अब साल-डेढ़ साल में रिहा हो जायेंगे। है न पापा?"

"पता नहीं, बिटिया रिहा तो हो जाना चाहिए। लेकिन यह भी सुना है कि कभी-कभी सोलह-सत्तरह साल भी गुज़र जाता है।"

"भाभी का भाई..."

"वह तो राजनितिक क़ैदी है।"

"भाभी यहाँ नहीं आती, माँ?"

"काफ़ी कम! कभी-कभी! इतने सालों में..."

"तुम उनके यहाँ जाती हो?"

"जाती हूँ। लेकिन बस, साल में दो-एक बार!"

"ऋषि जाने कहाँ तो पढ़ रहा है..."

"हॉस्टल में!"

काजल ने काफ़ी तकलीफ़ उठाकर ऋषि को पुलिया के रामकृष्ण मिशन में रखा है। हॉस्टल का नाम, मैं किसी को नहीं बताती। कहने से बात फैल जाती है। सभी लोग जान जाते हैं। काजल अपने बेटे के बारे में काफ़ी सजग रहती है। बिलकुल बाघिन की तरह।

"मैंने तो हॉस्टल का नाम कभी नहीं पूछा–"

"तू उसके यहाँ जाती है?"

"कभी-कभार!"

"अब तो ऋषि भी चौदह का होने वाला है! काजल चाहती है कि और चार-पाँच साल अपनी निगरानी में रखकर उसे सयाना कर दे। बेटे को यही पता है कि उसका पिता लापता है।"

"हाँ माँ, मुझे मालूम है।"

गीति उस दिन वापस लौट गयी। उसके बाद भी अमिय और बच्चों के साथ, वह आती रही।

गीति ने बताया, "वह बन्दा तो हाजत में है। इन लोगों के परिवार में ऐसा घोर हंगामा मचा है कि क्या बताऊँ।"

मैं सारी बातें सुनती रही हूँ। यह भी सुना कि बेटों ने तो इस मामले से हाथ धोकर, अपना-अपना पल्ला झाड़ लिया है।

इधर बड़ी बेटी का पति वकील है और काफ़ी गुरुभक्त भी!

उन्होंने सारा किस्सा सुनकर, सिर्फ़ इतना ही कहा, "जय गुरु!"

छोटी बहन का रुपया-पैसा सारा कुछ ज़ब्त हो गया है। वह अपनी बेटियों को लेकर माँ-बाप की शरण में आ गयी है और सबके वाक्य-बाण सुन रही है।

अपनी तुषार-शुभ्र निष्कलंक भावमूर्ति अभी भी क़ायम है या नहीं, अमिय इसी चिन्ता में मरा जा रहा है।

गीति ने कहा, "लगता है, अमिय भी किसी गुरु का पल्ला थामने वाला है। भाग्य! नियति—आजकल ये शब्द काफ़ी रटने लगा है।"

"असल में, अमिय में मनोबल काफ़ी कम है। तुझे चाहिए कि उसे भरोसा दे।"

"छोटू भइया ने लिखा है कि मल्लिका को भी लगभग पाँच हज़ार रुपयों का गच्चा लगा है।"

"हाँऽऽ मल्लिका को भी तो अमीर बनने का चाव है। काश, अब उसे सबक मिले।"

मेरा छोटा बेटा, नीतू! उसकी ज़ुबान पर तो बार-बार यही जुमला घूमता-फिरता रहा, "भाई की वजह से अब इस शहर में रहना मुहाल हो गया है।" और उसने कलकत्ता छोड़ दिया।

छुटपन से ही वह काफ़ी घुन्ना और मितभाषी रहा है। वह हमेशा यही रटता रहा कि किसी भी तरह, वह अपने लिए कोई न कोई काम ज़रूर जुटा लेगा।

सन 1980 में वह इम्तहान दे कर भूमि-राजस्व विभाग में आख़िर शामिल हो ही गया। उसे पोस्टिंग मिली, जलपाइगुड़ी में। पहले जलपाइगुड़ी में, फिर मालदह, कूचबिहार और फिर वापस जलपाइगुड़ी।

वह उत्तरी बंगाल से आना-जाना ख़ास आना-जाना नहीं कर पाता था।

शुरू-शुरू में उसने रुपये भी भेजे।

एक बार मैंने ही कहा, "हम दोनों तो किसी तरह चला ही लेते हैं! नीतू! तू रुपये जमा कर! वक्त-बेवक्त ज़रूरत में तेरे काम आयेगा। तेरी तनख़ाह ही कितनी-सी है!"

"भाई के मुकदमे में ही तो तुम दोनों का..."

"अभी भी चल तो रहा है, नीतू! तू इतनी दूर जा पड़ा है! अब तो एकाध साल में देख-सुनकर तू ब्याह कर ले।"

"अभी कुछ दिन गुज़र जाने दो।"

"तुझे ही ज़्यादा ज़रूरत है, बेटा!"

मेरा नीतू घरबारी लड़का है! परिवार में उसकी जान बसती है। इस मामले में वह अपने पापा से काफ़ी मिलता-जुलता है! अपनी ट्यूशन के रुपयों से भी वह कभी साबुन या कभी चार आम ही ख़रीद लाता था। हर इतवार को वह अपने कपड़े-लत्ते ख़ुद धोता था, इस्तरी भी कर लेता था। रथ के मेले से अपने पापा के लिए गन्धराज और अपराजिता फूलों का चारा, वही ख़रीद लाया था।

नीतू चूँकि अकेला रहता था, इसलिए मैं दो बार उसके यहाँ कुछ दिन रह भी आयी हूँ। पहली बार, जब मैं जलपाइगुड़ी गयी, वह मुझे दार्जिलिंग भी दिखा लाया।

मल्लिका जलपाइगुड़ी की ही लड़की है! कहना चाहिए काफ़ी ख़ानदानी घराना है। बड़ी बेटी ने किसी ब्राह्मण से विवाह किया है। ग़ैर-बिरादरी में विवाह, उसके बाप

ने कबूल नहीं किया। उनका सिलिगुड़ी में खेती का व्यवसाय है! करीब एक सौ दस सालों से उनका परिवार जलपाइगुड़ी में बसा हुआ है।

मल्लिका के पिता ने बेटी को बी.ए. तक पढ़ाने के बाद उसकी शादी कर देने के इरादे से घर पर ही बिठा रखा था। वे किसी ऐसे लड़के की तलाश में थे, जो उनके आस-पास ही रहे।

छोटी बेटी काफ़ी दुलारी! उन सज्जन की तीन बेटियाँ! उनकी वसीयत में बड़ी बेटी तो ख़ैर त्याज्य ही कर दी गयी है। वह अपने पति समेत लन्दन जा बसी है। अब तो वहाँ उसने अपना घर भी ख़रीद लिया है। अब वह स्वदेश नहीं लौटने वाली।

मझली बेटी हरियाणा में रहती है। उन्होंने नीतू के साथ अपनी बेटी ब्याहने को। इतनी हड़बड़ी क्यों मचा दी, पता नहीं।

वे बार-बार लिखते रहे।

आख़िरकार वे कलकत्ता आ धमके। हमारे घर भी आये। वे छूटते ही दहेज की भी फ़ेहरिश्त गिनाने लगे—यह दूँगा, वह दूँगा।

नीतू के पापा ने उन्हें बीच में ही रोककर पूछा, "देखिए, चीज़ें देने-लेने का तो आप ज़िक्र ही न करें। मैंने अपनी बेटी के विवाह में भी कोई दहेज-वहेज नहीं दिया, बेटे के विवाह में भी कुछ नहीं लूँगा। लेकिन आपने मेरे बेटे में ऐसा क्या देख लिया कि फ़ौरन विवाह के लिए तैयार हो गये। मैं ठहरा क्लर्क जीव! मेरी बीवी मामूली-सी टीचर। हमारे घर का हाल तो आप देख ही रहे हैं।

"उन सज्जन ने लम्बी उसाँस छोड़ते हुए कहा, "भई, चुनाव तो उन दोनों ने ख़ुद ही कर लिया है। मेरी बेटी ही असम्भव ज़िद ठान बैठी है—"

"नीतू भी ?"

"अगर वह राज़ी न होता, तो मैं इतनी ज़ोर-ज़बरदस्ती कर सकता था भला?"

"तब तो सारा कुछ तय ही हो चुका।"

"वैसे खोज-ख़बर मैंने ले ली है—"

वे सज्जन काफ़ी हृष्ट-पुष्ट बलिष्ठ जीव! छँटे हुए बाल! दोनों हाथों में अँगूठियाँ। कीमती धोती-कुर्ता और हाथ में महँगी-सी छड़ी!

उन्होंने छड़ी ठुकठुकाते हुए कहा, "सब जान-सुन चुका हूँ, साहब! बेटी को बहुत-बहुत समझाया! मगर वह नहीं मानी। वह तो अड़ गयी है। अब...यह ख़बर..."

"देखिए, हम प्रचार नहीं करते फिरते, मगर यह बात तो बहुतेरे लोग जानते हैं..." मैंने कहा।

"वहाँ...मेरा मतलब है, जलपाइगुड़ी में सभी लोग यही जानते हैं कि नीतेश आपका इकलौता बेटा है..."

मैं ख़ामोश!

नीतेश के पापा ने पूछा, "नीतेश भी क्या यही कहता है?"

"नहीं! वह कुछ नहीं कहता, ख़ामोश रहता है! मेरा मतलब है, यह बात लोगबाग

जानेंगे, तो...? मेरी बड़ी बेटी ने ग़ैर-बिरादरी में विवाह रचा लिया...हमारे ख़ानदान में कोई भी..."

"तब तो बहुत मुश्किल है आपके लिए! मेरा तो बड़ा बेटा भी शादीशुदा है और बेटी भी ब्याह गयी...सबने बिरादारी बाहर ही..."

"इश्श्! जन्म-लग्न में ही कोई दोष होगा।"

"हाँ, उन लोगों ने विवाह कर लिया हमने मान लिया। नीतू भी अगर बिरादरी-बाहर विवाह करे, हम मान लेंगे।"

"विवाह जलपाइगुड़ी में ही होगा।"

"हाँ, हाँ, ज़रूर!"

"लेकिन प्रीति-भोज, सुहाग-रात?"

"वो भी हो जायेगा! सब कुछ ठीक-ठाक हो जायेगा। लेकिन ज़्यादा धूमधाम नहीं कर पाऊँगा।"

"यहीं? इसी घर में?"

मुझे चकित करते हुए उन्होंने जवाब दिया, "नहीं! कोई मकान किराये पर ले लूँगा। आप बेफ़िक्र रहें।"

"नीतेश की जन्मतिथि और समय मुताबिक जन्मपत्री बनवाकर और हाथ दिखाकर मैंने गणना कर लिया है। लड़का सुलक्षण है। बेटे का बाप बनेगा।"

उन सज्जन ने विदा ली।

उनके जाते ही, मैंने नीतू के पापा से पूछा, "तुमने यह कैसे कह दिया कि किराये पर मकान लूँगा।"

"नीतू की ख़ातिर! नीतू उस लड़की को ज़रूर बेहद प्यार करता है। वरना इतनी शर्तों पर वह हरगिज़ राज़ी नहीं होता। वैसे भी हम-तुम कौन होते हैं? आजकल सन्तान ही सब कुछ होती है। रहा सीतू का नाम! उसका नाम तो निषिद्ध नाम है। वैसे भी सिर्फ़ नीतू ही नहीं, गीति के मामले में भी यही सच है। फ़र्क सिर्फ़ इतना है कि अमिय ने अपना मनोभाव विवाह के बाद ज़ाहिर किया, ये लोग मोटे असामी हैं, उस पर से पैसेवाले है, इसलिए इन लोगों ने अपना ख़याल पहले ही ज़ाहिर कर दिया।"

"मकान किराये पर लिया, जो ख़र्च कितना आयेगा, कुछ अन्दाज़ा है?"

"रिटायर होने में अभी दो साल बाकी हैं, दफ़्तर में अवनि वग़ैरह हैं...हो जायेगा।"

वैसे नीतू छुट्टी लेकर कलकत्ता आया। बेहद किन्तु-परन्तु सा चेहरा! अप्रस्तुत सकुचाया हुआ।

"क्यों, तस्वीर नहीं दिखायेगा?"

"वही तो दिखाने आया हूँ।"

लड़की काफ़ी ख़ूबसूरत! गोलमटोल गढ़न! ज़ेवरों से लदी हुई!

"उम्र कितनी है, रे?"

"अभी चौबीस पूरा नहीं हुआ।"

"सूरत-शक्ल से तो अच्छी ही है, नीतू उसके बाप ने जो कहा, वह ग़लत नहीं है। उसके घर में कौन-कौन हैं?"

"माँ, दादी, उसके बापू, एक बुआ...जाने किस रिश्ते के एक चाचा, जो बाज़ार-दुकान से सौदा-सुलुफ़ लाते हैं। इसके अलावा नौकर-चाकर...ड्राइवर!"

"बहुत अमीर लोग हैं?"

"धनी-मानी लोग हैं। वैसे जलपाइगुड़ी, सिलिगुड़ी में अनगिनत अमीर लोग हैं, माँ!"

"तू उसी से ब्याह करना चाहता है न?"

"लड़की भली है। तुम्हें पसन्द आयेगी। घर-गृहस्थी के कामकाज ख़ास नहीं जानती। कभी किया जो नहीं..."

मुझे लगा कि घर-गृहस्थी के काम, अगर वह जानती भी, तो क्या फ़र्क पड़ना था। वह हमारे साथ तो रहेगी नहीं।

मेरा नीतू चुप्पा, नीतिवागीश बच्चा है। जो बूँद भर भी नाइन्साफ़ी बर्दाश्त नहीं कर सकता था, वही बन्दा किसी लड़की को प्यार करने लगा है और उससे विवाह करना चाहता है—ऐसे में, मैं भला कहती भी क्या?

"ठीक ही किया तूने, नीतू! तू इतनी दूर जा पड़ा है...तेरे लिए मैं बेहद फ़िक्रमन्द थी। वैसे भी अट्ठाईस वर्ष का हो गया ...अब, कब ब्याह करेगा?"

अगली बात नीतू आमने-सामने नहीं बोल पाया। उसने गीति के ज़रिये कहलाया था।

गीति ने कहा, "माँ छोटू भइया, मकान-किराये और प्रीति-भोज, सुहागरात बावत, सारे ख़र्च के लिए रुपये देना चाहता है। तुम लोग ले लो।"

मैंने और उसके पापा ने आपस में सलाह किया।

उसके पापा ने कहा, "असल में नीतू अपराध-बोध का शिकार हो गया है। इतनी सारी शर्तें मानकर विवाह...हो सकता है..."

बहरहाल, नीतू ने जो रुपये दिये, उससे उसकी दुल्हन के लिए जैसे-तैसे गहने और हल्दी चढ़ाने के सामान ख़रीदे गये। हमारे सहकर्मी ही आ-आ कर, सारा बाज़ार करके दे गये। काफ़ी कम लोगों को आमन्त्रित किया गया, मकान किराये पर लिया गया और नीतू का प्रीति-भोज सम्पन्न हो गया।

नीतू काजल के यहाँ गया था।

काजल ने मल्लिका को एक साड़ी दी!

मेरे ख़याल से ज़िन्दगी में मल्लिका के साथ शायद वही पहली और आख़िरी भेंट थी। सूरत-शक्ल से काफ़ी खिली-खिली, लेकिन बेहद मितभाषी निगाहें हर पल नीतू पर गड़ी हुईं। उन पलों पर निगाहें बेहद नरम, ममतालु! बाकी पलों में उसके मनोभाव बिलकुल अबूझ पहेली में।

प्रणामी में गारद की सिल्क साड़ी मिली।

गीति को सूटकेस भर कपड़े-लत्ते, अगड़म-बगड़म कितना कुछ।

प्रीति-भोज के अगले दिन ही वे लोग हनीमून के लिए दार्जिलिंग चले गये।

वैसे इसका सारा इन्तज़ाम, नीतू के ससुर ने ही किया था।

गीति ने कहा, ''सुनो, माँ, छोटू भइया को वह लड़की सच ही प्यार करती है। छोटू भइया भी उसके बारे में काफ़ी उच्छ्वसित है। अमीरज़ादी होने का उसे कोई अहंकार नहीं है।''

नीतू के पापा ने ईषत हँसकर कहा, ''नये-नये अमीर जो नहीं हैं। अचानक पैसा नहीं आया है! कई-कई पुश्तों से अमीर हैं...''

''छोटू भइया को जाने क्यों तो...''

''बेहतर लड़का उन्होंने ज़रूर खोजा होगा! यहाँ तो बेटी की ज़िद पर ब्याह हुआ! कहीं और ब्याह करने का ज़िक्र छेड़ते ही बेटी आत्महत्या की धमकी देती थी।''

''ख़ैर, छोड़ो! छोटू भाई सुखी रहे, हम लोग इसी में ख़ुश हैं।''

नीतू के ससुर सच ही सही मायनों में दुनियादार थे। अपने जीते-जी ही दोनों बेटियों में हिस्सा-बाँट कर दिया।

मल्लिका के नाम ही रुपये-पैसे, घर-मकान वग़ैरह आये थे।

वैसे अपना नीतू रुपयों का लोभी नहीं था। उसने रुपयों के लोभ में यह शादी नहीं की थी।

अब, बीवी का बाप दौलतमन्द हो, तो वह क्या कर सकता है?

नीतू नियमित रूप से ख़त लिखता है। 'पूजा' में रुपये भी भेजता है। साल में कई बार चक्कर भी लगा जाता है!

मल्लिका नहीं आती।

मल्लिका आती भी नहीं, हमने भी नीतू से कभी नहीं पूछा कि उसे साथ क्यों नहीं लाया। लेकिन, हाँ विजयादशमी पर, मल्लिका प्रणामी का ख़त ज़रूर लिखती है। बिलकुल पुराने दिनों में स्कूलों के व्याकरण-पुस्तक में ख़त लिखने का जो नमूना दिया होता है, मल्लिका ख़त हू-ब-हू उसी की नकल!

''ऊँ! लाखों-करोड़ों प्रणाम के पश्चात निवेदन है। पापा और माँ, आप दोनों विजया पर मेरा चरण-स्पर्श लें। आशा करती हूँ, परम पिता परमात्मा की कृपा से आपलोग सकुशल होंगे। आप लोगों के आशीर्वाद से हम सब सकुशल हैं। बाकी सब कुशल-मंगल है। प्रणाम के साथ, आशीर्वाद की आकांक्षिणी—मल्लिका!''

वह गीति को भी ख़त लिखती है। उसी तरह बँधे-बँधाये पत्र-लेखन का नमूने जैसा!

नीतू से कहने को मन करता है कि तुम दोनों कभी जोड़े से कलकत्ता आओ न! लेकिन कभी कहा नहीं मैंने! मल्लिका कहीं जा बसी है। अकेले तू ही आ कर मिल जाता है। एक बार कहूँ तो क्या वे लोग नहीं आयेंगे?

लेकिन, मैंने कभी नहीं कहा। नीतू ने गीतू को ही लिखा है कि मल्लिका सिर्फ़ एक बात में बिलकुल अडिग-अटल है। माँ-पापा भाई से रिश्ता रखते हैं। भाई ने ऐसा घृणित काम किया है। भाई लाइफ़र हैं, उम्र क़ैद के सज़ायाफ़्ता! वह किसी दिन भी मेरे अलावा और किसी से भी रिश्ता नहीं रखेगी।

मैं नीतू का चेहरा निहारने लगी। उसके चेहरे पर कहीं क्षमा-प्रार्थना का भाव।

"मैंने नीतू को लिख दिया है..." गीति ने कहा, "तू जहाँ है, वहीं जमा रह, नीतू। हमें बस, अपना कुशल-समाचार दे दिया कर, बस! तुम लोग कैसे हो, बस, यह हाल-समाचार देते रहना।"

"नीतू मेरे जवाब पर ईषत हँस दिया। वह मुझे टाल गया।" गीति ने अगला वाक्य जोड़ा।

इसी तरह, एक बार यह भी ख़बर मिली कि मुमकिन है, नीतू नौकरी छोड़ दे।

अब, वह अपने ससुर की चाय का कारोबार देखेगा।

पता नहीं, वह क्या करेगा।

लेकिन साफ़ ज़ाहिर है कि मल्लिका उस पर पूरा-पूरा अधिकार जमाये रखती है।

विवाह के चार साल में, उसने दो-दो बेटियों को जन्म दिया। एक वहाँ, दूसरी कलकत्ता में!

मैंने अपनी पोतियों की तस्वीर भर देखी है।

ख़ैर बहुत सारी बातें, मुझे कभी मालूम नहीं हो सकेंगी।

नीतू का जब स्थानान्तरण होता है, मल्लिका क्या उसके साथ जाती है? शायद नहीं, वह साथ नहीं जाती।

सीतू जेल में है। लेकिन उसकी छाया तो लम्बी होते-होते हम सबकी ज़िन्दगी पर छा गयी है।

आजकल तो नीतू को यह कहते हुए भी सुना है कि काश! भाई राजनीति ही करते होते और उस वजह से जेल गये होते।

"इससे क्या मल्लिका लोगों की नज़रों में उसकी इज़्ज़त बढ़ जाती?" मैंने पूछा।

कुछ देर सन्नाटा छाया रहा। कई तरह का सन्नाटा ऐसा होता है, जो कानों में एक साथ कई-कई ट्रेनों की तरी कई-कई बाँसुरी की तरह गगनविदारी होता है। कई-कई निःशब्दता विस्फोट की तरह होती है!

"नहीं! उन लोगों के लिए तो 'जेल' शब्द ही..." नीतू ने जवाब दिया।

"जानती हूँ—"

"भाई तो रिहा हो जायेंगे। ज़रूर यहीं आयेंगे। और कहाँ जायेंगे?"

"मुझे नहीं मालूम, नीतू, सीतू क्या करेगा। उसके मन की बात मैं कैसे बता सकती हूँ?"

"उस वक्त, पता नहीं, मैं क्या करूँगा!"

"जितना-सा आता-जाता है, वही भी मत आना। नहीं, यह मैं ग़ुस्से से नहीं कह रही हूँ नीतू! उस स्थिति में, तेरा आना-जाना सम्भव नहीं होगा। मल्लिका से तूने ब्याह किया है। तुम दोनों ख़ुश रहो। मज़े में रहो।"

"पता नहीं तुम लोगों को ही कैसी स्थिति का सामना करना होगा—"

"तू परेशान न हो।"

"यही तो मल्लिका समझ नहीं रही है। हम लोगों से ज़्यादा तुम लोगों की हालत तकलीफ़देह है।"

"नीतू, तेरा प्रमोशन क्या सीतू की वजह से अटका हुआ है?"

"नहीं माँ।"

"हमारी फ़िक्र तू मत कर! हम उसके माँ-बाप हैं। हम उसे बेनिशान नहीं कर सकते। उसे त्याग भी नहीं सकते।"

"नहीं! ऐसा भला तुम लोग कैसे कर सकते हो?"

अच्छा, सीतू 'नहीं' हो जाये, तो क्या नीतू या गीति चैन पा जाते? ऐसा भी तो नहीं लगता।

पिछले चौदह सालों से जो बात तिल-तिल करके गढ़ी जाती रही और हम देखते रहे। उसके आगे, सीतू ने ख़ून नहीं किया। उसे फँसाया गया था—यह बात भी लोगबाग दिनोंदिन भूल गये। सीतू के अपने सगे लोग भी!

अफ़सोस! हमारे अनगिनत अपने लोग तो थे नहीं। हम तो बस, पाँच लोग ही एक-दूसरे के नितान्त अपने थे।

उन दिनों जाने कितने ही एकान्त और स्वाभाविक घटनाएँ होती रहीं।

...खेल के मैदान में नीतू ने अपना पैर तोड़ लिया। सीतू उसे अपनी पीठ पर लादकर अस्पताल दौड़ गया।

...गीति जब चौदह साल की थी, किसी लड़के ने उसकी तरफ़ चिट्ठी फेंकी थी, जिसमें लिखा था—आइ लव यू! सीतू और नीतू ने मिलकर बेदम घूँसे-तमाचे जड़े।

...शहर में अचानक ट्राम-बस बन्द हो गयी। बेटों के बाप को आते-आते रात के नौ बज गये। दोनों भाई उतनी देर रेलवे-गेट पर खड़े-खड़े उनके आने की बाट देखते रहे।

...सातवीं से आठवीं क्लास में गया नीतू! सीतू उछलते-कूदते और चीख़ते-चिल्लाते आ रहा है—नीतू सेकण्ड आया है! नीतू सेकण्ड आया है।

...हासी' दी की तरह, मैं जय-मंगलवार तो नहीं करती थी, किसी और तरह का पूजा-पाठ भी नहीं करती थी। लेकिन लक्ष्मी का आसन तो बिछा ही रहता था। अभी भी बिछा है। पहले जेठ के महीने में, षष्ठी के दिन, बच्चों के कल्याण के लिए, चढ़ावा भेजती थी, लेकिन अब भेजना बन्द कर दिया है। कोजागरी लक्खी-पूजा, बच्चों को बेहद पसन्द था। उस मौके पर, रात के वक्त पूरी, खीर और खिचड़ी का भोग लगाया जाता था। तीनों बच्चों में होड़ लगती थी। कौन कितना खा सकता है।

हाँ, कभी इसी घर में ये तमाम स्वाभाविक घटनाएँ भी घटती रहती थीं। अब तो अर्से से यह घर ख़ामोश और निस्तब्ध पड़ा है।

मैंने नीतू या गीति को कभी नहीं बताया, सीतू उन दोनों की राई-रत्ती ख़बर पूछता रहता था।

यह सब कहूँ भी तो किससे कहूँ?

बड़े भाई के तौर पर, हर दिन की खोज-ख़बर लेना, उन भाई-बहन के हाल-समाचार पूछना। जिन्होंने उसे सच ही ख़ारिज कर दिया है। यह बात कितनी मार्मिक है, मैं यही सोचती रहती हूँ।

मेरी यह चिन्ता-फ़िक्र, जन-अरण्य में नहीं, अँधेरे में अन्तराल में चलती रहती थी, जहाँ एक-एक मिनट, एक-एक घण्टे जितना लगता था...एक-एक घण्टा, एक-एक देन जितना लम्बा होता था। एक-एक दिन लगता था, जैसे...

सीतू आख़िर कितनी तस्वीरें आँक सकता है? सीतू और कितनी किताबें पढ़ सकता ै?

हम दोनों मियाँ-बीवी तो क़ैदी नहीं हैं, मगर हम दोनों मानो हर पल उसके साथ ो रहते हैं। उसके साथ। सीतू ख़ुद क़ैदी है और उसने हम दोनों को भी अपने साथ न्दी बना रखा है।

काजल की ज़िन्दगी में भी तो सीतू की छाया, लम्बी हो कर लेटी हुई है। वह ले सीतू से मिलने न जाये, भले उसकी खोज-ख़बर न ले, लेकिन 'सीतू' नाम को कर ही तो लगातार फ़िक्र, उसके साथ चला करती है।

❐

हरहाल, घर-द्वार का रंग-रोगन अब, हमारे वश की बात नहीं है। कुछ दिनों से अपने कूल के दरबान के बेटे को बुलाकर उसे रुपयों का मेहनताना दे कर, कमरे वग़ैरह रूर साफ़-सुथरा करा रही हूँ। एक ज़माना था, जब यह घर इतना बड़ा नहीं लगता ा।

अब तो, जैसे प्रासाद लगने लगा है!

दरबान के बेटे ने विस्मय ज़ाहिर करते हुए कहा, "लोगन के लिए घर का अकाल ड़ा है। और आप दुइ लोगन चार-चार ठो कमरे में रहते हैं? इस मुहल्ले में तो किराया ी बहुत मिलेगा।"

वह लड़का दीवारों की झूल-धूल झाड़ने और घर-द्वार धोने-पोंछने का काम तो करता ी है, बिजली के भी छुटपुट काम भी जानता है।

उसने काम करते-करते ही कहा, "हमें अगर रहने के लिए थोड़ी-सी जगह दे देतीं, तो मैं और भी बहुत से काम कर देता।

ऐसा कोई विश्वासी लड़का अगर रहे, तो हम दोनों भी बच जायें! लेकिन रखूँ कैसे?

कुछ दिनों में उससे साफ़-सफ़ाई का काम पूरा करा लिया।

महरी को दे कर बिस्तर-चादर भी धुलवा लिये! नये पर्दे भी लगवा लिये हैं।

घर के असवाब-पत्तर, ख़ुद अपने हाथों से रगड़-रगड़कर चमका लिया है।

अब, सीतू के कमरे में पलँग पर बेड-शीट बिछ गयी है। मेज़ बिलकुल झक्झक्! उसकी किताबों को झाड़-पोंछ दी गयी है। और उन्हें करीने से सज़ा दिया गया है। दीवार पर नया कैलेंडर!

सीतू जब आये, तो अपना कमरा देखकर, उसे लगे कि उसका कमरा उसकी सादर अभ्यर्थना कर रहा है।

अब वह किसी भी दिन किसी भी वक्त आ सकता है।

उसके बाद क्या होगा?

कल एक बार काजल के यहाँ भी जाऊँगी!

❐

पत्नी

मौसी जी आयी थीं।

वैसे तो न मैं उनके यहाँ जाती हूँ, न वे आती हैं। हाँ कभी-कभार सम्पर्क हो जाता है। लेकिन हम दोनों ही हिसाब रखते हैं कि ऋषि जब हॉस्टल में हो, तभी हम सम्पर्क करेंगे।

उनसे ही ख़बर मिली कि सीतू अब किसी भी दिन रिहा होने वाला है।

मौसी जी ने सिर्फ़ इतना ही बताया। उन्होंने ऋषि की फ़ोटो देखी; उसकी प्रोग्रेस-रिपोर्ट देखी।

"माध्यमिक में वह अच्छा ही करेगा। क्यों?"

"उच्च माध्यमिक ही तो मसला है। कॉलेज में पढ़ाने के बजाय, स्कूल में पढ़ाना ही बेहतर है।"

"नरेन्द्रपुर में?"

"फ़िलहाल तो वहीं! लेकिन वह भी कॉलेज ही है।"

"हाँ, देखो! सारा फ़र्ज़ तो तुम्हीं ने निभाया।"

"और कौन निभाता? आप लोग सभी कुछ करते, मुझे मालूम है। लेकिन मैंने ही ऐसा नहीं चाहा! आप तो सब जानती हैं।"

"काजल, मैं तुमसे बिलकुल अलग-सा सवाल...बिलकुल अनाधिकार चर्चा करूँ। वैसे यह बात मैंने पहले भी कही थी, बाद में भी कहती रही, अगर तुम चाहतीं, तो इकतरफ़ा तलाक हासिल कर सकती थीं; दूसरा विवाह भी कर सकती थीं, तुमने किया क्यों नहीं? कुमार तो बहुत अच्छा लड़का था।"

"विवाह, शब्द पर ही अब मेरा भरोसा नहीं रहा, मौसी।"

"सच्ची! बेहद अकेली ज़िन्दगी है तुम्हारी।"

"नहीं, शायद ऐसा नहीं है। दो-दो कमरों में कोचिंग सेंटर...ख़ूब अच्छा चलता है! इतना-इतना काम होता है कि दम फूला रहता है। और ऋषि यही जानता है, मौसी कि...विवाह के साल भर बाद, उसका पिता कहीं लापता हो गया।"

"कभी मुझे लगा था कि कुमार..."

“नहीं, मौसी, मैंने कुमार को समझाकर कहा। अब मेरी भी उम्र उन्तालीस की हुई। ऋषि को भी अहसास है कि उसकी माँ काफ़ी तकलीफ़ों से उसे पढ़ा रही है। उसे अच्छा रिजल्ट करके, भरपूर इन्सान बनना है। अभी उसकी जितनी उम्र है, उसमें छः साल और जुड़ते ही, वह सख़्त-पुख़्ता मर्द बन जायेगा।”

“सो तो है।”

“ऋषि लोगों की पीढ़ी और तरह की है। वे लोग हम लोगों से काफ़ी फ़र्क हैं। अगर मुमकिन होता, तो उसे दूर भेज देती। लेकिन, कहाँ भेजूँ? भरोसा जो नहीं होता।”

“वरुण अब, कहाँ है?”

“वे लोग तो अर्से पहले झाड़ग्राम जा बसे हैं। अब तो घर बनवाने लगे हैं। ज़मीन भी ख़रीद लिया है।”

मेरी आँखें कहीं दूर जा लगीं।

“भइया की एक बेटी, मेरा बेटा, गीति के दोनों बेटे, नीतू की दोनों बेटियाँ—ये सब बच्चे, आपस में किसी को पहचाने बिना ही बड़े हो रहे हैं। अब क्या उपाय, बतायें?”

“हाँ, सब पर सीतू की छाया जो है...”

“ख़ैर वह तो आप लोगों के पास ही आयेगा।”

“लगता तो यही है। लेकिन, क्या कह सकती हूँ...? अच्छा, तो अब मैं चलूँ...”

“आप ख़याल से रहियेगा...मौसी!”

“अभी तो ठीक ही हूँ...वे भी मज़े में ही हैं।”

मौसी जी चली गयीं। उन्हें मैंने नहीं बताया कि हमने घर बेच दिया है। किसी भी दिन...अब हम बाँसद्रोणी के कोऑपरेटिव फ़्लैट में चले जायेंगे। कुमार ही यह उपकार कर गया है। बाँसद्रोणी में बारह इंजनियरों ने मिलकर, ख़ुद ही फ़्लैट तैयार कर दिया, इसलिए ढाई लाख में छः सौ वर्ग फ़ुट का फ़्लैट मिल गया। दो बेडरूम एक तल-कक्ष और एक छोटा-सा बाथरूम! टुक्का भर बैठने और खाना खाने की जगह! टुक्का भर बरामदा और एक रसोईघर! दूसरी मंज़िल पर फ़्लैट! फ़्लैट अगर पहली मंज़िल पर मिल जाता, तो छोटी-सी बगिया भी तैयार कर सकती थी। लेकिन दूसरी मंज़िल अपेक्षाकृत सुरक्षित थी।

माँ और बेटे के लिए दो ही कमरे चाहिए थे।

सीतू के घर की यह बात मुझे बेहद पसन्द आयी थी। हर किसी के लिए अलग-अलग कमरा। ऋषि जब नरेन्द्रपुर में पढ़ने जायेगा, तो लौट कर इस घर में, उसका भी एक अलग कमरा होगा।

ऐसा सम्भव नहीं होता, यह सब कुछ भी नहीं होता, अगर काका ने मुझे यूँ प्यार से घेरकर न रखा होता।

जब मुझे पता चला कि मैं माँ बननेवाली हूँ, तभी मैं यहाँ चली आयी। काका ने मुझसे एक भी सवाल नहीं किया।

उन्होंने कहा, “जा! हाथ-मुँह धो ले! नहा भी ले।”

''लेकिन...''

''बाकी बातें याद में होंगी। पुलिस आ कर अब नाक में दम करेगी। यह क्या कोई नयी बात है? चल, मैं खाना, चढ़ा दूँ तू रो क्यों रही है? ऐसा तो होना ही था।''

''लेकिन...सीतू ने तो ख़ून नहीं किया...''

''किसने कहा? मल्लिक यह साबित करके ही दम लेगा कि, सीतू ने ही ख़ून किया है। टापू को हटाने की तो उसे सख़्त ज़रूरत थी। टापू उसकी बहुत-सी करतूतों का साक्षी था। सीतू गधे की तरह टापू से जा मिला और दस तरह की खिचड़ी पका कर...मल्लिक ने उसे बलि का बकरा बना दिया...''

''अगर वह न जाता, तो...''

''अगर न जाता, तो टापू उसके घर पर बम फोड़कर अपना गुस्सा झाड़ता। अरे, भई, समाज-विरोधी होने के लिए गेंडे का चमड़ा होना चाहिए। सीतू एक नम्बर का गधा था। बाप क्लर्क, माँ टीचर...उनका बेटा होकर, तू टापू का शाग़िर्द बनने चला था। उसके चरित्र में कोई दृढ़ता नहीं थी...। ख़ैर, छोड़, तू नहाने गयी या नहीं?''

नहा-धोकर मैंने खाना खाया और सो गयी।

हैरत है! मुझे नींद भी आ गयी।

मैं और भइया, इन्हीं काका की छाँव में पले-बढ़े, बड़े हुए।

बचपन में ही बाबू जी और उसके कुछ ही दिनों बाद, माँ भगवान को प्यारे हो गये। जब हमारे संयुक्त ज़मीन-जायदाद का बँटवारा हुआ, हमारी ज़िम्मेदारी काका ने अपने कन्धों पर ले ली। ना, इस ज़िम्मेदारी को वे कोई बड़ा या प्रशन्सा बटोरने लायक काम नहीं मानते थे।

''भई सभी तो रिश्तेदार हैं। मैं ही सबसे निकटतम साँझी हूँ। दिमाग़ में स्वदेशी होने का कीड़ा था, सो बिन-ब्याहा रह गया। अपने सगे भाई के बच्चों का लालन-पालन करना, क्या बहुत बड़ा काम है?'' वे कहा करते थे।

तीन अदद पक्के कमरे, टाली की रसोई और कुल मिला कर चार कट्ठे ज़मीन! काका ने ही ख़रीदी थी। स्वाधीन भारत में काका को राज्य-आबकारी दफ़्तर में नौकरी मिली थी। करीब पच्चीस साल, वहाँ नौकरी की और फिर इस्तीफ़ा दे दिया।

सीतू के मामले में कुछ भी नहीं किया जा सका। आख़िरकार उसे उम्रक़ैद हो गयी।

काका ने कहा, ''पहले जो कोख में है, वह राज़ी-ख़ुशी गोद में आ जाये, उसके बाद कुछ सोचेंगे।''

ऋषि की वे जिस ढंग से मालिश करते थे, वह वाकई देखने लायक होता था।

''इसमें इतनी हैरानी की क्या बात है? तेरी भी मालिश की है। तेरी माँ तो...चिर-रोगिणी थी।''

''और मेरे बाबू जी?''

''दुर्वासा का मानो पुनर्जन्म हुआ हो।''

विवाह से पहले मैं अपने नाम के साथ काजल राय मल्लिक लिखा करती थी, वापस लौट कर भी वही लिखती रही। किसी दिन, ऋषि जब बड़ा हो जायेगा। समझने लायक हो जायेगा, तो उसे सारी कहानी तो साफ़-साफ़ बतानी ही होगी। ऋषि ही तय करेगा कि उसे क्या करना है।

भइया लौट आये। उन्होंने भी सारा किस्सा सुना।

"अगर तू चाहे, तो तुझे एकतरफ़ा तलाक मिल सकता है।"

"क्या कहूँगी? सीतू ख़ूनी है? हत्या के इल्ज़ाम में, जैसे वह जेल की सज़ा काट रहा है, उसने यह ख़ून नहीं किया, यह भी उतना ही सच है। अगर मैं उसे तलाक दे दूँ, तो वह अनैतिक होगा।"

"तू क्या सीतू के पास लौट..."

"नहीं, भइया फ़िलहाल मैं यह सब नहीं सोचती। बस, ऐसी स्थिति में, मैं उन लोगों से यथासम्भव कोई सम्पर्क नहीं रखूँगी, सीतू के साथ तो बिलकुल भी नहीं। मैं नहीं चाहती कि ऋषि इस एहसास के साथ बड़ा हो कि उसका बाप लाइफ़र था। उम्रक़ैद काट रहा है।"

"इस बात से तू उसे बचायेगी कैसे?"

"चाहे जैसे भी हो।"

"तू क्या उसे बचा पायेगी?"

"मैं कोई नौकरी खोज लूँगी। उसे बचाऊँगी।"

"ख़ैर स्कूल का तो अनुमोदन मिल गया है। तुझे नौकरी की परेशानी नहीं झेलनी होगी।"

भइया के नाते ही, कुमार का भी आना-जाना शुरू हो गया। कुमार की मदद से ही, मैं अपने डेढ़ साल के शिशु को तिलजला के 'व्हाइट रोज़' मिशनरी किंडरगार्टेन और क्रेश में भर्ती करा आयी। उसे चौथी क्लास तक वहीं पढ़ाया। पाँचवी क्लास से पुरुलिया रामकृष्ण मिशन में। वह भी कुमार की ही कोशिशों से!

ऋषि को वहाँ दाख़िला दिलाकर मैं लौट आयी। ट्रेन से लौटते हुए, कुमार बेतरह परेशान! वह बार-बार यह देखता-परखता रहा कि मैं सो गयी या नहीं; कहीं मैं रो तो नहीं रही हूँ।

मैंने उसे आश्वस्त किया, "नींद तो शायद नहीं आयेगी, मगर मैं रोऊँगी नहीं कुमार।"

हाँ, रुलाई तो मेरे लिए अब विलास भर है।

वैसे भी, उन दिनों मैं आख़िर किस-किस बात के लिए रोती?

इसलिए कि सीतू को जेल जाना पड़ा?

लाइफ़र की बीवी, अपने बच्चे को लेकर क्या करे, इस बात पर?

भइया! मेरे भइया इस कदर तटस्थ हो गये, इसलिए?

भइया का यूँ बदल जाना भी मुझे अजब पहेली लगी थी।

आख़िर वे बदल क्यों गये? वजह क्या थी?

कुमार भइया की बहन विनीता के साथ की दोस्ती तो थी ही। छिपने के दौरान, भइया कई बार, उन लोगों के यहाँ रहे भी थे।

भइया जब रिहा होकर घर आये, उन दिनों विनीता का हमारे यहाँ काफ़ी आना-जाना था। कुमार और उसके कई संगी-साथी नौकरियाँ बन चुके थे।

कुमार ने ख़बर दी, "झाड़ग्राम के करीब, एक नया हॉस्टल-कम-स्कूल खुला है। वहाँ अंग्रेजी और गणित की जगह खाली है। मैं कोशिश करूँ?"

महीने भर के अन्दर ही भइया और विनीता, नौकरी लेकर, वहाँ चले गये।

अब वे लोग वहीं रस-बस गये हैं।

अब तो उन्होंने वहीं कहीं ज़मीन भी ख़रीद ली है, घर भी बनवाने वाले हैं।

वे लोग नौकरी लेकर चले गये। अलटेक्ना कम्पनी के कानून-अधिकारी, कुमार के साथ जा कर, काका, उन्हीं दिनों अपनी वसीयत भी लिख आये।

"सारा कुछ तुझे ही लिख दिया, काजल।" उन्होंने ख़बर दी।

"नहीं, काका, ऐसा मत करो।"

"क्यों?"

"भइया क्या सोचेंगे?"

"सोचने का सवाल ही नहीं उठता। यह क्या संयुक्त सम्पत्ति है? यह सब तो मैंने बनाया है, इसलिए कि तुम सबको साथ लेकर रह सकूँ। आजकल मल्लिक बाबू जैसे अनगिनत लोग मिल जाते हैं। लोगों में ज़मीन की भूख बढ़ती जा रही है। उस ज़माने में जो कुछ भी था, मतलब सन साठ में... ज़मीन और घर और नौ हज़ार रुपये. ..अब तुम्हारा है।"

"इसकी कीमत तो बहुत ज़्यादा है।"

"वरुण मेरा समर्थन करेगा। वे दोनों कमाते हैं। कुमार भी अपनी बहन की देख-भाल करेगा। तू अकेली है। उस पर से औरत! उस पर से एक बच्चे की माँ! तुझे सुरक्षा की ज़रूरत है।"

यह सब कहते हुए, काका ईषत मुस्कारा उठे, "पता है, एक ज़माने में यहाँ चारों तरफ़ सिर्फ़ पानी और जंगल था। उसके बाद बस्ती बस गयी। फूस की छादन! पत्तों की छादन! बाँस की खपच्चियों से घिरा घर! मिट्टी का घर! अब यहाँ पक्के घर-मकानों का जंगल पसर जायेगा! मुमकिन है गगनचुंबी इमारतें भी खड़ी हो जायें।

"तो?"

"तेरी इस ज़मीन और घर का दाम भी बढ़ जायेगा। आने वाले दिन और भी कठिन होंगे, काजल!"

"मुझे बड़ा संकोच हो रहा है, काका!"

"कुमार ने काफ़ी ख़ूबसूरत और व्यवस्थित शैली में लिखा है—"

"मैं ठीक-ठाक चला ही लेती..."

"इस बारे में मुझे कोई शक-शुबहा नहीं है। लेकिन जो महल और विस्तृत साम्राज्य, अपनी कमाई के पैसों से खड़ा किया है, वह अगर मैं तुझे दे जाऊँ, तो मेरा हाथ कौन रोकेगा?"

काका ने तो होठों पर खिलाये, अपनी बात कह डाली।

उन्होंने अगला जुमला भी कह डाला, "वरुण ने लिखा ही है कि वह आ रहा है। जैसे ही वह आयेगा, मैं उससे सारी बात समझाकर कहूँगा। उसे कुछ भी बुरा नहीं लगेगा।"

"तुमने शर्ट क्यों पहन ली?"

"आज इतवार है, तेरी भी छुट्टी है। जाऊँ, थोड़ी-सी मछली ले आऊँ। आज हरी मिर्च और काला-जीरा डालकर, शोरबेदार मछली खाने का मन हो रहा है। साथ में आलू-करेला डालकर, उबला हुआ भात भी हो, तो मज़ा आ जाये। तुझसे बातें करके इस वक्त मन हल्का हो आया है। बेटे को लेकर तू मुसीबत में पड़ जाती...अभी तो उसे सयाना होने में कई साल लगेंगे।"

मछली के नाम पर उन्हें छोटी-छोटी मछलियाँ पसन्द थीं। चारापोना मछली का शोरबा और भात में आलू-करेला सानकर, उन्होंने परम तृप्ति से खाना खाया।

"अब मैं ज़रा सो लूँ।" उन्होंने कहा।

शाम को जब चाय पीने के लिए उन्हें जगाने गयी, तो उनके करीब जा कर मेरी समझ में आया कि काका अब नहीं रहे।

मुझे लगा, मेरे सर पर से आसमान का साया ही खिसक गया। भइया भी आ पहुँचे। विनीता भी आयी।

श्राद्ध निपट जाने के बाद, कुमार ने उनकी वसीयत का ज़िक्र छेड़ा।

उस वक्त भइया का चेहरा जैसा हो आया था, मुझे हमेशा याद रहेगा। थोड़ी देर के लिए सभी लोग ख़ामोश हो गये।

भइया ने कहा, "अच्छा है! बहुत अच्छा है। उन्होंने सिर्फ़ काजल और ऋषि के बारे में ही सोचा, मेरे या टीटो का ख़याल नहीं किया। लेकिन इसकी क्या ज़रूरत थी काजल? मुझसे अगर बात करते, तो क्या मैं मना कर देता? कभी भी नहीं।"

"मेरा विश्वास करो, भइया, मैं कुछ भी नहीं जानती थी। अपनी मौत से पहले, सुबह-सुबह ही उन्होंने मुझे बताया।"

भइया ने जैसे उसकी यह बात सुनी ही नहीं।

"भई काजल को ही ज़्यादा ज़रूरत है, यह तो मुझे मालूम है। यह फ़ैसला अगर वे मुझ पर ही छोड़ देते, तो ज़्यादा अच्छा होता।"

"काजल इससे बिलकुल बेख़बर थी, वरुण!" कुमार ने भी उसे समझाने की कोशिश की, "जब उन्हें दमे का आख़िरी दौरा पड़ा, उसके बाद ही उन्होंने हड़बड़ी मचा दी। उन दिनों काजल बेटे से मिलने गयी हुई थी।"

"कुछ भी कहो, काका ने मुझ पर भरोसा नहीं किया। जाने कब से हमें पाल-पोसकर बड़ा किया, सारा दाय-दायित्व झंझट-झमेला सँभालते हुए...लेकिन, उन्होंने मेरा विश्वास नहीं किया। अगर वे मुझे बता देते, तो क्या मैं...?"

"लाओ, कुमार, वह वसीयत मुझे पकड़ओ। मैं फाड़ डालती हूँ।"

"नहीं, काजल, काका की आख़िरी इच्छा का तुम्हें सम्मान करना चाहिए।"

"ना, भइया यह घर कभी भी मुझ अकेली का नहीं हो सकता है। तुम यह बात क्यों नहीं समझते?"

"मुझे तुझसे कोई शिकायत नहीं है, काजल! अफ़सोस तो यह है कि काका ने मुझ पर भरोसा नहीं किया..."

कुमार ने दुबारा कहा, "दरअसल, उन्हें अपनी सेहत के बारे में। पहले से ही थोड़ा-बहुत आभास हो गया था। मैं भी यहीं मौजूद था, वरुण! काजल अगर यहाँ नहीं होती थी, तो वे भगवान भरोसे रहते थे। लेकिन इस बार उन्होंने मुझे जाने ही नहीं दिया।"

"ओ, अच्छा! चलो ठीक है!"

विनीता हमेशा मुँहफट की तरह, सच ही बोलती है। न्याय की बात करती है।

"देखो, भई, तुम तो काका के पास रहते नहीं थे। काजल रहती थी। इसके अलावा काजल की हालत सच ही...कहाँ का तो एक अदद समाज विरोधी...अब वह लौटने वाला है...। उन्होंने जो किया, ठीक ही किया।"

"काका ने मेरा विश्वास नहीं किया।"

बस, इसी अभिमान में, भइया मुझसे इतनी दूर चले गये। सीतू की माँ को तो कितनी ही बातों की ख़बर नहीं है।

नीतू और गीति के लिए 'सीतू' एक निषिद्ध नाम है, मुझे मालूम है! विनीता के लिए भी भइया का भी क्या यही ख़याल है। पता नहीं। बस, यादें...और यादें...

मैं और भइया, कटहल के भुने हुए बीज खा रहे हैं, तेल-मिर्च डालकर मसालेदार लइया खा रहे हैं।...भइया भागे फिर रहे हैं...मैं रात-रात भर जगी बैठी हूँ।...पुलिस हर वक्त, कड़ी निगरानी रख रही है...बरसात के मौसम में, नाले में मछलियाँ बह-उतरा रही हैं। भइया ने अपना कुर्ता उतारकर उसमें मछलियाँ गंठिया ली हैं और दौड़े-दौड़े आ रहे हैं...

मैं ही भइया के पास कभी-कभार चली जाती हूँ।

मैंने जाने कितनी ही बार उनसे अरज किया, "जो कुछ भी है, आ हम दोनों बाँट लें।"

"न्ना!"

"जब काका का भरोसा ही नहीं मिला, तो मैं उनका कुछ भी नहीं लूँगा।"

सीतू के माँ-बाप क्या जानते हैं कि मैं कितनी अकेली हूँ? वे दोनों तो एक-दूसरे के लिए मौजूद हैं।

लेकिन मैं?

काका नहीं रहे! भइया होकर भी अब करीब नहीं आने देते। विनीता के तर्कपूर्ण तीखे-तीखे वाक्य-बाण का सामना करते हुए, मेरा सब्र टूटने लगता है।

वैसे कुमार ने कम कोशिश नहीं की।

उसने बहुत बार कहा, "मुझे हक दे दो कि मैं तुम्हारी ज़िम्मेदारी ले सकूँ। अपनी ज़िम्मेदारी मुझे सौंप दो।"

लेकिन, मैंने कभी, किसी पर अपनी जिम्मेदार नहीं सौंपी।

"तुम किस-किस की ज़िम्मेदारी उठाओगे, कुमार? और क्यों?"

"आर्थिक ज़िम्मेदारी?"

लेकिन मुझे तनख़्वाह मिलती है, कोचिंग चलाती हूँ। काफ़ी सारा रोज़गार कर लेती हूँ। बेटे का ख़र्च चलाते हुए भी भूखों नहीं मरती।

घर में गैस भी मँगवाती हूँ, बिजली का बिल भी अदा करती हूँ। बाज़ार भी करती हूँ, दुकान से सौदा-सुलुफ़ भी लाती हूँ। कपड़े वग़ैरह भी ख़रीदती हूँ। बीमार पड़ती हूँ, तो डॉक्टर भी बुलाती हूँ।

मेरी आर्थिक ज़िम्मेदारी कोई लेना भी चाहे, मैं उसे नहीं दे सकती, क्योंकि ज़माना गुज़र गया। अपनी कमाई पर ही गुज़ारा करना मैंने सीख लिया है।

बच रही, और-और ज़िम्मेदारी, मैंने उसके आगे, इसका भी हिसाब दे डाला।

भइया का यह दुर्जेय अभिमान, मुझसे दूर चले जाने की जो पीड़ा है, इसकी ज़िम्मेदारी वह कैसे लेगा? दर्द तो अब मेरा चिर-संगी बन गया है।

काका की मौत का खालीपन भी क्या किसी दिन भर सकेगा?

वह कहता है कि अगर मैं चाहती, तो सीतू को तलाक दे कर, उससे विवाह कर सकती थी।

नहीं, मैंने ठीक नहीं कहा। एक दिन उसने यह बात बड़े दर्द से कही थी। अतिशय पीड़ा से छटपटाकर।

लेकिन, वह काम चूँकि बेहद आसान था, इसीलिए मैं नहीं कर पायी, कुमार! अगर मैं यह काम कर गुज़रती, और अगर मैं विवाह कर लेती, तो ऋषि को भी यह समझाया जा सकता था कि बारह साल में भी अगर घर का इन्सान घर न लौटे, तो यही मान लेते हैं कि वह नहीं रहा। उसके बाद? ज़माने पहले, औरतें विधवा की पोशाक पहनने लगती थीं। लेकिन अब, औरत अगर चाहे तो वह दूसरा विवाह कर ही सकती है।

ऋषि कुमार को प्यार करता है। वह समझता है। वह मेरा घनिष्ट दोस्त है। मैं यह भी मान लेती हूँ कि ऋषि मान भी जाता।

मुझे यह सलाह, सीतू के पापा, माँ, मेरे भइया—सबने दिया।

सीतू अगर मुकाबले की स्थिति में होता तो मैं उसे शायद तलाक दे ही देती। लेकिन, वह उम्रक़ैद की सज़ा झेल रहा है। मुझे वह किसी हाल में भी रोक नहीं सकता था। सिर्फ़ मैं ही जैसे अपनी ही नज़र में छोटी हो जाती।

नहीं, मैं उससे प्यार नहीं करती। मैंने उसे कब प्यार किया था। अब तो यह भी याद नहीं रहा।

लेकिन वह है तो सही! उसकी छाया काफ़ी लम्बी होकर, मेरी समूची ज़िन्दगी पर पसर गयी है, कुमार उस छाया का वज़नी भार कैसे उठा पाता?

जब मैं सीतू के परिवार से दूर चली आयी, तब मैंने सिर्फ़ एक ही बात सोची थी। जो शिशु इस धरती पर आयेगा, अगर शैशव से ही उसे यह पता चले कि उसका बाप, ख़ून के अपराध में, जेल की सज़ा झेल रहा है, तो वह स्वस्थ मन से बड़ा नहीं हो पायेगा।

मैंने सीतू से ब्याह किया था। वही सीतू सजे-सज़ाये केस में 'लाइफ़र' बन गया। इसकी सज़ा वह अजन्मा शिशु क्यों वहन करे?

वह बड़ा हो! उसका मन समझदार बने, उन्मुक्त हो, ताकि यह बात सुनकर भी, वह सर उठाकर चल सके। इससे पहले, यह बात उसे नहीं बतायी जा सकती। हमारे समाज में या दुनिया के किसी भी समाज में क्या कभी देखा है कि लाइफ़र की सन्तान के बारे में समाज बेहद दरियादिल, प्रगतिशील, विचारशील और सहानुभूतिशील रहा है?

ऐसी सन्तान क्या स्वाभाविक स्वस्थ, कर्त्तव्यपरायण सामाजिक इन्सान की तरह साँस लेते हुए बड़ी हो सकती है?

मैं ऐसा नहीं समझती।

ऋषि को बचाए-बचाए चलना, अकेले, सिर्फ़ मेरी ज़िम्मेदारी है। विश्वास करें, यह वज़न भी कम नहीं होता। यह वज़नी बोझ अकेले मुझ पर है। यह भार कुमार कैसे ले सकता है? हाँ, तुम 'ले लो'—मैं उससे यह कैसे कहूँ ?

किसी लाइफ़र का माँ-बाप, भाई-बहन या बीवी होना एक बात है। लेकिन उसकी सन्तान होना, बिलकुल अलग बात है।

अगर ऋषि न होता, तो मैं जाने कभी ही सीतू से मुक्ति माँग लेती। ना, ख़ुशी-ख़ुशी न सही, दुःख और अफ़सोस के साथ ही, मैं उससे मुक्त हो लेती।

उन दिनों भी यही लगता था कि छिः छिः मैं यह कर रही हूँ! अगर मैंने ऐसा किया, तो मैं निहायत छोटी हो जाऊँगी।

बहुत सारी मुश्किलें हैं, कुमार!

हाँ, मानती हूँ कि तलाक बेहद संगत समाधान होता! बेहद सही और स्वाभाविक काम होता।

यह जानते हुए भी इस काम को अंजाम देना, बेहद मुश्किल है।

अब देखो न यही कितना मुश्किल है—चूँकि मैं सीतू से रिश्ता कायम नहीं रख सकती इसीलिए वह रिश्ता तोड़ भी नहीं सकती! सीतू की छाया इस कदर बोझिल और वज़नी है।

इतना सारा वज़न ढोते हुए, कुमार से रिश्ता भले कायम कर लेती, मगर वह तुम्हारे या मेरे प्रति सही फ़ैसला नहीं होता।

इसके बावजूद, कुमार, तुम्हारी दोस्ती मेरे लिए बेहद बेशकीमती है। कितनी बेशकीमती है, यह मैं तुम्हें कैसे समझाऊँ?

तुम सोच कर देखो, तुम जिस किसी भी अच्छी-शरीफ़ लड़की से विवाह करके, उसे सुखी कर सकते थे। मुझे भी शान्ति मिल जाती।

मैंने तो सीतू को उसके अपने ही हाथों से बचाने की कोशिश की थी। वह वापस लौट भी रहा था। लेकिन चूँकि वह पूरी तरह परिणत नहीं था। उसने अपनी निजी न्याय-नीति रच ली थी। उसे लगा था कि टापू की सिर्फ़ एक बार मदद करने भर से, वह उसका एहसान चुका देगा। लेना-देना बराबर हो जायेगा। ऐसा सम्भव नहीं है, यह बात वह भी नहीं समझ सका। कभी टापू जैसे लोगों की तरफ़, कभी सुषेण मल्लिक की तरफ़—ऐसे खेल में सीतू जैसे लोग, हमेशा ही दब-कुचल जाते है। सीतू जैसे लोग तो जीती-जागती छोटी मछलियाँ होते हैं। जो वंशी में फँसे-फँसे छटपटाते रहते हैं और धाकक-धाकड़ मछुवारे बड़ी मछली के शिकार में जुटे रहते है। लेखक नारायण गंगोपाध्याय ने भी तो मानव-शिशु की गोट फेंककर बाघ के शिकार की कहानी लिखी है।

वैसे सीतू को भी भला क्यों इल्ज़ाम दूँ? मैंने भी अपनी ही न्याय-नीति या कर्तव्यों का एक निजी मानदण्ड तैयार कर लिया और उसी के मुताबिक चलते-चलते, मैं ख़ुद ही क्या पंचमेल खिचड़ी नहीं बन गयी?

इन दिनों तो मैं काँटा बनी हुई हूँ।

सीतू किसी भी दिन लौट आनेवाला है।

उसके बाद?

❐

हितेश और प्रतिमा

"सीतू तीन दिनों पहले रिहा हो गया? तीन दिनों पहले?"

"यही तो बताया मुझे।"

"लेकिन वह यहाँ तो पहुँचा ही नहीं।"

"नहीं।"

"फिर वह कहाँ गया?"

"पता नहीं।"

"तीन दिन?"

"हाँ, प्रतिमा, आया कुछ समझ में? हमें तो यह लगा था कि सीतू की छाया से हम कभी मुक्त नहीं हो पायेंगे...लेकिन वह तो बिना कुछ बताये ही, सरक गया।"

"लेकिन कहाँ? कहाँ? आख़िर कहाँ?"

❐

"पापा, माँ—तुम दोनों नाराज़ मत होना! मेरे लिए घर लौटना सम्भव नहीं है। नहीं, अब तुम लोग यह सोच-सोचकर परेशान न होना कि मैं कोई ग़लत काम करने जा रहा हूँ। जेल से रिहा होते हुए, मुझे दो हज़ार रुपये मिले हैं। बैंक में जो मेरे रुपये पड़े थे, उसे न तुम लोगों ने हाथ लगाया, न काजल ने। अब मुझे ही रुपयों की ज़रूरत है, सो मैंने वे रुपये भी उठा लिये।

अपने साथ रंग, तूलि और काग़ज़ रख लिया है। हमारे टीचर कहते थे कि मैं तस्वीरें बना सकता हूँ। मैं कोशिश करूँगा।

मेरे लिए तुम लोग बिलकुल परेशान न होना। मैं कोई समाज-विरोधी काम नहीं करूँगा। ऐसा कुछ भी नहीं करूँगा, जिसके लिए सज़ा मिले या जो कलंकित करे।

वर्षों-वर्षों तक मैंने तुम लोगों का ढेरों नुकसान किया है। अब तुम सब परम निश्चिन्त हो लेना। अब मैं वापस नहीं लौटूँगा।

यह बात तुम काजल को भी बता देना। उसे अलग से लिखकर मैं उसकी परेशानी नहीं बढ़ाना चाहता। अब वह ऋषि को बता सकती है कि उसका पिता अब नहीं लौटेगा।

माँ-पापा, मेरे कला-टीचर के साथ मेरा थोड़ा-बहुत सम्पर्क बना रहेगा। काजल उन्हें, मेरे नाम, जब चाहे सन्देश भेज दे। जब कभी वह विवाह-विच्छेद चाहेगी, उसे एकतरफ़ा डिग्री मिल जायेगी।

मैं ठीक-ठाक रहूँगा! तुम सब भी, जो, जहाँ भी है, सकुशल रहना। अगर मैं जेल न आता, तो यह नहीं समझ पाता कि तुम लोग न मुझे रख पा रहे हो, न फेंक पा रहे हो। इतने सालों से तुम लोगों को कितनी-कितनी तकलीफ़ें दी हैं मैंने।

कहा न, मेरे लिए तुम लोग बिलकुल परेशान न होना। अगर मुझे, भुला न पाओ, तो भी मैं मज़े में हूँ। यह सोचकर शान्ति पा लेना। तुम सब यह सोच कर मज़े में रहना कि मैं कहीं हूँ और मज़े में हूँ।

तुम्हारा, सीतू!

हितेश ने कहा, "उन लोगों को भी ख़बर दे दूँ—"

"हाँ, दे दो!" प्रतिमा ने बेहद कमज़ोर और काँपते-सिहरते लहज़े में जवाब दिया।

"रोओ मत, प्रतिमा! सीतू अपने में लौट आया है! हम सबको...मुक्ति दे गया।"

❐

वह नहीं लौटी

1

नाम अन्या! उर्फ़ अनुराधा! उर्फ़ गोपाल की माँ!

उसके इतने सारे नाम क्यों हैं? यह पूछने पर, वह जो जवाब देती थी, वह लम्बा-चौड़ा बयान होता था। जेल में, वह शुरू-शुरू में गुम मारे रहती थी।

बहुत पूछने पर वह बमुश्किल जवाब देती थी, "हमरी माँ मुझे अन्ना बुलाती थी। कलकत्ते की बाड़ीवाली मासी कहिन—अइसी लड़की का नाम भला कोई अन्ना रखता है? कोई तड़क-भड़कवाला नाम होना चाहिए। उन्होंने ही हमार नाम रख दिया।"

नाम अन्ना! उर्फ़ अनुराधा नस्कर! पति, पशुपति नस्कर! साकिन : हेंतलपाड़ा, डाक : मसिलपुर, थाना : वासन्ती, दक्षिण 24 परगना।

लेकिन यह उसका ठिकाना नहीं है। उसका ठिकाना है, अलीपुर केन्द्रीय कारागार। जुर्म, पाटा उठा कर पति के दाहिने कन्धे पर गहरी चोट करना। जुर्म 'जानबूझ कर किया गया हमला' या वालंटरी कौज़िंग हर्ट!

यह अपराध कितना गम्भीर था?

धारा 399 के मुताबिक अगर कोई शख़्स किसी को शारीरिक यन्त्रणा दे, बीमारी या अकर्मण्यता की वजह बन जाये, तो वह ज़ख़्मी करने के ही बराबर है।

धारा 320 के मुताबिक आठ किस्म के आघात को गम्भीर आघात कहते हैं। नहीं, पशुपति की जान लेने की आशंका नहीं हुई। लेकिन, उसे बीस से भी ज़्यादा दिनों तक शारीरिक यन्त्रणा झेलना पड़ी। वह सिर्फ़ उन्हीं दिनों स्वाभाविक कामकाज करने में अक्षम नहीं हुआ, बल्कि ज़ख़्मी होने के बाद, वह किसी भी दिन दाहिने-बाएँ गर्दन घुमाकर, औरतों को निहारने के काबिल नहीं रहा। ऐसे और भी कई-कई छुटपुट ख़ुराफ़ात उसकी देह में पैठ गया।

दाहिने कन्धे की हड्डी और कॉलर-बोन टूट-फूटकर टुकड़े-टुकडे हो गयी। काफ़ी दिन अस्पताल में गुज़ारने के बाद, वह मानो टूटी-गर्दन वाला भूत बन गया। सिर दाहिनी तरफ़ झुकाते हुए, कन्धे बिलकुल झूल जाते थे। नतीजा यह हुआ कि दाहिना हाथ करीब-करीब बेकाम हो गया था। यह ख़बर सुनकर अन्ना एकदम से ताज्जुब में पड़ गयी।

"वह मरदूद मरा नहीं? कइसा जब्बर परान है, जी, उसका?"

"हींचकर सिर फोर देती, तो टें बोल जाता।"

"काहे? माथे पर चोट नहीं किया हमने?"

"माथा फाड़ देती तो उमिर-क़ैद हो जाती।"

"इतने भर के लिए, सात साल के लिए ठूँस दिया?"

"सो, तो ठूँस दिया–"

"देह-मन की क्या हालत है, मामा? सात बरस ज़िंदा तो रहेगा न?"

"अभी तो कुल्लमकुल चौवालिस बरिस उमिर है! अभी बहुत दिन जियेगा।"

"जीता रहे तो ही भला है।"

इसी अपराध के लिए अन्ना को सात साल के लिए सश्रम कारादण्ड सुनाया गया। ना, अन्ना ने एक बार भी अपने जुर्म से बचाव की कोशिश नहीं की। थाने में, सदर में, बाद में दायरा अदालत में, वह होंट कसे हुए, धार-धार निगाहों से बस, घूरती रही। उसकी माँ चेहरे पर आँचल डाले, फफक-फफककर रोती रही। उसका मामा, माँ के कानों में जाने क्या फुसफुसाता रहा।

केस था, राज्य बनाम अन्ना, उर्फ़ अनुराधा, नस्कर! जुर्म था, गाँजे का दम लगाकर बड़े-से पाटे पर बैठे-बैठे झूमते हुए पति, पशुपति के कन्धे पर निशाना साधकर, दोनों बाँहों में छोटा-सा पाटा उठाकर, पूरे दम से दे मारना। उसने सिर पर ही निशाना साधा था, लेकिन 'टार्गेट' चूँकि झूम रहा था। इसलिए निशाना चूक गया।

नहीं, अन्ना की माँ की इतनी औकात नहीं थी कि वह अन्ना उर्फ़ अनुराधा के पक्ष में कोई वकील खड़ा करती।

मामा ने घुड़की लगायी, "अइसे हदहदाकर जान क्यों दिये दे रही हो? वह अभागी तो बार-बार यही कबूल कर रही है कि उसीने मारा है! तुम किसे बचाना चाहती हो?"

अन्त में, अदालत ने अन्ना के लिए वकील तय कर दिया।

वह वकील भी उसकी कुछ ख़ास मदद नहीं कर पाया। वह केस ही ख़ासा रहस्यजनक था।

अन्ना चौदह वर्ष की उम्र में, हेंतलपाड़ा में दुल्हन बनकर आयी। चौदह से तैंतीस की उम्र तक, इतने सारे सालों में उसने ऐसा कोई काम, कोई आचरण नहीं किया, जिससे लोगों को अन्दाज़ा लगे कि किसी दिन वह रणचण्डी भी हो सकती है।

पंचायत-सदस्य, अनुकूल नस्कर का जाने क्यों तो अन्ना पर असीम स्नेह था। अनुकूल, रिश्ते में पशुपति का ही कैसा तो काका था। हेंतलपाड़ा गाँव में, नस्कर मुहाल काफ़ी लम्बे-चौड़े अहाते में फैला हुआ था। आदि नस्कर कौन था, जो सबसे पहले यहाँ

आ बसा, इसका पता लगाना मुश्किल था, क्योंकि सभी नस्करों का दावा था कि उन्हीं के पुरखे सबसे पहले यहाँ आये थे।

वे कब आये, यह जानना भी मुश्किल था। लेकिन नस्करों का दावा था कि वे लोग इस गाँव में हमेशा राजा-हाल में रहते-सहते आये। सबके यहाँ बेहिसाब धान-मछली-दूध मौजूद था। ये लोग वीर थे और उनके रौब-दाब से धरती काँप उठती थी। अनुकूल धीर-गम्भीर शख़्स! बाज़ार में उसकी परचून की दुकान थी, गोले की आढ़त थी। वहाँ थोक दर पर चावल की ख़रीद-फरोख़्त होती थी। उसके पास हासकिंग मशीन भी थी। बेशक वह हेंतलपाड़ा में समृद्ध सम्पन्न प्राणी था।

अनुकूल की इकलौती बेटी के बदन पर विवाह की हल्दी भी चढ़ चुकी थी। मगर वह पाँव में कपड़ा बाँधकर, पोखर में उतरी और डूब गयी। अन्ना की सूरत-शक्ल, हू-ब-हू उसकी बेटी जैसी!

''पोशा तो उसी जात का है। यहाँ-वहाँ घूमते-भटकते रहते हैं। कहीं कोई काम जुट गया, तो कर लिया! वे लोग घर-बारी बिलकुल नहीं होते। गोपाल की माँ ही, धान उसानकर, किसी तरह अपनी गृहस्थी चलाती है। शान्त-लक्ष्मी औरत है! इतने दिनों से आती-जाती है, लेकिन कोई भी उसके चाल-चलन पर उँगली नहीं उठा सकता। उसने अगर यह काम किया है, तो ज़रूर शोक-ताप से पागल होकर किया होगा।'' अनुकूल ने राय दी।

किस बात का शोक-ताप?

दो-दो बेटियाँ, बाप के साथ सागर-मेला देखने गयीं और खो गयीं। बाद वाली बेटी मलेरिया का शिकार हो गयी। पैर का ख़ून सिर पर चढ़ गया और उसने दम तोड़ दिया। तीन बेटियों के बाद, बेटा हुआ। उसी दिन से वह गोपाल की माँ कहलाने लगी। बेटा मरगिल्ला-रोगी ही पैदा हुआ था। दोनों पैर लड़खड़ाते हुए साल भर होते-न-होते, वह भी भगवान को प्यारा हो गया।

उसके बाद जुड़वाँ बेटी! वे दोनों बेटियाँ अस्पताल में पैदा हुई थीं। पता नहीं, तभी वह कोई इन्तज़ाम कर आयी। अपनी बेटियों को वह हर पल आँखों-आँखों में रखती थी।

अनुकूल ने उसे काफ़ी समझाया, ''स्कूल तो गाँव में ही है। उन्हें पढ़ने भेजा करो। थोड़ा-बहुत लिख-पढ़ जातीं।''

''ना, काका, हम आपका गोड़ पड़ती हूँ—''

रात को वह बेटियों के पास सोती थी।

सागर-मेला के पहले-पहले ही एक दिन अचानक वह अपनी बेटियों को लेकर मायके चली गयी।

वहाँ से वह अकेली ही लौटी।

पोशा गला फाड़-फाड़कर चीख़ता-चिल्लाता रहा, ''बच्चियों को मेला दिखाने ले जाता। मेला घुमा लाता।''

बीवी की आवाज़ नहीं सुनायी दी।

उसके बाद ही तो यह काण्ड हो गया।

यह कैसी बात? दुःख-शोक से पागल होकर, अगर उसे ऐसा काम करना था, तो बहुत पहले ही नहीं कर डालती? लेकिन ऐसा काम कोई पहले करता है, कोई बाद में।

मेरे भानजे, रवि के साथ उसका लटपट था?

छिः छिः! रवि पोशा का सन्धाती था। समूचे गाँव भर में वही दोनों निकम्मे मकड़े थे। लेकिन रवि तो बहुरिया की, माँ से बढ़कर भक्ति करता था। दिन भर में दस बार उसकी चरण-धूलि लेता था। रवि तो निरा अध-पगला और निकम्मा था। इस-उस के घर टुक्कड़ तोड़ता था। औरतों की तरह घर का आँगन लीपता था, चूल्हा जलाने के लिए लकड़ियाँ बटोर लाता था; पीने का पानी भर लाता था—थाली भर भात खा कर चला जाता था।

अनुकूल अगर कोशिश भी करता तो क्या उसे बचा पाता?

"कहा न हम उसे मारना चाहती थी, सो मार दिया।" अन्ना ने कहा।

"सिर पर मारने से कोई मर जाता है?"

"इसीलिए तो सिर पर वार किया। ज़िन्दगी भर को बेकाम हो जायेगा। हम जानती थी। मर जाता, तब तो छुटकारा ही पा जाता।"

"लेकिन, क्यों?"

"वह गाँजाखोर, पिशाच ने मोरी पंचमी और सप्तमी के साथ क्या किया, मालूम?"

अनुकूल ने छूटते ही जवाब दिया, "वे दोनों मेले में गुम हो गयीं, बहुरिया!"

"आप भी क्या बात करते हैं, काका? बेटी अगर गुम हुई होती, तो बाप को पुलिस के दरवज्जे नहीं जाना चाहिए था? लल्ला के लिए उसने आकास-पाताल एक किया था या नहीं?"

अनुकूल नस्कर ने महादुःख से सिर हिलाया, "सागर-मेला महामेला होता है, री! अनगिनत लोगों की बाढ़ आ जाती है। साल-दर-साल लोग गुम होते रहते हैं। पोशा भला पुलिस में जाता? वह बेचारा तो यहाँ-वहाँ भटकता रहा। रवि ही उसे समझा-बुझाकर घर लाया। क्यों? शुरू-शुरू में पोशा, आँगन में लोट-लोटकर बेभाव रोता-फफकता नहीं रहा? जहाँ पंचमी नहीं, उस घर में लौटने तक वह तैयार नहीं था।"

अन्ना बस, सिर हिलाती रही।

बाद में अनुकूल ने कहा, "अपनी बहुरिया तो जैसे जेल जाने के लिए आमादा बैठी थी।"

बहरहाल, हेंतलपाड़ा गाँव में, अन्ना उर्फ़ अनुराधा द्वारा अपने पति का दाहिना कन्धा पाटे के आघात से ज़ख़्मी करना, ख़ुद अपना कसूर कबूल करके, उसका जेल जाना, पोशा या पशुपति का डायमण्ड हार्बर के अस्पताल में पड़े रहना वग़ैरह-वग़ैरह, ऐसी चौंकाने वाली घटनाएँ काफ़ी चटखारेदार कहानी-किस्से के रूप में गाँव की हवा में गूँजती रहीं।

उसके बाद यह घटना धीरे-धीरे अन्यान्य घटनाओं तले दब गयी। पोशा अब मातलाघाट जा कर या ट्रेनों में सवार होकर भीख माँगने को लाचार हो गया।

रवि ने चूल्हे-चौके की ज़िम्मेदारी अपने कन्धों पर ले ली। उन्हीं दिनों पोशा ने हिंदी की चालू फ़िल्मी गीतों के तर्ज़ पर भक्ति-रस के गीत शुरू कर दिये—"रे मन, कहे किसे तू अपना, श्यामा-श्यामा जपना!" या "आँख रहते, बना रहे जो अन्ध, कौन दिखाये उसको राह..."

अनुकूल ने कहा, "अब तो तेरा मन भी भले की तरफ़ जा रहा है। तू ऐसा कर, मनसातला में ही गाने गा। पैसे भी मिलेंगे और पेट के लिए आहार भी जुटेगा।"

"देखा भऊजी तुम्हें इन्सान बना गयी, दद्दा। ठोकर खायी, तब जा कर तुम्हारे कण्ठ से गाना फूटा।"

"अरे, भइये दस दिन अगर चोर बने रहो तो एक न एक दिन साधू बनना ही होगा।"

"अब कोई पाप मत करना..."

"अब, भला फिर पाप करूँगा?"

"चलो अपन मेलों में चलें वहाँ रोटी-रोज़ी धरें।"

"न्ना! अब यहीं माटी लूँगा।"

वाकई पोशा में सैकड़ों तरह के परिवर्तन हो रहे थे। अब वह कई-कई ढंग से बदल गया था। अब वह न बाल कटाता था, न हजामत बनाता था। वह गेरुआ धोती और गेरुआ फतुआ पहनने लगा था।

दाहिनी तरफ़ झूली हुई गर्दन और बेजान लटकते हुए दाहिने हाथ की वजह से राक्षस जैसा नज़र आने लगा था। अब उसकी सूरत-शक्ल बिलकुल ही बदल गयी थी।

सभी ने कहा, "पोशा अब बिलकुल बदल गया है। ज़िन्दगी भर..."

गोपाल की माँ से विवाह करने से पहले, पोशा, एक के बाद एक, दो-दो औरतों को ब्याह कर, घर ले आया था। शादी में उसने कोई दान-दहेज भी नहीं लिया था। लेकिन चन्द दिनों बाद ही उनकी कलाइयों में पड़ी चाँदी की चूड़ियाँ, कान की लटकन और लकूलकी-सी कलसी वग़ैरह, सारा कुछ छीन-छानकर उसने उन बीवियों को 'बदचलन' घोषित करते हुए खदेड़ दिया, ऐसी भी बात उठी कि अब उन्हीं में से किसी को वापस ले आये।

बीवी बिना घर बिलकुल वैसा ही लगता है, जैसे नमक बिना, फीकी सब्जी!

इस प्रस्ताव पर, पोशा ने असीम उदारता से कहा, "उस ज़माने में अइसा होता था। आज बियाह करो और नगाड़ा पीट-पीटकर कहो—दान-दहेज नहीं लूँगा। उसके बाद, छुटपुट जो दिया है, सब नंगाझोरी करके, उसे खदेड़ देने का चलन था। इसीलिए हमने भी वही काम किया। उन लोगन की कउनो खोज-ख़बर भी नहीं ली। इत्तने दिन गुज़र गये। अब ऊ लोग भी शायद कहीं नौकरानी-चाकर बनकर चली गयी होंगी। न्ना, अब और नहीं—"

सभी लोगों ने सहमति में सिर हिलाया।

"उस ज़माने में कित्तनी ही किस्म का बियाह चलता था, जानते हो? बिहार में रहा, वहाँ लड़की का अकाल था। लड़की के बाप को रुपइय्ये दो, खाई-खर्चा दो, बियाह करो, और ले जाओ। कुछ दिन यह रिवाज़ ख़ूब चला। तभी जटाधारी ने तीन सौ रुपइय्यों के बदले में अपनी बेटी हमसे ब्याह दी।"

रवि ने कहा, "लेकिन यह तो ब्याह नहीं था, दद्दा। वे लोग तो अपनी बेटियों को रंडी बनाकर रखते थे।"

"हाँ, सो तो सच है। जब वह हवा ख़तम हो गयी, तब नयी हवा चल पड़ी—हम दान-दहेज नहीं लेंगे, हाँ, बेटी को देना हो, दे दो। उस ज़माने में, एक-एक मरद दस-दस बियाह करता था! आख़िर देशाचार जो ठहरा! हमने भी किया। उसके बाद? गोपाल की माँ जब से आयी, कभी हाथ-पैर तक नहीं हिलाया-डुलाया। क्या कहते हो, जीवन अलोना हो जायेगा? होने दो।"

"लेकिन..."

"मनसतला की माटी खाय रहा हूँ! देही ज़रा भी गरम नहीं होती।"

अगले ही पल, हवा-हवा, ए हवा—के तर्ज़ पर पोशा ने भजन छेड़ दिया—'कउन कहे, माँ काली है तू।"

लोग धन्य-धन्य कर उठे। ख़ून-डकैती, छिनताई, मार-पीट, बहू के कत्ल, मामले-मुकदमे की शानदार परम्परा-मण्डित, हेंतलपाड़ा में देवी की यह कैसी कृपा थी? पोशा के मन में कैसा वैराग्य आ समाया है? अनगिनत नयी-नयी डकैतियों का नेपथ्य नायक, सुलेमान मुल्ला भी, यह घटना सुनकर धन्य-धन्य कर उठा।

वैसे पोशा के इस हृदय-परिवर्तन से सुलेमान का थोड़ा-बहुत नुकसान ही हुआ था। कभी-कभार पोशा, ख़बर वग़ैरह दे जाया करता था। लेकिन माल की खोज-ख़बर देना और अब यह देवलीला—इन दोनों में काफ़ी फ़र्क था। दाण्डी-पल्ले के वज़न में काफ़ी अन्तर था।

"अल्लाह, जाने कब, किसको सुमति दे दे—" वह बुदबुदा उठा।

ट्यूबवेल के जगत पर या पोखर-घाट पर बहू-बेटियाँ भी आपस में विस्मय ज़ाहिर करने लगीं। "सच्ची, उसकी नज़रों में 'खाँव-खाँव' का भाव बिलकुल मिट गया है।"

अनुकूल की पुत्रवधू, "मणिमाला ने कहा, "गोपाल की माँ के लिए बेहद अफ़सोस होता है, बहना!"

"हाँ, वह बेचारी तो सीधे जेल चली गयी।"

"हाँ, यह सोच-सोचकर तकलीफ़ होती है कि समूची घर-गृहस्थी त्याग कर..."

"उस बदनसीब को भूत ने दबोच लिया था। सागर-मेला भी करीब था...उसी सागर-मेले में उसकी बेटियाँ..."

"कैसी हँसमुख, खिली-खिली बेटियाँ थीं।"

"हाँ, बाप जैसी देह और कद-काठी मिली थी, माँ जैसा नैन-नक्श..."

"बोली-भाषा भी खबसूरत..."

"हाँ, साच्छात रूप का घर..."

"पता नहीं कहाँ, ले गया होगा।"

"ख़ैर, छोड़ो जो गया, सो गया।"

मणिमाला ने एक बार फिर कहा, "सोच-सोचकर कष्ट होता है, कितना शरीफ़! कैसी सभ्य-शान्त इन्सान! कितनी सलोनी बातचीत! अचानक उसे जाने क्या हो गया।"

"उसने तो बेटियों का नाम तक रख छोड़ा था...पंचमी और सप्तमी।"

"उसका अपना नाम भी तो है–अनुराधा!

2

अन्ना उर्फ़ अनुराधा को एक बार भी यह बात समझ में नहीं आयी कि "सिर पर ही मारना चाहती थी...हमने तो जान-बूझकर ही मारा था।" वग़ैरह आकण्ठ स्वीकारोक्ति के नतीजे में, वह भारतीय दण्डविधि कानून की कितनी सारी धाराओं के मुताबिक दण्डनीय हो गयी।

धारा 321 के मुताबिक भी उसकी यह करतूत 'जानबूझकर किये गये आघात' में गिना गया।

धारा 325 के मुताबिक 'अगर कोई इच्छाकृत भाव से किसी को भी गुरुतर आघात करे, तो उसे सात वर्ष तक का, जिस किसी भी तरह का कारादण्ड हो सकता है और साथ ही अर्थदण्ड भी लगेगा।

माँ जुर्माना चुकाने को राज़ी थी।

मामा भी जुर्माना अदा करने को राज़ी था।

अन्ना ने ही ग़ुर्राती आँखों से घुड़क दिया, "न्ना! तुम कुच्छ नाहीं दोगी, माँ फूटी कौड़ी भी मत देना! अरे, सात बरिस के बाद, न हो कुछ महीने अउर रोक लेंगे। रोक लेने दो।"

"जुरमाना दै देती, तो कुछ पहिले रिहा हो जाती।"

"तुमने रुपइय्ये दिये हैं अगर मैंने यह सुना, तो वहीं कपार फोरकर जान दै दूँगी। इसका पाप तुम लोगन को लगेगा।"

"अइसी बात नहीं करते, मोर बिटिया!"

"यही बात सच है, माँ! अगर रख सको, तो ऊली-झूली को किसी गड़हे में छिपाय रखो। ऊ दोनों के बाप को, किसी तरह भी उनकी सुनगुन ना लगे।"

"नहीं, वह पता नहीं कर पायेगा।"

"बचन देत हौ?"

"जा, दिया! लेकिन तुझे यह क्या सूझी, बिटिया? ऐसा कारज तूने काहे किया? और तू यूँ आँख गुरेर-गुरेरकर बात काहे कर रही है? कउनो मन्तर-तन्तर तो नहीं मारा?"

"...." अन्ना चुप!

"उन्नीस बरिस पहिले ब्याह दिया..."

"नौ साल पहिले, ऊ मरदूद ने हमको आग में झोंक दिया। नौ बरिस से हम धधक रही हूँ। लेकिन जैसे ही आगी की आँच, जैसे ही जलाने लगा, हम अपनी दूनो बिटियन को लेकर, धाँ हो गयी। आया कुछ समझ में?"

"ना, रे, बिटिया!"

"चलो, फिर कभी समझाऊँगी! मिलने तो आया करोगी न?"

"ज़रूर आवेंगी, बिटिया! कउनो माँ अपनी बेटी को फेंक सकती है भला?"

"तब सोचो कित्तने दुःख से हमने अपने बच्चों को तुम्हारे हाथ में सौंपा है!"

"लेकिन..."

"पंचमी और सप्तमी के साथ जो हुआ, इन दोनों के साथ भी वही होता।"

"वे दोनों तो सागर-मेला में..."

"ई दूनो भी गुम हो जातीं। अउर सुनो, माँ, देखना, मासी ऊली-झूली को कोई सुन्दर-सा नाम मत रखने देना।"

"ना, नहीं दूँगी।"

"देखौ, हम अनुराधा हूँ। पंचमी...सप्तमी...दशमी...यह सब बड़ा गालभरा नाम है! उनको गंगासागर निगल गया...दशमी को मलेरिया बुखार छीन ले गया। गोपला को तो हम गिनती ही नहीं, वह ज़िन्दा रहने के लिए नहीं आया था...नन्दलाल नाम भी पानी में बह गया। बच रहीं ऊली-झूली! ऊली-झूली सलामत रहें...अपनी माँ के पास रहें..."

"रहेंगी! रहेंगी!"

"मासी का दिया हुआ पट्टा, मेरे बियाह में तुम्हारी दी हुई अँगूठी, मामा का दिये हुए कनफूल...सब तुमको सौंप दिया है।"

"हाँ, दिया है! दिया है, बिटिया।"

"उन दोनों को बचाये रखना! तुम जब करने लायक न रहो, तो मामा का जिम्मा रहा। वे उन्हें जिलाये रखें।"

"सब! स-ब हो जायेगा, बिटिया! हम सब करूँगी।"

अन्ना की माँ रोते-रोते रूख़्सत हुई।

उसने अन्ना के मामा से कहा, "यह तो कोई अउर इन्सान बन गयी है।"

"ज़रूर उसने कोई भयंकर चोट खायी है।"

"ख़ैर उसने खुलकर कुछ नहीं कहा। हाँ दामाद पर समुन्दर जितना ग़ुस्सा है वह।"

"उसका गुस्सा बेवजह तो नहीं होगा।"

वे दोनों ही जानते थे, अन्ना अपनी बड़ी बहन बिनती या मिनती की तरह मुँहफट, देह मटकाने वाली या दूसरों के बदन पर ढलकने वाली या रंग-तमाशा करने वाली लड़की कभी नहीं थी। सयानी होते ही, वह सम्हल गयी। असल में वह बचपन से ही और तरह की लड़की थी। अपनी माँ की तरह।

मातृमुखी बेटी सुखी, पितृमुखी बेटा सुखी!

अन्ना की माँ ने किसी ज़माने में इस तरह की कहावत, बोली-भाषा काफ़ी सुनी थी। लेकिन, कब, किसने सुना है कि कहावतें सच भी होती हैं? सच तो यह है कि कहावत बस, कहावत ही होती है। उसके कोई बेटा नहीं था, तीन-तीन बेटियाँ ही थीं।

बड़ी और मझली को बाप की सूरत-शक्ल मिली, स्वभाव भी उसी की तरह!

अन्ना का चेहरा ही बिलकुल अपनी माँ जैसा! वह भी धीरे-धीरे चलती थी, धीरे-धीरे बोलती थी! हाथ-पैर से, हू-ब-हू लक्ष्मी जैसी!

माँ ने कहा, "चलो, भइया, कालीघाट जा कर काली मइया के दर्शन करती चलूँ। मन बड़ा रो रहा है।"

"किसी शनि या मंगल को आ कर दर्शन कर जाना, बहिनी। ऊली-झूली को घर में अकेली छोड़ आयी हो! सीधे घर ही चलो।"

❐

जेल के अन्दर दाख़िल होने के बाद, अन्ना गुमसुम बनी रही।

वह किसी भी सवाल का जवाब नहीं देती थी। वह चुपचाप सिर्फ़ अपना काम करती रहती; खाने के वक्त खाना खाती; और हर वक्त अपने ख़यालों में डूबी रहती थी।

हाँ, कभी-कभार वह उँगलियों की पोरें गिनने लगती थी। वह क्या हिसाब-किताब करती थी, यह तो वही जाने

उसका यह हाल देखते-देखते सविता ने मन्तव्य किया, "देखो, अगर उसकी ज़ुबान न ख़ुलवाई गयी; उसने अगर बातचीत शुरू नहीं की तो उसे किसी दिन पागलखाने की हवा खाना पड़ेगी।

दीदी मणि यानी समाज कल्याण दफ़्तर के लोग भी महा-चिन्ति! इस कदर चुप्पी, सही लक्षण नहीं है।

उन्होंने ही पूछा, "उँगलियों की पोरों पर, यह तुम क्या गिनती रहती हो, अनुराधा?"

"इस नाम से मुझे न बुलायें। अन्ना कहाँ करें।"

"यह नाम तो अच्छा-भला है।"

"जिसके लिए भला है, उसके लिए हो! हम अन्ना हूँ।"

"तुम तो शादीशुदा हो! बाल-बच्चे हैं न?"

"पाँच बेटी! एक बेटा!"

"तुम्हारी उम्र कितनी है?"

"चौदहवें बरिस में बियाह हुआ। उसके बाद, उन्नीस बरिस तक घर-गिरस्ती चलाती रही।"

"देखने से यह बिलकुल नहीं लगता कि तुम तैंतीस साल की हो।"

"कितना लगता है?"

"इतने साल की तुम लगती नहीं।"

"किस्मत में बदा होता, तो अब नाती-पोते का मुँह देखती–"

"बेटी सबसे बड़ी है?"

"पहिले लड़की भयी–"

"उसका अभी ब्याह नहीं हुआ?"

"ना–" अन्ना ने इनकार में सिर हिलाया।

अगले ही पल, उसके चेहरे पर अजीब-सी मुस्कान झलक उठी, "एक के बाद एक, दो-दो बेटियों को गंगासागर निगल गया। उनके बादवाली बेटी, मलेरिया छीन ले गया। बेटा तो जीने के लिए आया ही नहीं था। येऽ बड़ा सिर और लकलके-से पाँव! बरिस भर के अन्दर-अन्दर उसने भी दूध उलट दिया, आँखी पथरा गयी और वह भी चल दिया। सिर्फ़ कुछ ही दिन गोपाल की माँ कहलायी मैं।"

"वाकई, अफ़सोस की बात है।"

"अच्छा, दीदी, ई कइसी बात है! बेटी हो, तो उसके नाम से, माँ को नहीं बुलाते, सिर्फ़ बेटे के नाम से ही बुलाते हैं?"

दीदी मणि झेंप गयीं।

उन्होंने सकुचाए लहज़े में कहा, "मेरी भी दो बेटियाँ हैं। मुझे सभी लोग 'टिंकू की माँ, कहकर बुलाते हैं।"

"शहर में ऐसा चलता होगा, यहाँ नहीं।"

"अब कौन बचा है?"

"ऊली और झूली! जुड़वाँ हैं। उन दूनो को हम कोई अच्छा नाम नहीं दूँगी।"

"वे दोनों अब किसके पास हैं?"

"उनको छिपा दिया है...बाप ठहरा राछस! ऊ उन दोनों को हजम कर जायेगा। माथे पर वार पड़ा होता, तो वह ज़रूर मर जाता। गाँजे का दम लगाकर जब वह ढुल-ढुल हो रहा था। तभी उसके दाहिने कन्धे पर..."

"सुनो, अन्ना, अभी-अभी तो तुम आयी हो। उँगली की पोर पर तुम कब तक गिनती रहोगी?"

"गिनती न रहूँ, तो मुझे पता कैसे चलेगा?"

"मैं हिसाब रखती हूँ न! मैं बता दूँगी। तुम यूँ गुमसुम मत रहा करो।"

"मुझे बेटियों की फिकिर लगी रहती है। दीदी! दोनों में से, कोई भी न काली-कलूटी हैं, न बदसूरत।"

"तुम जो इतनी ख़ूबसूरत हो।"

"हाँ, वे दोनों की सूरत आँख और बाल, बिलकुल मेरे जैसे और अपने बाप की तरह गोरी-चिट्टी! अगर वे काली या कुरूप होतीं; तो सागर उन्हें नहीं लेता–"

"सुनो, तुम यहाँ की औरतों के साथ मिला-जुला करो, बातचीत करो, वर्ना पता है, क्या होगा?"

"क्या होगा?"

"कोई झूठमूठ ही ख़बर उड़ा देगा कि तुम पागल हो और तब तुम्हें पागलखाने ढकेल देंगे। वहाँ पागलों के साथ रहते-सहते, तुम भी पागल हो जाओगी। तब तुम्हें आसानी से रिहाई भी नहीं मिलेगी।"

"ना, दीदी, हम बातचीत करूँगी...ज़रूर करूँगी! हमें पागलखाने मत भेजना, दीदी! सात साल बाद, मुझे जेल से बाहर निकलना होगा।"

"तुम रिहा हो जाओगी! अगर तुम शराफ़त से रहीं, तुम्हारा आचार-व्यवहार ठीक रहा तो तुम पहले भी खलास हो सकती हो।"

"करूँगी! मैं बात करूँगी, दीदी।"

"मैं भी उन लोगों से कहूँगी, तुमसे बातचीत किया करें।"

❐

मदीना की आँखें और बाल, दोनों ही बेहद खरखरे! ताम्रवर्णी रंग! देह गठीली! सख़्त!

सविता ने उससे कहा, "ए हो, मदीना बेगम, अभी तो कितने ही साल साथ-साथ रहना है। बातचीत किये बिना कैसे चलेगा?"

सविता कुछ-कुछ उम्रदार! प्रौढ़! कद-काठी भी भारी-भरकम!

"करेगी, वह बात करेगी।" सविता ने कहा।

अन्ना बीच में ही बोल उठी, "क्या बात करूँ, जी? हम तो किसी को भी पहचानती भी नहीं, जानती भी नहीं।"

"अरे, दुःख की बात ही किया करो, और क्या? यहाँ कोई सुख के बारे में कहने-सुनने नहीं आता।"

अचानक वह बेसुरे लहज़े में गा उठी–

सुख का पँछी
गयी पकड़ने।
पंछी...उड़-उड़ जाये, रे!
उड़-उड़ जाये, रेऽऽ

सविता ने घुड़क दिया, "तुझ पर फिर भूत सवार हो गया? उठ! चल, उठ–"

"अरे, नहीं सविता! माँ कसम... भूत-वूत नाहीं! हाँ, री अन्ना! मुखड़ा उदास काहे है? मारा तो जब्बरदस्त था–"

"कहाँ? माथे पर कहाँ मार पायी?"

"तोरा भतार क्या दूसरी औरत ले आया था?"

"नहीं तो!"

"दारू पीकर पीटता था?"

"किसी भी दिन, नहीं! कब्भी नहीं!"

"फिर?"

सविता बोल पड़ी, "यह सब जानकर तू क्या करेगी? अभी तो ग्यारह बरस, तुझे यहीं रहना है, मदीना!"

"अरे, ज़िन्दगी भर के लिए रख ले न!"

"भई, मोरी शान, बिलकुल अलग है! हम ठहरी लाइफ़र! समझीं?" उसने अन्ना से कहा।

"ऐसा क्या किया था?"

"बियाह-सादी किये बिना ही उसने मुझे अपने घर में बिठा लिया। दारू चढ़ाकर, रोज़-रोज़ पीटता था। रोज़-रोज़ मारने-पीटने में ही, उस कमबख्त को मज़ा आता था। एक दिन, जब बर्दाश्त-बाहर हो गया, तो सिर पर बोतल दे मारा! मार-मारकर, फिनिस!"

सविता ने मुँह बिगाड़ कर कहा, "मारते-मारते फिनिश! हुँहः! अरे, तो भाग जाती! वह कोई मामूली मानस नहीं था! मिलिटरी में 'कन्टाक्टर' था।"

"था तो था! यहाँ कम से कम मार खाने से तो बची हूँ। मार-मारकर हाथ-पैर, दाँत तोड़ देता था। उसके बाद जार-जार रोता था। और गड्डी-गड्डी रुपय्ये सामने रख देता था।"

"और तुम वो सारे रुपय्ये, अपने धर्म-बेटा को थमा दोगी।"

"हमको 'माँ' कहता है...बाद में वही तो मेरी देख-भाल करेगा।"

"हाँऽऽ, हाँऽ, जैसे मेरे वाले ने देखा..." सविता बीच में ही ख़ामोश हो गयी।

थोड़ा ठहर कर उसने दुबारा बातों की कड़ी जोड़ी, "अब कहने-सुनने से क्या फ़ायदा? हज़ारों पाप करके यहाँ आ जुटी हूँ। जब जिसका समय होगा, चला जायेगा।"

"कब जाओगी, दीदी?" अन्ना ने पूछा।

"तुमको निकालकर ही जाऊँगी। अभी, दस साल तो आराम से अड्डा गाड़े रहूँगी।"

"ओऽ!"

"तुम ज़रा बोला-बतियाया करो, अन्ना! तुम्हारा मुँह फूला देखती हूँ, तो बड़ा डर लगता है। पंचमी भी इसी तरह..."

"क्या कहा?"

"पंचमी...क्यों, क्या हुआ?"

"कितनी...कितनी बड़ी है वह लड़की? और क्या किया पंचमी ने?"

"मुझसे बड़ी है...वह..."

"नाऽऽऽऽ"

"उसका हाहाकार सुनकर सभी औरतें चकरा गयीं।

जेल की वार्डन दीदी भी दौड़कर आ पहुँची।

"क्या हुआ? क्या बात हो गयी?"

"पंचमी का नाम ना लो, जी! वह नाम मुझसे सहा नहीं जाता। नौ बरिस गुजर गये, मोरी बिटिया...वह नाम याद मत दिलाना, जी!"

अन्ना फ़र्श पर ही मानो ढेर हो गयी।

इतने दिनों से, उसकी छाती में इतनी-इतनी रुलाई जमी हुई थी।

दीदी मणि ने कहा, "रोने दो! उसे रो लेने दो। पंचमी दास का नाम लिया किसने?"

सब चुप!

अन्ना ने लगभग रुद्ध आवाज़ में दुबारा कहा, "वह नाम...न लेना, तुम लोग।"

सविता ने लम्बी उसाँस भरकर कहा, "अब से नहीं लेगा, अन्ना! चल, उठ हाथ-मुँह माथे पर पानी के ज़रा छींटे मार आ!"

3

बस, वही एक दिन!

उसके बाद अन्ना किसी दिन नहीं रोयी। उसने अपने को अदृश्य आवरण में ढँक लिया। जब जो कहता था, वह किये जाती थी। बातचीत वह बेहद नम्र लहज़े में, पूरे सम्मान के साथ करती थी।

उसकी माँ उसे देखकर, परम निश्चिन्त हो आयी।

"यही तो है, मोरी अन्ना! ऐसे ही रहा कर बिटिया! हम हर शनि-मंगल को काली मइया के थान पर..."

"तुम कालीघाट जाओगी?"

"ना, बिटिया, लेक-काली भी काफ़ी जाग्रत हैं।"

"ऊली-झूली मज़े में हैं न?"

"ख़ूब मज़े में हैं। तू देखेगी उनको?"

"नहीं, नहीं, माँ उन दोनों ने जो सुना, सो सुना! लेकिन यहाँ उन्हें मत लाना। चारों तरफ़ सैकड़ों पापी-तापी मौजूद हैं। पता नहीं, कौन क्या बोली-आवाज़ें मारे।"

"एक-ठो बात है, अन्ना!"

“हाँ, कहो।”

“तू देख तो आयी है, अब वहाँ कित्तनी हक्कानी-हक्कानी कोठी खड़ी हो रही है। बड़ा-बड़ा ‘फिलैट’ बना है। हम जब उहाँ काम करने जाती हैं, तब दूनो बिटियन को साथ ले जाती हैं। मालिक लोग बहुत भलेमानस हैं, नहीं तो तीन सौ रुपइय्ये देते भला?”

“ती-न-सौ?”

“हाँऽ, व-हीं! चार तल्ले पर तीन सौ अउर तीन तल्ले पर दुइ सौ! वो लोग वहाँ बस गये हैं, तभी तो हम खा-पीकर ज़िन्दा हूँ।”

“तब तो, माँ हम भी मेहनत-मज़दूरी करके, जी सकूँगी।”

“हाँ-हाँ बिटिया! हम यह कह रही थी कि ऊ लोग अगर अपने घर में ऊली-झूली को काम पर रख लें तो...”

“वे लोग उन्हें लेकर, कहीं और तो नहीं चले जावेंगे?”

“अरे, लाखों-लाख रुपइय्ये दे कर ‘फिलैट’ ख़रीदा है! घर-आबार ऐसा, मानो सिनेमा! टेलीविज़न...मसीन में कपड़ा कचारत हैं...यहाँ रहने ही आये हैं न?”

“मशीन में कपड़ा धोते हैं?”

“और नहीं तो क्या? दूनो घर के कर्त्ता-गिन्नी निरे बच्चा हैं। हम घर-दुआर साफ़ करती हैं, हर रोज़ धूल-गरद झाड़ती हैं और बर्तन माँज देती हैं...सारा बर्तन इस्टील और काँच का...बस, साबुन से धो दो! पानी भर दो...। दूनो घर से उनको कपड़ा दिये हैं। जाँघिया-पैंट दिये है, बाल का किलिप भी। वे लोग, अपने-अपने घर में, ऊ दूनो को रक्खे चाहत हैं...”

“अगल-बगल के मकान कैसे हैं?”

“वहाँ तो ऐसी कोठी, बस, एक ही है! वहाँ रहेंगी, खायेंगी, टीवी देखेंगी। हमरे हाथ में हर महीने पचास रुपइय्या गिन देंगी...तोरे मामा बैंक में खाता खोलकर, जमा करते रहेंगे! क्या कहती है, वहाँ दूनो को दे दूँ?”

“दे दो! तुम्हें उन दूनो से सदा मिलने-जुलने देंगे न? उनको मारेंगे-पीटेंगे तो नहीं? हमने ऊ दोनों को कभी फूल से भी...”

“अरे, नहीं रे, नहीं! तोरी मौसी का वो धरम बेटा है न, अजित! वही तो मुहल्ले का दादा है। वो लोग उसी को महीने-महीने रुपइय्ये देते हैं। अजित ने घर पहरा देने का ऑफिस खोल लिया है न! अजित है वहाँ, हम सभी उसी के भरोसे निश्चिन्त हैं। ऊली-झूली को उसने नन्ही-मुन्नी का नाम दिया है! कितना-कितना लमनचूस, बिस्कुट देत है।”

“यही ग़नीमत है, माँ, बाद में हम माँ-बेटी मेहनत-मशक्कत करके गुजारा कर लेंगी।”

“हम भी निश्चिन्त हो जावेंगी, बिटिया! विनती-मिनती तो जब-तब आ धमकती हैं। उन लोगन की बातचीत, चाल-चलन...हम भी बेफ़िक्र हो जावेंगी। लेकिन, तुमको बताये बिना तो उन दुधमुँही बच्चियों को नौकरी पर नहीं भेज सकती न!”

“ऊ दूनो को टीवी देखने देंगे?”

"वह तो अभी भी देखती हैं, नित्य-रोज़ देखती हैं।"

"उन लोगों को बाल-बच्चा नहीं है?"

"तीन तल्लेवाले को एक बेटा है, दू बरिस का! और चार तल्ले में अभी कोई नहीं! लेकिन अब तो बच्चा जब चाहें, तभी हो जाये। वो लोग सदा-सर्वदा बच्चा नहीं बियातीं।"

"गाँव-देहात के घरों में भी ऑपरेशन हो रहा है, एक हम ही..."

हाँ, अन्ना का बाप ही आँखें तरेरकर कहता था, "ना, ना, ऑपरेशन अच्छी बात नहीं है। पेट कटा दिया होता, तो क्या ऊली-झूली होतीं?"

"अच्छा ले, तेरे लिए गजा मिठाई लायी हूँ और जर्दा का डिब्बा भी! तूने 'हाँ' कर दिया...मन फुरफुरा हो आया है। अब तो साल भर गुज़र गये! मइया अब फूलपान सस्वीकार कर लेंगी।"

उस दिन अन्ना काफ़ी ख़ुश थी।

अगले दिन उसने जेल-दीदी से कहा, "माँ ने ऊली-झूली को भी नौकरी दिला दी! जान-पहचान का घर है...सुख से रहेंगी।"

"वे दोनों की उम्र क्या है?"

"आठ बरिस की हैं—"

"उनको नौकरी पर भेज दिया?"

"हम जैसों के लिए, इससे भला और क्या होगा, दीदी? जेल से बाहर निकलकर, मैं भी मेहनत करूँगी। उसके बाद देख-सुनकर उनका बियाह कर दूँगी।"

"और पढ़ाई-लिखाई?"

"बाप अमानुस निकल गया, माँ जेल में है, नानी लोगन के घर-घर चाकरी करती है, उनको कौन पढ़ायेगा, दीदी? इसलिए तो हम जैसी पढ़-लिख नहीं पातीं। आपलोगन की औकात है, आपलोगन पढ़-लिखकर, बड़ी होती हैं। आप दूनो प्राणी 'गौरमिन' की नौकरी करते हो...हमारा तो..."

जेल-दीदी को समझ में नहीं आया कि वे क्या कहें।

थोड़ा ठहरकर उन्होंने कहा, "तुम्हारी रिपोर्ट बहुत अच्छी है, अन्ना! तुम शायद सात साल से पहले ही रिहा हो जाओ।"

"जीती रहो, दीदी! सदा सुखी रहो।"

उम्र में उनसे काफ़ी छोटी, अन्ना का आशीर्वाद पाकर, जेल-दीदी अभिभूत-सी खड़ी रहीं।

यह औरत इतनी विनम्र निष्कलुष आख़िर कैसे है? वह इतने सब्र के साथ अन्यान्य औरतों को दिलासा कैसे दे पाती है? कैसे वह बीमार सह-बन्दिनी औरतों के मल-मूत्र साफ़ कर पाती है?

ऐसी औरत की तकदीर में ऐसा पति कहाँ से जुट गया? क्या किया थां उसने कि अन्ना ने पाटे से उसका सिर तोड़ देने की कोशिश की?

इससे भी बड़ी बात यह कि इस काम के लिए उसे कहीं पछतावा भी नहीं है।

ख़ैर सारी बातें तो कभी भी पता नहीं चलेंगी।

जेल-दीदी ने उसे कई बार कुरेदा, "अपने बारे में कुछ बताओ न, अन्ना!"

"हमको कुछ याद नहीं है, दीदी!"

"तुम स-ब भूल गयीं?"

"हाँ, दीदी!"

❒

काश, अन्ना भूल पाती! काश, उसे कुछ भी याद नहीं आता!

किसी ज़माने में सैकड़ों साल पहले, अन्ना की एक नानी हुआ करती थीं। माँ की माँ! सिर के बाल बिलकुल सन की तरह दूधिया-सफ़ेद! दन्त-विहीन चेहरे पर हर वक्त मुस्कान और गुल-तम्बाकू की गन्ध!

वह झूम-झूमकर, अपनी नातिनों को कवित्त सुनाया करती थीं। भेनती-मेनती और अन्ना!

"अच्छा, बताओ तो इसका क्या मतलब है?"

गला है, पर तल्ला नहीं

हाथ है, पर पाँव नहीं

बुढ़िया सोचने का भी वक्त नहीं देती थी।

"नहीं समझी न? अरे, कुर्ता, रे कुर्ता! गला या बाँह में डालो, पहन लो। उसका तल्ला कहाँ होता है? अब यह बूझो—कटोरी में कटोरी, उसमें धरी आंटी, जो ना बूझे, उसकी सास को बनाऊँ नकटी! अब बोलो?"

भेनती-मेनती एकदम से बोल उठीं, "चलता! चलता।"

बुढ़िया को ऐसे ढेरों कवित्त आते थे। वह उड़न-साँप का किस्सा जानती थी; मछली पकड़ते हुए, किस मछुआरे को मछली के पेट में अँगूठी मिली थी; सियार के यहाँ कोई बच्चा पला-बढ़ा—ये सारी कहानियाँ वह जानती थी।

नातिनों को जब भूख लगती थी, वह उन्हें सत्तू का लड्डू खाने को देती थी।

उन दिनों अन्ना काफ़ी छोटी थी। बूढ़ी आधी से ज़्यादा कहानियाँ, उसके धर्म-बेटे के बारे में होती थीं। धर्म-बेटे का किस्सा ही, मानो सच ही कोई परी-कथा हो, जो एकदम से सच हो गयी थी।

नानी लोग गलगली नहर के पार रहते थे। कहते हैं, नानी का गाँव पानी में बह गया। उसके बाद, वे लोग नहर किनारे आ बसे। कतार-दर-कतार सरकंडे और लंबे-लंबे पत्तों की झुग्गी-झोंपड़ी! अनगिनत लोगों ने वहाँ शरण ली थी। नानी ही क्यों, नहर-किनारे की लगभग सभी औरतें-लड़कियाँ, यहाँ तक कि छोटे-छोटे लड़के-लड़कियाँ, काठ के बुरादे से 'गुल' बनाती थीं।

वहाँ लकड़ी के अनगिनत कारखाने थे। वहाँ काठ के बुरादों का ढेर पड़ा रहता था। कोयले के कारखाने से कोयले का चूरा ला कर, उसमें लकड़ी का बुरादा और मिट्टी मिला कर, सभी लोग 'गुल' तैयार करते थे। जाने कौन लोग तो आते थे, बैलगाड़ी भर-भरकर 'गुल' ख़रीद ले जाते थे।

नहर के किनारे से लगे मोटर-गैरेज में काम करता था—मोती साँपुई! अकेला रहता था। ख़ुद पकाता-खाता था! कभी-कभार नानी को साथ लेकर, चाय की दुकान में जा कर चाय पीता था, नानी को भी पिलाता था।

एक बार वह चेचक का शिकार हो गया। सुना है, उन दिनों नानी ने वहाँ रहकर उसकी काफ़ी सेवा-शुश्रुषा की! इक्कीस दिन बाद, नीम-हल्दी के पानी में उसे नहलाया यानी उसका सा-रा कुछ किया। उसी दिन से वह नानी को 'धर्म-माँ' कहने लगा।

माँ बताती थी कि बिन माँ-बाप का बेटा था। देहात में उसके काका लोगों ने, बारह साल की उम्र में, उसका घर-द्वार, जमा-ज़मीं छीनकर, उसे निकाल बाहर दिया। वैसे वह अपने काका लोगों का कभी ज़िक्र नहीं करता था।

उसने सीना तानकर कहा, "धरम-माँ कहाँ है, बेटे का ही फ़र्ज़ निभाऊँगा।"

नानी की मौत अन्ना ने नहीं देखी। उनका धर्म-बेटा ही नानी का दाह-संस्कार किया; 'काछा' आसन लिया, कार्तिक घाट पर श्राद्ध-शान्ति सब कुछ उसी ने किया। पति ने जब खदेड़ दिया, तो अन्ना की माँ, अपनी तीनों बेटियों के साथ, नानी की ही शरण में पहुँची।

उन दिनों मामा कुछेक सालों के लिए कामारपाड़ा चले आये थे। वे मोटर चलाने लगे; मोटर-मरम्मत का काम भी उन्हें आता था यानी काफ़ी हद तक, वे अपने पैरों पर खड़े हो गये थे। वे तो नानी को भी अपने यहाँ लाना चाहते थे, मगर नानी ही टस से मस नहीं हुई। इसलिए मामा, नानी के लिए ख़र्चा-पानी दे जाते थे।

मामा ने अन्ना और उनकी बेटियों को देखकर कहा, "इतना लाड़ तो उमड़ा पड़ रहा है। मैं पूछता हूँ। ऐसी जवान-जहान औरत और उसकी तीन-तीन बेटियाँ चार-चार मुँह के लिए आहार कहाँ से जुटेगा?"

"यहाँ मैं क्या जानूँ? जब तू मौजूद है, तो कोई इन्तज़ाम तू ही कर! तेरी भी तो बहन है!"

"मेहनत करके, ख़ुद दाना-पानी जुटाना होगा।"

"जब भतार ने ही खदेड़ दिया, तो उसे ख़ुद ही मेहनत-मशक्कत करके खाना होगा। भतार के यहाँ भी तो ख़ुद ही खटकर खाती थी। अब अपने लिए मेहनत करेगी।"

मामा ही सबको, कामारपाड़ा की मौसी की बस्ती में लिवा आया। उसके लिए घर भी खोज दिया। घर-घर ठेके पर काम भी दिलाया।

"पाँच घर में कामकाज? भला मुझसे निभेगा?"

"अरे, तनख्वाह भी तो मिलेगी, बर्तन मलना, कपड़े धोना, घर का झाड़ू-पोंछा सब कुछ करना होगा। अन्ना घर पर रहेगी। तुम अपनी दो बेटियों के साथ काम पर जाया

करना। ये दोनों बैठी-बैठी बर्तन मल देंगी, तुम तब तक कपड़े धो डालना। ये झाड़ू लगा देंगी, तुम पोंछा लगा देना। हर घर में चाय-रोटी मिलेगी। सब बटोरकर घर ले आना। एक जून का खाना इसी में निपट जायेगा। रात को जो पकाना, सुबह वही मांड़-भात खा कर, काम पर निकल पड़ना।''

''तनख्वाह तो देंगे न?''

''पाँच घर मिला कर, सौ रुपये मिला करेंगे। दत्त के यहाँ तो छुआछूत का झमेला है। वहाँ कपड़े भी धोने नहीं पड़ेंगे, सिर्फ़ बर्तन माँजना होगा। हाँ, बर्तनों का ढेर होगा। इधर तुम्हें बीस रुपये महीने घर का किराया और तीन रुपये बत्ती के लिए देना है—और क्या चाहिए तुम्हें?''

''हाँ, दद्दा इतनी काफ़ी है।''

''पूजा पर पाँचों घरों से साड़ी मिलेगी, सर्दी में शॉल! काम ठीक-ठाक से करती रहीं तो, सुदिन लौट आयेंगे। लेकिन, हाँ, मकान-मालकिन जो भी कहे, तुम्हें हामी भरनी होगी। वह दौलत के ढेर पर बैठी है। लोग उसकी ख़ुशामद करें, तो उसे अच्छा लगता है।''

मकान-मालकिन ने कहा, ''तुम्हें मोती लाया है। तुम उसकी धरम-बहिन हो। चलो, रह लो। लेकिन...तुम्हारा घरवाला है या नहीं?''

''हाँ, है।''

''खाना-कपड़ा नहीं। देता?''

''नहीं! भगा दिया। उसने आठ-आठ बियाह किया है। एक बीवी ने बेटा बियाया है। मोरी कोख से तो दनादन बेटी भई। हमको रखे रहता, तो बाद में बेटियों का बियाह करना पड़ता। इसीलिए खदेड़ दिया। बड़ी दुखियारी हूँ, मइयो! मोरे दुःख से सियार-कुकुर भी रोवत हैं।''

'मइयो' सम्बोधन सुनते ही, मकान-मालकिन पसीज गयी।

मकान-मालकिन 'माँ' सम्बोधन के लिए पगलायी रहती थी। अन्ना की माँ ने उसे 'माँ' कहा। नानी भी 'माँ' सम्बोधन के लिए पागल थी, मामा उसे 'माँ' बुलाते थे। अन्ना क्या ख़ुद भी 'माँ' नाम के लिए पागल नहीं थी?

पंचमी उसे 'माँ' बुलाती थी।

सप्तमी भी उसे 'माँ' ही कहती थी।

दोनों बेटियों के शोक में, अन्ना की छाती में जब सागर का निर्मम-कठिन बाताश हहर उठा, दशमी को उसने अपनी आँखों की पुतलियों में बसाये रखा। बेटी भी सिर्फ़ अपनी माँ को ही जानती थी।

दशमी की आँखें मानो उनींदी-उनींदी! उसकी आँखों की पुतलियों की छाया, उसके गालों पर झलकती हुई। अन्ना ख़ूब खींच-खींचकर उसके बाल बाँधती और कंघी में फँसे हुए बालों को निकालकर, उसे थुथकारकर कूड़े के ढेर पर उछाल देती थी। बड़े जतन से वह उसे काजल का टीका लगाती थी।

हे बद-हवा-बाताश, मोरी बिटिया की देही मत छूना।

हे काक-चील, मोरी बिटिया पर पाँख मत डालना।

कोई नज़र मत लगाना, जी! अपनी दुखियारी माँ का शोक-ताप जुड़ाने के लिए, मोरी बिट्टी मोरी गोद में आ गयी।

लाल रंग की प्लास्टिक का बाला और शर्ट-पैंट में बेटी किस कदर ख़ूबसूरत दिखती थी।

अड़ोसी-पड़ोसी कहते थे, "तेरी कोख का सबसे रसदार फल है; दशमी! मुखड़ा देखते ही, दिल करता है, उठाकर छाती में दुबका लूँ। चलो, लम्बी उमिर हो बेटी की।"

"जिन्हें सागर ने निगल लिया, वे दोनों क्या कम रूपवती थीं, दीदी?"

"... ..."

"पंचमी, सप्तमी भी सुन्दरी थीं, मगर यह तो साच्छात देवकन्या थी, जी! अहा, अष्टमाताभुर में, वह जो गौरी माता की मूर्ति गढ़कर, पूजा करत हैं न, वही मानो लउट आयी हों।"

उसी दशमी को काला-जर-बुख़ार ने दबोच लिया।

इलाके में जाने कैसा तो महानाशी मलेरिया घुस गया और कितने ही प्राण हर ले गया। बच्ची मसहरी के बिना नहीं सोती थी, कभी, कोई अभिनय नहीं किया, घर के आँगन में ही खेलती रहती थी, उसे ही बुख़ार ने आ दबोचा।

बुख़ार चढ़ते ही वह चीख़ने-चिल्लाने लगी–'माँ रे, माथा फट रहा है! माँ रे, छाती जल रही है।" तीन रात भी नहीं गुज़रे। अचानक उसने आर्त स्वर में आर्तनाद किया–माँ रेऽऽऽ! और उसकी गर्दन लटक गयी।

आज भी अन्ना की छाती में वह आर्तनाद, बार-बार बज उठता है।

4

वह जो 'माँ' कहकर सम्बोधित किया, बाड़ीवाली जाने कैसी तो हो आयी। जाने क्या तो था अन्ना की माँ की आँखों में! मानो स्थितियों के सामने निःशर्त आत्मसमर्पण।

बाड़ीवाली ने कहा, "मोती लाया है तुम्हें! हम 'ना' नहीं कह सकती।"

"मेरी माँ उनकी धरम-माँ हैं।"

"यह बताने की ज़रूरत नहीं है। वह हमको सब बात बताता है। लेकिन...तुम्हारी इतनी बुरी हालत है, यह उसने नहीं बताया।"

"वह क्या बताता? उसने तो कुछ देखा ही नहीं! हम अपनी माँ के पास लउट आयी...वहाँ गुल बनावने लगी, कोइला बटोरने लगी। दद्दा ने कहा, यह काम करके पेट नहीं पाल सकोगी। चलो, बेटियों को लेकर, नौकरानी के काम में लग जाओ।"

"हाँ, हाँ कितनी ही औरतें यह काम करके अपना पेट पालती हैं! अब क्या बताऊँ, बिटिया। किसी से भी पूछा, पति क्या करता है? जवाब जैसे ज़ुबान पर धरा रहता है—घर का कामकाज करता है।"

"कलकत्ता में?"

"पता नहीं...। मेहिरया हड्डी तोड़-तोड़कर भतार को ठुँसाएगी, बाल-बच्चे पालेगी. ..लेकिन तुम्हें क्यों निकाल दिया?"

आँगन में अँगूठा घिसते-घिसते, अन्ना की माँ ने जवाब दिया, "उसने दूसरी अउरत जो बिठाल ली है। ऐसे भी लड़कियों की माँ! बेटी की माँ होने की वजह से भी काफ़ी लानत-मलामत करता था..."

"मर जा! मर जा, रे, गुखौका का बेटा...! अरे, तुम क्यों हकबका गयी? मैं तुम्हें नहीं, बेटियों के बाप को दूस रही हूँ। तुम जो कह रही थीं, कहो ना—"

"ऊ मरदूद मिस्तिरी का काम करता है। अच्छा पैसा कमाता है। पहिले तो उसने सौतन ला बिठाया। उसके बाद खाना-खुराकी भी नहीं देता था। कहने लगा—जा, गुग्गुल, घोंघा बीन-बीनकर खा। ख़ुद हँसी-दिल्लगी में मसगूल रहता था। घर में अपने लिए फुलोड़ी-मुरमुरे...माँस...लाता रहा।"

"मर क्यों नहीं गया पिशाच कहीं का।"

"सौतिन भी हद जुलुम करती थी, माँ! ठोकर मारकर कलसी चकनाचूर कर देती थी। बच्चियाँ ज़रा मांड़-भात मुँह में डालें इससे पहिले ही वह उसमें गुच्छाभर बाल घोल देती थी। मिस्तिरी जब घर आता, तो पेट भरकर लगाई-बुझाई करती थी।"

"सौतिन के साथ एक ही घर में नहीं रहा जा सकता, बिटिया।"

"उस पर से सौतन ने बेटा बियाया! सो मोरा दाना-पानी उठ गया।"

"कहीं ग़ुस्से में आ कर, तुमने तो कुछ नहीं कर डाला?"

"शुरू-शुरू में दिल तो करता था, मगर हिम्मत ना भयी।"

"पति पहले भी ऐसी-तैसी करता था?"

"इत्तना नहीं करता था। किस्मत से ख़ूब पैसेवाला हो गया, दूसरी अउरत भी ब्याह लाया...उसके बाद उसे बेटा भी हो गया। आख़िर में उसे पेट का रोग हो गया। ऊ दुनो परानी हमको दोष देने लागे कि उसको हमारी ही नज़र लग गयी...हमने ही कोई टोना-टोटका कराया है। आख़िर कितना बर्दास्त होता, मइयो? बेटी के जन्म से उसकी बोली-ठोली सुनती आयी—लात मारकर निकाल बाहर कर दूँगा, सो लात खा कर ही निकलना पड़ा।"

"हरामी, साला मादरचो...! लेकिन, चलो, नहीं बोलूँगी। लेकिन, बिटिया शहर में कामकाज करने के लिए ऐसा मरा-सूखा मार्का चेहरा बनाने से काम नहीं चलेगा।

धुली-धुलायी साड़ी पहनाकर सिर में तेल-फुलेल डाल, बिलकुल साफ़-सुथरी दिखना चाहिए।''

''चलो, यही करूँगी।''

''बेटियों का नाम क्या रखा है?''

''भेनती-मेनती और अन्ना!''

''हाय री तकदीर! ऐसा नाम भला कोई रखता है? तुम्हारा नाम क्या है?''

''मउरी!''

''हत्तेरी कि! मसालेवाली मउरी? यानी सौंफ़?''

''क्या पता, माँ! वैसे नाम से भला कौन पुकारता है? जाने कब से भेनती की माँ हूँ। अब अन्ना की माँ।''

''अच्छा, चलो अब बाकी बातें बाद में होंगी, लो मोती भी आ गया।''

अन्ना ने सुना, मामा झाँका-मुटिया के सिर पर, चावल-दाल, तेल-नमक, आलू-मिर्चा, कड़ाही-छोलनी, भात की हंड़िया, कपड़े धोने का साबुन-सोडा, एक अदद उठौवा चूल्हा—सारा कुछ लिये-दिये हाजिर थे।

बाड़ी वाली ने विरस लहज़े में कहा, ''जाओ, बिटिया, कमरा ठीकठाक कर डालो! मेरे मोती का रुपया-पैसा किसी दिन भी जम नहीं सकता—''

''अब सबका भाग्य तुम्हारे जैसा तो नहीं होता न, मौसी! ये सभी लोग अकाल के कंगाली बन गये हैं।''

उसने उँगलियों की पोर पर गिनते हुए कहा, ''अंग्रेजी महीने की पहली तारीख पड़ने में अभी दो दिन बाकी हैं। खा-पीकर, तेल-फुलेल लगाकर, साफ़-सुथरी हो ले। सर में जूँएँ हों, तो बताओ। किरासिन का तेल लगाकर, साफ़ कर ले। घर-द्वार, कपड़े-लत्ते, चटाई-बिछौना, हर वक्त साफ़-सुथरा रहे। मौसी को गन्दे इन्सान फूटी आँखों नहीं सुहाते। बहुत ही शरीफ़ औरत हैं।''

बाड़ीवाली ने कहा, ''देखना, मोती भी हमेशा फ़िटफाट रहता है। उसका कमरा तो तुमने देखा ही नहीं! जो भी चाहो, सब कुछ मौजूद है यहाँ। सुई रे, सूता रे, कैंची रे, बिजली-मरम्मत का जन्तर-पाती, सब हाथ के पहुँच में।''

अन्ना को भी याद आया, सच ही तो! उसने भी मामा को कभी गन्दा-शन्दा नहीं देखा।

हैरत है! वह तो उन्हें बचपन से ही देखती आयी थी। इस इन्सान के चेहरे तक में ख़ास कोई परिवर्तन नहीं आया। बस, बाल भर ही पक गये हैं, वर्ना उसी तरह नाटे, पक्के-पुख़्ता, कल्लू-टल्लू से इन्सान।

बुढ़ापे की उम्र में वे अपने कुर्ते की भीतरी जेब में एक लिफ़ाफ़ा लिये-लिये घूमते थे।

''देख, रास्ते-घाट पर अगर मौत आ जाये, तो इसमें मेरे दाह संस्कार का ख़र्च रख छोड़ा है, मउरी।''

हाँ, माँ को मउरी नाम से, सिर्फ़ मामा ही पुकारते थे।

मामा की ज़ुबानी यह वाक्य सुनते ही माँ ने छूटते ही मीठी-सी झिड़की लगायी, "फिर वही मनहूस बात?"

"नहीं, रे मौत कब आ जाये, कोई नहीं कह सकता।"

सुना है कि उस दिन माँ इतना सारा सामान देखकर अचरज में डूब गयी, "यह तो महायज्ञ जितना सामान है, जी दद्दा।"

"जाओ, जाओ, सब ठीकठाक कर डालो। मुझे भी कुछ काम है—"

बाड़ीवाली मौसी ने कहा, "तुमने मुझे बहन कहाँ है, मोती! अरे, एक जून का खाना तो मैं भी दे सकती थी।"

"अब तो तुम्हारे चरणों में ला कर, डाल ही दिया है, जितना खिलाना हो, खिलाना लेकिन मौसी, लड़की बिलकुल ही गँवई-गँवार और जंगली है। कुछ दिनों में साइज़ में आ लेने दो, तब खिलाना-पिलाना।"

घर भी कितना हैरतंगेज़।

तीन तरफ़ से घिरा-घिरा था, तो क्या हुआ। दक्षिणमुखी तो था। कमरे से लगा-लगा बरामदा! उस पर से रोशनी भी।

उत्तर की तरफ़ एक खिड़की थी—ज़रा ऊँचाई पर।

पक्की फ़र्श! पक्की दीवारें! हाँ टाली की छावनी।

"हम ऐसे घर में रहूँगी?"

"और नहीं तो क्या नहर किनारे जा कर, माँ की गर्दन पर चट्टान बनकर सवार होगी? चलो, चलो, नल-पखाना भी दिखा दूँ। सड़क पार करते ही एक पोखर है। नहाना-धोना वहीं करना। मैंने कहाँ न, वे बड़ी शरीफ़ औरत हैं। वह ऐसे इन्सान को कमरा नहीं देती, जो दारू-गाँजा चढ़ाकर घर लौटे और हुज्जत करे। कितना सोच-विचार के बाद, बाईस किरायेदारों वाले घर में दो पखाना और दो नल दिया है। उनका अपना नल-पखाना अलग है।"

"समझ गयी, दद्दा! तुम भी यहीं खा लेते! अगर मैं सफ़ाई से खाना पकाऊँ, तो नहीं खाओगे?"

"देख, अपना इन्तज़ाम मुझे ही करने दे। अभी अपने ज़िन्दा रहने की फ़िक्र कर। अभी मुझसे जितना हो सकता है, मैं कर रहा हूँ और सुनो, अब बुद्धू-बकलोल बनकर, मत पड़ी रहना। कामकाजी बनो।"

"इस वक्त तुम कहाँ जा रहे हो?"

"मालिक की माँ, अस्पताल में है। उनके लिए खाना पहुँचाना है।"

❐

मामा अपना कामकाज करते थे, अन्ना के परिवार की देख-भाल करते थे और जब-तब इस-उस की आफ़त-विपद में दौड़ जाते थे।

उतने दिनों में अन्ना की माँ ने ठेके पर मेहनत-मशक्कत करने की अर्थनीति सीख ली।

पाँच-पाँच घरों में काम करना, तो बस, कहने की बात थी।

तीन घरों का काम तो ख़ुद बाड़ीवाली ने ही तय कर दिया।

उसने कहा, ''ठेके का काम क्या काम नहीं होता? अलबत होता है। ख़ूब होता है। अंगूर तो अब अपने बेटे के पास चली गयी है, इसलिए अब उसे तुम्हारे सामने ला कर, दिखा नहीं सकती। ठेके पर मेहनत-मशक्कत करके, उसने अपनी बेटियाँ ब्याह दीं। बेटे को रंग-मिस्त्री के काम पर लगाया। अब सुख से है।''

अन्ना की माँ भी सपना देखने लगी—किसी दिन वह भी सुखी होगी।

इतने दिनों में वह मामा के रंग-ढंग भी जान गयी थी।

मामा पर बाड़ीवाली की मानो कोई दख़लदारी हो। मामा वहीं खाते थे। महीना पूरा होते ही वे उसके हाथ पर रुपये रख देते थे।

बाड़ीवाली के पास कमरा नहीं, पूरा घर था। एक के बाद एक कुल मिला कर ढाई कमरे। घर से लगा हुआ बरामदा! वह घर बस्ती इलाके से सटा हुआ, फिर भी अलग-थलग।

कमरे में हर वक्त पंखा घूमता रहता था। तनु की माँ रसोई-पानी घर का कामकाज करती थी। बाड़ीवाली की चावल की एक दुकान भी थी। तनु उस दुकान पर भी बैठती थी। चावल के धन्धे में ही मोटी कमाई थी।

वे रुपये बैंक में जमा देने मामा ही जाते थे।

बाड़ीवाली बस्ती के किरायेदारों में सिर्फ़ अन्ना की माँ से ही दो-चार बातें कर लेती थी।

हमेशा एक जुमला उसकी ज़ुबान पर होता था, ''वह मोती की धर्म-बहन हैं, उसकी बात अलग है।''

बाड़ीवाली बदन पर साबुन रगड़कर नहाती थी। उसके पैरों में हमेशा चप्पल होती थी। वह हमेशा रंग-बिरंगी साड़ी, ब्लाउज़, पेटीकोट पहनती थी। जाने क्यों तो उसे अन्ना बेहद पसन्द आ गयी थी।

''कैसी खिली-खिली हँसमुख बच्ची है, जी! मेरी उँगली पकड़कर डुगुर-डुगुर डोलती है। कैसे तुतला-तुतलाकर बुलाती है—मा-ती!''

''हम 'माँ' कहती हैं, वह 'नानी' कहा करे—''

''ना, बचिया, नानी बुलायेगी, तो मैं काफ़ी बूढ़ी-बूढ़ी लगने लगूँगी। अब देखो न मैं तो सबकी मासी हूँ! जगत-मासी! मौसी की एक आवाज़ पर मुहल्ले के सभी लोग दौड़े चले आयेंगे।''

''आना ही पड़ेगा। दद्दा तो कहते हैं। तुम दया की मूरत हो।''

''कहेगा नहीं? उसकी देख-भाल मैं करती हूँ, मेरी देख-भाल वह करता है। आजकल के लड़के, हुँहः! और उसका जीवन देखो, हमेशा दूसरों के लिए ही दौड़-भाग करता फिरता है।''

"उसके मन में बेभाव दया जो है! अगर वह न होता तो मैं तुम्हें नहीं पा सकती थी। तीन-तीन बेटियों समेत, डूब मरने को लाचार हो जाती मैं।"

"यह बस इतना आसान नहीं है, जी! मरना चाहें भी, तो क्या मौत आ जाती है? लेकिन, हाँ मोती जैसा लड़का इस पूरे मुहल्ले में नहीं है। यह बात सभी कहते हैं।"

"हाँ, आपने शादी-ब्याह भी नहीं किया–"

"हाय-माँ! तुम्हें वह किस्सा नहीं मालूम? सभी जानते हैं।"

वाकई ख़ासी कहानी है वह! यह जो मामा थे, उनका भी विवाह हुआ था। दो साल गुज़रते-न-गुज़रते बीवी चली गयी।

"मर गयी? बोलो न, माँ?"

"मरती क्यों? सतीश मिस्त्री के साथ चली गयी। सुना है, कालीघाट में किया हुआ ब्याह, टिकता नहीं है। अब वे लोग मज़े में हैं। बेटा या बेटी भी हो गया।"

"पति...वह भी ऐसा पति...? औरत अगर पति को छोड़ दे, तो पाप नहीं लगता?"

उस उम्र में भी बाड़ीवाली का आँख चेहरा ख़ूब नाचता था।

उसने आँखें नचाकर पूछा, "तुम भी...क्या अपने पति को छोड़कर नहीं आयीं?"

"उसने तो हमें खदेड़ दिया, वरना मैं क्या..."

"वरना तुम लात-झाड़ू खा कर भी वहीं पड़ी रहतीं या मर जातीं। यही न? ऐसे धरम के मुँह पर झाड़ू मारूँ। ख़ैर मोती की बहुरिया को बाल-बच्चा नहीं हुआ...इसलिए मोती को गाली-गलौज करके, वह चल दी।"

"बाल-बच्चा होना तो किस्मत की बात है। अगर वह बाँझ थी, तो..."

"बाँझ कहाँ थी? तुम न...अभी तक बड़ी नहीं हुई, भई! सुना नहीं, अब वह सतीश का घर चला रही है, बच्चे की माँ हो चुकी है। बाँझ कहाँ है?"

"यहाँ भी अगर टिकी रहती तो बाल-बच्चे भी हो जाते।"

"सच्ची, मोती की एक डपोर शंख बहन भी है।"

यही बाड़ीवाली मौसी, मूढे पर पैर पर पैर चढ़ाए मर्दों की तरह बैठी रहती थी और टाँग सहलाती रहती थी। मानो कोई मर्द बैठा हो।

मामा कहते थे, "इससे उनका विचार मत करो, मउरी! वे बिलकुल अलग किस्म की इन्सान हैं।"

हाँ, तो टाँगें सहलाते-सहलाते बाड़ीवाली ने कहा, "मोती ने बीवी को कई-कई डॉक्टर वैद्य को भी दिखाया। अन्त में यही सुना कि मोती में ही बूता नहीं था। अब क्या बताऊँ?"

"अहा रे!"

"मैंने कहा भी कि अपना इलाज कराओ और दूसरा विवाह करो। उसकी बस, एक ही रट है–बेटा मेरी किस्मत में नहीं है। मौसी! इसीलिए तो बीवी छोड़कर चली गयी। अब कौन विवाह करेगा?"

हाँ, यह भी तो बात है। यह ब्याह तो...यह भी एक लम्बी कहानी है। जितने भी अच्छे-अच्छे, चौंकानेवाले किस्से हैं, सब अन्ना की ज़िन्दगी में, चौदह साल की उम्र में ही घट गये। अन्ना लोग तो मामा को भी नहीं जानती थीं। मामा ऐसा बन्दा ही नहीं था, जिससे दो-एक सवाल किये जा सकें। किसी में इतनी हिम्मत ही नहीं थी। वे ख़ुद जो बतायें, बता दें। सवाल करते ही कड़ा-सा जवाब!

बहरहाल, घटना-चक्र में पड़कर मामा का दूसरा विवाह आख़िर हो ही गया। कामारपाड़ा के ही किसी गरीब दुकानदार की बेटी का विवाह था। चन्दा करके शादी। मामा ने भी मदद की थी–लेकिन दहेज में हज़ार रुपये देने का करार हुआ था।

विवाह मंडप में दूल्हे का काका और पाँच सौ रुपये की माँग कर बैठा। लेन-देन को लेकर कुरुक्षेत्र छिड़ गया। दूल्हे का काका, दूल्हे को लेकर वापस लौट गया। लड़की के पिता के सिर पर तो मानो वज्रपात हुआ। अगर कहीं लगन की घड़ी निकल गयी, तो बेटी लग्नभ्रष्टा हो जाती। ऐसे में उससे विवाह करके उसे कौन बचाता?

अन्त में होमियोपैथी डॉक्टर, कालू बाबू ने मामा को पकड़ा।

"मुहल्ले के लड़कों के काफ़ी हाथ-पैर जोड़े, मोती, राज़ी नहीं हुआ। गणपति बेचारा तो सिर पीट रहा है। तुम्हारी ही जाति-बिरादरी का है। अब अगर तुम दया करो और उसे उबार लो–"

बाड़ीवाली मौसी ने कहा, "अभी कितने साल हुए हैं, यह लड़का यहाँ आया है। उसके आने के दो दिनों बाद ही पानवाले की बीवी ख़ुदकुशी करने पर आमादा थी, अपने मोती ने ही रस्सी काटकर उसे नीचे उतारा और अस्पताल ले गया। उसी दिन से मुर्दा जलाना हो या आफ़त-विपद में सँभालने का काम अंजाम देना हो–वही मोती!"

मामा ने कहा, "मैं जितना कमाता हूँ उससे हद से हद उसे सिर्फ़ नमक-मांड़ खिला-पिलाकर रख सकूँगा–"

काली बाबू ने ज़ोर दे कर कहा, "पहले तुम शादी तो करो, गृहस्थी बसाने की बात तो बाद में देखी जायेगी।"

बहरहाल विवाह भी हो गया। मामा ने अपने भरसक बहुत किया। ससुर की ज़रूरत पर सौ-पाँच सौ रुपये उधार भी देता रहा।

बाड़ीवाली ने कहा, "उस बीवी की भी उम्र, यही कोई बीस-बाईस साल थी। शरीर-स्वास्थ्य ऐसा कि वह दनदनाती फिरती थी। लेकिन वह जो मोती की अक्षमता। उसके बाद भला वह टिक सकती थी।

अन्ना की माँ का सिर चकरा गया। पति अगर अक्षम हो, तो बीवी उसे छोड़ देती है। क्या यह सम्भव है? पति भी ऐसा-वैसा बन्दा नहीं था। चरम मुसीबत में उसने उन लोगों को बचाया था।

बाड़ीवाली मौसी ने कहा, "यह वास्ता देने से भला चलता है? देह का भी तो एक धर्म होता है। लेकिन मुझे तो मोती का ख़याल आता है। कोई अपना न हो, तो भला मन थिर रह सकता है?"

अब मामा का मन धीरे-धीरे अन्ना परिवार के इर्द-गिर्द काफ़ी थिर हो आया। अब, अन्ना ही उसे सर्वाधिक प्रिय थी।

मामा अक्सर ही उसे भरोसा देते रहते थे, "तू ज़रा बड़ी हो जा, तुझे कार्पोरेशन स्कूल में भर्ती करा दूँगा।"

तभी उसे अनुराधा नाम दिया गया।

अन्ना को स्कूल में दाख़िला दिलाने की बातचीत चल रही थी।

बाड़ीवाली मौसी ने पूछा, "इसे अन्ना नाम से ही भर्ती करोगी?"

"उसका नाम ही यही है–"

"देखो, बचिया, नाम परम गौरव की बात है। काने बेटे का नाम अगर पद्मलोचन रखा जाये, तो यह ठीक नहीं है। लेकिन ऐसी फूल जैसी हँसमुख बेटी को कोई अन्ना नाम भी नहीं देता।"

"लेकिन इनका तो नाम ही है–भेनती, मेनती और अन्ना! बेटे का नाम धरा था–दिलीप!"

"मैंने ऐसा नहीं किया। मेरी चार बेटियाँ हैं। मैंने नाम दिया–दीपाली, रूपाली, चैताली और मिताली।"

अन्ना की माँ के मन में सैकड़ों सवाल करवटें लेने लगे। इस औरत के बदन पर विवाहिता होने का कोई चिह्न भी नहीं! यह अपने पति का कभी ज़िक्र भी नहीं करती। यह मोटी-मुटल्ली औरत चार-चार बेटियों की माँ है। हाथ में कंगन, गले में हार, कानों में मकड़ी पहने, यह देहसुखी औरत...?"

उसने पूछा, "अब वे बेटियाँ कहाँ हैं, माँ?"

"और कहाँ? सब अपने-अपने पतियों के घर!"

"यहाँ नहीं हैं?"

"कटवा, डोमजूड...जगह-जगह जा बसी हैं।"

"घर-वर तो अच्छा-भला है न?"

"भला कहीं मिलता है? भला बना लेना पड़ता है। रुपइय्यों के ज़ोर पर सब होता है।"

"पति लोग अपनी बीवियों को नेक-नज़र से देखते हैं?"

"न देखते, तो मैं सलामत रखती? वे हमें पहचानते नहीं हैं? मैं ख़ुद वहाँ जा धमकती और उन सबको झड़ुवाकर, अपना ज़हर उग़लती।"

अन्ना की माँ अभिभूत हो उठी। बोसपुकुर में पति का घर, माँ रहती थी। नहर-किनारे। कामारपाड़ा तो शहर था। बोसपुकुर और कामारपाड़ा मानो दो अलग-अलग दुनिया।

वैसे बाड़ीवाली माँ जैसी इन्सान शायद शहर में ही होती हैं। बेटी की माँ हुंकारकर कहती है कि वे दामादों को झाड़ू मार-मारकर अपना ज़हर झाड़ेगी।

"बेटियाँ? वे लोग बेटियों को कुछ नहीं कहेंगे?"

"मैंने बोलने जैसा मुँह रखा कहाँ है? नकद हज़ार रुपइय्ये गिन दिये दूल्हे के लिए अँगूठी, बेटी के लिए कनफूल, हाथ में ब्रोंज की चूड़ियाँ! क्या नहीं दिया?"

"अरे, यह तो बहुत ज़्यादा है।"

"और सुनोगी, बड़े दामाद को मछली की दुकान करा दी। मझले को दर्ज़ी की दुकान खुलवा दी। अब उस दुकान में चार-चार मशीनें चलती हैं, तीन-तीन लड़के काम करते हैं। वह सिले हुए बैगों की डेलवरी देता है। इतना काम है कि सिर तक नहीं उठा पाता। मझला मेदिनीपुर से पान ला कर, चालान देता है। लेकिन छोटकी बेटी ही बेमौत मर रही है–"

"क्यों मौसी?"

"मैंने उसके लिए कैसा लायक जमाई ठीक किया। उसकी शराब की दुकान थी... अगाध दौलत थी। ख़ुद किसी तरह का नशा-पानी नहीं करता था। कच्चे पैसों का लम्बा-चौड़ा कारोबार था। लेकिन बेटी राज़ी हुई भला? उसने तो नशा बेचनेवाले को चुना। उससे ब्याह किया। साइकिल रिक्शा चलाता था...हर तरफ़ से अपना सर्वनाश कर डाला। अब दामाद जादवपुर में रिक्शा चलाता है और हमारी बिटिया महारानी, किसी घर में रसोईदारिन है! वहाँ खाना पकाती है।"

"चलो, ग़नीमत है! कमा तो रही है।"

"वह तुम नहीं समझोगी। मेरा जो कुछ भी है, मैं सब कुछ इन्हीं लोगों को तो दूँगी। नशा बेचने वाला, वह मरदूद क्या कुछ देने-लेने के काबिल है?"

तनु की माँ, सुमति ने पूछा, "अन्ना को नया नाम देने का क्या भया?"

"उसे मैंने नाम दिया–अनुराधा!"

"सिर्फ़ नाम देने से नहीं चलेगा। हम सबको खिलाओ-पिलाओ। बच्ची को नये कपड़े दो।"

"हाँ यह तूने भला कहा लेकिन नाम अगर मैंने दिया, तो बेटी को मेरे पास छोड़कर काम पर जाया करना।"

"फ़िज़ूल आपको तंग करेगी।"

"यह बच्ची ऐसी नहीं है। तुम्हारी बड़ी और मझली तो, बिटिया, इसी उम्र में चमक उठी हैं। क्यों री, सुमति, इसे रखोगी न!"

"किसी को नहीं रखा, माँ? जितने दिन तुम हो, यह सुमति भी तुम्हारे साथ है। और तुम्हारा जो भी काम होगा, हम जान दे कर करूँगी।"

5

अन्ना को सारा कुछ साफ़-साफ़ याद है। बाड़ीवाली मौसी ने अन्ना के लिए नये चमकीले कपड़े ख़रीद दिये।

अन्ना की दोनों दीदियों के लिए कपड़े, मामा ने ख़रीदे। तारा मारे जलन के अन्दर ही अन्दर कुड़कुड़ाती रही।

"नया नाम दिया, तो खिलायेगी-पिलायेगी क्यों, दद्दा?" माँ ने पूछा।

"अरे, एक-एक ख़ामख़याली जागती है! थोड़ा-बहुत ख़ुशी मना लेती है। चलो, थोड़ा-सा ख़र्च करने दो न!"

"बाप रेऽऽ! बेटी के नाम रखने ने लिए इतनी धूमधाम?"

"शहर में यह सब होता है। यहाँ कितने ही बाबुओं को कोई बेटा नहीं होता। वे लोग बेटियों को ही कम लाड़-प्यार करते हैं? अभी उसी दिन मेरे मालिक ने कहा, "ओ, मोती ? पता है, आज चाय मेरी बेटी ने बनायी है?" लो, सुन लो बात! बाईस साल की बेटी, कालिज में पढ़ती है। उसने चाय बनाया, इसी बात पर बाप को इतना गुमान! हमने मन ही मन कहा—कितना अदराते हैं ये लोग।"

"हाँ, सो तो है।"

"इनका मामला क्या है, मालूम? सात कुल में उनका कोई नहीं है। इतनी दौलत है उनके पास, क्या करेगी इतने-इतने रुपयों का?"

"अरे, यह कैसी बात कर रही हो? उनकी बेटियाँ हैं न!"

"बताऊँगी! एक दिन सब बताऊँगी। यह औरत वाकई दुखियारी है।"

"मेरी अन्ना को तो वह काफ़ी प्यार की नज़र से देखती है।"

❐

आज अन्ना को अक्सर यह ख़याल आता है—वह जो उसने आसन पर बैठकर मछली, खीर, मिठाई, नाना तरह के पकवान खाये थे—वह जो बाड़ीवाली मौसी, रेडियो पर गाने सुना करती थी—यह सब क्या उसी की ज़िन्दगी में घटा था।

...उस दिन माँ, दीदी, छोटी दी, मामा बाड़ीवाली मौसी—सब गोल घेरा बनाकर बैठे-बैठे खाते-पीते रहे थे।

...माँ ने कहा, "ऐसा कोई पकवान, कभी मुँह को नहीं रुचा था। सुमति क्या खाना पकाती है, मानो अमृत!"

सुमति के हाथों तेल-घी का ख़र्च देखकर, माँ अवाक् रह जाती। न्ना, ये लोग सचमुच काफ़ी अमीर हैं। सुमति इस घर की नौकरानी भर है। लेकिन बाड़ीवाली उसे इस कदर साफ़-सुथरा रखती है। बाल सँवरे हुए। सफ़ेद-बुर्राक साड़ी-ब्लाउज़! मौसी के

साथ जब भी काली घाट जाती है, तो उसके बदन पर मौसी की गरद की पुरानी सिल्क साड़ी, हाथ में पट्टा, कानों में मकड़ी!

...मामा कहते थे, "देखो न, देखो न मउरी, भगवान ने उसे जैसे दिया है, वह उसी के मुताबिक चल रही है। फिर भी वह सुन्दर-सुन्दर कपड़े पहनती है। देखो मेरे पास ऐसे कपड़े नहीं हैं। लेकिन यह सब सोचने लगो तो अपना ही मन छोटा हो जायेगा।"

"नहीं, दद्दा मैं ईर्ष्या नहीं करती।"

"तुम लोगों को सर्कस दिखाने ले गया था न? तुमने देखा था न, उसमें लड़कियाँ तारों पर चलती हैं।"

"हाँ, देखा है।"

"इनके साथ चलना भी तारों पर चलना है। ज़रा भी इधर-उधर हुए नहीं कि नीचे गिरे—"

"नहीं, ऐसा क्यों होने लगा?"

"देखो, मन ही मन हमेशा यही जपती रहो कि किस्मत के दम पर यहाँ घर मिला, भगवान की दया से काम भी मिल गया है। अब इन्हीं सबके दम पर अपनी बेटियों के साथ ज़िन्दा रहना होगा।"

"हाँ, यह तो तुमने सही कहा।"

"याद रखना—"

"वे अन्ना को...अगर वे चाहें, तो..."

"हाँ, ऐसा तो वे चाह ही सकती हैं। कितनी बेटियों का उसने पार किया।"

"क्यों? वे बेटियाँ उनकी कोख-जायी नहीं हैं?"

"ना, मउरी, उनसे जुड़ी ढेरों कहानियाँ हैं।"

❐

जेलखाने के आँगन और बरामदे में झाड़ू देते-देते, दबा-दबाकर पोंछा लगाते हुए अन्ना को जाने कितनी-कितनी बातें याद आती रहीं—कितनी ही बातें। ऐसे में उसका चेहरा बिलकुल और ही हो जाता था। उसकी उम्र मानो और झर जाती थी। उसकी आँखें भीग आती थीं।

सविता ने पूछा, "तू क्या सोचती रहती है, अन्ना?"

"अपने बचपन की बातें..."

"मुझे तो अपना छुटपन याद ही नहीं रहा—"

"मैं अपने बचपन में...चौदह साल की उम्र तक...मैं बेहद सुखी थी। इसीलिए वह बचपन बेहद याद आता है।"

"सोचते-सोचते...इन जगहों पर पोंछा लगाते-लगाते...तूने तो इस जगह को चकाचक कर दिया।"

"अपने बियाह के दिन से ही हम सागर भर काम करती रही, दिदिया! सन्तान-शोक में खूब-खूब रोयी! धान उबालती-सुखाती रही! जी-तोड़ मेहनत न करती, तो खाती क्या? खिलाती क्या? भादों के महीने में, जंगल में भी कच्चू-घेंचू खोजते-खोजते हलाकान हो जाती थी...तब पोखर में तैर-तैरकर, कलमी साग उपाड़-उपाड़कर गट्ठर बनाती और खींच-घसीटकर घर ले आती। वही उबालकर...उसमें दो मुट्ठी ख़ुद्दी मिला कर, कउनो तरह..."

"क्यों? तुम्हारा पति कुछ नहीं करता था?"

"कभी-कभार जब मन होता था, तो लोगन के घर पर छप्पर डालता था, बाँस काटकर बेड़ा देता था...मजूरी करता था। जब कामकाज करता था, तो उसकी कमाई भी होती थी! रिश्ते में जो उसके कक्का थे, उन्होंने कितना-कितना कहा कि लगा रह. ..इस काम में लगा रह...लेकिन न्ना! उसे काम न करना था, न उसने किया। कभी पाँच किलो चावल ही ले आया, तो काफ़ी था।"

"उसके बाद?"

"बस्स! और कुछ मत पूछो, दिदिया!"

अन्ना पहले की तरह ही पोंछा लगाती रही, अपना कामकाज करती रही और मन ही मन वह अपने कामारपाड़ावाले घर की तरफ़ लौटती रही।

...सुमति मासी के साथ पूजा देखकर, लौटने में देर हुई, बाड़ीवाली परेशान होकर घर-बाहर एक करती रही।

"इत्तनी देर लगा दी? आजकल तेरी हिम्मत बहुत बढ़ गयी है–"

अन्ना हुमककर मासी से लिपट जाती।

"तुम्हारे लिए देवी मइया का बेलपत्र नहीं लेती?"

"अच्छा! अच्छा!" मासी एकदम से पिघल जाती थी।

मौसी की ज़िन्दगी से जुड़ी ढेरों कहानियाँ थीं। ढेर-ढेर किस्से थे।

शाम आठ बजे के बाद मासी के कमरे में, मर्दों को दाख़िल होने की मनाही थी। किसी-किसी दिन सुमति मासी, अन्ना को लेकर, बगल के कमरे में सो जाती थी।

रात आठ बजे के बाद। मौसी अपने कमरे का दरवाज़ा उढ़का लेती थी। कमरे में एकमात्र सुमति मासी को ही आने-जाने की अनुमति थी।

किसी-किसी दिन अन्ना आँखें मूँदे, मटकी मारे पड़ी रहती थी। चूँकि उस दिन वह सो लेती थी। इसीलिए रात को शायद नींद भी नहीं आती थी।

उस वक़्त बाड़ीवाली मौसी और मामा की आवाज़ें उसके कानों में पहुँचती रहती थीं। मौसी की आवाज़ उस वक़्त बेतरह लड़खड़ायी हुई होती थी और वह मानो किसी झोंक में बतियाती रहती थी। कभी ज़ोर-ज़ोर से कभी फुसफुसाते हुए।

"तुम ही बताओ, मोती, मैं इतना सब क्यों बर्दाश्त करूँ?"

"आप कहाँ बर्दाश्त कर रही हैं? आप तो अपनी ज़िन्दगी काफ़ी रौब-दाब से गुज़ार रही हैं।"

"न-हीं! छाती में ढे-रों दुःख जमा है।"

"आप इतना सोचा न करें।"

"न-हीं! मेरे दुःख की कोई ख़बर नहीं लेता।"

"अब यह राख-भस्म और मत पीजिए।"

"इस अन्ना को लो। वह भी तो मेरी नहीं है।"

"अब मैं चला–"

"अपना दुःख मैं किससे कहूँ?"

"देखिए, अगर मरना ही चाहती हैं, तो जा कर रेल की पटरी पर अपनी गर्दन रख दीजिये। यह सब पी-पीकर...आप रोज़-रोज़ तो पीती नहीं..."

"नहीं, नहीं, जब दुःख जागता है, तभी..."

"इससे तो बेहतर है, मैं कहीं और चला जाऊँ।"

"ना, मोती, ना! तुम्हारे पैर पड़ती हूँ।"

ऐसा अक्सर होता था।

मामा ने ही कहा, "अन्ना से कहो, खा-पीकर, अपनी माँ के पास जा कर सोये।"

लेकिन, यह बात वे सुबह के वक्त कहते थे, जब मासी का पागलपन शान्त हो चुका होता था।

"क्यों, यहाँ क्यों नहीं सोयेगी?"

"आप ज्ञानी-मानी इन्सान हैं। मउरी की बेटी को बीवी बनाने से कोई फ़ायदा नहीं है। उसे भी तो आख़िर मेहनत-मशक्कत करके ही तो अपनी रोटी-रोज़ी कमानी होगी।"

"हाय माँ! यहाँ भी तो वह सुमति के साथ लगी-लगी, टपाटप् कितने ही काम करती है–"

"हाँ, ऐसा आप कर सकती हैं। यहाँ वह छुटपुट कामकाज करे, खेले-कूदे, दिन भर यहाँ रहे! कपड़े-लत्ते तो आप देती ही हैं। रात को अपनी माँ के पास खाये और वहीं रहे। उसके नसीब में क्या बाद में भी, रोज़-रोज़ यह सब जुटेगा?"

"वहाँ क्या खायेकगी? बासी सड़ा?"

"नहीं, नहीं आपने तो उसे काम पर लगा ही दिया है। घर-द्वार भी अब साफ़-सुथरा रहता है। रात को वह ताज़ा-ताज़ा पकाती है...आप तो सब समझती हैं। उसे अपनी माँ-बहनों से अलग करके, यहाँ रखने का कोई फ़ायदा नहीं है। इससे ज़्यादा अति की, तो बाद में ख्वार होगी।"

"चलो, ऐसा ही सहीं–" मासी ने लम्बी उसाँस छोड़ी।

"सुमति, तनु...आप कितनों की ज़िम्मेदारी लेंगी? पेड़ के मुकाबले अगर पेड़ का कटहल भारी हो जाये, तो डाल टूट जाती है। मुझे तो पता है, उन लोगों का लालन-पालन मैं नहीं कर पाऊँगा, इसीलिए तो उन लोगों को काम पर लगाने के लिए, ले आया।"

❑

कभी-कभी अन्ना के मन में यह ख़याल भी आता था कि मामा सब समझते थे, लेकिन उन्होंने एक बार भी आगाह नहीं किया कि अन्ना, लिखना-पढ़ना सीखो।

बाड़ीवाली मासी ने जाने किसको ताकीद की थी कि वह आ कर अन्ना को पढ़ा जाया करे।

आख़िरकार मोती पलट गया।

उसने कहा, "ना बचिया, किसकी तकदीर में क्या बदा है, कौन बता सकता है? काफ़ी कोशिश की, नतीजा क्या निकला? ओ, अन्ना अनुराधा, जैसे तेरे लिए जैसे गुड़ियों का संसार सज़ा दिया है, तू इन्हीं गुड़ियों से खेलती रह। मैं भी तो तुझे लेकर, जी भरकर गुड़ियों का खेल, खेल रहा हूँ।"

जाने कितना पाप किया था पिछले जन्म में!

अन्ना की माँ की राय में बाड़ीवाली मौसी ने सारे पाप इसी जन्म में किये थे। मामा की राय में पाप-पुण्य का हिसाब? ऊपरवाला भगवान ही करेगा। उन्हें पापी-तापी कहने वाले तुम लोग कौन होते हो?

अन्ना की माँ सारा किस्सा नहीं जानती थी। अन्ना के मामा ही थोड़ा-बहुत बताया करते थे।

विवाह तय हो जाने के बाद, मासी ने कहा, "कुछ दिन मेरे पास रहने दो। तुझे सारी कहानी बता दूँ। अब मैंने गुरु-मन्तर ले लिया है। देह कुछ ठण्डी हुई है। अब मन में दिनोंदिन धर्म-भाव समाता जा रहा है। तू भी अब सयानी हो चुकी है, इसलिए कभी मुझे दोष न देना, बिटिया! बहुत सा-री बातें हैं! बहुत सारी!"

मासी की जो माँ थी, उसकी माँ की भी माँ-बाप का विवाह नहीं हुआ था। यही बात, ज़रा सोचो, अनुराधा, मासी कैसे ख़ानदान की औरत है।

लेकिन धर्म की औरत है।

कैसा धर्म? मासी की माँ ने भी मासी के बाप को अगाध प्यार किया था। उन्होंने भी मासी की माँ को उस ज़माने में, उत्तरी बेलगछिया में या कहाँ तो एक छोटा-सा घर ख़रीद दिया।

उन सज्जन को गाने-बजाने का हद शौक! मासी तो नहीं जानती, लेकिन उन्होंने गीतों का कितना ही रिकॉर्ड भी तैयार किया था। हाँ, एक दिन, 'राह देखते, बीत गयी रजनी'—गीत सुनकर मासी ने बताया कि रिकॉर्ड पर यह गीत, ख़ुद बाबू जी ने गाया था।

उन्होंने ही मासी को दो-तीन हज़ार रुपये भी दिये। मासी की माँ ने वे रुपये, ब्याज पर चढ़ा दिये। मासी आठ साल की होते-न-होते, वे अपना यह मकान बेच-बूचकर, बेलगछिया या जाने कहाँ तो आ बसीं। वे हमेशा धर्म-भाव में डूबी रहती थीं, पूजा-पाठ में लीन रहती थीं। और ब्याज पर रुपये उधार दिया करती थीं। घर पर मास्टर रखकर मासी को उन्होंने थोड़ा-बहुत लिखना-पढ़ना भी सिखाया, ताकि मासी ब्याज का हिसाब-किताब रख सके। इसके अलावा गाने का मास्टर उसे गाने की तालीम देने लगा।

मौसी कहती थीं,"ठीक से रहना-सहना, मुन्नी, मैं तुम्हारी शादी करूँगी, बिचौलिया लगाऊँगी, कुल-ख़ानदान नहीं बताऊँगी। रुपइय्ये फेंकूँगी और दामाद ख़रीद लूँगी।"

यानी, ज़रा सोचो, अनुराधा, मौसी जानती थी कि दूल्हा ऐसे घर में खोजना होगा, जहाँ थोड़ी-बहुत गड़बड़ हो।

बिचौलिये को यही कहा गया।

लेकिन, मौसी की तकदीर! बेलगछिया के चौधरी-पोखर में एक बाबू मछली पकड़ने आता था। मौसी वहाँ, माँ के संग नहाने जाया करती थी। अमीर घराने का इन्सान वैसा ही चेहरा! वैसा ही पहनावा! उन दिनों उस बन्दे की उम्र यही कोई तीस वर्ष! मौसी की उम्र सोलह! उस उम्र में लड़कियाँ क्या करती हैं, अनुराधा? उन दोनों के मन में एक-दूसरे के प्रति बेभाव मुहब्बत जाग उठी।

उन्होंने मौसी की माँ से कहा, "देखो, मैं तुम्हारी बेटी से शादी तो नहीं कर सकता। मेरी बीवी है, गृहस्थी है। लेकिन अपने घर में मुझसे टिका नहीं जाता। भागा-भागा फिरता हूँ।"

"आपका गुज़ारा कैसे होता है?"

"अमीरज़ादे जैसे गुज़ारा करते हैं। बाप-दादों ने अपने देस-भुँई में कीचड़-दलदल में ही भेड़ी बनायी थी। अब हम तीनों उड़ा रहे हैं। सो, तुम्हारी बेटी के नाम रजिस्ट्री करके जायदाद लिख दूँगा। यह चक्कर अगर कुछ सालों पहले चला होता, तो बहुत कुछ लिख देता। लेकिन अब तक अपना सारा कुछ बेचता रहा या रेहन रखता रहा। लेकिन अब, जहाँ की जायदाद उसके नाम लिख दूँगा, वहाँ की ज़मीनों के दाम भी किसी दिन बढ़ जायेंगे। ख़ूब बढ़ेंगे, एकदम से आसमान छूने लगेंगे। वहाँ मैं उसके लिए घर भी बनवा दूँगा और रुपइय्ये भी दूँगा। वैसे फ़िलहाल इसी तरफ़, कोई मकान किराये पर ले लूँगा। सरस्वती वहीं रहेगी। उसकी सेवा के लिए नौकर-चाकर भी रहेंगे।"

मौसी की माँ राज़ी नहीं हुई। लेकिन मौसी तब उस शख़्स की मुहब्बत में ऊबडूब हो रही थी, मानो साँड़-साँड़नी के मन में वसन्त का ज्वार उमड़ पड़ा हो।

सरस्वती इस शर्त पर भी विवाह के लिए राज़ी हो गयी।

सरस्वती ने यह भी कहा, "विवाह के लिए ज़ोर डालना मूर्खता है। उन्होंने जिससे विवाह किया, उससे उनका मन उचट गया। चौधरी पोखर में वंशी फेंकते-फेंकते। उनका दिल मुझ पर आ गया।"

चन्द दिनों बाद, जिसका विवाह होना था, जिसे वह ढेरों बर्तन, पीतल का घड़ा, हाथ का पट्टा, गले के लिए हार देनेवाली थी, उसी अनुराधा से अपनी रामकहानी सुनाकर, सरस्वती सरकार अपने मन का बोझ उतार रही थी।

बहरहाल, अपने वादे मुताबिक, कामारपाड़ा (उन दिनों वहाँ झोंपझाड़ था) की ज़मीन, उन्होंने सरस्वती के नाम रजिस्ट्री कर दिया। वे आते-जाते रहते थे। पूरे पन्द्रह साल बड़े सुख में गुज़र गये।

उसके बाद उस शख़्स के वकील ने आ कर ख़बर दी कि वे बीमार हैं। पता नहीं बचेंगे या नहीं। अभी ही ज़मीन-जायदाद का झमेला खड़ा हुआ है। उनके ससुर, अपनी इकलौती बेटी और उसके दो देवर-देवरानी का हिस्सा, कौड़ी-कौड़ी का हिसाब समझ लेंगे। बाबू ने कहा है—वीरेन बाबू, सरस्वती को वहाँ से हट-बढ़ जाने को कहो—ये हज़ार रुपये उसे दे देना।

अब सरस्वती ही हालत पर, ज़रा ग़ौर करो। अनुराधा! वे बाबू साहब तो बीवी और चार-चार बच्चों को छोड़कर, इश्क में पागल हो गये थे। बीवी ने देखा, अपनी सम्पत्ति उड़ा-पुड़ा देने के बाद, अब वह बीवी की दौलत पर हाथ डालेगा, बीवी उनका लिहाज क्यों करती? आखिर वह भी अमीरज़ादी थी! दौलतमन्द बाप की बेटी! उसने बहुत पहले ही अपने सारे गहने-पत्तर पीहर चालान कर दिये। अब वकील लगाकर 'सर्च' करा रही थी।

इतने सारे साल सरस्वती की माँ भी बैठी नहीं थी। महीने-महीने मिलनेवाली रकम से उसने सरस्वती को सूद-ब्याज का कारोबार करना सिखा दिया। उन्हीं दिनों सरस्वती और उसकी माँ ने कामारपाड़ा में मकान भी खड़ा कर लिया। बाद में, माँ ने अपना घर बेच-बाच दिया।

इस तरह, यहाँ उनका आगमन हुआ। इसके बाद भी भुवन डॉक्टर के जेठू के साथ, सरस्वती का जो सम्बन्ध कायम हुआ, वह महज़ अभ्यास भर था। रुपये-पैसों का कारोबार नहीं था। आते वक्त, माँ अपने साथ सुमति के माँ-बाप, उनके दो-दो बेटों और दससाला सुमति को भी लेती आयी। लोक-बल बहुत बड़ा बल होता है। धीरे-धीरे सरस्वती ने उन लोगों को भी चावल का धन्धा शुरू करा दिया। यह भी कबूल कर लेना ज़रूरी है कि कुछ दिनों सरस्वती के मन में 'माँ' सम्बोधन सुनने की अजब-सी बेचैनी चहलकदमी करती रही।

आज अनुराधा को भले नज़र न आये। जगन्नाथ विश्वास रोड से, जहाँ नयी सड़क निकली है, जहाँ अब पंजाब बैंक का मकान बना है, उस ज़माने में वहाँ एक महिलाश्रम था। भुवन डॉक्टर के ही ख़ानदान का, हरलाल बाबू, वह महिला-आश्रम चलाता था। असल में यह सब सम्पत्ति बचाने का एक तरीका भर था। वह जो शीतला मन्दिर का गुम्बद नज़र आता है, उस तरफ़ की सारी सम्पत्ति देवत्तर थी। उस पर से महिला आश्रम तो दया-धर्म का काम था। जब तक हरलाल बाबू वहाँ मौजूद थे, बाहर से काफ़ी सारे नियम-कानून भी नज़र आते थे। उस आश्रम में एक महिला-सुपर थी। हर हफ्ते वहाँ कालू बाबू डॉक्टर जाते थे। सुबह-शाम लड़कियाँ गाने गाती थीं। भजन! धार्मिक गीत! यानी भक्ति गीत!

उस आश्रम में थोड़ा-बहुत लिखना-पढ़ना भी सिखाते थे और कसीदाकारी भी! औरतें सिलाई-पुराई का काम करती थीं। उन लोगों के बनाये गये तकिया के गिलाफ़, मेज़पोश, पर्दे, अलाँ-फलाँ बिक जाते थे। बीच-बीच में उत्सव भी मनाये जाते थे, ज़ब कोई मन्त्री तशरीफ़ लाते थे, उनसे पाँच लोगों की बातचीत हुई होगी। सुनने में आया कि सरकार मदद करेगी। जाने कौन लोग तो रुपये देंगे! काफ़ी तहलका मचा था।

भुवन डॉक्टर के जेठू के साथ—आइये, बाबू जी...बैठिये बाबू जी, ऐसा ही औपचारिक सम्बन्ध था। सरस्वती का मन क्यों मचलने लगा?

हरो बाबू जब उनसे चन्दा लेने आया, सरस्वती ने जवाब दिया कि वह ख़ुद जा कर दे आयेगी।

हरो बाबू ने चलते-चलते कहा, ''देखिए, संसार के अच्छे-बुरे का निर्णय बिलकुल अलग है। लेकिन अच्छा बने रहना औरत का फ़र्ज़ है।''

सरस्वती ने तमक कर कहा, ''घर-बारी मर्द उम्र की सीमा नहीं मानते, धर्म भी नहीं मानते। क्या उनका कोई फ़र्ज़ नहीं है?''

उस ज़माने में हरो बाबू का ख़ासा दबदबा था।

उन्होंने कहा, ''सरकार बाबू को वे लोग जानते-पहचानते हैं। उन लोगों ने सरस्वती का नाम भी सुन रखा है।''

बहरहाल, चन्दा लेने आना तो महज़ बहाना मात्र था। असल बात थी, सरकार लोगों के अगाध जगह-ज़मीनों में थोड़ी ज़मीन यहाँ भी मौजूद थी। हरो बाबू ही यहाँ की बस्ती के ज़मींदार थे। सरस्वती अगर चारों तरफ़ ज़रा देख-सुनकर चले, तो बेहतर होगा, वर्ना उसे वहाँ से खदेड़ना मुश्किल काम नहीं होगा। ये बातें छोटे-छोटे हिस्सादारों की तरफ़ से यानी भुवन बाबू के बाप-काका की तरफ़ से उठी थीं। हरो बाबू दूसरों के कीचड़ में नहीं डूबते।

हरो बाबू तो अनाथ, विताडित पति-परित्यक्ता, बाबू के बुढ़ापे की वजह से विपन्न, बाबू की मौत के बाद, विगत-यौवना और इसीलिए कमाई-धमाई ऐसी सैकड़ों औरतों को उनके बाल-बच्चों समेत आश्रयदान करते थे और धर्म-पथ पर चलने की प्रेरणा देने के लिए नियुक्त थे।

हरो बाबू ने कहा था, ''मातः तुम्हारे विरुद्ध मेरी कोई शिकायत नहीं है। मैं ठहरा चिर-कुमार, चिर-ब्रह्मचारी, शीतला मइया का दीन सेवक मात्र! समस्त नारी, चाहे वे जिस भी उम्र की हों, मेरी नज़र में जननी हैं, माँ हैं! तुम्हारे बाबू असमय ही प्रयाण कर गये। ऐसे समय में तुम अपनी सकल सम्पत्ति आश्रम को दान करके, यहाँ सेविका बनकर रह सकती हो। मेरा वह पट्टीदार है न! अरे, वही, रिश्ते में मेरे भाई का बेटा, नरेनु है न, वह हमेशा का ही नराधम, गू का कीड़ा है। वह आ रहा है, ताकि स्वर्गवासी अतुलचन्द्र सरकार की प्रदत्त सम्पत्ति से तुम्हें उखाड़कर बंगाल की खाड़ी में फेंक सकता है। वह तो उसके परिवारवालों को भी डरा-धमका रहा है। अब मातः! उस पक्ष का वकील वीरेन, उनके यहाँ हमारा, ही गुप्तचर है! तुम्हारा महीन कनकशाली चावल और ईलिश-मछली प्रीति, हमेशा ख़ुशबू और अगरूर लगाने की तुम्हारी आदत, हारमोनियम पर तुम्हारा गीत गाना, बंगला का कोई उपन्यास या नाटक की किताब लेकर सोने जाना—ये सारी ख़बरें, वीरेन वकील को तुम्हारी ख़ास दासी, सरमा से और हमें वीरेन वकील से मिलती रहती थीं, अब सोच देखो।''

सरस्वती ने पूछा, ''बाबू आप क्या आसान भाषा में बात नहीं करते?''

वैसे उनकी भाषा वह समझती थी, क्योंकि उसने 'पंकज-सरोजिनी', 'लुत्फ़ा का प्रेम', 'ख़ूनी नदी का हाहाकार', 'पागल हत्या का रहस्य' वग़ैरह किताबों के अलावा, और भी बहुत-सी किताबें पढ़ रखी थीं। फिर भी...यह उसका विनीत प्रश्न भर था।

हरो बाबू ने कहा, ''मातः रमणी अगर शिक्षिता हो, मैं उसका सम्मान करता हूँ और उनसे इसी प्रकार की साधु-भाषा में सम्वाद करता हूँ लेकिन उन लोगों का दाँव हरगिज़ न भूलें।''

उस दिन भुवन बाबू के जेठू के आते ही, सरस्वती ने गला फाड़-फाड़कर, उन्होंने ढेरों गालियाँ सुनायीं। उसने पूरे मुहल्ले भर में शोर मचा दिया।

''कुछ पता भी है, इन नगेन के बच्चे को मैं खगेन बना सकती हूँ। उसके भी घर में उसकी बीवी मौजूद है। इसके बावजूद, वह दूसरों के घर में आग लगाता फिरता है। यह मैं बिलकुल बर्दाश्त नहीं करूँगी।'' वग़ैरह-वग़ैरह।

वह तो ज़रूरत पड़ने पर, नगेन का कत्ल करके, फाँसी चढ़ने को आमादा हो उठी थी।

उसके बाद, वह हनहनाती हुई महिला आश्रम में दाख़िल हुई और डंके की चोट पर उसने ललकारकर कहा कि हरो बाबू के भतीजे को उसने खदेड़ दिया। इसलिए अब उसे चन्दा देने का हक है।

यह कहते हुए उसने सौ रुपये का एक नोट उछाल दिया, रसीद लिया और यह एलान किया कि अब से वह आश्रम में आ कर भक्ति-गीत सुना करेगी। लड़कियों को कुरुश-काँटे से खरगोश बुनना और सूची-कार्य के तौर पर राष्ट्रीय झण्डा तैयार करना सिखायेगी। चूँकि उसने चन्दा दिया है, इसलिए इन सभी कामों का उसे हक है।

नगेन को खदेड़ देने और हर बाबू को सीधे-सीधे चन्दा देने की वजह से, सरस्वती स्थानीय नौजवानों की नज़रों में श्रद्धेय हो उठी! वे लोग भी कहते फिरे कि नगेन बाबू जैसे लोगों यानी ज़मींदारों के दबदबे से वे बेहद क्षुब्ध थे। वे लोग जब उनकी प्रजा थे, तब थे। अब वे लोग अपनी-अपनी ज़मीनों के मालिक हैं। अब वे तरह-तरह की जीविका में जुटे, कमा-खा रहे हैं। सरस्वती के प्रति उन लोगों को गहरी सहानुभूति है। वग़ैरह-वग़ैरह!

नगेंद्र बाबू के प्रति हरो बाबू के मन में जो क्रोध और कडुवाहट थी, उसका भी सही-सही फ़ैसला हो गया। सरस्वती से वे चालू भाषा में संवाद करने के लिए विवश हो गये, क्योंकि वे 'मातः' थीं। यह कहते हुए सरस्वती खिलखिलाकर हँस पड़ती थी। सरस्वती की वह हँसी देखकर, हरो बाबू ने आश्रम की लेडी सुपर के पति के सामने यह कबूल किया कि उसकी, यह हँसी देखकर ही, उसके पक्ष के दिलफेंक बाबू की नीयत उसके प्रति बेईमान हुई होगी। वह हँसी किसी भी मर्द को आवारा बना सकती है।

घूम-फिरकर यह बात, सरस्वती के पास लौट आयी। अनुराधा! इस बात पर सरस्वती बेतरह ख़फा हुई। बाबू ने उससे विवाह नहीं किया था, लेकिन वह उसे अपना पति मानती थी। एक बार वह गर्भवती भी हुई थी, लेकिन घोषपाड़ा की सती मइया की पोखर

में नहाते हुए, उसका पैर फिसल गया और उसे कारमाइकल अस्पताल जाना पड़ा और उसकी सन्तान-सम्भावना का उत्स ही नष्ट हो गया। उसी बाबू को 'अतुल' के बजाय 'दिलफेंक' कहने के लिए उसने उसे कभी माफ़ नहीं किया।

अनुराधा ने भी मन ही मन कहा कि हरो बाबू के ऊपर, सरस्वती को क्रोध जागा है और वह क्रोध, किसी न किसी दिन हरो बाबू की पकी दाढ़ी और गेरुआ कुर्ते पर ज़रूर फटकर रहेगा।

उस महिला आश्रम में रहनेवाली महिलाओं के बच्चे, जब सात साल के हो जाते थे, तो हरो बाबू उसे सरकारी अनाथालय या जगन्माता मिशन आश्रम में भेज देता था। औरतें वहीं रह जाती थीं। अनुराधा! आश्रम में चन्द ऐसी लड़कियाँ भी थीं, जिन्हें वहाँ छोड़कर उनकी माताएँ खिसक गयी थीं।

ऐसी लड़कियों के बारे में सरस्वती, हरो बाबू से ही दरयाफ़्त करती थी, "इन लड़कियों का आख़िर होगा क्या?"

हरो बाबू ऊपर की तरफ़ उँगली उठा देते थे। हालाँकि सिर के ऊपर पंखा घूमता था, लेकिन उँगली कहती थी—भगवान ही जानें।

चन्दा उगाहकर या भीख माँगकर, महिला आश्रम में किसी-किसी लड़की की शादी भी होती थी। सरस्वती ने ग़ौर किया, जिन लड़कियों की माताएँ आश्रम में मौजूद थीं, उनके चेहरों पर देख-भाल जतन की छाप थी। चन्द लड़कियों के चेहरे ही बता देते थे कि उनका कोई नहीं है।

आश्रम में दो बहनें थीं वाणी और रानी! उनके चेहरे-आँखों में क्रोध और अविश्वास की छाप!

लेडी सुपर ने बताया, "उनकी माँ ही, उन दोनों को लेकर आश्रम में आयी थीं। कुछेक साल साथ रही, उसके बाद खिसक ली। बस, तभी से ये लड़कियाँ किसी पर भी भरोसा नहीं करतीं।"

अनुराधा, उन दिनों, थोड़े समय तक, सरस्वती के मन में 'माँ-माँ' का खेल चल रहा था। इसी भाव में डूबी-डूबी, वह आश्रम आती-जाती थी। उन्हीं दिनों, अंचल के सबसे धाकड़ दारूबाज़ गजा या गजानन के दिल में, सरस्वती के प्रति अचानक बेवजह ही आकर्षण जाग उठा। उसने ख़ुद ही अपने को सरस्वती का गार्जियन नियुक्त कर लिया।

गजा दिन में मछलियाँ बेचता था और रात को दारू के नशे में टुन्न पड़ा रहता था।

वह हर रोज़ ही सरस्वती से कहकर जाता था, "तुम्हारे दक्षिण में मौजूद पोखर किनारे, मेरा डेरा है। तुम सिर्फ़ 'गजा' को आवाज़ लगाना। तुम्हारी किसी भी मुसीबत में मैं हाज़िर रहूँगा।"

हाँ, अनुराधा, गजा आज नहीं है, लेकिन उसका बेटा भजगोविन्द या भजा की दुकान से, तुम अपने छुटपन में लेमनचूस और टॉफ़ी ख़रीदती थीं। गजा की बीवी अति रूपवती थी, लेकिन बेहद कंकाला थी। पति को पीटती थी।

गजा कहता था, "सुन्दरी बीवी के हाथों मार खाना भी, बेहद मधुर लगता है।"

अब, गजा की बीवी, अपने बड़े बेटे, चन्ना के पास कंचरापाड़ा के रेल-क्वार्टर में रहती है।

गजा ने ही एक दिन भोर-भोर सरस्वती को ख़बर दी कि उसने नशा-पानी नहीं किया है। अपने पूरे होशो-हवास में बताने आया है कि हरो बाबू के यहाँ आज बाघ का खेल होगा।

सरस्वती क्या कहती, अनुराधा? शहर के मुँह पर झाड़ू मारूँ! शहर की हवा-वाताश में ज़हर मिला था। जिस वजह से गाँव में शादी हो रही है, इस ख़याल से सरस्वती ख़ूब ख़ुश थी। बहरहाल, रात गुज़र गयी! सुबह का उजाला फैला। लो आठ बजते-न-बजते क्या बदनामी! कैसी कलंक-कथा!

महिला आश्रम में पुलिस आ पहुँची। भीड़ ही भीड़! बेतहाशा भीड़! पता चला, जो सोचते थे, वैसा नहीं है। बाहर-बाहर से चिकना-चुपड़ा, अन्दर पोपला! लेडी सुपर और उसके पति की युगल निगरानी में, वहाँ मर्दों का आना-जाना होता था। तरह-तरह के कीर्तिकलाप होते थे। ख़बर मिली थी कि बेला नामक किसी लड़की को उल्टियाँ होने लगीं, इसलिए उसे अस्पताल ले जाना पड़ा। नहीं उसे उल्टियाँ नहीं, वो...हुआ था! श्रीयुक्त सुपर उसका गर्भपात कराने ले गया था। कहीं दूर भी नहीं, लाइन के उस पार, रॉयल नर्सिंगहोम में! लेकिन पीछे-पीछे मुहल्ले के दौड़वीर, भोमा भी दौड़ पड़ा। महिला आश्रम के बारे में शक-शुबहा करने वालों में से एक शख़्स! वह फ़ौरन थाने भी दौड़ गया। यह भोमा भी हरो बाबू की पट्टीदार था।

अनुराधा! थाना बाबू भी आपे से बाहर हो गया। महिला आश्रम थाने की परवाह नहीं करता था। हरो बाबू पुलिस को हमेशा 'फुलिश' कहते थे। उत्सव-समारोह में उन लोगों को आमन्त्रित नहीं करता था। नर्सिंगहोम में बेला ने ही बताया कि, यह लेकर दूसरी बार, उसके साथ यह घटा है। ऐसा कई बार घटा है।

नगेन बाबू के लोगों ने ही ज़्यादा हल्ला-गुल्ला मचाया। हरो बाबू की शर्मिंदगी का अन्त नहीं रहा। पता चला, वह सच ही कुछ नहीं जानता था। ख़ैर 'नहीं जानता था'—यह कहने भर से तो नहीं होता। केंचुआ खोदते हुए, जाने कितने ही साँप निकले, अनुराधा! हरो बाबू के भाई की साली ही लेडी सुपर थी, और हिसाब रक्षक यानी खजांची, देवत्तर इस्टेट के पूर्व-गुमाश्ता का बेटा था। महिला आश्रम की मेट्रन, हरो बाबू की बहन की बेटी थी। उन लोगों ने ग़ौर किया कि देवत्तर सम्पत्ति बेची नहीं जा सकती, लेकिन महिला आश्रम से शीतला मन्दिर तक काफ़ी लम्बी-चौड़ी विशाल ज़मीन थी, कुछेक घर-मकान थी थे। हरो बाबू ने कैसी तो मार-पेंच करके, सारी ज़मीनें बेच डालीं।

पुलिस ने महिला आश्रम पर ताला लगा दिया और वहाँ रहने वाली औरत-बच्चों को शायद सरकारी लिलुआ होम भेज दिया। सरस्वती गजा को साथ लेकर गयी और वाणी-रानी को अपने साथ लिवा लायी।

एक बारह साल की एक दस साल की! अदालत को बताकर, सरस्वती ने उनकी ज़िम्मेदारी अपने ऊपर ले ली। उसने उन दोनों को नाम दिया—दीपाली और रूपाली!

उन दोनों की आँखों से यह कभी अन्दाज़ा नहीं लगा सकोगी, अनुराधा, कि उनके मन में कितना ज़हर भरा हुआ था। सुमति ने उनकी देख-भाल की; सरस्वती ने उन दोनों को स्कूल में भर्ती करा दिया। खिलाना-पहनाना—जाने कितने-कितने जतन किये यह सब इसलिए कि वे दोनों उसे 'माँ' कहेंगी।

ना! उन दोनों ने उसे 'माँ' कभी नहीं कहा। चाहे जितना भी प्यार करें, दिल से प्यार करें, मूरत भला कभी बोलती है? कभी भी नहीं; किसी दिन भी नहीं। सरस्वती बहुत कुछ करती थी, लेकिन वे दोनों हमेशा फ़ेल होती रहती थीं। पढ़ाई-लिखाई में हमेशा फाँकी! सरस्वती उन दोनों को साथ लिये-लिये घूमती थी। लेकिन, पाखी खाती पेट भरकर, लेकिन जंगल की ओर नज़र! जिसे कहते हैं, दिल जलानेवाली बातें एक सोलह की हो गयी, दूसरी चौदह की! तन-बदन दनदनाते हुए बढ़ता जा रहा था। और वे दोनों, आज यहाँ, कल वहाँ, यारों के चक्कर में पड़ी रहती थीं।

आख़िरकार सुमति ने कहा, "उनका मन तुम नहीं पाओगी, सरस्वती! अब जवान-जहान लड़के उनके पीछे लगे हैं। कहते हैं—झन्न से रुपइय्ये लो, दन्नसे शादी करो।"

एक दिन तो दोपहर को निकली, रात को लौटी। उस दिन सरस्वती ने उन दोनों को ख़ूब-ख़ूब पीटा। अगले दिन उन दोनों को कमरे में बन्द रखा। उसके अगले दिन गजा और भोमा जाने किन लोगों को पकड़ लाया।

हाँ, वह बाज़ार के माँस के दुकानदार का भाई था और रूपश्री लेडीज़ टेलरिंग का लड़का! मुहल्ले के और-और लड़के भी आ जुटे।

सबने कहा, "हाँ, हाँ, इन्हीं दोनों के साथ दोनों लड़कियाँ फुर्ती करने जातीं।"

सरस्वती ने सिर पीट लिया। ऐसी लिखाई-पढ़ाई, गाना-बजाना, कपड़े-लत्ते, साबुन-तेल, इन दोनों मकड़ों के लिए?

उसने लड़कियों को बुलाकर जवाब-सवाल किया।

दीपाली ने फट् से जवाब दिया, "वे दोनों, हम दोनों से शादी करेंगे।"

गजा, भोमा और मुहल्ले के लड़के ही उन दोनों को ले गये और उनका विवाह करा लाये। सरस्वती ने भी झूठी गवाही दे डाली।

उसने रजिस्ट्रार से झूठ कहा, "छोटी की उम्र है, अठारह, बड़ी ने उन्नीस पूरा कर लिया है।"

उसने उन लोगों से भी कहा, "दौलत के लोभ में ही तो दामाद लोग यहाँ भिड़े हैं? मैं भी अधर्म नहीं करूँगी। जिस लड़की के बदन पर जो भी गहने हैं, कपड़े-लत्ते हैं, साज-शृंगार के सामान हैं—सब ले जाओ। लड़कियों के नाम पाँच हज़ार रुपये दे दूँगी—। अब मेरे घर के आसपास भी मत फटकना। इस आसरे मत रहना कि और कुछ भी मिलेगा।

पुलिस ने बताया कि भोमा के कहने पर सरस्वती ने अख़बारों में भी यह सूचना प्रकाशित कर दी कि उन दोनों के बारे में सरस्वती का अब कोई दायित्व नहीं है।

कहाँ गये वे लोग?

सुनने में आया कि दीपाली के दूल्हे ने ढाकुरिया में माँस की दुकान खोली है। रूपाली का दूल्हा, शिवपुर जा बसा है। अब वहाँ भी है या नहीं, पता नहीं।

'माँ' सम्बोधन सुनने का बुख़ार, सरस्वती के सिर से उतर गया। अब वह 'माँ' सम्बोधन सुनकर, सिहर उठती है। नन्ही बच्ची भी अगर उसे 'माँ' पुकारती है, तो वह काँप जाती है।

हरो बाबू का महिला आश्रम भी गया और हरो बाबू भी केस लड़ते-लड़ते भगवान को प्यारा हो गया। सरस्वती ने सैकड़ों किस्म के इन्सान देखे। ज़िन्दगी ने उसे प्यासी ही रखा, कभी अंजुरी पर पानी नहीं दिया।

इसके बावजूद सरस्वती कमर कसकर उतर पड़ी। उसने वहाँ बस्ती बसायी, चावल का कारोबार शुरू कर दिया। रौब से रहने लगी, लेकिन मर्द पर कभी भरोसा नहीं किया। उसे अतुल बाबू के लिए नहीं ख़ुद अपने लिए बेहद अफ़सोस होता था। अतुल बाबू तो उसके मन में अतिशय धुँधली-सी तस्वीर बनकर रह गये। वह उनकी चुन्नटदार धोती, चुन्नटदार कुर्ता, घुँघराले बाल, छोटी-छोटी आँखों वग़ैरह का कभी-कभी ज़िक्र तो करती थी, मगर जैसे आदतवश कोई जुमला दुहरा रही हो। नहीं, अब अतुल बाबू उसे बिलकुल याद नहीं थे।

'माँ' सम्बोधन के बाद, उसके मन के एलबम में कुछेक और तस्वीरें भी आ जुड़ी थीं। लेकिन अनुराधा को वह सब किस्सा सुनने की ज़रूरत नहीं। होता है, ऐसा होता है लेकिन अतुल बाबू के बाद, सरस्वती ने जिस भी आम पर दाँत गड़ाया, उसमें कीड़े निकले। ख़ैर, आम है, तो उसमें कीड़े भी निकलेंगे, इसलिए इन्सान क्या आम खाना छोड़ देगा? सरस्वती की तरह क्या सभी औरतों की तकदीर में कीड़े लगे आम ही होते हैं?

सरस्वती ने जो कहा, अनुराधा ने समझ लिया। इन्सान के पास अगर रुपये-पैसे हों, तो लोग लोभवश उसकी तरफ़ खिंचे चले आते हैं।

कुछेक दिन मीठी-मीठी बातें। उसके बाद, कारोबार का प्रस्ताव!

यानी मूलधन दो!

अनुराधा! अब समझ में आया कि सरस्वती किसी पर भरोसा क्यों नहीं करती।

सरस्वती की बेटियों के किस्से तो सुन लिये न? चैताली, मिताली—यह सब तो मनगढ़न्त किस्से थे। सरस्वती तो मन ही मन चार बेटियों, नाती, नातिन, समधी-समधिन, देवतुल्य दामाद—इन सबके बारे में कितने ही कहानी-किस्से गढ़ती रहती थी।

इसीलिए तो मोती अक्सर ही कहता था, "सरस्वती अगर कोशिश करती तो उपन्यास लिख सकती थी।"

बहरहाल, दीपाली का पति अब पाठा काटता था। रूपाली का पति शिवपुर में था। सरस्वती अब उनके बारे में सोचना भी नहीं चाहती, अनुराधा ज़रा सोच देखे, सरस्वती ने उसे लिखना-पढ़ना क्यों नहीं सिखाया।

अनुराधा यह भी समझे कि भेनती और मेनती में भी सरस्वती ने दीपाली और रूपाली की ही झलक देखी थी। कच्ची उम्र में नेल पॉलिश, होठों पर आलता लगाकर 'पूजा' देखने जाना...छिः! छिः! छिः!

सरस्वती अनुराधा की सर्वमुखी शुभाकांक्षिणी थी। इसीलिए वह सिर में लगाने के लिए उसे ख़ुशबूदार तेल नहीं, शालीमार का नारियल तेल देती थी। गर्मी में बदन पर छिड़कने के लिए टेल्कम पाउडर, हद से हद एक बिन्दी! उसने काफ़ी कसे-कसे दायरे में उसे पाल-पोसकर बड़ा किया, इन्सान बनाया! दस साल की उम्र के बाद, उसे फैंसी फ्रॉक तक नहीं पहनायी।

हक-नाहक उसे कभी स्टूडियो में फ़ोटो तक खिंचवाने नहीं जाने दिया।

हाँ, खिलाने-पिलाने में उसने कोई कमी नहीं रखी। मछली, तरकारी, कभी-कभार माँस, मिठाई, दही—सा-रा कुछ खिलाती रही।

खायेगी नहीं, तो सेहत कैसे बनेगी? सरस्वती की खुराक तो अभी भी बहुत ज़्यादा है! खाये बिना, भला चलता है?

अपनी कहानी किसे सुनाये? यह सोच-सोचकर सरस्वती बेतरह परेशान थी। अनुराधा को सुनाने के बाद, उसका मन काफ़ी हल्का हो आया। अपनी कहानी सुनाने में, उसे कई रात लग गये। चूँकि उसे अपनी कहानी सुनानी थी, इसलिए कई रात, उसने अनुराधा को अपने ही पास सुलाया।

अब मन हल्का हो चुका था। सीने पर से बोझ उतर गया। मुमकिन है, इसके बाद सरस्वती गुरु-मन्त्र ले ले या न ले। अनुराधा को यह सब सोचने की ज़रूरत नहीं। उसके लिए तो अच्छा-सा रिश्ता भी आया है। सास-सुसर, देवर-ननद का कोई झमेला नहीं है। मोती ख़ुद जा कर देख आया था। कतार-दर-कतार फूस की झोपड़ियाँ! चारों तरफ़ नाते-रिश्तेदार! मियाँ-बीवी मेहनत करेंगे, आहार जुटायेंगे और आराम से रहेंगे। सबसे अच्छी बात यह थी कि शहर के गलीजप न से काफ़ी दूर रहेंगे।

यहाँ रहे, तो शरीफ़ लड़कियाँ भी भेनती-मेनती जैसी हो जायेंगी। ऐसे भी सरस्वती से दूर रहना भी ज़रूरी था। अनुराधा बेफ़िक्र थी। मउरी को सरस्वती कभी नहीं निकालेगी।

6

बगीचे, आँगन, बरामदे में झाड़ू-पोंछा लगाने के लिए, अन्ना ने कभी 'ना' नहीं किया। ये सब काम करने से उसने कभी मना नहीं किया।

"ए, अन्ना, तेरी पीठ या कमर नहीं दुखती?"

"काम करने से पीठ में दर्द? ना, दीदी।"

"ज़ुबान बन्द किये-किये ख़ामोशी से बस, काम किये जाती है..."

"अकेले-अकेले अच्छा लगता है, जी!"

हाँ, अकेले-अकेले वह अपने बचपन में डूबी रहती थी, विवाह से पहले के दिनों में खोयी रहती थी।

...रिश्ता तो ख़ुद चलकर आया था।

सुमति मासी के साथ, स्टेशन के प्लेटफॉर्म से होकर, शाम के वक्त में बाज़ार आया-जाया करती थी। कलकत्ता आते-जाते, चचिया ससुर की उस पर नज़र पड़ गयी। जाने कितने दिनों वह मन ही मन देखता-परखता रहा। अन्त में एक दिन दबे पाँव, मेरे पीछे हो लिया। इस बारे में ढेरों बातें हैं।

...विवाह के पहले तक, बाड़ीवाली मौसी, मेरी सरो मासी, मामा की बातें मानकर चलती थी।

लेकिन मेरा विवाह तय होते ही, वह तैश में भरी मानो बाँध-टूटी नदी की तरह उमड़ आयी।

"अब मैं मोती का कहना नहीं मानूँगी। मउरी कि बात भी नहीं मानूँगी। इसे मैं अपने पास रखूँगी, खिलाऊँगी-पहनाऊँगी! लाड़-प्यार करूँगी।"

अन्ना का विवाह हो जाने के बाद, विदाई के वक्त जितना मासी रोयी थी, उतना ही अन्ना भी! दीदी, छोटकी दी, मारे ईर्ष्या के जल-भुन गयीं।

❐

भेनती और मेनती को जाने क्यों तो बाड़ीवाली मौसी नेक-नज़र से नहीं देखती थी।

माँ कभी-कभी कहती भी थी, "अन्ना का इतना-इतना लाड़-प्यार करती है। ये लड़कियाँ भी तो हैं और उम्र में उससे बड़ी भी हैं।"

"लाड़-प्यार पाने के काबिल होना पड़ता है।"

मामा बिलकुल खरी-खरी सुना देते थे। पहली बात तो यह कि वे कभी आलतू-फ़ालतू बातें नहीं करते थे। वे जो भी कहते थे, बिलकुल गार्जियन की तरह कहते थे, मानो वे सात बूढ़ों के एक बूढ़े हों।

भेनती दीदी आड़ में मुँह बिगाड़कर कहती थी, "हुँहः बातें मानो नीम-पत्ती हो। लगता है जब पैदा हुए थे, किसी ने इन्हें शहद की घुट्टी नहीं पिलायी।"

माँ एकदम से कलछी तानकर डपट देती थी, "जिसकी दया से आज खाय-पीकर, ज़िन्दा हो, शरण मिली है...उसकी नकल उतार रही है?"

मामा कहते थे, "भई, मेरा भी खिंचाव, अन्ना की तरफ़ ही ज़्यादा है। लेकिन मैं धर्म-कर्म मानता हूँ। जितना कुछ करता हूँ। तीनों के लिए करता हूँ।"

वैसे उनके करने जैसा, ज़्यादा कुछ था भी नहीं। पाँच-पाँच घरों में कामकाज दिलवा दिया था। तनख्वाह भी ज़्यादा! एक जून का खाना तो मिले हुए नाश्ते से ही चल जाता था। पूरे साल पुराने-धुराने कपड़े-लत्ते, पेटीकोट-ब्लाउज़ सारा कुछ मिलता ही रहता था।

न्ना! कोई फटे-चीथड़े कपड़े नहीं देता था। अच्छे-भले कपड़े देता था। समूचे मुहल्ले में माँ, विश्वासी औरत के नाम से मशहूर थी। पूजा के समय माँ ऐलान करती थी कि वह तीन घरों से रुपइय्ये लेगी और दो घरों से बेटियों के लिए साड़ी-पेटीकोट-ब्लाउज़ लेगी।

दीदियाँ झगड़ पड़ती थीं, "क्यों? क्यों? रुपये क्यों लोगी? रुपये लेकर क्या फ़ायदा?"

उनकी यह बात सुनकर, मामा ने कहा, "थप्पड़ मार-मारकर, तुम लोगों का जबड़ा घुमा देना चाहिए। माँ रुपइय्ये क्यों जमा रही है, तुम लोगों को पता नहीं है? देख? जब ब्याह जाये, तो जहाँ मर्जी सैर-तफ़रीह करना। जब तक यहाँ हो, माँ का कहना मानकर न चली, तो देखना क्या हाल करता हूँ।"

यह सच है कि माँ ने यह बात मासी को भी बतायी थी।

"बड़की अउर मझली तो बरख की बाग़्दी मछरी की तरह उफनाय रही हैं, माँ!"

मासी का नियम! यही मासी का नियम था। लड़कियाँ उन्हें 'मासी' कहेंगी और माँ उन्हें, 'माँ' बुलायेगी।

"हाँ, यह बात मेरे भी कानों में आयी है।"

"तुम उन लोगों के लिए लड़का देख दो, माँ, तुम्हारी तो काफ़ी जान-पहचान है।"

"उन दोनों को ज़रा समझकर चलने को कहो। ज़रा तमीज़-कायदा सिखाओ। शरीफ़ घराने में ब्याहने के लिए, लड़की भी तो शरीफ़ होनी चाहिए। लड़के वाले शरीफ़ लड़की चाहेंगे। ये दोनों तो शहरी हवा के झोंके में..."

वैसे मासी खोज-ख़बर में जुट गयी थी।

मामा ने भी कहा, "ज़रा देख-सुनकर देना होगा। शहरी छोकरे कालीघाट ले जा कर माँग में सिन्दूर भर देते हैं, फिर छोड़कर भाग जाते हैं। कोई निहायत गृहस्थ घर..."

लेकिन अन्ना जानती थी कि दीदी या मझली दीदी, माँ या मामा की पसन्द के लड़के से विवाह नहीं करेंगी।

तारा कहा करती थी, "बियाह भी करूँ, उसके बाद हड्डियाँ तोड़कर मेहनत-मशक्कत भी करूँ? क्यों?"

अन्ना ने पूछा, "फिर क्या करेगी, दीदी?"

“फुर्ती करूँगी! सैर-सपाटे करूँगी! सिनेमा-थियेटर देखूँगी, मौज करूँगी। अच्छा, तू फूट तो यहाँ से तू हमारी बात सुनने क्यों आती है? तेरा ब्याह तो मौसी किसी बड़े घराने में करायेगी।”

दोनों बहनें फुर्ती, सैर-सपाटे, सिनेमा, मौज-मज़े के सपने में ही विभोर रहती थीं। घर-घर उनके यार-दोस्त मौजूद थे। सब-के-सब झुण्ड बनाकर फ़िल्म देखने जाते थे। पकौड़े खाते थे, 'पूजा' के समय पैदल-पैदल घूमते हुए, दुर्गा-प्रतिमा देखते थे।

आख़िरकार बाड़ीवाली मौसी ने ही कहा, “ओ मोती, ज़रा खोज-बीन, दो लड़के ले लाओ। इन लड़कियों के हाव-भाव सही नहीं हैं। ठोकर जो खा चुकी हूँ! सिन्दूरी मेघ देखकर भी डर लगता है।”

“देख रहा हूँ! दूरबीन लगाकर ढूँढ रहा हूँ। अगले इतवार को बागुइहाटी जाऊँगा। सुना है, लड़का ड्राइवरी सीख रहा है! अपना लाइसेंस निकालेगा। तिलजला पार करते ही उसका घर! बाप की दुकान है।”

“रुपयों की माँग तो करेगा ही?”

“देख लेंगे! सब ठीक हो जायेगा।”

“दिनोंदिन नकदी रुपयों के लिए दबाव बढ़ता जा रहा है।”

“कितना माँग करेंगे? दो-पाँच हज़ार?”

वह ज़माना ऐसा ही था। लेकिन अब तो कई साल गुज़र चुके हैं। अब जिनके पास अपनी ज़मीन नहीं है, वे मजूरी करते हैं। जिनके पास अपना सायकिल-रिक्शा नहीं है, वे किराये पर रिक्शा चलाते हैं या फ़िल्मों की टिकट ब्लैक करते हैं—ऐसे लड़के भी दस-बीस हज़ार नकद, अँगूठी, सायकिल या घड़ी, लड़की के लिए एक-डेढ़ भरी सोना—इतनी माँग तो ज़रूर करते हैं। विवाह करते हैं, छोड़ देते हैं, दूसरा विवाह कर लेते हैं।

बहरहाल, मामा लड़का देखने जाने को तैयार थे! ज़रूर जाते! लेकिन दीदी ने ऐसा होने ही नहीं दिया।

शनिवार को ही दीदी भाग गयी।

बाड़ीवाली मौसी ने कहा, “अब उसे खोजने के लिए किसे भेजूँ? कभी भोमा, गोरा, बदन वग़ैरह लड़के मेरे सहाय थे। वे लोग आफत-विपदा में आ कर मदद करते थे। लेकिन, अब कोई सहाय नहीं होता। कोई आगे नहीं आता।”

मामा उसी वक्त काम से लौटे थे। वे कपड़े बदल रहे थे। उन्होंने बाहर जानेवाले कपड़े दुबारा पहन लिये।

आस्तीन की बाँह समेटते-समेटते, वे दबी-दबी आवाज़ में गरज उठे, “किसी को भी भेजने की ज़रूरत नहीं। मोती साँपुई अभी मरा नहीं, ज़िन्दा है।”

अगले ही पल उन्होंने घूमकर मेनती दीदी को एक करारा तमाचा जड़ दिया।

तमाचे की आवाज़ गूँज उठी।

•। •

मेनती दीदी दर्द से चीखकर रोने ही जा रही थी कि मामा ने हुंकारते हुए पूछा, "भेनती कहाँ है? किसके साथ भागी है। फ़ौरन बता। अगर नहीं बताया, तो मैं तेरा..."

सुमति मासी भी उसी पल दौड़ आयी। माँ फ़र्श पर बैठी हुई। मुँह खुला हुआ! आँखों में बरबस ही आँसू!

अन्ना दीवार से चिपकी खड़ी थी।

भेनती दीदी ने रोते-रोते जवाब दिया, "वरुण के साथ! जो नशे की पुड़िया बेचता है। वे दोनों..."

मामा ने दुबारा सवाल ठोंका, "ब्याह करने के लिए कालीघाट गये हैं? या सिर्फ़ भाग गये हैं?"

"विवाह करने।"

मासी ने कहा, "चलो छोड़ दो, तो मोती!?

मामा दुबारा दबे स्वर में हुंकार उठे, "यह आपकी मिताली नहीं है! जीती-जागती भेनती है! और वो वरुण? वरुण रात को भट्ठी से चुल्लू लाता है।"

मासी ने कहा, "उसने जो नाक कटायी, सो कटायी। इसके बाद भी, मेरा कहना है कि चीख-चिल्लाकर, कलंक को और मत बढ़ाओ। भेनती चूल्हे में जाये। अभी और भी दो-दो बेटियाँ हैं।"

मामा तमककर पीछे मुड़े।

"मेनती! तेरा किससे टाँका है? तूने किसे जुटाया है?"

"पहले कहो, तुम मारोगे नहीं?"

"नहीं, नहीं, तुझे तो मैं मोवा मिठाई खिलाऊँगा।"

"नहीं, मामा, तुम्हारे पैर पड़ूँ...देखो, गाल फूल गया है! बहुत ज़ोर से लगी है चोट।"

"तू मेरे ख़ून की ख़ून नहीं है, वरना मैं तेरा सिर, धड़ से अलग कर देता।"

"मामा जीऽऽऽ!"

"बोल, हरामज़ादी!"

"रतन!"

मासी एकदम से चकरा गयी, "आँय? रतन? कौन रतन?"

मेनती के बजाय सुमति ने जवाब दिया, "हाय, दद्दा रे! हमरे दुकान का ऊ छँउड़ा?"

"वो जुलाहे का बेटा, रतन? क्या कहा? मेरी दुकान में चाकरी करता है। उसकी इतनी मजाल?" मासी गुर्रायी।

मामा मानो हताश होकर एकदम से बुझ आये।

"बाप पर गयी है! जड़-मूल समेत बाप के लक्षण! तुम भी मउरी, धन्य हो! अपनी बेटियों की करतूत की तुम्हें ही ख़बर नहीं थी?"

माँ ने रोते-रोते जवाब दिया, "अगर हम जानती तो लड़का देखने की ज़िद करती? तुम्हारी और माँ के पाँव पड़ती?"

"अब जो मर्जी आये करो! मैं ग़ैरेज चला! अब ख़ुद ही समझो-बूझो! बेकार अपनी नैया में इन लोगों का बोझ ढोता हुआ मर रहा हूँ। क्या करूँ, शराफ़त का तकाजा है, मैं सब कुछ सह सकता हूँ, बदनामी नहीं सह सकता।"

लेकिन, सच तो यह था कि मामा अलग-थलग नहीं रह सके। अन्त मे, नमो-नमो करके, किसी तरह दीदी के साथ वरुण का और मेनती के साथ रतन का ब्याह हो गया।

माँ ने कहा, "वो नासपीटे, चांडाल हैं, जी! यह क्या हुआ मेरे साथ?"

मामा ने कहा, "शहर में जात-बिरादरी का विचार नहीं होता। अब एक दामाद चुल्लू बेचने का धन्धा करेगा और दूसरा चाकर बना रहेगा। यही सोचकर अपने मन को तसल्ली दो।"

उन दिनों भोमा, गोरा वग़ैरह प्राचीन शूरवीर रहे नहीं और अजित, उन दिनों तक तुम्हारी मासी का धर्म-बेटा नहीं बना था—वह समय, ऐसा ही सन्धिकाल था। उन दिनों मामा के आसपास राखाल, अरविंद, सुजय, आम्ना, कपिल, आशीष वग़ैरह जुटे रहते थे।

अन्ना को सिर्फ़ इतना भर याद है कि उस दिन अरविंद ही बार-बार मामा से कहता रहा, "अगर उसने चुल्लू का धन्धा किया, तो उसकी गर्दन कलम कर दी जायेगी, मोती' दा। हम अपने कामारपाड़ा को बेइज़्ज़त नहीं होने देंगे।"

वैसे विवाह बिलकुल ही भिखमंगों जैसा भी नहीं हुआ। मामा ने वरुण को सायकिल-रिक्शा ख़रीद दिया और मेनती दीदी को पाँच सौ एक रुपये थमाकर कहा था कि वह भी कोई सामान लेकर बाज़ार में बैठ जाये। बाड़ीवाली मौसी ने भी दोनों बहनों को कान में पहनने के लिए सोने की बालियाँ दीं।

माँ ने लाख की चूड़ियाँ और चाँदी के कंगन दिये। थोड़े-बहुत साड़ी-कपड़े भी दिये।

शादी बिलकुल चुपचाप हुई। किसी को आमन्त्रित नहीं किया गया। पड़ोस की अलका की माँ ने शंख बजाया और रस्म-मुताबिक, 'उलू' ध्वनि से विवाह सम्पन्न होने का संकेत दिया।

मामा के ख़र्च पर अरविन्द और उसके दोस्तों ने सबको पूरी-आलूदम और मिठाई खिलायी।

अगले दिन मामा ने हुक्म दिया, "अब, जाओ, अपने-अपने डेरे का रास्ता लो। अगर कोई बदमाशी या कलंक का काम किया, तो हाथ-पैर चीरकर फेंक दूँगा।"

अन्ना को बेहद दुःख हुआ।

अब वे लोग सैर-सपाटे कैसे करेंगी? कैसे मौज-मज़ा करेंगी? किसके साथ ख़ुश होंगी? यह वरुण तो सूरत-शक्ल से ही जैसा है...! वैसा चेहरा देखकर, पूजा की भीड़ में सुमति मासी चीख़ उठी थीं, "कहाँ का चुल्लूबाज़ आ पड़ा जी? औरतों की लाइन में धक्का-मुक्की कर रहा है?"

और रतन? कइता और रतन, रोह ही चावल के रुपयों का हिसाब देने आते थे और बेभाव डाँट खाते थे और वे बकबकाते रहते थे।

मासी ने कहा, "चलो, जात-धरम का विचार न करें, लेकिन ऐसी पसन्द की बलिहारी जाऊँ! ऐसा मैंने अपनी बेटियों के ज़माने में भी देखा है। अरे, भई, जवानी है! जवानी! देखना, दोनों ही लड़कियों की किस्मत में रोना लिखा है..."

"मेरी बेटियाँ हैं न! उनकी तकदीर कहाँ से अच्छी होगी?"

"सोचत हूँ, अब हमरी नौकरी का क्या होगा?"

"इतनी सारी नौकरी, तुम नहीं सँभाल पाओगी।"

"हाँ कहाँ कर सकूँगी।"

"भइया, अब अनुराधा को लेकर न घूमना–"

"न्ना! दो घर छोड़ देबों। पाल लोगन के यहाँ बर्तन भी बढ़ गये हैं। बड़ी बहू की करतूत है। गणेश बाबू का घर भी काफ़ी दूर पड़त है–"

अन्ना ने सहमी-सहमी आवाज़ में कहा, "हम माँ के साथ जाती, माँ के साथ चली आती–"

"ना! हरगिज़ नहीं!" माँ ने छूटते ही मना कर दिया।

मासी ख़ामोश रही।

"तुम घर में रहियो, बिटिया! लेकिन, मोरी माँ के पीने का पानी ला दिया करना! उनका बर्तन माँज देना, साड़ी-कपड़ा कचार देना, यही काफ़ी है। अभी उन लोगन.. "

"इतना काम करने की ज़रूरत क्या है?"

"अरे, देखती रहो, कब दुबारा गर्दन पर आ कर सवार हो जायेंगी...बस इसका इन्तज़ार करो।"

ख़ैर वे दोनों गर्दन पर तो सवार नहीं हुईं, मगर भेनती दीदी कभी-कभी आ कर रुपये ज़रूर ले जाती थी।

मेनती दीदी को तो बाज़ार में ही बैठना पड़ा है।

मौसी ने कहा, "मेनती तो कैता यानी रतन को अपनी टेंट में खोंसे रखती है। काफ़ी कुछ आँख-नाक खोलकर काम कर रही है।"

"तुमरा आशीर्वाद है, माँ।"

भेनती दीदी का दूल्हा अपने नये रिक्शे पर भी चुल्लू ही ढोता रहा।

भेनती दीदी ने कहा, "चुल्लू ना ढोए, तो जगो बाबू भला क्यों छोड़ने लगा? उसी की ज़मीन पर तो हमारा घर है! हाँ, माँ तुम अन्ना को काम पर ले जाया करो न!"

"ना, भेनती! छोट जात के घर जा कर हम अपना जात गँवाने को राज़ी नहीं हूँ! हमका बहुत सोच-समझकर चले पड़ी। ईहाँ माँ है, दद्दा हैं! शरीफ़ लोग हैं। अन्ना का ब्याह भी तो करना है न?"

शुरू-शुरू में छुट्टा-छुट्टी जैसा हाव-भाव था, धीरे-धीरे उसकी धार कम होती गयी. ..लेकिन दूरी बढ़ती ही गयी।

वरुण चुल्लू लाने-ले जाने में लगा रहा। अब वह चुल्लू के ही कारोबार में जुट गया।

भेनती ने ठेके का काम पकड़ किया।

भेनती दीदी और रतन, ख़ुद ही चावल का व्यवसाय करने लगे। मेनती दीदी ने गड़िया में जाने किस जगह तो दो कट्टा ज़मीन भी ख़रीद ली है, अपना घर बनवायेगी।

दोनों ही अब बाल-बच्चों की माँ बन गयीं।

लेकिन जब उन लोगों ने अन्ना की ख़बर सुनी, तो फ़ौरन फिकरा कसा, "हुँहः कहते थे शहर बुरा है, गाँव ही भला!—कैसा भला है, जी?"

उन दोनों के विवाह के वक्त और उसके बाद भी कुछ दिनों, समूचा मुहल्ला उनके विवाह-चर्चा में ही मगन रहा। माँ जब घर लौटती थी, तो फूट-फूटकर रोती थी।

मामा ने कहा, "इन फिकरेबाज़ों की मुँह पर मारो दो लात! अरे, उन दोनों ने शादी तो कर ली न! लेकिन, देखो, घर-घर सैकड़ों तरह का कलंक रटा जा रहा है।"

"अब सहा नहीं जाता, दद्दा!"

"जहाँ सहना भी होगा और आगे भी बढ़ना होगा, वहाँ 'सहा नहीं जाता' की रट लगाने से फ़ायदा?"

"जब भी यह ख़याल आता है..."

"देखो, मन को तुम वश में करो। अन्ना पर ध्यान दो। शाम के वक्त पूजा-पाठ किया करो।"

"यह भी ख़याल आता है कि अगर तुम न होते..."

"समझ लो, मैं, नहीं हूँ। उधर मेरा मालिक भी इन दिनों आगा-पीछा सोच रहा है।"

"क्यों, जी?"

"उनकी बीवी को वर्दवान में बाप की जायदाद मिली है। वे लोग यह सोच रहे हैं कि बेटी की शादी करके, अब वहीं जा बसेंगे।"

"तुम वहाँ क्या करोगे?"

"वहाँ शहर का विशाल ग़ैरेज है। वे मुझे नहीं छोड़ेंगे। ग़ैरेज के ऊपर कमरा, बाथरूम, पखाना—सब मौजूद है। रहने-खाने की सारी व्यवस्था है। कामकाज भी हल्का होगा।"

"तुम चले जाओगे?"

"बस, अन्ना की शादी हो जाये..."

"मेरा क्या होगा?"

"तुम क्या मेरे साथ आयी थीं या साथ जाओगी? बस, ऊपरवाले पर भरोसा रखो।"

"भगवान भी मुसीबत में पड़ जायेंगे।"

"सब ठीक जो जायेगा, देखना! भगवान सबको देखने वाला है। एक मोती चला जाये, दूसरा मोती आ जायेगा। चन्दन बाबू को नहीं देखा? उनका इकलौता बेटा, हवाई

जहाज हादसे में कई-कई लोगों के साथ वह भी बेमौत मर गया। इस वजह से वे मियाँ-बीवी भी क्या मर गये? किसी तरह जी रहे हैं।"

उफ़! मामा कितने हृदयहीन थे।

मामा किस कदर पत्थर थे?

मौसी ने माँ को समझाया, देखा, यह बन्दा दुनियादार भी है, तुम लोगों की देख-भाल भी कर रहा है मउरी। लेकिन मन ही मन संन्यासी भी हो चुका है। अच्छा ही किया, वरना जीया जा सकता है?"

"हाँ, सब काम कर रहा है, लेकिन किसी मोहमाया में लिपटा हुआ नाहीं है।"

"सच्ची हिम्मतदार जान है! माँ-बाप नाहीं हैं, काका लोगन ने खदेड़ दिया, उसे तो ज़िन्दा ही नहीं रहना चाहिए था। लेकिन देखो, वह मेरी देख-भाल कर रहा है, और-और लोगों को भी अपने साथ लपेटे हुए है। बीवी छोड़कर चली गयी, इसलिए उसे तो औरत के नाम तक से घिन्ना हो जाना चाहिए था। लेकिन उसने सिर्फ़ इतना ही कहा, "अक्षमता! लाचारी थी, इसीलिए नहीं टिकी!" मुझे पता है, अगर बीवी में ऐसा कोई ऐब या अक्षमता होती तो भी वह उसके साथ गृहस्थी चलाये जाता।"

"अच्छा, बरी के लिए दाल भिगो दूँ?"

"देखा न! कल्लू का चित्त घानी में! मेरी भी मति भ्रष्ट हुई है, जो तुमसे ये सब बातें करती हूँ। लिखना-पढ़ना तो तुम्हें आता नहीं। रामकृष्ण कथामृत भी तुमने नहीं पढ़ी, न 'रानी रासमनी' किताब पढ़ी। चलो, जाओ, भिगो दो दाल।"

बरी बनाने का धन्धा शुरू करने की बुद्धि भी मामा की ही थी। "फ़ुर्सत के वक्त बरी वग़ैरह बनाया करो, लोगबाग ख़ुशी-ख़ुशी ख़रीदेंगे। अरे, भई, अन्ना का विवाह करना है या नहीं?"

"लेकिन शहर में नहीं।"

"क्या शहर क्या गाँव! सरग-नरक कहीं भी नहीं है! अपना करम तुम साथ लाते हो, यहीं छोड़ भी जाते हो।"

"अन्ना का ख़ूब देख-सुनकर..."

मौसी ने कहा, "देखना, उसका रिश्ता तो ख़ुद चलकर आयेगा! बच्ची के चेहरे-मोहरे पर शराफ़त का भाव, हाथ-पाँव में लक्ष्मी की निशानी! जिसको यह मिलेगी, उसने ज़रूर तपस्या की होगी। देखो न, केले का मोचा ऐसा महीन-महीन काटा है। मानो मशीन में कटा हो। घर पोंछती है। बाल्टी भर पानी से सिर्फ़ एक कमरा पोंछकर, पानी बदल देती है। कपड़ा ऐसा धोती है, मानो माहिर धोबिन हो।"

'माहिर धोबिन' कहते हुए मौसी के हाथ भी नाच उठते थे।

अगले ही पल उसने कहा, "ओ अनुराधा, शाम को मैं तुझे बेहुला-लखिंदर का गाना सुनाऊँगी। और किसे सुनाऊँ, बिटिया, एकाध लाइन सुनते ही, सब नाक बजाने लगते हैं।"

"मैं आज नहीं सोऊँगी।"

लेकिन गाना सुनने के लिए बैठते ही, अन्ना की आँखें झपकने लगती थीं।

मौसी कहती थी, "जा अन्ना, खाना खा ले।"

अन्ना निंदियाई मुद्रा में खाना खाती थी।

मौसी बुदबुदा उठती थी, ऐसी बच्ची का रिश्ता तो ख़ुद चलकर आयेगा। जैसे ही मेरे मन में यह ख़याल आया, छिपकली की आवाज़ आयी—टिक्-टिक्-टिक्! इसलिए यह ख़याल ज़रूर सच होगा।

खा-पीकर अन्ना की देह भर आयी थी।

माँ कहती थी, "ऐसी अन्ना को हम किसके हाथ सौंपू?"

"इन्सान के हाथ में।" मौसी ने कहा।

"कोउ कदर करेगा इसकी?"

"सच्चा इन्सान हुआ, तो ज़रूर करेगा।"

मामा गुमान से भरकर कहते थे, "भई, अन्ना के लिए लड़का मैं ख़ुद खोजूँगा। भेनती-मेनती ने जो करतूत किया, उससे तो मेरे मुँह पर कालिख पुत गयी है।"

"माँ कहती हैं कि ओका रिश्ता, तो ख़ुद चलकर आयेगा।"

"ख़ुद चलकर आये, तो भला ही है! लेकिन सिर्फ़ आने भर से क्या होता है? मैं ख़ुद भी उसे ठोंक-बजा कर देखूँगा।"

सुमति मौसी कहा करती थी, "अन्ना को लैकर, तुम तीनों अइस करत हो न! अरे, जब ओका बियाह हो जावेगा, तो तुम लोगन क्या साथ जावोगे?"

"तू ही चली जाना—" मौसी ने कहा।

"ज़रूरत भयी, तो हम जाऊँगी न!"

❒

जेलखाने में किसी विरल दोपहरी के वक्त, आसमान को रंग बदलते देखकर, अन्ना का मन भी भटकते हुए जाने कहाँ तो पहुँच जाता था।

दीदीमणि ने पूछा, "कलकत्ता में इतने दिनों रहीं, तुम्हारी माँ ने तुम्हें लिखना-पढ़ना नहीं सिखाया?"

"नहीं तो!"

विवाह! विवाह! विवाह—मानो विवाह के सिवा इन्सान को और कुछ नहीं सोचना चाहिए। अन्ना को ताज्जुब होता था।

"लिखने-पढ़ने के बावजूद तुमने विवाह कर लिया—-"

"तुम भी थोड़ा-बहुत पढ़-लिखकर, कुछ कर सकती थीं—"

"क्यों? लोगों के घरों में काम करूँगी, बेटियों को पाल-पोसकर बड़ी करूँगी।"

"विवाह तो करोगी न?"

"ज़रूर! ज़रूर!"

"अन्ना पढ़ना-लिखना सिखायेगी। कहो, सिखायेगी न? मैं ही सारा इन्तज़ाम कर दूँगी। मेरी बहन भी एक बस्ती में स्कूल चलाती है। वहाँ सयानी-सयानी लड़कियाँ भी पढ़ने आती हैं।"

"यह तो बहुत अच्छी बात है।"

"हाँ अभी लिखना-पढ़ना सीखे, कोई कामधाम सीखे। जब ब्याह लायक हो जाये, तो ब्याह देना। यह बात बिलकुल ठीक नहीं है कि बस, किसी तरह ब्याह दिया और ज़िम्मेदारी पूरी हो गयी।"

अन्ना तो यह सब नहीं जानती थी। जब से उसने होश सँभाला है, वह यही समझती आयी थी कि विवाह ही औरत की एकमात्र गति है। दादी-माँ के पति मर गये। वे लोग नहर-किनारे आ बसे, दुर्भाग्य! उनका दुर्भाग्य! माँ को बापू ने खदेड़ दिया, दुर्भाग्य! जिसे कहते हैं तकदीर का लेखा। चूँकि न पति है, न बाल-बच्चे इसलिए मौसी की ज़िन्दगी भी काफ़ी सूनी-सूनी थी। दीदियों की शादी हो गयी। अब अन्ना की भी शादी हो जायेगी। विवाह के अलावा और क्या होना है?

अन्ना को भी लगता था कि शादी ही एकमात्र गति है।

आख़िरकार, यही सच भी हुआ। मासी की तसल्ली मुताबिक अन्ना के लिए रिश्ता, मानो ख़ुद चलकर आ पहुँचा।

7

अन्ना और सुमति आगे बढ़ती जा रही थीं और पीछे मुड़-मुड़कर देखती भी जा रही थीं। प्रौढ़, नाटा, सख़्त-समर्थ पुरुष! छँटे हुए कच्चे-पक्के बाल! बदन पर टेरीकॉट का कुर्ता! मैला-कुचैला-सा! धोती! और पाँवों में जूते! हाथ में एक थैला भी था।

सुमति ने कहा, "हाय गजब! यह मरदूद तो पीछे ही लग गया।"

हैरत है! वह शख़्स घर के सामने आ खड़ा हुआ।

अन्ना तो दौड़कर घर के अन्दर चली गयी। मासी का कमरा पहले पड़ता था। वह उन्हीं के कमरे में जा समायी।

मासी ने पूछा, "क्या हुआ, री?"

"एक सज्जन...पीछे-पीछे आ रहा है।"

"कहाँ?"

"बाहर खड़ा है।"

"सई-साँझ? किसकी इतनी मजाल हुई, ज़रा मैं भी तो देखूँ।"

उस आदमी से मौसी की जो बातचीत हुई, अन्ना के कानों तक भी पहुँची।

"कौन हैं आप? मेरी बेटी के पीछे लग लिये और यहाँ तक चले आये? सूरत-शक्ल से तो...ऐसा कुच्छ नहीं लगता...मगर शहरी लोगों का क्या भरोसा?"

"माँ, हम हाथ जोड़कर प्रार्थना करत हैं। हमें ज़रा कहने दें। मैं एक...खेतिहर, घरबारी प्राणी हूँ...। थोड़ा-सा पानी पिलायेंगी?"

हाय माँ! मौसी ने उस आदमी को घर के अन्दर बुला लिया। उसे बरामदे में बिठाया।

सुमति ने उसके मुँह पर ही कहा, "इधर कई दिन से वह नज़र गड़ाए है। आज ही पीछे-पीछे चला आवा।"

वह शख़्स काफ़ी ज़ोर-ज़ोर से बोल रहा था। आवाज़ भी ख़ासी ऊँची।

"देखिए, अपना नाम-परिचय हम लिखकर दे जाता हूँ। आप मेरे बारे में खोज-ख़बर ले लें। कैनिंग मादला पार करते ही वासन्ती थाना पड़ता है। हेंतलपाड़ा में मेरा घर है। नाम है—अनुकूल नस्कर! मेरे पास जोत-जमा है, हस्किंग मशीन वग़ैरह, सब कुछ है। चावल, मुरमुरे, सब्जी-मछली, मुझे ख़रीदने की ज़रूरत नहीं पड़ती। मेरे पास गाय-बैल भी हैं, तीन-तीन हल भी। साझेदारी में दो पोखर, अपना निजी एक पोखर! आपकी बेटी मुझे बहुत पसन्द आ गयी है। अगर मन मिल जाये, तो..."

"शादी करेंगे?"

"छिः! छिः! छिः! यह कैसी अनाचार की बातें करती हैं, माँ? मैं तो अपने बेटे के लिए...मतलब मुझे लड़की पसन्द आ गयी है। मेरे बेटे के साथ...बेटी को देखते ही...आपकी ही बेटी है न?"

"ना! मेरे यहाँ वे लोग किरायेदार हैं। मैं उस बच्ची से बेहद स्नेह करती हूँ।"

"बातचीत...?"

"उसकी माँ है, मामा हैं! आप कल या परसों, शाम को करीब छः बजे आ जायें। बातचीत हो जायेगी।"

"आप लोग भी मेरे यहाँ जा कर देख-सुन आयें। घाट पर चाय की दुकान है। वहाँ आप किसी से भी मेरा नाम पूछ देखें..."

"कलकत्ता क्या अक्सर आते हैं?"

"मेरे कई मामला-मुकदमे चलते हैं। आदमी के पास ज़मीन हो, तो मामला-मुकदमा लगा ही रहता है। इसके अलावा चन्द ट्यूबवेल बिठाना है। वहाँ गहरे नल-कूप नहीं है। सो उन्हीं की कोशिश-तदबीर करने के लिए भी आना पड़ता है।"

"क्यों वहाँ इलेट्री (बिजली) नहीं है?"

"लाइन बैठ गयी है, अब बिजली भी आ जायेगी। अब, चलूँ, माँ नमस्ते! मैं फिर आऊँगा।"

उस आदमी के जाने के बाद माँ के चेहरे-मोहरे का जो हाल था, वे लम्बी उसाँस भरती हुई, धप् से बैठ गयी।

उन्होंने सुमति को आवाज़ दे कर कहा,“ ज़रा पानी तो दे जा! यह कैसा अजूबा हुआ? मैं क्या भगवान हो गयी? जो कहा, सच हो गया? रिश्ता ख़ुद चल कर आ पहुँचा? कैसी गज़ब की बात! तेरा ब्याह करके, मैं गुरु-मन्त्र ले लूँगी, अनुराधा!”

सुमति ने कहा, “उसकी माँ आ जावे, मामा भी आवें। अपने कानों से ख़बर सुन लें।”

“उन लोगों को चावल नहीं ख़रीदना पड़ता। इसका मतलब है, काफ़ी पैसे वाले हैं।”

“हाँ, जी, माली हालत तो अच्छी लगी–”

“अब, वे लोग आ जायें–”

मामा ने सारी ख़बर सुनी और यथारीति शक ज़ाहिर किया, “ख़ुद चल कर आये, मानता हूँ। लेकिन आये क्यों?”

“उनकी आँखों को भा गयी, इसलिए।”

“तो क्या लड़के में कोई ऐब है? बेटे का बाप कभी ख़ुद चल कर आता है भला?”

“नहीं, नहीं, बातचीत में काफ़ी धीर-गम्भीर लगा।”

“ख़ैर, आने दो उन्हें। मैं भी जाऊँगा। विवाह की हामी भरने से पहले, सारा कुछ ठोंक-बजा कर देख लेना होगा।”

“ज़रूर! ज़रूर! अनुराधा तो मेरे गले की माला है। उसे मैं इधर-उधर बहा तो नहीं सकती।”

“हाँ, बेहद भली लड़की है! हमारे अलावा कुछ नहीं जानती-पहचानती। हम पर भरोसा करती है। उसके बारे में हमारी ज़िम्मेदारी ज़्यादा है।”

माँ ने कहा, “हमरी अन्ना की तकदीर में ऐसा घर-वर भला सम्भव है?”

“ख़ैर, घर की ख़बर तो सुन ही ली वर को अभी अपनी आँखों से नहीं देखा। अरे, तुम अभी ही हल्दी कूटने बैठ गयीं?”

मौसी ने भी कहा, “ज़रा समय लेना होगा। मोती सारा कुछ ठोंक-बजा कर देख ले! पाँच लोगों की राय लूँगी! आख़िर यह अनुराधा का मामला है।”

“उसे अनुराधा कौन कहेगा, माँ?”

“अभी ही, मेरे अलावा, और कौन उसे इस नाम से पुकारता है? अब जितने दिन मेरा वश है, उसे जी भर कर इस नाम से पुकार लूँ।”

“तुम भी चलोगी न?”

“अरे, तुम काफ़ी समझदार हो; काफ़ी बुद्धि है तुममें! मैं उसकी कौन होती हूँ? माँ या मौसी? हमारा रिश्ता ही क्या है? माँ है, वह सधवा हो कर भी विधवा है। मैं भला कौन? तुम क्या इतने नासमझ हो? गाँव-देहात में इस बारे में लंका-दहन नौटंकी नहीं देखी? सुनो, अन्ना की सुख-शान्ति के अलावा और कुछ मत सोचो।”

जितना सम्भव हो सका, मामा ने सारा कुछ देख-सुन लिया।

अनुकूल नस्कर ने एक शब्द भी झूठ नहीं कहा था। उसके चार बेटे! वह अपने मंझले बेटे के लिए लड़की की तलाश में थे। सभी बेटे ज़मीन और हल-बैल या हस्किंग मशीन ले कर ही पड़े रहें तो काम नहीं चलता। मझला बेटा, डायमंड हार्बर में ज़मीन के किसी दफ़्तर में चपरासी था। बड़ा बेटा खेती-बारी सँभालता था। सबसे छोटा बेटा स्कूल में पढ़ता भी था और शाम को दुकान पर भी बैठता था। हाँ, उन लोगों की एक दुकान भी थी।

गोलादारी की दुकान! माँ मनसा की कृपा से, हेंतलपाड़ा में अनुकूल नस्कर ऐसा एक नाम था कि वह जो भी कहता था, लोग उसे ही सच्चा और इन्साफ़ की बात मान लेते थे।

अनुकूल नस्कर को अपने मंझले बेटे की ही ज़्यादा फ़िक्र थी, क्योंकि वह लड़का दसवीं क्लास तक पढ़ा-लिखा था और उसमें काफ़ी समझदारी भरी थी। वह लड़का इस-उस के मुकदमों की सार-सँभाल करता था। डायमंड हार्बर और अलीपुर अदालत में वह जाना-पहचाना चेहरा था। उम्र बाईस साल। सच्चरित्र नौजवान! अनुकूल अपने उसी बेटे के लिए किसी सुलक्षणी दुल्हन की तलाश में था।

मामा ने उसे अन्ना की माँ की पूरी जीवनकथा विस्तार से सुना दी। अनुकूल ने पूरी कहानी सुनी। वह लड़के का पिता था। उसे किसी बात में एतराज नहीं था। लेन-देन का भी कोई सवाल नहीं उठा। उसकी राय में बेटी के बाप की गर्दन मरोड़ कर रुपये वसूल करने में कोई सुख नहीं होता। उसकी बड़ी बहू, उसी मुहल्ले की लड़की थी। उसके पिता ने अपनी औकात भर दिया था। मझले बेटे की बीवी, बेटे की माँ की सहेली की बेटी थी।

सुखी परिवार सुखी गृहस्थी! सुबह-सवेरे ही खाना पकाना शुरू हो जाता था। चारों पहर खाना-पीना जारी रहता था। गर्मी के दिनों में सुबह गरम-गरम भात खा कर, घर के मर्द अपने-अपने काम पर निकल जाते थे। दोपहर को किसान बेटा खेत-मैदान के लिए निकल पड़ता था। घर के सभी लोग अपने-अपने कामकाज में। रात दस बजे चूल्हा बुझाया जाता था। मछली? कितना खाओगे? खाओ न! पोखर है, बाज़ार है! कामकाज़ में झगड़ा-झंझट अभी उठा, अभी ही मिट गया। इतनी-इतनी बातें!

अब, अन्ना की उम्र भी क्या कम है? इस उम्र में सुसराल नहीं गयी, तो वहाँ उसका मन कैसे बैठेगा? अनुकूल ने जो सारे शिशु-पौधे अपने बगीचे में रोपे थे, अब वे सब पेड़ बन कर नारियल-कटहल जैसे फल नहीं दे रहे हैं? इन्सान भी इन पेड़ों ही जैसे तो होते हैं।

''अरे, भई, वह शहर नहीं है, इससे बेटी को कोई तकलीफ़ नहीं होगी। उस घर में इतने-इतने लोग हैं, इतने-इतने कामकाज, पूजा-पर्व हैं, कि वह मनसा देवी के गीत-भजन और कई-कई त्योहार-जश्न में ही डूबी रहेगी। बाकी सब कुछ भूल जायेगी।''

दरअसल अन्ना का चेहरा अकाल-मृत्यु की शिकार, अनुकूल की बड़ी बेटी से काफ़ी मिलता-जुलता था, वरना उसे देख कर, अनुकूल के मन में वात्सल्य क्यों जागता?

अपने मंझले बेटे का विवाह कर देने के बाद, अनुकूल को अपने भतीजे, पोशा या पशुपति का भी ब्याह करके, उसे घर-बारी बनाना था। अनुकूल के जितने नाते-रिश्तेदार थे, वही तो उन सबका अभिभावक था। पोशा, सूरत-शक्ल से काफ़ी सुदर्शन, स्वभाव में भी कोई दोष नहीं था, मगर फिर भी उस छोकरे में घर-गृहस्थी के लक्षण बूँदभर भी नहीं थे। कुल पच्चीस वर्ष उम्र। इसी बीच, उसने दो-दो ब्याह रचा लिया। दोनों बीवियाँ उसे छोड़ कर चली भी गयीं। या पोशा ने ही उन्हें खदेड़ दिया। ये जनाब नाटक-नौटंकी जात्रा में प्रॉम्प्ट करते फिरें, मनसातला में गाने गाते फिरें, इधर-उधर घूमते-भटकते रहें, तो बीवी भला कैसे टिक सकती है? आख़िर वह भी तो घर बसाने का सुख जीना चाहती है।

इस बार अनुकूल को एक कंकाला लड़की की ख़बर मिली है। यह लड़की अगर पोशा की बीवी बन गयी, तो उसे अच्छा सबक सिखायेगी। पोशा ने तो अपनी ज़मीन वग़ैरह बन्धक रख कर या जैसे-तैसे दामों में बेच-बाच कर, सारे मोह-बन्धन काट चुका था। अच्छा-ख़ासा घर-द्वार! अच्छे-ख़ासे कई नारियल के पेड़! पोशा घर तैयार करने, घर-द्वार के इर्दगिर्द बेड़ा बनाने, गाय-चिकित्सा वग़ैरह के कामों में ख़ासा पटु था। लेकिन कोई भी काम वह मन लगा कर नहीं करता था। अगर उसे रोको-टोको तो वह फ़ौरन सुना देता था—"मेरी न बीवी, न बाल-बच्चे! हमें, भइया, बख़्श दो—"

अनुकूल यही नहीं कर पाता था। वह चाहता था, सभी लोग सुखी रहें, राज़ी-ख़ुशी रहें। वह सभी की देख-भाल करता था। गाँव की चन्द बहू-बेटियाँ अनुकूल के खेतों में, धान-कटाई का काम करती थीं। अनुकूल चाहता था कि सभी लोग आराम-आराम-से खायें-पीयें और सुख से रहें।

नहीं वे महाजनी का कारोबार नहीं करते थे। उनके ख़ानदान में कोई भी बन्दा, सूद-ब्याज का कारोबार नहीं करता था। हाँ, मना माइती यह धन्धा करता था, लेकिन वह नस्कर का कोई नहीं लगता था। मोती वहाँ जा कर, अपनी आँखों से ही सब देख आये।

मामा वहाँ गये और लौट कर उन्होंने ख़बर दी, "अच्छा-ख़ासा घर-द्वार है। काफ़ी अमीर हैं। फेरीघाट से ही उनकी गुणगाथा सुनायी देने लगी। वे महा सज्जन जीव हैं। हाँ, ज़रा पुराने रीति-रिवाज़ के हैं! मैं खाना नहीं खाऊँगा, यह सुन कर वे बौखला गये। ना-ना करने के बावजूद, मुरमुरे, सन्देश, दूध, कोरा नारियल—का अच्छा-ख़ासा आहार हो गया।"

"लड़का कैसा है?"

"गबरू जवान! बहुत कम बोलता है! लगभग बोलता ही नहीं! उसने तो कहा, "मुझे लड़की देखने की क्या ज़रूरत? बप्पा ने तो देख ही लिया है।"

लड़के के पिता दुबारा तशरीफ़ लाये।

"अगली अगहन में...काफ़ी शुभ मुहूरत है। बरातियों को खिलाना-पिलाना, सास और उनकी दो जेठानी-देवरानी, फुफिया सास, मौसिया सास, चचिया सास को 'नमस्कारी' देना, दोनों ननदों के लिए 'ननद-पिटारी' और लड़के लिए अँगूठी—बस, यही तो?"

"अरे, यह सब कुछ नहीं देना होगा। कुछ भी नहीं। सिर्फ़ लड़की को जो देना चाहें, दे दीजियेगा। आशीर्वाद और तिलक-बरच्छा, शादी के दिन ही। अन्ना अगर हमारे घर आ गयी तो हम समझेंगे ख़ुद लक्ष्मी ही चल कर, हमारे यहाँ पधारी हैं। सास के बारे में बिलकुल परेशान न हों! उसे तो बस, पान खिलाते रहियेगा।"

"मेरे गोकुला और नकुला की बीवियाँ तो मायके जाना ही नहीं चाहतीं, बल्कि नकुला की सास ही कभी-कभी मेरे यहाँ आ कर रह लेती हैं। वहाँ जा कर ही देख लेना, बिटिया।"

उनके बेटों का नाम था—गोकुल, नकुल, तारक, श्रीविलास! जो-जो नाम दिल में घर कर जाते थे, वही नामकरण हो जाता था।

बड़ी बहू, भारती, अब सोना की माँ, बड़ी बहू, बड़ी भाभी बन चुकी थी।

मंझली बहू, तुषारकणा, अब पाखी की माँ, मझली बहू, मझली भाभी थी।

मंझली बहू, अनुराधा! अनुराधा! और अनुराधा!

तारक मिर्च-मसाले बिलकुल नहीं खा पाता था। उसे अपने कपड़े-लत्ते धुले-धुलाये, बुर्राक होने चाहिए। मच्छरदानी वह ख़ुद टाँगती थी। उसे बिस्तर, घर—सारा कुछ साफ़-सुथरा चाहिए।

अन्ना ने मन ही मन सोचा, "कर दूँगी! स-ब कर दूँगी।"

वैसे अन्ना भी कम चकित नहीं हुई थी। अभी ब्याह भी नहीं हुआ था कि अनुकूल उसके लिए नमकीन, मिठाई, या फिर आम-पापड़ा ख़रीद कर दे गये।

सबने कहा, "पति को तो नहीं देखा, लेकिन ससुर को देख लिया। वाकई, ससुर जैसा ससुर! सचमुच, अन्ना तकदीरवाली है।"

भेनती-मेनती ने नाक सिकोड़ कर कहा, "ऐ माँ! गाँव-देहात! वहाँ तो न 'इलेट्री', न और कुछ।"

माँ ने कहा, "यही बेहतर है!"

मौसी ने कहा, "चलो, चलो! तुम्हारे दूल्हे जैसे शहरी दूल्हे को उसका ससुर, सुबह-शाम ख़रीद सकता है।"

मामा, अन्ना के विवाह पर मानो पगला उठे। दूल्हे के लिए जैसा सुन्दर धोती-कुर्ता, वैसी ही ख़ूबसूरत अँगूठी! जैसी आकर्षक 'नमस्कारी' की साड़ियाँ, बिलकुल उतनी ही आकर्षक 'ननद-पिटारी'। अन्ना के बदन पर हमेशा सज़ा रहने वाला चाँदी का बाला, हार और मकड़ी!

दूल्हा, मामा के मालिक के दफ़्तर में बैठेगा। और बाराती? अगर वे रुकना चाहें, तो मुहल्ले के क्लब में रह लेंगे।

मौसी ने कहा, "खिलाने का ख़र्च मेरा।"

मामा ने फ़ौरन टोका, "नहीं, मेरा होगा। आप दही-मिठाई का ख़र्च दे दीजियेगा।"

"अगर अनुकूल बाबू अपने बेटे का विवाह बिना लेन-देन के ही कर सकते हैं, हम भी यथासम्भव कोशिश करेंगे उन लोगों की ख़ातिर-तवाज़ो करेंगे। यह कोई नहीं कह सकेगा कि किसी ठेके की नौकरानी की बेटी का ब्याह हो रहा है।"

मौसी ने कहा, "अब तो अन्ना चली ही जायेगी। उसके बाद तो, जब वह आयेगी, तब नज़र भर देख सकूँगी। अब कुछेक दिन उसे अपने पास रखूँगी। उसे खिलाऊँगी-पहनाऊँगी।"

माँ ने कहा, "बेटी तो तुम्हारी ही है! तुम्हारी और दद्दा की! हम कौन हैं, जो बीच में बोलूँ?"

मौसी ने फिर कहा, "मोती की तो छाती फट रही है। अन्ना को वह प्यार जो करता है।"

आज हल्दी और चढ़ावा भी आ पहुँचा। मछली, दही, मिठाई—हर चीज़ के सजे-सज़ाये थाल! बनावटी रेशम की, गहरे नीले रंग की साड़ी अन्ना के लिए, समूची साड़ी पर रोलेक्स रचित-खचित, झलमल करते हुए मोर!

रात गुज़रते ही शादी!

अन्ना बेसुध सो रही थी।

अचानक सुबह-सुबह ही अनुकूल नस्कर को देख कर मामा का माथा ठनक गया।

अनुकूल के पीछे-पीछे, उनका बड़ा बेटा गोकुल!

अनुकूल अन्ना का हाथ थाम कर रो पड़े।

सर्वनाश! ज़रूर किसी सर्वनाश की ख़बर होगी! किसी भयं कर आँधी-तूफ़ान का संकेत!

मौसी ने कहा, "चलिए, मेरे कमरे में चलिए।"

"बिटिया, री, तुझे मैं अपना मुँह कैसे दिखाऊँ?"

"क्यों? क्या हुआ?"

"महा-सर्वनाश!"

गोकुल बोल पड़ा, "मैं बताता हूँ।"

वाकई ख़बर जैसी ख़बर थी।

ब्याह का रीति-नेम जारी था। लेकिन कल तारक यह कह कर निकल गया—"मैं दुकान तक जा रहा हूँ। ज़रा चाय पी कर अभी आता हूँ" यह कह कर वह जो बाहर निकल गया। उसके बाद उसका कोई अता-पता नहीं है।

कल...रात दस बजे, वह अपनी ब्याहता बीवी को साथ ले कर, गाँव में दाख़िल हुआ और सीधे मनोहर माइती के घर में जा कर ठहर गया।

मनोहर माइती ने अनुकूल को ख़बर देते हुए कहा, "तुम खड़ाऊँ उठा कर मारोगे, इस डर से वह घर नहीं आया।"

"यह ब्याह हुआ कैसे?"

सा-री साजिश माइती की है। वह गू-खौका मरदूद ने तदबीर रची। अदालत के सामने चाय की एक दुकान है। वहाँ दुकानदार के तौर पर एक जवान-जहान औरत बैठती है। उसे देख कर तारक का...वह लड़की उम्र में भी काफ़ी बड़ी है। शहरी नाज़-नख़रे। मेरा बेटा मुझे...?

मोती ने पूछा, "आप लोगों को कुछ भी पता नहीं था?"

"हमें कोई ख़बर नहीं थी, मैं आँगन की धूल चाट कर, किरिया खाता हूँ। दिन भर मेहनत-मशक्कत करता हूँ, शाम को एक बार मनसा-थान में बैठता हूँ—पूजा-कमिटि का 'पेसिडेन' जो हूँ उसके बाद, घर लौट कर हाथ-मुँह धो कर खाना खाता हूँ और सो जाता हूँ! यहाँ शादी की तैयारी चल रही थी, लेकिन उसने अपनी माँ या दोस्तों या भाभियों को एक बार भी कुछ नहीं बताया कि वह मेरी नाक कटाने जा रहा है।"

मोती गरज उठा, "अब हमारी बेटी का क्या होगा?"

"यही तो बताने आया हूँ, जनाब! अहा, लक्ष्मी की प्रतिमा जैसी बेटी...। धरम से पत्ति होऊँगा? सुनिए!"

अनुकूल नस्कर को मानो कोई देवादेश मिला हो।

उसने दुबारा विनती की, "मैंने अपने होशो-हवास में कभी कोई अधर्म या पाप नहीं किया। आप लोगों के प्रति अन्याय करता, तो मादुला में डूब मरना पड़ता। मेरा छोटा बेटा काफ़ी छोटा है, निरा बच्चा! कुल सोलह साल का है। अब मैं पोशा से बेटी का ब्याह करूँगा।"

"आपका वह भतीजा?"

"उसे मैं साथ ले कर आया हूँ! आप अपनी आँखों से देख लें।"

उस नौजवान का गोरा-चिट्टा रंग, धूप में जल कर, ताम्रवर्णी हो आया था। गठी हुई, विशाल देह! धारदार आँखें! माथे पर झौव्वाभर घुँघराले बाल।

"इस लड़के के दोष-गुण का बयान मैं कर चुका हूँ। अब यह मेरी ज़िम्मेदारी है। जा, पोशा, तू गोकुला के साथ बाहर जा कर इन्तज़ार करना।"

"हाँ, बड़ा ही खामख़याली है। घर-बार से वीतरागी! बाप ने दूसरा विवाह करके, गाँव छोड़ दिया। मेरी भाभी और पोशा यहीं रह गये, मेरे पास! बहरहाल माँ ने जो जगह-ज़मीन बचायी थी, मैंने ही उस पर खेती-बारी की। माँ जैसे ही मरी, सारा कुछ इस लड़के ने पानी में बहा दिया। यह सब मैं बता चुका हूँ। लेकिन... लेकिन, शादी का प्रीति-भोज हमारे यहाँ ही होगा। सारा कुछ होगा। मैं ख़ुद देखूँगा कि बिटिया को कोई तकलीफ़ न हो। जब बिटिया को बिटिया कहा है, तो मैं सेवक बन कर..."

गोकुल ने कहा, "चलो, सगाई की रीत कर दो—"

"नहीं, पहले ये लोग बतायें कि इसके लिए राज़ी हैं या नहीं?"

मामा ने जवाब दिया, "मैं क्या कहूँ?"

मौसी बोल उठी, "कहते हुए मेरी छाती फटी जा रही है, मगर इतना सारा आयोजन क्या वृथा चला जायेगा?"

माँ रो उठी, "हाय मेरी अन्ना..."

अन्ना ने पूछा, "तुम रो क्यों रही हो?"

"लड़के की सूरत-शक्ल तो महादेव जैसी है! लेकिन, समधी जी, मेरी बेटी को तकलीफ़ तो नहीं देगा?"

"मेरे जीते-जी? नहीं, समधी! मैं उसके हिस्से में ज़मीन लिख सकता हूँ, लेकिन वह लड़का हल-बैल हाथ में नहीं थामेगा। बल्कि सारा कुछ रेहन रख देगा। लड़कियों से मैं कोई और काम कराऊँगा? बिटिया के लिए घर मैं बनवा दूँगा। बिटिया को खाने-कपड़े का कभी कोई कष्ट नहीं होगा। अब आपलोग जो कहें...?"

अन्ना ने आगे बढ़ कर मामा का हाथ थाम लिया, "मामा! तुम 'हाँ' कह दो।"

"अन्ना रेऽऽ..."

"ना, मामा रोओ मत! देखना, मैं ठीक-ठाक रहूँगी। अब का क्या उपाय, बताओ? तुम भी क्या कर सकते हो? मेरी तकदीर में जो लिखा है, वह तो हो कर रहेगा न?"

"तेरी ही तकदीर में ऐसा क्यों लिखा है, बिटिया? क्यों?"

"सुनो, तुमने अपना सर्वस पूँजी लगा कर, इतनी तैयारियाँ की हैं। अब तुम क्या मना कर सकते हो?"

अनुकूल और गोकुल बेहद हैरत से देखते रहे। छोटी-सी अन्ना किस तरह जगज्जनी हो उठी थी। सबको तसल्ली दे रही थी।

मौसी रो पड़ी, "तेरे लिए हम कोई और रिश्ता देखेंगे, री! तू यह क्या कह रही है?"

"हमारे घर में ऐसा नहीं होता, मौसी! मामा क्या इत्ता बड़ा आयोजन दो-दो बार कर सकते हैं। मामा के कहने पर, लड़कों ने इतना-इतना किया, वे क्या दुबारा करेंगे? और ये लोग भी भला क्या करें? वक्त के चक्कर में पड़ गये बेचारे! तुमसे विनती करती हूँ, मौसी!"

अचानक बेहद विकट, लेकिन आन्तरिक विलाप के लहज़े में फूट-फूट कर रो पड़ा, "ऐसी बेटी को मैं अपने घर नहीं ले जा सका, रे, गोकुला! नहीं ले जा सका।"

अरविंद, सुजय और मग्ना, अभी तक ज़रा दूर खड़े थे। अब वे लोग आगे बढ़ आये।"

"अब, मोती दादा?"

"हाँ-हाँ, दूल्हा बदल गया है। तुम लोग कुछ करो।"

"देखिए, जनाब, विवाह कौन कर रहा है?"

"मेरा...रिश्ते का भतीजा!"

"जो चाय की दुकान पर बैठे हुए हैं?"

"हाँ, वही!"

"वह आदमी चार सौ बीस तो नहीं है?"

"नहीं, बेटा, वह ख़ामख़याली और घर-गृहस्थी से वीतराग ज़रूर है।"

"ख़ैर जो भी हो! क्या यह शादी हो रही है?"

"बेशक! अगर ये लोग राज़ी हों।"

"शाम को और भी कोई आयेगा?"

"आने को तो सभी तैयार थे।"

"ठीक है! आप और दूल्हा यहीं रहें। मोती दादा के कमरे में! हम दो जन आपके बड़े बेटे के साथ जा रहे हैं, उन लोगों को ले आते हैं। मैं और मगूना जाते हैं। सुजय वग़ैरह इधर का सँभालेंगे। देखिए, ज़्यादा लोगों को न लायें। गरीब की शादी है। सुजय, जा तो! मछलियाँ कम आयेंगी। खर्चा-पानी जितना कम किया जा सके। आख़िर वह मोती दादा की भानजी है। आप लोग ज़रा उठिये। कमर सीधी करें।"

अनुकूल ने अपनी लाल-लाल आँखों से देखते हुए कहा, "बेटी की सगाई तो कर जाऊँ। सगाई शाम को होनी थी। लेकिन अभी ही कर दूँ–"

सुमति मौसी रेकाबी में धान, दूर्वा और दीया ले आयी। अनुकूल कालीन के आसन पर बैठ गये। उनके सामने अन्ना सिर झुकाये-झुकाये आ बैठी।

एक जोड़ी रूली! रूली पतली रुही, मगर सोने की थी। अन्ना ने घुटने टेक कर प्रणाम किया।

अलका की माँ ने शंख बजाया।

विवाह के बाद, अरविन्द ने राय ज़ाहिर की, "अनुकूल सचमुच धर्म भीरु इन्सान हैं। उनके घरवाले, उनके सगे बेटे-बहू को घर में ग्रहण करने की हिम्मत नहीं कर पाये। इस शख़्स ने मनसा-थान में पूजा दे कर, अन्ना की कामना की थी।"

उनके बड़े बेटे ने भी कहा, "पिता का फ़र्ज़ अगर न निभाया, तो देवी मनसा का कोप भाजन बन कर, निर्वंश नहीं हो जायेंगे?"

कालू डॉक्टर ने कहा, "होते हैं। ऐसे इन्सान मौजूद हें। बस, नज़र नहीं आते।"

सुजय ने कहा, "माँ-कसम अजीब इन्सान है! पशुपति फूफा का पैर सहलाये ही जा रहा है और बूढ़ा उसके प्रति उपदेश झाड़े जा रहा है। वाकई देखने लायक चीज़ है।"

मामा ने पूछा, "ये लोग खायेंगे क्या, सुजय?"

"लगता है, मन का ज़ोर साथ नहीं दे रहा है। उन लोगों को मैं पूड़ी, तरकारी, मिठाई खिला दूँगा। विवाह के दिन भात नहीं खाते।"

"नहीं, वर के अगुआ को भात ही परोसना।"

"ठीक है, भात ही परोसना।"

"बुरा नहीं रहेगा, दादा! अब देखो न, अगर वे चाहते, तो सोने की रूली नहीं भी दे सकते थे, लेकिन दिया तो सही?"

"देखो, ससुर तो काफ़ी शरीफ़ है। लेकिन, लड़की, उनके घर तो नहीं जा रही है।"

कालू डॉक्टर ने कहा, "उस लड़के के मुकाबले यह लड़का शायद भला ही हो। उसका चेहरा नहीं देखा? हू-ब-हू महादेव! वह लड़का तो जुआचोर था। बेहतर होता, वह बाप से सारी बात खोल कर बता देता–"

मामा ने कहा, "किस साहस से बताता? सारा कुछ तो बाप का है! उसे क्या अपने लिए ज़मीन-जायदाद की अपेक्षा नहीं है?"

अन्ना की शादी इसी तरह सम्पन्न हुई।

कामारपाड़ा में जैसे भूचाल आ गया हो। सगा बेटा राज़ी नहीं हुआ, तो भतीजे को ला कर ही हाज़िर कर दिया? सन 1975 के ज़माने में ब्याह कर ले गया? यह तो कहानी-किस्से जैसी बात हो गयी। उस पर से सोना चढ़ा कर आशीर्वाद?

मौसी ने कहा, "धर्म आज भी मौजूद है। धर्म आज भी मरा नहीं है। वैसे धर्म नज़र नहीं आता, मगर बीच-बीच में झलक दिखा जाता है।"

बाराती कुल दस लोग।

अनुकूल ने कहा, "इस बीवी को पोशा ने अगर तकलीफ़ दी, तो..."

"नहीं, कक्का, हम वचन देता हूँ।"

"अगर तुम अब भी संसारी नहीं हुए, तो..."

"देखना, सिर पर बिठा कर रखूँगा।"

कुर्ता ज़रा छोटा पड़ गया। धोती-चादर में जब दूल्हा मजलिस में आ बैठा तो लड़कियों-औरतों ने आपस में खुसफुस शुरू कर दी।

"सच्ची! दूल्हा बिलकुल महादेव का रूप है।"

गोकुला ने विरस लहज़े में कहा, "हाँ, हमारे ख़ानदान में पोशा भइया ही सुपुरुष है।"

विदाई के वक्त माँ और मामा ने कहा, "दुखियारी लड़की है। उसे और दुःख मत देना।"

पशुपति ने सहमति में सिर हिला दिया।

❒

ये तमाम घटनाएँ, कब घटी थीं? क्या सच ही अन्ना के जीवन में?

मातला फेरी घाट में जाने किस अधबूढ़े ने अनुकूल नस्कर से कहा, "पोशा दो-दो बार अपनी करतूत ज़ाहिर करने से बाज़ नहीं आया, इस बार आपने ख़ुद जा कर इस फड्डे में सिर क्यों डाल दिया।"

"तकदीर, भई, तकदीर! तकदीर ही विमुख है! इस तारक कमबख्त ने ही मुझे पाप का भागी बना दिया।"

"भई, जिसकी बेटी है, वह समझता।"

"देखो, मुझ पर इल्जाम मत दो। मैंने उसे अपनी बेटी कहाँ है, मुझे ही उसकी देख-रेख करनी होगी। और फिर मेरे पाँव पर पाँव टिका कर कितने दिनों ज़िन्दा रहेगा?"

इन तमाम बातचीत से अन्ना को भी शायद आभास हो गया कि उसकी भावी ज़िन्दगी कैसी होगी। वह शादी तोड़ कर, यह शादी होना...बस, इसी बात से, अन्ना एकदम से बड़ी हो गयी थी। सरस्वती की जीवन-कथा सुन कर भी वह अचानक बड़ी हो गयी थी। सरस्वती ने सहा, मउरी ने भी सहा, अब, अन्ना को भी सहना होगा।

बैलगाड़ी पर वह गाँव की तरफ़ रवाना हो गयी। शहर बड़ा विषैला होता है, इसीलिए उसकी माँ-मौसी, मामा को उसके लिए गाँव की तलाश थी। शहर वाकई बेहद ज़हर भरा होता है।

नयी बहू का परछन करके, मुँह-दिखाई के वक्त, उसका हसीन चेहरा देख कर, अनुकूल की पत्नी रो पड़ी, "तारक ने यह क्या किया, जी? यह लड़की तो..."

अनुकूल ने उसे तसल्ली दे कर कहा, "रो मत! रो मत! बहू को घर के अन्दर ले जाओ।"

उलू ध्वनि! शंख ध्वनि! दूध-आलता मिले, पत्थर पर पाँव रखो, बहू! लो, मछली को हाथ लगाओ! यह रस्म है। "अल्लो! दूध उछला या नहीं?"

एक के बाद एक कड़ी-धरन पर टिका हुआ नीचा-नीचा-सा एक मंज़िला घर-द्वार आँगन! अनुकूल की पत्नी ने उसकी कलाई में सोने के तार में लपेटा हुआ, मकरमुखी 'लोहा' पहनाया। जाने किसने तो कहा, "बेचारी नयी बहू को ज़रा आराम कर लेने दो।"

काल-रात्रि गुज़र गयी! रसोई छूने का रस्म भी अदा हुआ। बड़े-से तख़्त पर सुहागरात का आयोजन! हेमन्त की सर्दी में भी अन्ना पसीने से भीग उठी।

"धत्तेरे कि!" पशुपति ने अजब-सी ऊब ज़ाहिर की और लालटेन की बत्ती नीची करके, कमरे में लगभग अँधेरा कर दिया।

"कक्का से काम माँगने आया था। कौन जानता था कि बिल्ली के भाग से सिकहा ही टूट गिरेगा? आओ, इधर आओ। शर्म कैसी? कोई नहीं देख रहा है। पोशा नस्कर ने पहले भी विवाह किया था और उनका बेटा, कोई शहरी धींग उठा लाया—इन दोनों बातों के शोक में, सबके सब मरे जा रहे हैं। एक मेरे कक्का हैं, धरम-धरम की रट लगाये हुए हैं।"

बहरहाल पाँच-छः दिन वहीं गुज़र गये।

चचिया सास ने अनुकूल से पूछा, "और कित्तने दिनों यहाँ रहेगी, कुछ सोचा है?"

"ज़रा उसका घर-द्वार ठीक-ठाक कर दूँ! पोशा को ही इस काम में लगा दूँगा। घर-गृहस्थी की और जो-जो ज़रूरत होती है, ज़रा निश्चित कर दूँ..." अनुकूल ने जवाब दिया। "लड़की की सूरत बिलकुल..."

"मीरा जैसी सूरत-शक़्ल है। है न जी?"

"हाँ, उसी की तरह शर्मीली-शर्मीली-सी! लेकिन किस्मत देखो।"

"उसके मामा ने उसे चाँदी के गहने दिये हैं।"

"हाँ, देखा है।"

"सुनो, जी द्विरागमन में हम भी जाऊँगा।"

"क्यों इतना मोह बढ़ा रहे हो?"

"बड़े दुःख से बढ़ा रहा हूँ, गोकुला की माँ। पोशा तो है, मगर पल भर में...लड़की अपना सारा कुछ क्यों गँवाये?"

"चलो, ठीक है।"

घाट पर पहुँच कर गोकुल की बीवी ने अन्ना से कहा, "अन्ना, माँ ने कहाँ है कि बप्पा ही तुम्हें गौना करा लायेंगे।"

अगले ही पल अन्ना के और करीब आ कर, उसने उसके कानों में फुसफुसा कर कहा, "सुनो, तुम्हारे पास जो भी सोना-दाना है, अपना सर्वस वहीं रख आना। यहाँ चाँदी के गहने पहन कर आना।"

"क्यों? तुम्हारा देवर छीन लेगा, दीदी?"

"वे संसारी मनस कहाँ हैं? अपने ही ख़यालों में रहते हैं। और...तुम्हारा घर-दुआर भी ऐसा नहीं है कि..."

"ठीक है! काका जैसा कहेंगे, वैसा ही करूँगी।"

"अन्ना, तुम्हारे लिए..."

"तुम लोग अपनी बहू नहीं ला रही हो, दीदी?"

"नहीं, बहना, तुम्हारे बारे में सोच-सोच कर, सभी मन ही मन बेहद दुःखी हैं।"

अन्ना को बार-बार जगत जननी बनना पड़ा। आख़िर वह अभयदात्री जो थी।

उसने गहरी हमदर्दी के लहज़े में कहा, "मेरा जो होना है, होगा। अगर मैं तुम्हारे घर न आती, तो मुझे पता ही नहीं चलता कि तुम लोगों जैसे इन्सान भी इस दुनिया में बसते हैं।"

"हाँ, मेरे ससुर को सभी लोग सतजुगी इन्सान कहते हैं। आज मनई-मानस को गाली भी दे दें, तो अगले ही पल उससे माफ़ी भी माँग लेंगे। मंझले देवर उन्हें...लेकिन, ख़ैर, तुम्हारी तो माँ हैं...मामा हैं।"

"तुम क्या कहती हो, दीदी? वे लोग टूटी कमरवाले गिरे-पड़े लोग हैं। वहाँ तो ऐसा कोई भी नहीं है, जो गिरी-पड़ी लड़की से ब्याह करे—"

"वे तुम्हारे सगे मामा नहीं हैं?"

"मेरी नानी के धरम-बेटा हैं। लेकिन सगे से बढ़ कर हैं।"

"तुम्हारी मामी नहीं हैं?"

"किसी विवाह मंडप में रुपये न दे पाने की वजह से ब्याह टूट गया। मामा ने उससे विवाह कर लिया। लेकिन मामा अक्षम थे। उन्हें बाल-बच्चे जो नहीं हो सकते। मामी चली गयी। यह सब मैंने सिर्फ़ कानों से सुना है। वैसे हम लोग मामा के बेहद डरते हैं। उनसे ज़्यादा बातचीत नहीं होती।"

"वे बेहद शरीफ़ आदमी हैं।"

"हाँ, बे-हद!"

"और मौसी?"

"वे बाड़ीवाली हैं। बचपन से ही वे मुझे बे-हद प्यार करती हैं। तुम भी सभी कुछ जानती हो। मेरी माँ तो दीन-दुखियारी प्राणी है।"

"औरत बन कर जन्म लिया है, अन्ना, तो..."

"मैं भी नहीं डरती, दीदी!"

❐

द्विरागमन के वक्त, अपने चचेरे ससुर की हिदायत मुताबिक, अन्ना, सोने के सारे जेवर उतार कर, मौसी को सौंप आयी। सिर्फ़ कलाई में सोने में गढ़ा 'लोहा' पहन कर वापस लौट आयी।

"समझा, पोशा, वहाँ तेरा घर-द्वार ऐसा नहीं है कि..."

"इसीलिए, गहने यहाँ सहेज कर धर दिये हैं? अच्छा है! ठीक है।"

"देखो, इस बारे में माँ से कोई बात न करना।"

"मैंने कहा है! कहूँगा नहीं?"

मामा, मासी, माँ—सभी लोग कितना कुछ जानने को उत्सुक थे।

अन्ना ने ईषत हँस कर कहा, "इन लोगों का घर-द्वार, चाल-चलन, आचार-व्यवहार बेहद भला है। मुझे बेहद प्यार देते हैं।"

"लेकिन तू उनके घर तो रहेगी नहीं, बिटिया।"

"तुम लोगों ने मुझे उनके हाथों तो सौंपा भी नहीं है।"

"दामाद, तेरा आदर-जतन करता है?"

"वह तो जब उनके साथ गृहस्थी बसाऊँगी, तब समझ में आयेगा, मामा! पहले उनके घर की गिन्नी-मालकिन तो बनूँ। है कि नहीं, मामा?"

"मैं तो हर पल भगवान से मना रहा हूँ—"

"तुम फ़िक्र ना करो, मामा!"

"चेहरे और कान्ति तो बिलकुल महादेव जैसी है।"

"हाँ, मामा!"

मामा समझ गये, अन्ना अब वाकई बड़ी हो चुकी है।

8

ना! अन्ना जब पीछे मुड़ कर देखती है, तो उसे साफ़ समझ में आता है कि अकेले अनुकूल नस्कर ही क्यों, उन सभी लोगों ने अन्ना के लिए काफ़ी कुछ किया था, क्योंकि वे लोग पशुपति को बख़ूबी जानते-पहचानते थे।

पशुपति ने अपनी उम्र से काफ़ी छोटे, रवि को साथ ले कर, अपना घर-द्वार ठीक-ठाक कर लिया।

अनुकूल के घर से चौकी, बर्तन-भांडे भी भेज दिये गये।

..

अनुकूल की पत्नी ने कह ही डाला, "बर्तन-भांडे सब लकूलके और कमज़ोर ही दिये हैं, बहूरानी! किसी दिन पोशा इन्हें बेच-बाच ही देगा। अभी, देखो, कितनी बार ख़रीदना पड़ेगा।"

अनुकूल ने पुशपति को खेतों की तरफ़ धकेल दिया।

"मैं तुझे हमेशा-हमेशा अपने पास रखूँगा, पोशा, लेकिन, देख, इस बार भी अगर दुम से निकल भागा, तो समझ लेना! थाने में रपट लिखा कर, मैं तुम्हें..."

पोशा ने परम उदार लहज़े में आश्वस्त किया, "मेरे तो न माँ है, न बाप! तुम भी ग़ुस्सा थे, मेरी, ख़बर भी नहीं लेते थे, इसीलिए दो-दो बार ग़लती कर बैठा। इस बार मैं..."

उसने अन्ना से भी कहा, "तूने मुझे बाँध लिया, बीवी! मैं तुझे कभी दुःख नहीं दूँगा।"

"तुम्हें तो हर काम आता है! तुम सब करने जोग हो। तुम ऐसे काम क्यों करते थे?"

"कुसंग! ऊपर से कक्का को फलते-फूलते देख कर, कहीं, खीज भी होती थी।"

"क्यों, जी उन लोगों के बेटे की बहुरिया नहीं आयेगी?"

"यह तो मना माइती ही जाने। आयेगी। आयेगी! लेकिन, सुना है कि उसकी बीवी अलग रहना चाहती है।"

"कहाँ?"

"डायमड हार्बर! शहर में!"

पहले साल पशुपति बाँस के पत्ते, काठ-फूस वग़ैरह भी चूल्हा जलाने के लिए ले आता था। अपने यहाँ ढेर लगाये रखता था।

अनुकूल ने कहा, "अच्छा है! बहुत अच्छा है। मेरी बेटी ने, पोशा को अपने वश में कर लिया है। अच्छा, बेटी, तू अपनी माँ के यहाँ नहीं जाती?"

"वक्त ही नहीं मिलता। यहाँ घर जो अकेला पड़ा रहेगा।"

लिपा-पुता आँगन! कूड़ा-कर्कट-मुक्त घर-बाग़ान! आँगन में सूखने के लिए फैलाये हुए धुले-धुलाये बुर्राक कपड़े! लक्ष्मीश्री! सचमुच लक्ष्मीश्री है।

पंचमी जब छः महीने की कोख में थी, मामा आ कर उसे लिवा ले गये।

मायके में अन्ना ने गोलमटोल, फूल जैसी एक बच्ची को जन्म दिया। बच्ची के गले में एक लाल तिल!

मासी ने कहा, "दुर्गा-पक्ष में पंचमी के दिन बच्ची का जन्म हुआ। इसका नाम पंचमी रख दो।"

तीन महीने की बेटी ले कर, अन्ना अपने घर लौटी।

"हुँहः बेटा नहीं, बेटी को जन्म दिया–" यह बात गाँव के पाँच लोगों ने भले कही, मगर पशुपति ने ऐसा नहीं कहा।

"मेरा चेहरा देखा है? पितृमुखी बेटी सुखी। अगली बार मुझे बेटा ही चाहिए। तुम्हें बेटे को जन्म देना ही होगा।"

लेकिन, ऐसा हुआ नहीं!

पन्द्रह की होते-होते पंचमी! सतरह पूरी करते ही, सप्तमी!

सप्तमी के आने के बाद, पशुपति ने जाने किसे तो अपना हाथ दिखाया था।

उसने अन्ना से कहा, "देख, एक के बाद एक, यूँ बेटी बिया-बिया कर ढेर मत लगाओ, पंचमी की माँ!"

पोशा नस्कर यूँ तो शरीफ़ों का भी शरीफ़ था, लेकिन जब बुरा होने पर आता था, तो पिशाच बन जाता था।

जब सप्तमी ने जन्म लिया, अन्ना कलकत्ता नहीं जा पायी। मामा का मालिक भी बर्दवान जा चुका था। वह मामा को भी साथ ले गया। बर्दवान से भी मामा कभी-कभार कलकत्ता आ जाते थे। जब सप्तमी हुई, अन्ना की माँ भी कुछ दिनों के लिए यहाँ आ कर रही।

माँ ने कहा, "जादा दिन रहने जैसी तकदीर ले कर, हम नाहीं आयी, बिटिया! जहाँ-जहाँ चाकरी करती हूँ, वहाँ-वहाँ माला की माँ को लगा आयी हूँ। ख़ैर, तोरी जचगी निपट जाये, तब चली जाऊँगी।"

"तुम आयी ही क्यों, माँ? सबकी माँ तो होती नहीं, न इतना कुछ करती है। देख तो रही हो, वे उस धींग औरत से सारी ख़बरें लेते रहते हैं...दूध भेजता है, साबु भेजता है..."

"अब उतना आता-जाता तो नहीं।"

"उनके उसी बेटे-बहू को ले कर गृहस्थी में घोर कलह मची है, सुना है, उस बेटे ने धमकी दी है कि बीस हज़ार रुपये दो वर्ना तुम्हें मामले-मुकदमे में फँसा दूँगा।"

"यह कइसा सर्वनाश है, जी?"

"काफ़ी झंझट-झमेले में हैं वे लोग।"

"दामाद घर में क्यों नहीं रहता?"

"एक के बाद एक, बेटी हो रही है, इसलिए इधर कई दिनों से मनसातला में रह रहे हैं।"

"तुझे..."

"नहीं, माँ, वह मार-पीट बिलकुल नहीं करता। वह तो भाव का पागल है। बेटी को देख कर उसने कहा—तुझे सप्तमी नाम दिया। अब घर रवित रहा करेगा। जो कहना है, उसी से कहना। मैं चला मनसातला। ज़रूर किसी आदमी ने बाण मारा है, वर्ना ताबड़तोड़ बेटियाँ क्यों जन्म लेतीं?"

लेकिन सागर मेला से लौटने के बाद, बेटियों के प्रति वीतराग भाव, पशुपति के मन से मिट गया।

महीने में कुल्लमकुल वह बीस दिन काम करता था। गाँव में नहीं, तो घाट के पार! जाने कौन लोग तो सीपी बटोर कर पीसते थे। वह पिसी हुई सीप ले कर कैनिंग जा कर, चूना-भट्ठे में बेच आता था। जब वह लौटता था। तो चावल, मछलियों के साथ! अब वह कहता था–"बेटी की कद्र मैंने पहले नहीं समझी थी, बीवी!"

"सागर-मेला जा कर समझे?"

"साधु-संन्यासी का महाकाण्ड देखा। उनकी संगति में बैठ कर, उनका प्रवचन सुन कर भी, ज्ञान प्राप्त होता है।"

"ज्ञान हुआ हो, तो बेहतर! हाँ, उस कलसी का क्या किया?"

"बेच दिया! तुम्हारे लिए मैं मिट्टी की कलसी ले आया हूँ न। ला दिया है न?"

"कक्का के यहाँ फिर नहीं गये?"

"वहाँ कौन जायेगा। उनका एक टिन बेच दिया, तो गोकुला ने क्या ग़ुस्सा किया! कितना-कितना सुनाया। उसके बाद भी मैं भला वहाँ जाता? क्यों? पैसा क्या अकेले उसके बाप के पास है?"

"उन्होंने तुम्हारे लिए इतना-इतना किया..."

"मेरे पास अगर रुपये होते, तो घाट के पार मैं एक दुकान खोल लेता–"

"किस चीज़ की दुकान?"

"बिस्कुट, लेमनचूस, रोज़मर्रा की चीज़ों वग़ैरह की दुकान।"

जब दशमी पैदा हुई, अन्ना इक्कीस वर्ष की थी। तब तक पंचमी भी छः साल की हो चुकी थी। और सप्तमी चार साल की। अन्ना अपनी बेटियों को अपने आँचल में बाँधे घूमती थी।

ऐसी ख़ूबसूरत बेटियाँ! गोकुल की बीवी जब भी उन दोनों को अबेर-सबेर देखती थी, वह अन्ना से कहती थी, "ए लो! ज़रा सँभाल कर रखना इन्हें। ऐसी सुन्दर बेटियाँ, जाने कब, कौन, कहाँ चुरा ले जाये।"

"मैं तो हमेशा ही इन्हें साथ-साथ रखती हूँ।"

"सुनती हूँ, आज कल वह घर का भी कामकाज करने लगा है?"

"हाँ, दीदी, आँगन में झाड़ू लगाता है, साग चुन देता है। बाप आ जाता है, तो बेटियों के हाथ में तो जैसे चाँद आ जाता है।"

"यही तो अचरज की बात है! पोशा देवर जी बेटियों का खूब लाड़-दुलार करने लगे हैं–"

"ख़ू-ब!"

"बेटियों को देख कर, अब वह भड़कता नहीं?"

"नहीं अब ग़ुस्सा, झुँझलाहट कम हो गयी है।"

"लगता है, अब वे सुधर गये हैं। लगातार सात सालों तक, वे गाँव में ही बन हुए हैं। यह तो घोर अचरज की बात है।"

"उसने जो किया, मन ही मन मैं शर्म से गड़ी जा रही हूँ–"

"तू क्या कर सकती है, बता? वह सफ़ाई देता रहा कि टिन बेच कर पैसे उसने अपनी बीवी को दे दिये।"

"मैं सप्तमी के माथे पर हाथ रख कर, कसम खाती हूँ, रुपये उसने आज तक मुझे नहीं दिये। हाँ, कभी चावल ला देता है, कभी दाल-मसाले ख़रीद लाता है। हद से हद कभी-कभार तेल-तून के पैसे थमा देता है। कभी साबुन ख़रीद लाता है। इसलिए कि मैले कपड़े उससे पहने नहीं जाते।"

दशमी की उम्र तीन! पंचमी की दस! सप्तमी की आठ!

पशुपति बेटियों के लिए नये कपड़े, नयी शॉलें ख़रीद लाया।

"चलो अपनी बेटियों को गंगासागर मेला दिखा लाता हूँ।"

"अरे, कैसी बात करते हो? इत्तनी भीड़ मैं...?"

"हर साल ही तो जाता हूँ! साधुओं के खेमे में रहूँगा। देखना, कोई तकलीफ़ नहीं होगी।"

"कड़ाके की सर्दी भी है।"

"अरे, वहाँ धूनी जलती रहती है। वे लोग कम्बल ओढ़े रहते हैं। वाकई, देखने लायक नज़ारा होता है।"

"भीड़ में अगर इधर-उधर छिटक गये, तो?"

"रवि भी तो साथ जा रहा है। मैं अकेला तो नहीं जा रहा हूँ। गाँव से एक समूचा दल जा रहा है।"

"हमें भी साथ ले चलो न!"

"धत! दशमी अभी गोदी की बच्ची है।"

"उन लोगों को ठण्ड लग जायेगी।"

"मेरे होते हुए, वे दोनों ठण्ड खा जायेंगी? मैं उन्हें रुईदार कपड़े ख़रीद दूँगा।"

"रुपये कहाँ हैं?"

"हैं, भई हैं!"

पशुपति ने अन्ना के हाथ में बीस रुपये ठूँस दिये।

"मेरी कमाई के रुपये हैं! अभी तक छिपा कर रखा था। चावल-दाल भी ख़रीद कर, रखे जा रहा हूँ। जाने-आने में चार दिन!"

बालों में तेल लगा कर, मुँह धो कर, बाल सँवार कर, अन्ना ने बेटियों को सजा-धजा दिया।

"बप्पा का हाथ थामे रहना, बिट्टू! बप्पा को छोड़ कर कहीं मत जाना। रवि काका और बप्पा के बीच में रहना! कोई कुछ खाने को दे, तो ख़बरदार, हरगिज़ मत खाना। कोई बुलाये भी तो जाना मत! ख़ूब सावधान रहना, बिटिया!"

"हाँ, माँ!"

बेटियाँ नाचती-कूदती अपने बप्पा के साथ चल दीं। बाप ने सप्तमी को अपने कन्धे पर बिठा लिया और पंचमी का हाथ थामे-थामे आगे बढ़ गया और षष्ठीतला के मोड़ तक पहुँचते ही आँखों से ओझल हो गया।

यह घर! वह घर! फलाँ घर—गाँव भर से तेरह-चौदह लोग ही गये थे।

सब लौट भी आये। वे लोग नहीं लौटे।

अन्ना की छाती में सागर की उत्ताल लहरें पछाड़ें खाती हुईं! अन्ना की छाती पर हथौड़ों की चोट। अन्ना घर-बाहर एक करती हुई।

उसके बाद, मनसातला से ढेर-ढेर लोग उसके घर आ पहुँचे।

पशुपति की आवाज़ सुनायी दी, "पंचमी रे! सप्तमी रेऽऽऽ!"

उसकी आवाज़ सुनते ही अन्ना लड़खड़ा कर गिरने ही वाली थी। उसने बमुश्किल अपने को सँभाल लिया।

उसने चील-चीत्कार करते हुए पूछा, "बच्चियाँ कहाँ हैं?"

"मुझे सौ जूते मार, बीवी! मुझ पर लातें बरसा! भीड़ में हाथ छूट गया। तब से खोजते-खोजते..."

"तुम क्या नहाने उतरे थे?"

"तभी तो हाथ छूट गया! हाय रे मोरी बिटियाँ! यह क्या सर्वनाश हो गया रेऽऽऽ?"

"तुम उन्हें कहाँ छोड़ आये?"

पोशा ज़ार-ज़ार रोता रहा! हाहाकार करता हुआ सिर ठोंकता रहा; ज़मीन पर लोटता रहा—अन्ना की आँखें कुछ भी नहीं देख रही थीं।

"तुम उन्हें सागर को दे आये? सागर को? तुम मर क्यों नहीं गये?"

"मैं भी बह जाता, बीवी...ऐसी उत्ताल लहर हहरायी कि..."

अन्ना बेहोश हो गयी। दशमी को अपने सीने से चिपटा कर वह निरुपाय हो आयी।

अनुकूल के बड़े बेटे ने कहा, "चलो, उठाओ, इसे कमरे में ले चलो।"

अनुकूल की पत्नी ने कहा, "यहाँ माँ मनसा का कोप है, वर्ना..."

कितने बरस में सागर कितनी तो जानें निगल जाता है।

अनुकूल ने घोर दुःख से कहा, "उन्हीं को ले गया? सोने की गुड़िया जैसी बच्चियाँ...! निर्दोष, मासूम शिशु...पोशा का तो हाड़-माँस कुट्टी-कुट्टी काट कर, अलग कर दिया जाये तो भी मेरा क्रोध शान्त नहीं होगा। बेटियों के प्रति कभी कोई फ़र्ज़ नहीं निभाया और ले गये बेटियों को मेला दिखाने..."

❐

न्ना! अन्ना अपना घर छोड़ कर अनुकूल के यहाँ नहीं गयी। वह कलकत्ता भी नहीं गयी।

"काश, कोई उन्हें लौटा लाता! मेरे बिना वे बच्चियाँ तो...!"

वह लालटेन लिये बरामदे में बैठी रहती, कभी घर-बाहर एक किया करती थी!

अनुकूल ने कहा, "मैंने थाने में कह दिया है...हर जगह ख़बर कर दी है...सागर की लहरों से भी विनती की है, बिटिया!"

अन्ना उनकी तसल्ली सुनती और मन ही मन बुदबुदाती थी—काश, किसी माँझी-मल्लाह ने अगर उन्हें लहरों से निकाल कर बचा लिया हो!

"वे दोनों डूब जायेंगी? तैरना जानती हैं, फिर भी डूब जायेंगी?" अन्ना बुदबुदा उठी।

"तैरना जानती भी हों, तो क्या फ़ायदा? वहाँ सैकड़ों स्रोत होते हैं, भँवर होते हैं। चारों तरफ़ से खींच लेते हैं।"

"अब सिर्फ़ दशमी बच रही है। आज के बाद अगर किसी दिन भी तुमने सागर का नाम लिया, तो..."

"अब ऐसा काम करूँगा भला?"

"मेरा मन ऐसा क्यों कहता है कि वे दोनों ज़िन्दा हैं?"

"मन का भरम है, बीवी!"

"सब कुछ मन का भरम है?"

"हाँ! आज खाना नहीं पकायेगी?"

"पानी में मुरमुरे भिगो कर खा लो। मुझमें हाथ-पैर हिलाने की भी ताकत नहीं है। देखो, यहाँ उसके बालों का फीता झूल रहा है...वहाँ उनके खिलौने औंधे पड़े हैं...। देखना, मेरी सप्तमी, लुटिया में पानी ले कर, आयेगी और मुझसे कहेगी—माँ भूख लगी है, खाना दो।"

...शायद मन में धधकती आग की वजह से या फिर किसी और वजह से, पशुपति ने गृहस्थी का कामधाम धीरे-धीरे छोड़ ही दिया।

अब मानो अन्ना की ज़ुबान खुली, "तुमने कामकाज में जाना बिलकुल छोड़ ही दिया है, क्यों?"

"अब मन नहीं करता, बीवी!"

"खाने को आहार कहाँ से जुटेगा?"

"मुझे नहीं पता—"

"तुम्हें नहीं पता होगा, तो क्या मुझे पता होगा?"

"देखो, ऐसे घनर-घनर करोगी, तो मैं चला जाऊँगा। जिस तरफ़ आँखें जायेंगी, मैं चल दूँगा।"

"ठीक है, जाना है, तो जाओ! लेकिन घर में जब सामान लाओगे, खाना तभी बनेगा।"

"तू क्या खायेगी?"

"किस्मत में जुटेगा, तो खा लूँगी, वर्ना उपासी मरूँगी।"

"तो मर जा न! मेरा भी जी ठण्डा हो। इतना कहा कि अपना हार ला कर मुझे दे। उसे बेच कर, मैं एक दुकान खोल लूँ।"

"तुम...और दुकान खोलोगे?"

"तुम वे गहने यहाँ क्यों नहीं ले आतीं?"

"वह मेरी बेटी के लिए हैं। आया समझ में?"

"अच्छा! तो पति से बेटी ज़्यादा अहम है?"

"हाँ, मेरे लिए बेटी ही..."

ख़ैर थप्पड़-तमाचे सहने की, अन्ना की आदत पड़ चुकी थी। लेकिन, आज पशुपति, अन्ना को मार-पीट कर, उसका चाँदी का कंगन छीन कर हवा हो गया। दशमी को बचाते हुए अन्ना पर ज़्यादा ही मार पड़ी।

उस दिन जो पशुपति बाहर निकला, उसके बाद नज़र नहीं आया। तीन दिनों बाद, अन्ना अनुकूल के घर हाज़िर हुई। नहीं, रिश्तेदार भतीजे की बीवी की हैसियत से नहीं, किसी मुसीबत ज़दा, लाचार लड़की की तरह।

अनुकूल ने पूछा, "आँगन में क्यों खड़ी हो, बिटिया।"

घूँघट की आड़ से अन्ना ने जवाब दिया, "वह घर से ग़ायब है। कब लौटेगा, मुझे पता नहीं! अब मैं ख़ुद कमाऊँगी-खाऊँगी।"

"तुमसे काम हो सकेगा, बिटिया।"

पोशा की बीवी ने कहा, "कामकाज मुझे करना ही होगा। मुझे बेदम मार-पीट कर, पोशा मेरे हाथ के कंगन छीन कर चला गया। अब, इस नन्ही-सी बच्ची का क्या करूँ? कहाँ से खिलाऊँ?"

"मैं भी घर के मामले-मुकदमे में फँसा हूँ। पोशा का घर भी काफ़ी कोने में है! हमेशा हर पल क्या होता है, पता ही नहीं चला। अब, काम तो..."

"आप जो भी काम कहेंगे! गोशाला का काम, घर का काम, धान-कटाई का काम..."

"ये सब काम तुम कर सकोगी, बिटिया?"

"ख़ूब कर सकूँगी।"

"ठीक है। कल से आ जाना। और, हाँ, गोकुला की माँ, इन्हें कुछ खिला-पिला दो।"

अन्ना अपने पैर के अँगूठे से आँगन की मिट्टी खोदती रही। उसके बाद, वह घर के अन्दर चली आयी। वहाँ कुछेक नारियल पड़े थे। उसने उनकी जटाएँ वग़ैरह उखाड़ कर, साफ़ कर दिया। कुछेक बाल्टियाँ पड़ी थीं। उसने माँज डाला। नहाते समय, उसने कुछ कपड़े भी धो डाले।

"यह सब तुम क्यों कर रही हो, बिटिया?"

"क्या हुआ, माँ, यह भी भला कोई काम है?"

खा-पी कर, वह दशमी को गोद में उठाये-उठाये, घर के अन्दर चली आयी। बिलकुल शरणागत की तरह।

गोकुला की माँ ने कहा, "यह तुम्हारी कैसी सूरत निकल आयी है, बिटिया?"

"पोशा के पल्ले जो पड़ी है!" अनुकूल ने कहा।

"बाल्टी माँज कर, कैसा चमका दिया!"

"अब उसे काम करके, अपना आहार जो जुटाना है।"

"उसकी यह बेटी भी रूपसी है।"

"हाँ, बिना खाये-पीये, तेल-उबटन लगाये, उसका रूप खिला पड़ रहा है। असल नें पोशा भी तो सूरत-शक्ल से सुदर्शन है।"

"कलकत्ता वह बिलकुल जाती ही नहीं?"

"किसके पास जायेगी, बछिया? माँ औरों के घर में मेहनत-मजूरी करती है। मौसी बाड़ीवाली है! अपने ढंग से रहती है। मामा चला ही गया। दूर की रिश्तेदार सही, है तो अपने ही ख़ानदान की! यहीं कामकाज करती रहे।"

थोड़ा ठहर कर अनुकूल ने फिर कहा, "जैसे और लोग मेहनत-मजूरी करते हैं, वैसे ही वह भी करेगी। पोशा तो हग-मूत कर चला गया।"

"इतना कुछ दिया, मगर उस बेचारी का दुःख ख़त्म नहीं हुआ।"

"तकदीर! इसे कहते हैं, तकदीर!"

उस दिन के बाद से अन्ना कभी उनके यहाँ किसी रिश्तेदार की बीवी की तरह दाख़िल नहीं हुई।

अब वह मजूरिन-नौकरानी की तरह घर में दाख़िल होती थी। गोकुल की बीवी, नकुल की बीवी, अपनी पुरानी साड़ियाँ, बेटियों के लिए, पहने हुए कपड़े, उसके हाथों में ज़ोर-जबरदस्ती ठूँस दिया करती थीं। अन्ना ने वे कपड़े सिर झुका कर ले लिये।

मौसी ने उसे अगर इस हाल में देखा होता, तो वह बेहोश हो जाती।

पशुपति कुछेक दिनों बाद लौट आया।

"तू वहाँ काम करने लगी है?"

"वाकई! पति होने लायक ही तुमने सवाल किया! ऐसी बातें पति को ही शोभा देती हैं।"

"वैसे, वह तुझे ख़ूब 'बेटी-बेटी' कह कर, बड़ा लाड़ जताते थे। इतनी-सी मदद करना, कक्का का फ़र्ज़ बनता है।"

"मेरा फ़र्ज़ है, चाकरी करना। उनका फ़र्ज़ है, मुझे नौकरी देना। तुम्हारा कोई फ़र्ज़ नहीं है?"

"देखो तो सही, मैं चावल लाया हूँ थोड़ा-सा कुम्हड़ा भी! चलो, अब लज़ीज-सा खाना तो पकाओ–"

"पहले नारियल तोड़ कर, जाओ, बाज़ार में बेच आओ।"

"धत यह सब मुझसे नहीं होगा। ट्रेन में गाना-बजाना, बहुत अच्छा काम है, बीवी! काफ़ी मुनाफ़े का काम!"

अन्ना ने कोई जवाब नहीं दिया।

"पति घर आया है। कुछ देर उसके पास नहीं बैठ सकती?"

"देखो, दशमी अभी बहुत छोटी है।"

दशमी कुल दो साल की थी। अन्ना फिर गर्भवती हो गयी। पशुपति भी घर नहीं रहता। घर की छादन टपकने लगी। दरवाज़े सड़-गल गये। अब, चाहे आँधी-तूफान आये या झमाझम बारिश हो, अन्ना सिर पर बोरी का टुकड़ा डाले, काम पर पहुँच जाती।

कभी-कभी वह मन ही मन बुदबुदा उठती, "कोख में जीव आता ही क्यों है? उसे मैं खिलाऊँगी-पहनाऊँगी क्या? और कितना करूँ मैं?"

चौथी बार, अन्ना बेटे की माँ बन गयी।

बेटे को देख कर पशुपति ने कहा, "बेटियाँ तो हट्टी-कट्टी बियाती है, बेटा ऐसा जना कि लगता है, 'सउरी' में ही टें बोल जायेगा।"

धाय ने कहा, "धन्य मरद है, रे, बाप! कितने ही दिन घर से गायब रहा। मेहरिया आँगन से उठ कर कमरे तक जाने में असमर्थ! कइसी असम्भव मेहनत-मजूरी करती रही। वख़त से न खाना, न और कोई जतन..."

बेटा होते ही अन्ना गोपाल की माँ बन गयी। लेकिन यह गोपाल रहने नहीं आया था। लक्लक् हाथ-पाँव ! कमज़ोर इतना कि ज़रा से रोते ही आँखें उलट देता था।

साल भर गुज़रते-न-गुज़रते गोपाल की आँखें सचमुच उलट गयीं और उसने दम तोड़ दिया। अन्ना अपने मृत शिशु को काफ़ी देर तक गोद में लिये बैठी रही।

लोगबाग़ पशुपति को मनसा थान से धर-पकड़ कर घर ले आये। अन्ना ने मरे हुए बच्चे को पशुपति की गोद में डाल दिया और दशमी को ले कर, वह दरवाज़े पर आ बैठी।

वहीं पत्थर की बुत बनी बैठी-बैठी रात हो आयी। रात भी ढल गयी, भोर फूट आयी।

अन्ना की आँखें खुली की खुली! सामने की तरफ़ पैर पसरे हुए। दशमी गोद में ही सो गयी।

"बीवी!" पशुपति ने आवाज़ दी। अन्ना निरुत्तर!

"नहायेगी नहीं? काम पर नहीं जायेगी?" अन्ना ने सिर्फ़ सिर हिला दिया।

"तू यह सोच ले न कि वह...रहने के लिए आया ही नहीं था।"

"पंचमी...सप्तमी...गोपाल...अब तुम एक काम करोगे?"

"यह क्या बकवास कर रही है?"

"उन तीनों को तो खा गये...। अब मेरा भी सिर फोड़ दो। उसके बाद, जहाँ मन हो बह-बिला जाओ।"

"मैंने किसी दिन भी उन बेटियों पर हाथ उठाया?"

"न्ना! मुझे ही मारते-पीटते रहे। मेरे पास कंगन, हार, कान की लटकन...चाँदी के जितने गहने थे, सब खा-सपोड़ गये। अब और तो कुछ रहा नहीं! अब दशमी को भी खा जाओ।"

गोकुल परिवार की नौकरानी, जब उनकी ख़बर लेने आयी, तो उसने यही दृश्य देखा।

उसने भी कहा, "जाओ तो, पोशा! जहाँ से भी मिले, कुछ ले आओ। न हो बड़ी बहू से जा कर कहो।"

अन्ना ने तमक कर कहा, "इस शख़्स ने सबको खा-चबा लिया। अब दशमी और मुझे भी निगल जाये।"

❑

अन्ना को सब देखने आये!

...गोकुल परिवार भी आ पहुँचा था।

अनुकूल ने कहा, "इस कमबख़्त को पेड़ से बाँध कर, मारो इसे! घर में चावल का एक दाना भी नहीं है। नौकरानी को यहाँ रहने दो। बहूरानी को हम अपने घर ले जायेंगे।"

"घर की हालत देखी है?"

"चलो, बहू-बच्चों को साथ ले कर, हम चलते हैं और पोशा के ख़िलाफ़ पंचायत बैठाते हैं। घर में बाँस तो मौजूद ही है। पुआल की ज़रूरत पड़े तो वह भी ले ले। बदन में ज़ोर है, वह ख़ुद...। लेकिन, नहीं, यह मरदूद तो बहूरानी का सोना-दाना हथियाने को मरा जा रहा है..."

अन्ना ने फुसफुसा कर कहा, "मुझे यहीं रहने दें। बार-बार कितनी बार, कन्ध ो पर सवार होऊँगी?"

फ़िलहाल, ऐसे में कुछ देर के लिए अच्छा वक्त नसीब हो गया। नौकरानी ही दाल-चावल ले आयी और खाना-वाना पका कर उसने दोनों को खिलाया।

पशुपति ने घर की मरम्मत शुरू कर दी।

उसने अन्ना को तसल्ली दी, "तू अब बाहर न निकलना, जितना हो सकेगा, मैं करूँगा।"

उसे पंचायत से ही दस-पन्द्रह दिन का काम मिल गया। उन्हीं दिनों रवि, अन्ना का काफ़ी भक्त हो गया।

उसने कहा, "बताओ, कउन-कउन चीज़ लगेगी? हम सारा इन्तज़ाम कर देता हूँ, भउजी! तुम यहाँ मुरमुरे भून दिया करो। हम वे मुरमुरे मुकुन्द के यहाँ पहुँचा दिया करूँगा। वे मुरमुरे के व्यवसायी हैं। वे चावल दे दिया करेंगे, तुम भून दिया करना।"

रवि, दशमी को भी बेहद प्यार करने लगा था।

बेटे की मौत के तीन साल बाद, अन्ना ने जुड़वाँ बेटियों को जन्म दिया। बेटियों के देख कर पशुपति ख़ुशी से गद्‌गद हो आया। उफ! क्या रूप है! बेटियों का रूप देखा?

सभी लोग कहने लगे, "पशुपति में अब देवभाव आने लगा है। धरम की राह पर चलने से जैसा होता है! चारों तरफ़ देखो तो हर जगह, बेटियाँ जननेवाली माँ को

लोग खदेड़ देते हैं। लेकिन इनके यहाँ देखो, सरग-राज्य है! पोशा अपनी जुड़वाँ बेटियों को ही देख-देख कर ख़ुशी से फूला नहीं समा रहा है। सबको बताशे बाँट रहा है। इसके अलावा बीवी के लिए भी उसने दूध-साबु, तेल-उबटन का भी इन्तज़ाम कर दिया है, पोशा अब शरीफ़, भलामानस हो गया है।''

माइती ने भी राय दी, ''भलामानस होना ही होगा। पोशा की देह में देवभाव उतर आया है!''

''अनुकूल परिवार भी निश्चिन्त हो गया।

इधर इतने दिनों बाद, रतन घर लौटा! अब उसकी बीवी भी ज़रा ठण्डी पड़ी थी। गृहस्थी में कामकाज काफ़ी बढ़ गया था। कभी अन्ना के लिए जो माया-ममता थी, अब दब चुकी थी। पोशा भी जब-तब उनके यहाँ मत्था टेक आता था। यहाँ तक कि उसने यह भी कहा कि अगर सम्भव हुआ तो वह थोड़ी-सी ज़मीन ख़रीद लेगा।

यही तो शुभ लक्षण है! नस्कर परिवार अगर कुशल-मंगल रहा, तो अनुकूल भी चैन की साँस लेगा।

पंचमी जब पैदा हुई थी, अन्ना की उम्र पन्द्रह वर्ष थी। जब सप्तमी आयी, अन्ना की उम्र, सत्ररह वर्ष थी। दशमी के जन्म के समय, अन्ना की उम्र इक्कीस वर्ष थी। गोपाल की पैदाइश के वक्त वह तेईस वर्ष की थी। जब जुड़वाँ बेटियाँ पैदा हुईं, वह छब्बीस वर्ष की हो चुकी थी।

जुड़वाँ बेटियों का जन्म स्वास्थ्य-केन्द्र में हुआ था।

अन्ना ने कहा, ''अब ऑपरेशन करा ही लूँ।''

पोशा ने मना कर दिया, ''ना बीवी, यह अधर्म है! तू परेशान न हो। अब मैं मुझे तंग नहीं करूँगा। अब मैं हर रोज़ मनसा थान जाने लगा हूँ। अब मेरे मन के भाव और के और हो गये हैं! हाँ, तो इन दोनों का नाम क्या रखूँ—एकादशी और दुआदशी?''

''नहीं! ऊली और झूली!'' अन्ना ने कहा।

''यह कैसा नाम ?''

''नाम के बहार की ज़रूरत नहीं है। करेगी तो वही! धान कूटेगी, मुरमुरे भूनेगी, लात खायेगी! नाम दे कर क्या होगा?''

''आजकल रवि तेरा बड़ा लाड़ला बन गया है।''

''हाँ, बन तो गया है। उसका तो कोई नहीं है। हमारी गृहस्थी में वह कितना-कितना काम करता है देख रहे हो न? पानी लाता है। उसकी वजह से गृहस्थी में श्री आ बसी है।''

''हाँ, सो तो है! मेरा साथी जो बन गया है।''

''अब ख़ुद भी सुपथ पर रहो और उसे भी सही राह पर रखो! ऊली-झूली का मुँह देखो, जैसे पंचमी और सप्तमी थीं। आज अगर वे होतीं, तो एक ग्यारह साल की होती, दूसरी नौ साल की।''

''हाँ, ज़रूर होतीं।''

"सुनो, अब टुकड़ाभर ज़मीन देखो।"

"हाँ, कक्का से कहा है।"

अन्ना ने आँखें मूँदते हुए कहा, "पहले ही अगर घरबारी हो गये होते, तो इतनी तकलीफ़ तो न झेलना पड़ती। सोने का लोभ ना करो। तीन-तीन बेटियाँ पार करने में..."

"ना, बीवी, लोभ में पाप बसा होता है, पाप में मृत्यु!"

पशुपति ने तात्कालिक अन्तरंगता के लहज़े में यह सब भी कबूल किया।

अन्ना ने कहा, "यह शहर नहीं है। देखा नहीं, मेरी माँ मेहनत-मजूरी करते-करते..."

"अब तुम चुप करो–"

"सुनने में तुम्हें तकलीफ़ हो रही है?"

"अरे! रवि के रहते, तकलीफ़ कैसी? वह दशमी के लिए खिलौने लाता है। उसे अपने पास बिठा कर खाना पकाता है।"

"ना! अब उसे नहीं छोड़ूँगी।"

"ना! ना! उसे भला अब छोड़ूँगा?"

❑

उम्र में अन्ना से कुछ बड़ा ही होगा, मगर रवि मानो बेटे की तरह अन्ना की सेवा करता था। उसकी बातचीत में लड़कियाना लहज़ा था, गले की आवाज़ भी लड़कियाना! तन-बदन में भी ख़ास खिलान नहीं थी।

घर लौट कर, वह अन्ना के लिए मछली, केंकड़ा, गुग्ली वग़ैरह पकड़ कर ले आता।

"देह में ख़ून बढ़ेगा, जी!"

कभी-कभी वह साग-पत्ते, केले का थोड़, थानकुनी पत्ते, केले का मोचा वग़ैरह भी ले आता। उसने बेहद उत्साह से आँगन में मिर्च, सहजन, लौकी, कुम्हड़े की बगिया भी बनायी थी। तुलसी की वेदी बना कर, उसने तुलसी का पौधा भी लगाया था। मनसा की डाल खड़ी करके, उसने घट भी स्थापित किया था।

ऐसे ही एक दिन गोकुल की बीवी उनके यहाँ भेंट करने आयी।

"रवि ने तो ग़ज़ब कर दिया। तेरी गृहस्थी की रौनक लौट आयी–"

"आशीर्वाद दो, दीदी! उसे मेरा भाई कह लो या बेटा!"

"हाँ, री मैं आशीर्वाद देती हूँ। अन्ना ने ढेरों दुःख झेले हैं। मइया मनसा अब उसका सुख सलामत रखें।"

दशमी को जब अचानक भुतहे मलेरिया ने धर दबोचा, रवि ही उसे अंकवार में भर कर, स्वास्थ्य-केन्द्र दौड़ गया। स्वास्थ्य-केन्द्र में जगह नहीं थी। जिसकी औकात होती थी, वह मरीज़ को डायमंड हार्बर या कलकत्ता ले जाता था।

दशमी की गर्दन झूल गयी। वह ख़ून की उल्टियाँ करते-करते भगवान को प्यारी हो गयी।

उस दिन अन्ना ने मनसातला में अपना सिर पीटते हुए, देवी को श्राप से नहला दिया।

"एक दोगी, दो को लूट लोगी, दो दोगी, एक को झपट लोगी, यह तुम्हारा कैसा इन्साफ़ है, देवी मइया? पंचमी, सप्तमी, गोपाल, दशमी–सारे नाम तुमने छीन लिये? मेरी दशमी का विसर्जन हो गया? अब मैं किस मुँह से घर जाऊँ?"

घर लौट कर भी वह पछाड़ें खा-खा कर रोती-बिलखती रही और रह-रह कर बेहोश हो जाती थी।

उसे तो होश तब आया, जब ऊली-झूली माँ! माँ! कह कर उसे आवाज़ें देने लगीं।

पशुपति ने कहा, "सात-आठ साल तक दशमी माया फैलाती रही और फिर सब छीन-छान कर वह..."

रवि ही कलकत्ता जा कर, अन्ना की माँ को लिवा लाया। अपनी माँ को देख कर, अन्ना अवाक्!

"इतनी निष्ठुर तुम कैसे हो गयीं? बीच-बीच में अगर तुम आती-जाती रहतीं...अगर उसे कलकत्ता ले जा पातीं, तो दशमी बच जाती।"

माँ बेटी को अपनी छाती से लगा कर, ख़ूब-ख़ूब रोती रही! मौसी ने फल, हॉर्लिक्स, मिठाई, ऊली-झूली के कपड़े, अन्ना के लिए साड़ी–काफ़ी कुछ भेजा था।

"हॉर्लिक्स मेरी बच्चियों ने देखा तक नहीं। अब मैं किस मुँह से यह सब इस्तेमाल करूँगी?"

रवि ने दिलासा दिया, "छोड़ो, ऊली-झूली खायेंगी-पीयेंगी।"

कई दिनों बाद, माँ ने पूछा, "कलकत्ता चलेगी, बिटिया? ज़रा, घूम-फिर आ–"

"नहीं माँ, बियाह के बाद दुल्हन बन कर आयी, अब टिकठी पर चढ़ कर ही जाऊँगी।"

"दामाद तो अब ख़ूब..."

"हाँ, माँ, अगर यहाँ से हट गयी, तो कहीं साधु-संन्यासी ने हो जाये–"

"रवि ज़रूर तेरा कोख-जाया जैसा ही है–"

"हाँ, वह सब करेगा। मेरी गृहस्थी में आजकल जैसा सुख विराज रहा है, काश पहले आया होता–"

रवि ने कहा, "मैंने बहुत पाप किया है, मौसी...अब पच्चीस साल का होने को आया। तुम्हारी बेटी, देवी है, जी!"

"हाँ, माँ, यह लड़का हमेशा यही एक बात रटता रहता है–"

"और, तेरे चचिया ससुर?"

"वे लोग हमें बहुत दूर तक खींचते रहे हैं? अब कितना खींचें? उन्हीं लोगों ने मुझे काम दे कर, इतने दिनों मुझे बचाये रखा–"

"रवि रसोई भी पकाता है?"

"वह सब करता है।"

"यह सब देख कर मुझे बड़ी राहत मिली, बिटिया! तुझे एक मामा मिला था। इन बच्चियों को भी एक मामा मिल गया। देख रही हूँ, दामाद को भी सद्बुद्धि आ गयी है—"

"हाँ, माँ, आशीष दो कि..."

"वह तो मैं हमेशा-हमेशा दिया करती हूँ।" जाते समय, माँ ने रवि के हाथ में दस रुपये और चुपके से अन्ना के हाथ में सौ रुपये का एक नोट रख दिया।

अन्ना ने उसे आगाह किया, "सुनो, जो सब सोना-दाना है, सँभाल कर रखना।"

"तेरी मौसी ने सँभाल कर रख छोड़ा है।"

"मौसी और मामा को मेरे प्रणाम देना, माँ!"

"दे दूँगी, बिटिया!"

माँ के जाने के बाद, अन्ना ने कहा, "इतना पछतावा किसलिए, रवि?"

"ज़िन्दगी में जाने कितने ही गुनाह किये हैं।"

"मेरी सेवा करके क्या पुण्य होगा?"

"ख़ूब होगा। और किसकी सेवा करूँगा? यहाँ मुझे इन्सान कौन मानता है?"

"हाँ, सो तो है।"

"ऊली-झूली अब धीरे-धीरे बड़ी हो रही हैं। उन्हें कलकत्ता में रख कर क्या पढ़ाया नहीं जा सकता?"

"देखो, माँ की उम्र हुई! मौसी भी अपनी सगी नहीं है। मामा बर्दवान में रहते हैं। इधर मैं भी उनके बिना..."

अचानक रवि ने कहा, "उनके साथ जा कर, वहाँ तुम मेहनत-मजूरी भी तो कर सकती हो।"

"यह तू क्या कह रहा है, रवि?" पशुपति ने ढेर भर नारियल की जटाएँ बाहर उछालते हुए सवाल किया।

"ना! ना! अगर सभी लोग कलकत्ता जा कर रहने लगें..."

पशुपति ने उनकी बातचीत पर कान नहीं दिया।

"पत्ते छील दें, तो लकड़ी जलाने के काम आयेगा या फिर झाड़ू बना कर बेच दिया जायेगा।"

"देखो न, माँ चली गयी।"

"मैं खलीपुर तक ज़रा हो आऊँ? ले ये बीस रुपये रख ले, बीवी! और कुछ नहीं, तो हज़ार रुपये न जमा हुए, तो ज़मीन लेना मुश्किल होगा। अगर कहीं पाँच हज़ार फेंक सकूँ, तो ज़मीन तो माइती ही दे देगा। लेकिन, पाँच हज़ार...जमा नहीं हो पायेगा। चलो, देखता हूँ।"

इस तरह दो साल और गुज़र गये। यही अन्ना की ज़िन्दगी में ख़ुशनुमा वक्त था। पति मेहनत-मशक्कत कर रहा था, वह भी मेहनत-मजूरी कर रही थी। मेहनत-मजूरी करने से ही आहार मिलता रहा।

रवि की एक ज़िद यही थी।

छुटपुट मजूरी करके, जिनमें पैसों की आमदनी होती थी, वह अन्ना को ही सौंप देता था।

अन्ना ने कहा, "तू भी अब घर-वाला बन जा–!"

"ना, दीदी, यह तो अगले जन्म में ही होगा। लो, थोड़ी-सी चंगी मछलियाँ मिल गयी थीं। ख़ूब मिर्च डाल कर..."

लेकिन एक ही आँधी में, सारा कुछ उड़ गया।

9

आषाढ़ में बारिश! सावन में बारिश! भादों में भी बारिश होते रहने के बावजूद, आसमान ज़रा-ज़रा साफ़ हो चुका था। पशुपति घर पर नहीं था। वह गोकुल हाट में अटका हुआ था। ऐसे वक्त में देवी मनसा के निष्ठ सेवक, रवि को कलाज साँप ने काट लिया।

भोर-रात को अन्ना कहाँ जाती? किसे आवाज़ देती?

रवि ने पूछा, "कहाँ जा रही हो?"

"वासिनी के बेटे को बुलाऊँ। यह क्या सर्वनाश हो गया?"

"तुम कहीं मत जाओ! यहाँ मेरे पास आ कर बैठो। थोड़ी ही देर में ज़ुबान लटपटा जायेगी।"

"ना, रवि, मैं बस, गयी और आयी। मसहरी लगाये बिना भला कोई सोता है? तुमने यह क्या किया?"

"नहीं टाँगी थी, दीदी! सुनो–"

"ज़रा उजाला हो जाये, तो मैं जा कर..."

"सुनो, मैं प्रायश्चित्त कर रहा था...करता ही रहता हूँ! सुनो, पंचमी और सप्तमी..."

अन्ना ने जो सुना, सुन कर पत्थर हो गयी।

"सुनो उसकी साध पूरी हो गयी! बच्चियों को सागर ने नहीं लिया...उसने बेच दिया।"

"रवि...तू?"

"पापी हूँ! गुनहगार हूँ! सिर से पाँव तक पाप से भरा हूँ! इन दिनों वह जो कहता था...उन दोनों को बचा लो, दीदी!"

रात उजलाते ही, अन्ना ने बेटियों को खींच कर जगा दि । फ़र्श की मिट्टी खोद कर उसने एक डिब्बा खोला। उस डिब्बे से उसने रुपये निका और सीधे सड़क पर निकल आयी।

जाते-जाते उसने वासिनी का दरवाज़ा खटखटा कर कहा, "रवि को कलाच साँप ने काट लिया है। बदन से कहो..."

उसकी बाते, उन लोगों के कानों तक पहुँची या नहीं, यह जानने के लिए, वह पल भर भी नहीं रुकी। उसके बाद कलकत्ता! उसके बाद वापसी! घर लौट कर पशुपति के सिर का निशाना साध कर, भारी-सा पाटा, उसके सिर पर पूरे दम से दे मारना।

"बप्पा रेऽ! मइया रेऽ!" पशुपति चीख़ता-चिल्लाता बाहर भागा। इस बार अन्ना ने पाटा उसके पैरों की तरफ़ उछाल कर मारा।

लँगड़ाते-लँगड़ाते पशुपति भाग खड़ा हुआ। फिर लड़खड़ाया, फिर भाग खड़ा हुआ।

हेंतलपाड़ा ही क्यों, आस-पास के दस और गाँव भी सरगर्म हो उठे। सभी लोगों की नजरों के सामने, अन्ना बैलगाड़ी में सवार हो गयी।

ना! उसे आत्मसमर्थन का ख़याल तक नहीं आया।

वह बार-बार यही रटती रही, "मारना तो मैं सिर पर चाहती थी। लेकिन पाटा मेरे हाथों से फिसल कर उसके कन्धे पर जा गिरेगा, यह मुझे क्या पता था?"

हेंतलपाड़ा बेहद, बे-हद विभ्रान्त!

पोशा जब नराधम इन्सान था, तब उसके साथ गृहस्थी बसायी। जब उसकी गृहस्थी सज-धज गयी, तो उसे मार डालने की कोशिश की।

अन्ना को सात वर्ष का सश्रम कारावास!

❐

सात साल! रेमिशन हो कर साढ़े पाँच साल! कुछ दिनों माँ मिलने नहीं आयी। लेकिन उसे ख़बर तो मिल गयी न?

खलास होने के बाद मामा को देख कर, अन्ना को किसी 'अशुभ' का आभास हुआ।

"मामा, माँ...?"

"चल, बिटिया!"

"माँ को क्या हुआ है?"

"सर्वनाश हो गया। तू चल तो सही!"

"मेरी माँ नहीं रही?"

"कुछ मत पूछ, अन्ना! मेरा प्रेशर एकदम से काफ़ी चढ़ जायेगा। अभी-अभी मैं अस्पताल से बाहर आया हूँ। चल हम टैक्सी से चलते हैं।"

"मामा ऊली-झूली?"

"तू घर चल, अन्ना!"

❑

माँ फ़र्श पर पड़ी हुई थी! मौसी बिस्तर पर लेटी हुई थी। अन्ना को देखते ही वे दोनों फफक-फफक कर रो पड़ीं।

"वे दोनों मर गयीं?"

"उसका बाप उन्हें ले गया।"

"वे दोनों उसके हाथ कैसे लगीं?"

"पहले तू बैठ जा, बिटिया–" मामा ने कहा, "बताता हूँ।"

इधर कुछ दिनों से बेटियों का बाप उनके यहाँ आता-जाता रहा। अब उसने संन्यासी का रूप धर लिया था। मुहल्ले-मुहल्ले घूमता-फिरता रहता था। चाय की दुकान पर बैठ कर चाय की चुस्कियाँ लिया करता था। बेहद सौम्य-भव्य संवाद! माँ, मामा, मौसी, उसे किसी ने भी नहीं बताया कि ऊली-झूली कहाँ हैं। उसने बातचीत के दौरान, किसी तरह यह बात उनके पेट से निकाल ली।

"उन लोगों का पता, उसे मिला कहाँ से?"

बातें कभी दबी नहीं रहतीं। चाय की दुकान पर बैठे-बैठे ही उसने ख़बर निकाल ली कि वे दोनों किस घर में काम करती थीं। मुहल्ले के लड़के भी उसे कैसे भगाते?

उन लोगों को तो सिर्फ़ इतनी-सी जानकारी थी कि अन्ना ने अपने पति को मार कर बेतरह ज़ख़्मी कर दिया और जेल की सज़ा काट रही थी।

सच तो यह था कि अन्ना को ऐसा सर्वनाशी क्रोध क्यों आया। इसकी जानकारी तो माँ, मौसी, या मामा को भी नहीं थी। उन्होंने तो सिर्फ़ अंदाज़ भर लगाया था।

"उसके बाद?"

अन्ना की ही मंगल-कामना के लिए, उसकी माँ ने अपने घर में उस दिन सत्यनारायण की पूजा रखी थी और सिन्नी का इन्तज़ाम किया था। उसी उपलक्ष्य में वह बेटियों को अपने यहाँ लिवा लायी थी।

"उसके बाद?"

उस दिन पशुपति भी आ धमका!

उसने विनती की कि वह बेटियों को एक नज़र देख कर फ़ौरन चला जायेगा।

अन्ना की माँ और मौसी, दोनों ने हिदायत दी कि वह बेटियों को देख कर फ़ौरन सटक ले। वहाँ बैठे नहीं।

"उसके बाद?"

"बेटियों ने बाप को पहचान लिया।"

"उसके बाद?"

पशुपति जल्दी ही चला गया। वह मुहल्ले वालों की नज़र में भी नहीं पड़ा। शाम को अन्ना की माँ, बेटियों को नौकरी वाले घर में पहुँचाने के लिए, उन दोनों के साथ ही बाहर निकली और मोड़ तक उनके साथ गयी।

"तुम कोठी तक साथ नहीं गयीं?"

बेटिया अब महीने-महीने ही आने-जाने लगी थीं। अब ख़ासी सयानी भी हो चुकी थीं। इधर शाम होते ही अन्ना की आँखों को सारा कुछ धुंधला-धुँधला दिखायी देता था। नौकरीवाले फ़्लैट में भी कहाँ तो भजन-कीर्तन हो रहा था। बेतरह भीड़-भाड़ थी...।

"उसके बाद?"

अगले दिन सुबह-सुबह ही फ़्लैट की मालकिन ने सुमति को बुला भेजा कि लड़कियाँ काम पर क्यों नहीं आयीं।

"उसके बाद हड़कंप! दौड़-धूप!

मामा तो कल हेंतलपाड़ा का भी चक्कर लगा आये।

किसी को कुछ नहीं पता। पशुपति मनसा थान में बैठा हुआ था।

मामा के साथ वह भी थाने में डायरी लिखाने के लिए दौड़ गया।

"कितने दिन हुए?"

"नौ-दस दिन हो गये।"

मामा ने कहा, "लाल बाज़ार थाने में उन दोनों की फ़ोटो भी दे आये हैं। कितने ही दिनों से लगातार..."

"देखने में काफ़ी खूबसूरत हो गयी थीं?"

"अरे, भई, बढ़ती उम्र, खिलता गढ़न! सज-धज कर रहती थीं। उन दोनों ने भी तो अपने बाप को पहचान लिया था...मानो कोई साधु-संन्यासी हो! हँस-हँस कर बातें करती थीं।"

लोगों के सामने बाप ने सुना कर कहा, "मैं तो, बस नाम को बाप हूँ। तुम दोनों के लिए तो माँ ही सर्वस्व है। वह मरदूद तेरी तारीफ़ में कसीदे पढ़ता रहा।"

"नौ दिन हुए या दस दिन?"

"आज दस दिन हो गये।"

"दोनों का कद भी लम्बा हो गया था।"

मामा ने कहा, "बिटिया, 'था' नहीं बोलते। पुलिस अगर चाहे तो अभी भी सब कुछ कर सकती है। आज भी मैं गया था...एक एम.एल.ए को पकड़ा है।"

"अच्छा, मैं कमरे में जाती हूँ, ज़रा लेट लूँ।"

"अभी? इस वक्त?"

"कुछ खा तो ले, बिटिया!" मौसी ने कहा।

"खाऊँ? फिर खाऊँ? चलो, लाओ दो!"

उस वक्त कौन कह सकता था कि वह औरत शाम को हवा हो जायेगी? वह सबके कुशल-समाचार पूछती रही, उसने खाना खाया।

"दोपहर को थोड़ी-सी तीख़े मसालेदार मछली बनाना–" उसने यह इच्छा भी ज़ाहिर की।

उसकी सारी बातचीत बेहद स्वाभाविक!

"मौसी! तुम ज़रा मोटी हो गयी हो। हाय माँ, तनु का ब्याह भी हो गया? सुमति मौसी के बाल क्यों पक गये, जी? मामा की सेहत इतनी टूट कैसे गयी? माँ ज़रा सूख गयी है! क्लबवाला कमरा बड़ा कब हुआ? दीदी, मझली' दी का हाल-समाचार मिलता रहता है?"

ना! अन्ना को जेल में ज़्यादा मेहनत नहीं करनी पड़ी। सबने उसके साथ बेहद अच्छा बर्ताव किया। सभी उसे प्यार करती थीं।

अच्छा, ऊली-झूली का बाप क्या यह जानता है कि अन्ना को अभी और दो महीने जेल में रहना है? उसने खोज-ख़बर क्यों नहीं ली? ख़ैर छोड़ो, दो महीने पहले क्या और दो महीने बाद क्या?

"ना, मामा अन्ना अब आकुल-व्याकुल नहीं है। तुम लोगों ने ही कहा कि पुलिस ऐसी बहुत-सी लड़कियों को ढूँढ लाती है। अख़बारों में छपी तस्वीर लोग पहचान लेंगे? लाओ, ज़रा फ़ोटो तो दिखाओ। हाय माँ, ये क्या वही ऊली-झूली हैं? अरे, हाँ, ऊली के माथे पर तिल, बिलकुल साफ़ नज़र आ रहा है!"

ऐसी ही कितनी-कितनी बातें! कितनी ही यादें!

दोपहर के वक्त उसने आराम से मछली-भात खाया। उस वक्त शाम ढलने ही वाली थी।

"ज़रा, बाज़ार का एक चक्कर लगा कर, देख आऊँ। आज मेरे रुपयों से मछली आयेगी और सभी लोग मछली खायेंगे। नहीं, मामा, तुम दरवाज़े पर ही लेटे रहो। मुझे कैसे पता होगा कि तुम्हारा प्रेशर इतना बढ़ गया है और तुम बीमार हो?"

वह हँसती-हँसती ही बाहर निकल गयी।

उसके हाथ में 'पत्रा' भी था! मंगलवार मनसातला में, शनि देवता के थान में, शीतलातला में–हर तरफ़ पूजा-वन्दना! हर तरफ़ पूजा-पाठ!

❐

शाम ढल गयी! रात हो आयी! पारघाट से हेंतलपाड़ा तक वैन-रिक्शा! लेकिन चारों तरफ़ अँधेरा ही अँधेरा! यहाँ-वहाँ जेनरेटर की भट्-भट् आवाज़ें! अन्ना मोड़ पर ही उतर गयी।

कुछेक दिनों की वर्षा में सड़क-गली निहायत फिसलन भरी हो आयी थी।

मनसा थान में जेनरेटर का भट्-भट् शोर! दूर से गाने-बजाने की आवाज़ें भी सुनायी दे रही थीं। वैन-रिक्शा बाज़ार तला के बीच से गुज़रता हुआ। अन्ना निहुरी-निहुरी-सी

धान-खेत में उतर गयी। कमर से बँधी साड़ी में पंहसुल की धारदार नोक! मौसी पंहसुल ख़रीदती नहीं थी, बनवाती थी!

अन्ना कटहल के पेड़ की आड़ में जा खड़ी हुई। उसे मानो पता था कि इस वक्त कलाज सर्प भी उससे डर जायेगा।

कन्धे पर ट्रांजिस्टर झुलाये-झुलाये, पशुपति इधर ही आ रहा था! वह लाठी ठोंकते हुए, आगे बढ़ता आया। बीच-बीच में बैटरी भी मार कर देख लेता था।

अपने घर का दरवाज़ा खोलने से पहले ही अन्ना ने उसे पैरों से खींच लिया। पशुपति गिर पड़ा।

"ऊली-झूली को कहाँ बेचा?"

"बीवी, तू?"

"कहाँ?"

"बताता हूँ! बताता हूँ!"

"तुमने बेच दिया न?"

"हाँ, हाँ, सुनो तो सही...।"

अन्ना ने 'ना' बोलने का भी वक्त नहीं दिया। पंहसुल की धार उसकी गर्दन पर उतार दी। एक-एक करके उसके कई वार किये।

तमाम होशियारी भूल कर, वह चीख़ती रही, "यह पंचमी के लिए! यह सप्तमी के लिए! यह ऊली के लिए...और यह झूली के लिए!"

❐

उसके बाद अन्ना बैठी रही! बैठी ही रही! अब जल्दी किस बात की? रात तो गुज़र जाये! दिन के वक्त ही, वह थाने में हाजिर हो जायेगी। गाँव के लोगों ने भी उसकी चीख़-चीत्कार सुनी थी।

❐

फिर वही अन्ना नस्कर! फिर थाना!

इस बार उसने कबूल किया, "पिछली बार उस मानस ने दो बेटियों को बेच दिया था। सागर मेला में! इस बार भी जुड़वाँ बेटियों को जाने कहाँ बेच दिया। पिछली बार, सिर पर वार करने से चूक गयी थी। इस बार गर्दन पर वार किया।"

हेंतलपाड़ा ही क्यों, दस-दस गाँवों की जनता के सामने, शान से सर ऊँचा किये, अन्ना उर्फ़ अनुराधा नस्कर चालान हो गयी।

उसने अपनी माँ से कहा, "इस बार बिलकुल नहीं छोड़ी जाऊँगी।"

"उसने सप्तमी और पंचमी को बेच दिया था?"

"हाँ, इन दोनों को भी बेच दिया।"

“यह तू क्या कह रही है, बिटिया?”

अन्ना ने कोई जवाब नहीं दिया।

“अब हम...”

अन्ना ने आँखें मूँद कर कहा, “अब दौड़-धूप न करना। मैंने तो सारी बातें कबूल कर ली हैं। अब जो होना है, होने दो। आजकल फाँसी नहीं होती, माँ! चौदह वर्ष की सज़ा होती है। जाओ, घर जाओ! अदालत, थाना–मैंने हर जगह कबूल किया है।” इतना कह कर, वह मानो जगज्जननी हो उठी, “अब, घर जाओ, माँ!”

माँ वापस लौट गयी।

वापसी

अबीर का सपना

दीदी दौड़ते-दौड़ते सीढ़ियों से ऊपर आ रही है। बीच-बीच में वह चीख़ती भी जा रही है—"ना, मिलन'दा, ना! आप चले जायें, मिलन'दा! घर में कोई नहीं है, आप जायें! छिः छिः, नहीं, मिलन'दा नहीं..." सीढ़ियों पर धप्-धप् और किसी के आने की आहट! दीदी दौड़ कर कमरे में दाख़िल हुई! मैंने देखा, मारे दहशत के दीदी का चेहरा बिलकुल सफ़ेद पड़ गया है। उनका पीला ब्लाउज़, पसीने में तर-ब-तर! सन्तरे रंग की साड़ी कमर से लिपटी हुई! दीदी गिरी जा रही थी। मैंने उसे कस कर थाम लिया है! दीदी ने कहा, "सुकू, तू?" दरवाज़ा बन्द हो जाता है।

खुले दरवाज़े पर बेवजह ही लात मारते हुए, मिलन'दा कमरे में घुस आता है।

बाहर माइक पर भयंकर ज़ोर-ज़ोर से वाद्य-स्वर गूँजते हुए! फ़ंक्शन काफ़ी शानदार! बापी' दा माउथ ऑर्गन बजा रहा है—'हम-तुम एक कमरे में...'

मिलन'दा ज़ुबान से कुछ कह नहीं रहा है, एक अजीब किस्म की आवाज़ निकाल रहा है। मुँह में ताड़ी की गन्ध! "श्रीला को...छोड़ दे, सुकू! उसे मैं..."

मैं कहता हूँ, "ख़बरदार, आगे मत बढ़ना मिलन'दा! मेरा दिमाग़ खौल रहा है. ..मैं दानव हुआ जा रहा हूँ...। दीदी की ज़िम्मेदारी मेरे हाथों में है।"

"स्...स्...सा-ली! तुझे तो मैं..."

मिलन'दा मेरी बाँहों से दीदी को खींच रहा है... मैंने उसका हाथ झटक कर, दीदी को नीचे गिरा दिया। दीदी गिर पड़ती है...। मैं मिलन'दा को धकिया रहा हूँ...। मिलन'दा साक्षात ड्रैकुला की आवाज़ बना कर हुंकारता है—"तू देखेगा? देख, तेरी दीदी का गुमान मैं..."

मैं समझ रहा हूँ कि मिलन'दा क्या करने वाला है! इन सब विषयों पर हम दोस्तों ने बहुत-बहुत बहसें की हैं। फूली की माँ के साथ ड्राइवर ने जो किया था...। अरे, वही जो फ़िल्म थी न...बिलकुल उसी फ़िल्मी अन्दाज में मिलन'दा कहता है...। "साली, तुझे नँगी करके..."' मैं मिलन'दा को धकिया रहा हूँ। मेज़ उलट गयी है। धम्म् से इस्तरी भी गिर गयी है मैंने वह इस्तरी उठा ली! सारा कुछ धुआँ-धुआँ! ट्रेन की सीटी, मेरे कानों के पर्दे फाड़ दे रही है। दीदी चीख़ रही है—सु-कूऽऽऽ!

दीदी मेरा हाथ खींच रही है...धुँआँ हट गया है।

मिलन'दा ज़मीन पर पड़े हैं... मैंने इस्तरी से मार-मार कर, उनका भुर्ता बना दिया है। दीदी फिर चीख़ उठती है...। सुकूऽऽऽ!

मिलन'दा का चेहरा कैसा वीभत्स हो आया है! उनका माथा फट गया है! गला बिलकुल झूल गया है। ख़ून...ख़ून ही ख़ून! मैं चिल्ला उठता हूँ, "नाऽऽऽऽ!"

❒

मैं चीख़ उठा, "नाऽऽऽऽ!"

उसके बाद ही बत्ती जल उठी।

बत्ती बुआ ने जलायी थी।

"क्या हुआ? ओ सुकू! ऐसे चिल्ला क्यों रहा है, बेटा,? कोई बुरा सपना देखा—?"

"हाँ, बुआ, वही सपना फिर देखा—"

"चल, उठ! ले, पानी पी। इश्श्! पसीने से तर-ब-तर हो रहा है। ले, पंखे भी स्पीड बढ़ा दी। ठीक तरह लेट जा तो! रुक जा, तकिये पर राम-नाम लिख दूँ! छाती पर हाथ रख कर ज़रा जाप कर!"

"ठहरो, ज़रा बाथरूम हो आऊँ!"

बाथरूम में पच्चीस वाट की रोशनी ने अँधेरा और गहरा कर दिया। बाहर कहीं-कहीं रोशनी फैली हुई थी! जैसे, जेल टावर की सर्चलाइट! या हाइवे पर हुंकारते हुए ट्रकों की हेडलाइट! ये तमाम रोशनी भी दरअसल अँधेरा ही फैलाती है। बलात्कार की शिकार, फूली की माँ भी, एक ट्रक के सामने, कई सेकण्ड के लिए झलक उठी और फिर ट्रक के पहियों तले, अँधेरे में गुम हो गयी। फूली नेबूतला बाज़ार में, लाइन में उतर गयी।

जेल-टावर की सर्चलाइट जिन लोगों को खोजती है, उन लोगों के जीवन में भी तो अँधेरा कर देती है। डेड बॉडी! मृत लाश! सुना है, जब मैं जेल में विचाराधीन था, उससे पहले ही राजबन्दी लोगों ने भागने की कोशिश की थी और टुप्-टुप् अँधेरे में डूब गये।

बाथरूम में पच्चीस वाट! कमरे में चालीस वाट! बड़े-बड़े कमरे! सोलह बाइ अठारह! रंग-रोगनहीन! पता नहीं। कब तो यहाँ रंग-रोगन हुआ होगा। घर में कुल्लमकुल एक ही कमरे में नेरोलैक पेंट मौजूद था। और उसी कमरे में सूर्या ट्यूब भी रौशन था।

सुवीर दत्त का मकान! उस कमरे में रंगीन दूरदर्शन! अम्मा-बाऊजी के कमरे में सफ़ेद-काला! अम्मा-बाऊजी, जब इस कमरे में समाचार सुनते हैं, उस कमरे में ज़ी-टीवी, मर्दों के जाँघिये की अपार शक्ति का बखान कर रहा होता या 'मेरे पति ने मेरी त्वचा देख कर ही, मुझे अपनी दुल्हन चुना था'—देशवासियों के लिए कुछ इसी किस्म की घोषणाएँ हो रही होतीं।

वे चार लोग थे। दद्दा-भाभी! पिया और पिउ तो आजकल एसेल वर्ल्ड में ही रहा करते थे।

इस घर की रसोई, बड़ी ख़ूबसूरती से सज़ायी गयी थी।

अम्मा-बाऊजी के कमरे में सौ पावर का बल्ब! बाऊजी पेंशनयाफ़्ता हैं।

दद्दा के कमरे में ज़ी-टीवी के सीरियलों मुताबिक गृह-सज्जा! दद्दा ठेकदार हैं। इन सब वैभव के मूल में है, मेट्रो रेल!

रह गया मैं और बुआ! हमें न तो पेंशन मिलता है, न हमारी कोई ठेकेदारी है। विजित'दा की तरह बिस्तर-तकियों की दुकान भी नहीं है। इसलिए हम चालीस और पच्चीस वाट में रहते हैं। इस कमरे में, दद्दू की आरामकुर्सी, दादी के बर्तनों की अलमारी! फिलिप्स रेडियो का एक कवर, चन्द ख़ामोश दीवार-घड़ी और हम दोनों।

बाथरूम की रोशनी में मैंने देख-परख लिया। ना, कहीं भी ख़ून नहीं लगा था।

यानी मैं सपना ही देख रहा था।

बुआ मेरे लिए पानी का गिलास थामे बैठी थी।

"ले, पानी पी ले!"

"लाओ, दो!"

"तू सपने देखता है, सुकू?"

"हाँ, बुआ! चलो, अब सो जाओ!"

"कुछ खायेगा?"

"इतनी रात को?"

बुआ ने मेरे कान में कहा, "हम छुटपुट चीज़ें अपने पास रखती हूँ! कभी-कभी खाती भी हूँ। जब मन तेरे लिए बहुत व्याकुल होता था, तब उठ कर मोया-खील, पानी में भिगो देती थी...और खा लेती थी।"

"तुम क्या मोया बनाती हो?"

"अब तो हम कुछ भी नाहीं करती। बस, कभी-कभी इस्टोव जला कर, दो दाने उबाल लेती हूँ। जब मुझे यह पता चला कि तू आ रहा है, तो थोड़ा-सा ख़रीद कर रख लिया था। ले, थोड़ा-सा खा ले!"

कमरे की दीवारों पर, वक्त का कैसा अजब खेल चलता रहता था। बारह बज कर चार; बारह बजने में ग्यारह; दस बज कर बीस, —ऐसे-ऐसे तरह-तरह के समय, अपने चेहरे पर आँक कर, ये तमाम घड़ियाँ हमें निहारती रहती थीं! सन 1914 में जब मैं अपने में लौट आया, तब घड़ी ने टुँग-टुँग करके रात के आठ बजाये थे।

अब, सन 1994 चल रहा है। बयराबाग़ान में, हम अपने मकान की दूसरी मंज़िल पर काफ़ी रात गये, मैं और बुआ तोबले की दुकान के मुरमुरे-मोया, पानी में भिगो कर, परम तृप्ति से खा रहे हैं। परम तृप्ति से बुआ की आँखें मूँद आयीं।

"हाँ, बुआ, भूख ही लग रही थी।"

"समझ गयी। कल खाने में मछली दी थी?"

"हाँ, बुआ!"

"पहले तो सारा कुछ छीन-झपट कर खा जाता था। अभी भी डकैती करके खा नहीं सकता?"

"खाता तो हूँ!"

"जवान-जहान लड़का है! खायेगा-पीयेगा नहीं, तो सेहत कैसे बनेगी? तेरी माँ से कहने-सुनने का कोई फ़ायदा नहीं है। जाने कौन-सा तो मन्तर लिया है कि खाना ही छोड़ दिया है। मेनका आजकल रसोई में छड़ी घुमाती है।"

"अम्मा-बाऊजी ने मन्त्र कब लिया?"

"बहुत दिन हो गये–"

खा-पी कर हमने बत्ती बुझायी और सो गये। बुआ के बदन में कैसी तो कविदाजी तेल की गन्ध! दुबली-शीर्ण-सी छाती! अधमैले कपड़े! लेकिन बुआ की देह-गन्ध में मैं बेहद राहत महसूस करता हूँ।

"कल मैं खाने की ढेर-ढेर चीज़ें ला कर रख दूँगा।" मैंने कहा।

"हाँ, ला देना! चल, अब सो जा! ले, हम मन्त्र पढ़ कर फूँक देती हैं। तोरे छाती पर हमार हाथ धरा है। तकदीर में दुर्भोग लिखा था। अगर तू न होता तो मुनिया को फाँसी लगाना पड़ती। अरे, उसके हाथ से कउनो लड़की नहीं बचतीं...। क्या बतावें, ख़ानदान में यही एक कुलंगार पैदा हुआ...नींद आय रही है, मोर मानिक!"

बुआ की हथेली कितनी हल्की-फुल्की है...लेकिन उनकी हथेली, मेरे सीने पर है, इस एहसास के साथ-साथ, मैं धीरे-धीरे नींद में डूबता चला गया। धीरे-धीरे...

उसके बाद...दीदी हाँफते-हाँफते सीढ़ियों पर दौड़ते-दौड़ते ऊपर आ पहुँची। पीछे धम्-धम् की आवाज़ें! फ़ंक्शन ज़ारी है...बापी'दा माउथ-ऑर्गन बजा रहे हैं...

❒

अभी कुछ ही दिन हुए मैं, घर लौटा हूँ! जेल में भी भला मैं ज़िन्दा रह पाता, अगर शानू'दा और उनके साथियों ने मुझे अपने करीब न खींच लिया होता।

शानू'दा ने कहा, "बुद्धू लड़का! अरे, भई, पुलक का भी वही केस है! अभी अच्छी तरह दाढ़ी-मूँछ भी नहीं निकली! सोलह साल का सुकुमार लड़का! वकील ने उसे बालिग़ बता कर सारा गड़बड़ कर दिया। क्यों? उस वक्त पुलक क्या काम रोया-बिसूरा था?"

पुलक'दा को तो मैंने हमेशा हँसते ही देखा है। वह कभी रोता भी था, यह मुझे कैसे पता चलता?

शानू'दा अक्सर कहा करते थे, "तेरा चेहरा इतना ख़ूबसूरत है! लगता है, ख़ूब कसरत-वसरत किया करता था।"

हाँ, इन्हीं सबकी ओर तो मेरा ज़्यादा ध्यान रहता था। ख़ूब खेलता-कूदता था; ख़ूब कसरत करता था; ख़ूब तैरता था। बाऊ जी कहा करते थे—सुकू पुलिस ज्वायन करेगा।

"छिः छिः—" माँ एकदम से उनकी बात काट देतीं।

"अरे, भई वह आई पी एस होगा।"

मेरे बाऊजी सरकारी पूर्त (सड़क) विभाग में नौकरी करते थे। मैं हमेशा से यही सुनता आया हूँ कि मेरे दद्दू ने अपने परिवार की देखरेख नहीं की। देश की ज़मीं-जमा की भी ख़बर नहीं रखी। उनके भाई जो उन्हें भेजते थे, वही ले लेते थे।

बयराबाग़ान का यह मकान, बाऊजी की भाषा में 'एक्सचेंज प्रॉपर्टी' थे। बाऊजी को उन्हीं दिनों यानी देश विभाजन के समय ही नौकरी मिल गयी।

नौकरी देनेवाले ने कहा, "देखो, समझ-बूझ कर काम करते रहोगे, तो तनख्वाह के रुपयों में हाथ लगाने की ज़रूरत नहीं पड़ेगी।"

बयराबाग़ान के मुकाबले, मेरे जेठू का घर-द्वार कहीं बेहतर-हाल था। दद्दा, दीदी या मैंने गाँव-देश नहीं देखा, दूसरे घर-द्वार भी नहीं देखे। हमारे लिए तो वही प्रासाद तुल्य था।

हमारा जो घर था, मेरे बाऊजी ने उसमें कुछ और कमरे जोड़ कर बड़ा कर लिया था। उन दिनों भी यह मकान, कीमती नहीं समझा जाता था। लेकिन यहाँ, कभी मुसलमानी मुहल्ला या बस्ती थी, इसका भी अब कोई नामोनिशान नहीं बचा।

मैं इसे अब भी 'बयराबाग़ान' कहता हूँ, लेकिन अब इस इलाके को 'मनमोहन कॉलोनी' कहते हैं।

यह मकान दो-मंज़िला है! छत भी है। जैसी कि आम बात है, ऊपर के चिलकोठा में तमाम आलतू-फ़ालतू चीज़ें भरी हुई हैं। पहली मंज़िल पर चार कमरे उसमें से दो कमरों में दद्दा का दफ़्तर और दो में किरायेदार।

दूसरी मंज़िल पर, उस तरफ़, तीन कमरे, और चौड़ा बरामदा! दो कमरों में दद्दा और उनका परिवार रहता है, एक कमरे में माँ-बाऊजी! दद्दा की रसोई और बाथरूम अलग है। यह ज़रूरी था। माँ-बाऊजी तो दीक्षा लेने के बाद निरामिष हो गये थे। दद्दा और उनका परिवार माँस-मछली खाता था।

मैं और बुआ जिस कमरे में रहते थे, सीढ़ियों के आख़िरी सिरे पर, पहले इसमें मैं और दीदी रहते थे। इसी कमरे में ही मिलन'दा...

हमारे कमरे की बगल में भण्डार-घर और उसकी बगल में रसोईघर! भण्डारघर में मेनका और माँ-बाबूजी के हिस्से में, दिन-रात काम करने वाली नौकरानी सोती है।

बुआ अपने ही कमरे के एक कोने में, ख़ुद ही 'भगोने में उबाल कर' कुछ खा-पी लेती है और कहती है—"हक का खाती हूँ।"

बुआ असमय ही विधवा हो गयी थी और निस्सन्तान थी। बहरहाल, अतीत के बारे में, मेरी कोई जानकारी भी नहीं है। कहाँ ढाका। कहाँ बहुर! कहाँ नारायणपुर में दत्त लोगों का घर! ज़मीन। ...पोखर। बाग़ान! ना, इस बारे में मेरी कोई धारणा नहीं है।

"पइसा-पइसा सेर दूध हुआ करता था—"

"मछली कोई नहीं ख़रीदता था, जाल फेंक कर बटोर लाता था।"

"देवी का बरत उद्यापन करके, तोरी मइया ने एक सौ सुहागिनों को नयी थाल में तेल, सेंदुर, नयी साड़ी भेजी। तोरे जेठू के बियाह में जब रसोई-छुवाई का रस्म अदा भया, तब..."

"तुम लोग ज़मींदार थे?"

"कहाँ के ज़मींदार जी? ज़मींदार गाँव में रहते कहाँ थे। वही ढाका शहर में कलकत्ते से 'ठेठर' बुलाते थे और मौज-फुर्ती करते थे। फुर्ती करते-करते...भरी कलसी का पानी उँड़ेल-उँड़ेल कर पीते रहे। धीरे-धीरे सब कुछ टाँय-टाँय फिस्स! हमरे दद्दू कभी वहाँ के नायब थे, सो वहाँ ज़मीन-जायदाद ख़रीद-ख़रीद कर..."

बस, यहीं तक। इससे आगे, बुआ कभी, कुछ बताने को राज़ी नहीं हुईं। उन्होंने यह कभी नहीं बताया कि दस बरस की होते-न-होते, बुआ को उनकी बड़ी बहन के शौहर से क्यों ब्याह दिया गया?

बुआ ने सिर्फ़ इतना ही कहा, "शादी-बियाह तकदीर की बात है—"

"बियाह के साथ-साथ न सही, कुछ ही दिनों बाद, विधवा भी हो गयी।"

"यह भी खोटी तकदीर! जब ईहाँ आयी, तो हमरे दद्दू ने खोंइछा भर रुपइय्ये हमरे अचरा में ढाल दिहिन अउर कहे कि खाना-पीना अउर ब्याज खटाना! रुपइय्ये में बड़ा सुख है। बिट्टी ! सा-रे दुःख भूल जावेगी। घर में हरदम, रुपइय्ये अपने पास रखना!"

बुआ का अकारण स्नेह-प्यार अपने छोटे भाई यानी मेरे बाऊजी पर था। इसीलिए बयराबाग़ान के इस मकान में कमरा-बाथरूम वग़ैरह बनाने के लिए बुआ ने बाऊजी को पाँच हज़ार रुपये दे डाले। इसीलिए बुआ कहती थीं—"हक का खाती हूँ।"

बुआ ने ही माँ की जचगी करायी और बस, नहा लिया। उन्होंने ही हमें पाल-पोस कर बड़ा किया। एकमात्र वही, मेरे बाऊजी पर डाँट-डपट करती थीं, आज भी करती हैं।

बाऊजी का मन भी बुआ के प्रति काफ़ी कमज़ोर है। उन्होंने ख़ुद भले दीक्षा-मन्त्र ले लिया, चाहे जो भी किया, लेकिन बुआ की पूरी देख-भाल करते हैं।

"तुम इस कमरे में क्यों चली आयीं?"

"इसी कमरे में तो उस हरामजादे ने...हम देखी कि कोऊ इस कमरे में डर के मारे पाँव नहीं रखता। हम ही मोहना से कही कि घर की शुद्धी करा, हम ई कमरे में देवी-देवता ले कर रहूँगी। डर भाग जावेगा।"

माँ ने एतराज भी किया, "न, बड़ी जीजी, तुम अकेली..."

सुना है, बुआ ने जवाब दिया था, "हमरी बड़की दिदिया गले में कलसी बाँध कर डूब मरी। उसको बाल-बच्चे हो-हो कर मर जाते थे। नाड़ी में घाव हुइ गवा! वह हर बखत जलती-तपती रही लेकिन हम नाहीं डरायी। अरे, हमने बहुतै चीर-फाड़ देखा ही, जी, लेकिन कोई को भी भूत बन कर घूमते नहीं देखा। जब हम मर जाऊँगी, तो शायद भूत हो जाऊँ। मोहना की गिरस्ती से इतना लगाव है हमका...कि जब तक सुकू को कउनो इन्साफ़ नाहीं मिलता, हम मर कर भी शान्ति नाहीं पाती।"

मेरी बुआ हमेशा देशी ज़ुबान में ही बात करती है।

मेनका या मैनका, जो अपने नाम के साथ बड़े गर्व के साथ 'मित्र' पदवी जोड़ती थी, छत्तीस साल से घोर आचारनिष्ठ, पक्की विधवा थी; जो मसूर की दाल और हल्दी तक को आमिष मानती थी, वह गांगेय कलकत्ता की विशुद्ध भाषा बोलती थी।

मेरे माँ-बाऊजी देशी बोली नहीं बोलते थे, लेकिन उनकी बातों का लहज़ा ही यह ज़ाहिर कर देता था कि वे उस पार के देश के लोग हैं। मेरा ममिहाल भी कलकत्ता में था। उनकी भाषा और ज़ुबान भी कुछ इसी तरह की थी।

दद्दा, दीदी और मैं, हमेशा से ही शायद इस पार के लहज़े में, इस पार की ही भाषा में बात करते रहे हैं।

लेकिन भाभी की भाषा बिलकुल स्मार्ट! उसमें अंग्रेजी का भाव मिलाजुला रहता है। पिया और पिउ सात साल की उम्र से ही फर्राटे से अंग्रेजी बोलते थे।

यानी मेरे घर में तरह-तरह के सांस्कृतिक टकराव हैं।

माँ-बाऊजी, धर्म और भजन के अलावा और कुछ नहीं सुनते। बुआ और मेनका, दोनों को ही सन पचास और साठ के दशक के बंगला गीत और फ़िल्में पसन्द हैं।

दद्दा किसी ज़माने में किशोर कुमार कण्ठी थे। अब नहीं हैं। भाभी हालाँकि अपने को संस्कृति प्रेमी समझती हैं, लेकिन उनके घर और मन में दूरदर्शन के हजारहा चैनल घुस चुके हैं। बुआ ने गुपचुप मुझे बताया है कि दद्दा गड्डी-गड्डी पोस्टकार्ड लाते हैं, भाभी उन गड्डी-गड्डी पोस्टकार्डों में जवाब भेजती हैं। दूरदर्शन तो अथक प्रश्न कर्ता है।

दीदी ने हँसते-हँसते ही कहा, "मैं तो गाना-वाना जैसे भूल ही गयी।"

"क्यों विजित जीजू को पसन्द नहीं है?"

"नहीं, नहीं, फ़ुर्सत ही कहाँ है, बता?"

दीदी में कोई लुकाव-छिपाव नहीं है। उसने अपने को विजित'दा की तरह ही मोटी-मुटल्ली बना लिया है। उसकी बेटियों का नाम—रिया और रिचा; बेटे का नाम—जीत!

दीदी और भाभी एक-दूसरे को 'अनकल्चर्ड' कहती हैं।

इस घर में खाना भी भाँति-भाँति का पकाया जाता है। मेरा खाना माँ की रसोई से ही आता है। बुआ भी अपनी रसोई के आइटम मुझे परोस देती है। भाभी के घर से माँस-मछली आ जाती है। लगभग रोज़ ही आती है!

एक ज़माना था, जब बाऊजी जिस दिन घर में ईलिश मछली ले कर आते थे, तो घर में उत्सव जैसी धूम मच जाती थी।

दद्दा को तो जैसे कहीं से रुपये मिलते थे, वे गोश्त ले आते थे। दीदी भी अपनी ट्यूशन के रुपयों में मुझे रुपये देती थी।

मैं सारा कुछ खा-पी कर उड़ा देता था। मैं शायद राक्षस-दानव बन कर पैदा हुआ था। असम्भव खाता-पीता था। और सब हजम भी कर जाता था। कसरत जो करता था। जब मैं आठ साल का था, तब बारह साल का लगता था। और सोलह की उम्र में?

चेहरा सोलह साला! लेकिन कद पाँच फीट दस इंच ! माँसपेशियाँ लोहे जैसी!

मेरा एक ही सपना था। मुहल्ले में तो ख़ास मौका नहीं था। किसी अच्छी जगह जा कर सेहत बनाऊँ।

माँ कहा करती थी, ''शरीफ़ घराने का लड़का है, तुझे क्या कुश्ती लड़ना है! अरे, तू बंगाली है, तुझे तो बस, ताकत चाहिए! बदन में भरपूर ताकत हो, बस!''

मिलन'दा के बड़े भाई, दोलन'दा उनके भाई शक्ति'दा—ये लोग और किस्म के जीव थे। हम सबको जुटा कर उन लोगों ने क्लब बनाया था। सब मिल कर सरस्वती पूजा, मुहल्ले में दुर्गा पूजा, नाटक, आवृत्ति प्रतियोगिता वग़ैरह आयोजित करते रहते थे।

मैंने सुना कि मिलन'दा आवारा हो गये हैं। अब, वे मस्तान लोगों के लीडर बनना चाहते हैं।

उन दिनों हम मौका पाते ही फ़िल्म देखने चल देते थे। हर कोई अमिताभ बच्चन का भक्त! जब वे कलकत्ता में थे, उन्होंने बंगाली लड़की कैसे विवाह किया था। हमने 'अमिताभ फैन क्लब' भी खोला था।

हम चार-दोस्त जब आपस में गपशप करते थे, तो यह भी ऐलान करते थे कि अमिताभ जो फ़िल्मों में करता है, हम भी वही करेंगे। दुष्ट को या दुष्ट मण्डली को अकेले ही चित कर देंगे।

हम विस्मय भी ज़ाहिर करते थे, ''देखो, सूरत-शक्ल से किस कदर दुबला-पतला, मरगिल्ला, उसके हाथों में कितना ज़ोर समाया है।''

शान्त'दा शान्त इन्सान थे। वे हम सबको आवृत्ति सिखाते थे।

वे कहते थे, ''ना, भइये वह सब करतब तो उनके 'डमी' दिखाते हैं याने उनके डबल!''

एक दिन हुआ यह कि फ़ुटबॉल पर बहस छिड़ गयी। तैश में आ कर मैंने मेज पर धम्म से एक घूँसा मारा। मेज़ दो टुकड़े हो गयी।

शान्त'दा हतवाक्! हम सब भी चकित!

शान्त'दा ने कहा, ''यह मेज़ दोलन ने उपहार में दी थी।''

वे फिर ख़ामोश हो गये।

थोड़ा ठहर कर उन्होंने दुबारा कहा, "सुन, सुकू, अपने पर लगाम हमेशा कसे रहना। मैंने तेरा चेहरा देखा था। तेरा वह घूँसा, अगर कहीं बेकायदा लग जाये, तो इन्सान दम तोड़ देगा।"

"अचानक..."

"सारा कुछ अचानक ही तो होता है, सुकू!"

सचमुच मेरी ज़िन्दगी में वह घटना अचानक ही तो हुई थी। उस हादसे ने मुझे अचानक ही खींच कर काल-भँवर में फेंक दिया। मैं एकदम से गुम हो गया।

❒

शानू'दा और उनके साथी, अक्सर सवाल करते थे, "तू इतना टसुए क्यों बहाता रहता है?"

"मुझसे ख़ून जो हो गया।"

"कई बार ख़ून करना पड़ता है, सुकू! ज़रा सोच, अगर तू न होता, तो दीदी की ज़िन्दगी का क्या होता? उस आदमी के खूँटे का ज़ोर इतना जबर्दस्त था कि तेरी दीदी को कतई इन्साफ़ नहीं मिलता। वह, तुम लोगों की धर-पकड़ में भी नहीं आता।"

पुलक'दा भी अपनी राय ज़ाहिर करते थे, "इन्साफ़ का भला कोई सिर-पैर होता है भला? एक लड़की की इज़्ज़त बचाने की कोशिश में अगर अपराधी का कत्ल कर दिया जाये, तो... किसलिए ख़ून किया, यह भी देखना ज़रूरी है।"

"मैं अपने होश-हवास खो बैठता हूँ, पुलक'दा! मैं अपने ग़ुस्से से बेहद डरता हूँ!"

शानू'दा ने कहा, "अगर तू हम पर ताव खा गया न, तो हम तीनों तुझे धर दबोचेंगे। मिंटू को देखा है न, सूरत-शक्ल से मरगिल्ला नज़र आता है, लेकिन हाथ घुमा कर किये हुए उसके एक ही वार में चेहरा, गर्दन पर झूल जायेगा।"

पुलक'दा ने कहा, "देख, तेरे घरवाले समझदार हैं। सब समझते हैं कि तूने क्यों ख़ून किया, वर्ना बार-बार यहाँ आते? इतना-इतना रोते? इतना खाना-पीना लाते?"

दिनोंदिन...साल-दर-साल मैंने उच्च माध्यमिक...बी.ए. पास किया।

शानू-दा ने कहा, "देख, जेल से बाहर निकलते ही, तू नौकरी की तलाश में जुट जाना।"

उस 'क्यों' का जवाब मैंने शानू'दा को तो नहीं, डॉक्टर को दिया था। यह डॉक्टर बाबू ख़ासे हमदर्द इन्सान थे। उन्हीं की कोशिश-तदबीर से हम सबने अस्पताल की ड्यूटी सीखी थी।

मैंने डॉक्टर बाबू के आगे कबूल किया, "मैंने उसे धक्का दिया था, यह तो याद पड़ता है; इस्तरी उठा ली थी, यह भी याद पड़ता है, लेकिन उसके बाद, क्या हुआ, कुछ याद नहीं है। आख़िरी दो-तीन मिनट! मुझे बिलकुल याद नहीं है।"

"ऐसा होता है, अबीर! ऐसे केस हमारे पास अक्सर आते हैं। यह कहीं से भी, कोई अजीब बात नहीं है। तुम्हारे केस में तो, यूँ भड़क जाने, ग़ुस्से में आपे से बाहर जाने की सच्ची वजह भी है।"

मैंने भी अपने को यही विश्वास दिलाने की कोशिश की, शायद इसीलिए मैं जी गया। सच, मैंने उसे मारना तो नहीं चाहा था। दीदी की इज़्ज़त चली जाती...लेकिन मैं उस आदमी को मारना नहीं चाहता था।

जेल से मेरे खलास होने से पहले ही, शानू'दा और उनके कई अन्य साथी रिहा हो गये थे।

खलास होने के करीब महीने भर बाद, अचानक पुलक'दा मुझसे भेंट करने आये।

"ले, मेरा पता रख ले।"

"अरे, तुम इतनी दूर जा बसे? तुम तो..."

"वह शख़्स वाकई समाज का दुश्मन था। हम सबकी उम्र भी कम थी। सच तो यह है कि बाहर की दुनिया काफ़ी बदल चुकी है, सुकू!"

"यह तो बिलकुल सरहद की जगह..."

"वैन-रिक्शा पर परवल-बैंगन बेचूँगा! किसानों से ख़रीद कर, बाज़ार में बेचूँगा।"

"तुम्हारी शेली'दी?"

"कोई, किसी के इन्तज़ार में भला बैठा रहता है, सुकू?"

माँ ही दिलासा दे जाती थी, "तेरे लिए बैठी है।"

❑

कभी-कभी कोई शायद पूरा सच नहीं बोलता या शायद उसे ख़बर ही नहीं होती कि वह आधा-सच बोल रहा है। दोलन'दा और शक्ति'दा सन चौहत्तर में किसी नेता के ख़ानदान के लड़के थे। उन दोनों की मानसिकता पुराना ज़माना मार्का थी। दुर्गा पूजा, काली पूजा, मुर्दे जलाना, मुहल्ले के लड़कों की मदद करना, दरियादिली से खिलना-पिलाना वग़ैरह उनके रोज़मर्रा के कामकाज थे। दोनों भाई हर साल 'नेताजी दिवस' पर क्लब के मारफत गरीब छात्रों में किताबें बाँटते थे।

बीवी-बच्चे, माँ में उनकी जान बसती थी।

जब उनके पिता का निधन हुआ, तो उन दोनों ने मुझसे कहा, "मेरे पापा, हमारे कन्धों पर जायेंगे और मैनुअल चिता पर उनका दाह-संस्कार होगा।"

मिलन'दा ने कहा, "चन्दन! चन्दन काठ!"

वेटरन शान्त काका ने दोलन के कान में फुसफुसा कर कहा, "चिता पर ऊपर से विशुद्ध घी डाल कर और दो-चार मैसूर चन्दन काठ रख देने से, काम चल जायेगा।"

मिलन'दा तो घर में टिकते ही नहीं थे। मातम के वक्त भी वह जाने कहाँ से देसी ताड़ी पी कर, नशे में टुन्न हो कर आ धमका।

"मैं अपने बाप को नारियल की रस्सी से नहीं बाँधने दूँगा—" वह ज़ोर से छाती पीटता रहा।

अन्त में शक्ति'दा ने ही कहा, "देख, अगर तू ज़्यादा अड़ँगा लगायेगा न, तो तुझे भी बाँध-छाँद कर, ले जाऊँगा। तीन दिनों से घर लौटने का नाम नहीं था। बाप को ऑक्सीजन दिया जा रहा है। यह देख कर भी खिसक गया। अब नाटक कर रहा है? चल हट! हट जा यहाँ से! और देर हो गयी। तो बाप की देह को दोष लगेगा।"

बहरहाल, उस वक्त तो मिलन'दा को सँभाल लिया गया। काफ़ी धूमधाम से श्राद्ध भी सम्पन्न हो गया। शान्त काका, मैं, तोबले, भेबुल, वंशी, नन्दन—हम छः जन शायद बीस लोगों का खाना हड़प गये। उधर बाकी पाँच लोगों ने जब हाथ समेट लिया, उस वक्त भी मैं खाये जा रहा था।

शान्त काका ने कहा, "सुकू, माना कि खाना उन लोगों का है, मगर पेट तो तेरा है।"

दोलन'दा ने लम्बी उसाँस भर कर कहा, "अहा! आँखें ठण्डी हो गयीं। आजकल इस तरह का—"

ना, उन लोगों से कोई वाद-विवाद नहीं था। ऐसा होना भी नहीं चाहिए था।

सुना है, पिता की मौत के बाद, उन लोगों में आपस में काफ़ी लट्ठा-लट्ठी हुआ। एक तरफ़ मिलन'दा दूसरी तरफ़ दोलन'दा और शक्ति'दा! लड़ाई-झगड़े के दौरान ही, मिलन'दा घर छोड़ कर चले भी गये। सुनने में आया कि उन्हें रेलवे में ठेकेदारी मिल गयी है। यह नौकरी किसी मन्त्री महोदय ने जुटा दी है। मिलन'दा को रुपयों का पंख लग गया है। आजकल वे उड़ते फिर रहे हैं।

ख़ैर ये तमाम घटनाएँ, अर्से पहले घट चुकी थीं।

मिलन'दा जब देवी भाभी से विवाह करके, उन्हें लिये-दिये घर लौट आये, तो शान्त काका ने कहा, "मुमकिन है, अब यह बन्दा शायद कुछ ठण्डा पड़े।"

मिलन'दा की माँ ने भी पूजा के आँगन में खड़े-खड़े, मेरी माँ से कहा, "सही उम्र में अगर शादी-ब्याह न हो, तो उनके बाल-बच्चे ज़रा सिरचढ़े हो जाते हैं। देखना, अब वह सुधर जायेगा।"

लेकिन वह बन्दा कहीं से भी नहीं सुधरा था।

'पूजा' के दिनों में किसी लड़की से छेड़छाड़ करने पर, काफ़ी हो-हल्ला मचा। उन दिनों नन्दन के भाई, आनन्द ज़रा बुलन्दी पर थे। उन्होंने ही बीच-बचाव करके, सिर पर मँडराती हुई मुसीबत से किसी तरह बचा लिया।

सबसे ज़्यादा अचरज की बात यह थी कि देवी भाभी ने चीख़-चीख़ कर, आनन्द'दा को सुनाया, "कोई शख़्स ज़रा बदनाम है, इसलिए जिसके मन में जो आयेगा, वही करता फिरेगा? सारा का सारा कसूर क्या मिलन'दा का है? ये औरतें ही भला मर्दों के बदन पर ढलकती क्यों रहती हैं?"

इस छोटी-सी घटना पर पूजा-पण्डाल में ही जनमत बँट गया। उसके बाद, मार-पीट, हाथापाई—कुल मिला कर एक फूहड़ तजुर्बा!

घर लौट कर, माँ ने बाऊजी से कहा, "यहाँ घर बना कर बस तो गयी लेकिन मुहल्ले का रंग-ढंग मुझे भला नज़र नहीं आता।"

"अपने छोटे बेटे से कहो!"

"अरे! उसने क्या किया?"

"इतना खिलंदड़ापन, क्लब में माँसपेशियाँ दिखाना...उससे कहो कि लिखने-पढ़ने में ज़्यादा मन लगाये! सुबीर हॉस्टल में रह कर, जादवपुर में पढ़ रहा है। उसे भी वहाँ से हटा लूँगा। आजकल दिनकाल सही नहीं है।"

"हाँ, मुनिया को भी इतना-इतना बाहर निकलने को मना कर दूँगी।"

"ख़ैर वह तो गाना सीखने जाती है...लेकिन अब यह मुहल्ला और तरह का होता जा रहा है। मिलन के दूसरे-दूसरे भाई को तो नशा-भंग की लत नहीं है। लेकिन यह मिलन ही, जाने कैसे..."

"भई, अनपढ़ अमीर का बेटा है! वह भी छोटा बेटा! बन्दर तो बनेगा ही, ख़ैर, बन्दर तो वह बहुत पहले ही बन चुका है।"

"अनपढ़?"

"और नहीं तो क्या? मछलियों की भेरी का मालिक है, उसे पढ़ाई-लिखाई से भला क्या सरोकार?"

अब समझ में आता है कि उस वक्त के बदन में कितना उत्ताप था। कितना बुख़ार! मुझमें कितनी कम समझ-बूझ थी...कितना कम जानता था मैं और जेल चला गया।

मैंने राजनीति भी किसी दिन नहीं की। कभी किसी दिन, तीन नम्बर बयराबाग़ान बस्ती के इस पार भी एक परित्यक्त गोदामघर की दीवार पर, किसी ने लिखा था—'जेल ही हमारा विश्वविद्यालय' है।

शान्त काका कहा करते थे, "ऐसे लड़के बेहद ख़तरनाक होते हैं। पुलिस ने ही उसका हिसाब-किताब कर दिया है।"

मेरे लिए वे सब लड़के बेचेहरा थे।

लेकिन मैंने जो कुछ भी सीखा, वह तो जेल में बैठे-बैठे सीखा।

शानू'दा कहते थे, "अपना दुःख बहुत बड़ा लगता है न? तेरे तो माँ-बाप, भाई-बहन सभी लोग, तुझसे भेंट करने आते हैं। पुलक के यहाँ से कोई उससे मिलने आता है?"

पुलक'दा ईषत मुस्कराकर बीच में ही बोल उठते थे, "कौन आयेगा? मेरी मौसी? मौसा के इन्तकाल के बाद, वे बैरकपुर में क्लास फोर स्टाफ़ हैं। मेरा कोई होता, तब न आता?"

शानू'दा फिर भी हार नहीं मानते थे, ठीक है! ठीक है! मुझसे भूल हो गयी कि मैंने तेरी मिसाल दी। उस दिलीप बेरा को ही देख! जाने किस उजाड़-गाँव-बस्ती में

उसका घर है। घरवाले पैसे ख़र्च करके, यहाँ तक नहीं आ पाते। ऐसे ढेरों दिलीप हैं, सुकू! पाँच-पाँच जेलों में ढेरों ऐसे लोग मौजूद हैं।''

पुलक'दा ने जवाब दिया था, ''हाँ, क्लास के तौर पर अगर देखें तो तू तो काफ़ी ऊँची क्लास का क़ैदी है।''

''कैसे?''

''तेरे बाबूजी तो हाईकोर्ट तक गये थे। हममें से नब्बे फ़ीसदी, सैशन कोर्ट से ही यहाँ चले आये।''

वाकई, कितनी कुछ जानकारी मिली।

''लेकिन हाईकोर्ट तक जा कर भी तो...''

''वाह! तुम मन्त्रीजी के चमचे को मार दोगे, तो हाईकोर्ट क्या तुम्हें छोड़ देगा?''

मंटू'दा ने कहा, ''अधिक आहार! अधिक आहार! ख़ूब डट कर खाता था; बॉडी बनायी है, इसलिए तो उसने सोलह को अठारह बना दिया।''

हालाँकि जब मैं भोज-पार्टी करता था...मंटू'दा ही सबसे ज़्यादा खाता था।

बहरहाल, जेल में बैठे-बैठे ही मैंने पढ़ाई की...पास किया...बी.ए. पास करने के बाद, बाबूजी ने मेरे सिर पर हाथ रख कर, अपने आँसू पोंछ लिये।

जब-जब उन सब बेचेहरा छोकरों को देखता था, मैं कहता था, ''वाकई जेलखाना विश्वविद्यालय ही है। मुझ जैसे जंगली सूअर को भी इसने सोचना सिखाया है।''

इन कुछेक सालों में किताबें क्या मैंने कम पढ़ी हैं? मुझे तो किताबें पढ़ने की आदत ही नहीं थी। ख़ैर जेल में आदत पड़ गयी।

तस्वीरें आँकना या मूर्ति गढ़ना, मुझे नहीं आया। लेकिन जेल में सरस्वती-पूजा के दिन, कविता आवृत्ति ज़रूर की! गाना भी गाया।

डॉक्टर बाबू ने ठीक ही कहा था, ''अगर तुम लगातार यही सोचते रहे कि इतने सारे साल, जेल में गुज़ारोगे कैसे, तो तुम्हारा दिमाग़ ख़राब हो जायेगा।''

''अगर दिमाग़ खराब हो गया, तो क्या मुझे पागलों के वार्ड में रखेंगे?''

''तुम पागल होगे ही क्यों? जब यहीं रहना है, तो...''

''तुम कबूल करना सीख लो। जो भी हो, जैसा भी हो, मान लो! देखना, सबकुछ सहज हो जायेगा।''

यह बात सिर्फ़ शानू'दा ने ही नहीं, डॉक्टर बाबू भी कहा करते थे, ''एक ज़माना था, जब लड़के औरतों की इज़्ज़त बचाने के लिए अपनी जान दे देते थे; जान ले भी लेते थे।''

इसी तरह मैंने धीरे-धीरे, दिनोंदिन समझना-बूझना सीखा। जब मैंने अपनी दीदी की इज़्ज़त बचाने के लिए यह काम कर डाला, तो समाज भी मुझे इसी नज़र से देखेगा। मैं कम से कम ऐसा डपोरशंख या चमचा नहीं हूँ कि मुझसे अगर यह सवाल किया जाये कि मैंने आठ को मारा या दा को, तो मैं कोई जवाब न दूँ।

शानू'दा कहा करते थे, "जो रुपये ले कर ख़ून करता है, अगर फँस जाता है और उसे सज़ा हो जाती है तो भी बाहर निकलते ही, फिर वही काम करेगा। तू ऐसे लोगों के संस्पर्श में हरगिज़ मत जाना। यह साले नर्क के कीड़े होते हैं।"

न्याय-व्यवस्था भी बेचेहरा होती है!

शानू'दा के नरहत्या के पीछे आदर्शवाद था, इसलिए वे लोग शान से सिर उठाये-उठाये घूमते-फिरते थे।

चमचे की हत्या के पीछे, सिर्फ़ नोटों की गड्डी होती है।

वैसे मुझ जैसे दो-एक बन्दे भी क्या नहीं होंगे, जो त्तकाल-उत्तेजना में आ कर, ऐसा काम कर बैठें?

न्याय-व्यवस्था 'क्यों' नहीं देखती, वह 'काम' देखती है। सबको एक ही कतार में खड़ा कर देती है।

मंटू'दा ने कहा, "एक ही कतार में खाक खड़ा करती है। कितने ही असली कातिल तो खुलेआम घूमते-फिरते हैं। उन्हें कौन पकड़ता है? जिसका खूँटा, जितना ज़्यादा मज़बूत है, उसे पकड़ना उतना ज़्यादा मुश्किल है। राम उसे पकड़ेगा, श्याम उसे छुड़ा लेगा। बाघ के ऊपर ठप्पा, ठप्पे के ऊपर ठप्पा! जा, मर जा कर!"

जिस दिन मैं रिहा हो रहा था, बाबूजी और दद्दा ने कहा था कि वे मुझे लेने आयेंगे।

मैं काफ़ी सुबह-सुबह जेल से रिहा हो गया। वैसे उस दिन मेरे रिहा होने की बात नहीं थी। मैं उसके अगले दिन रिहा होनेवाला था।

बुआ ने ही दरवाज़ा खोला। मुझे देख कर, उनकी आँखों से आँसू बहने लगे।

बुआ ने कहा, "हम रोज़-रोज़ तोरा रस्ता देखत रही। भोला ने कहा था, तू आज ही..."

"बुआ, माँ, बाऊजी, दद्दा कहाँ हैं?"

"अरे, अइसे उछल-उछल कर नहीं, बेटवा, धीरे-धीरे सीढ़ी पार कर! सुबू की बहुरिया ज़रा देर से जागत है न!"

कौन, किसकी बात सुनता है!

"माँऽऽऽ!"

मैं क्या बहुत ज़ोर से चिल्लाया था?

मुझे कैसे पता होता कि कौन, किस कमरे में रहता है।

हल्के हरे रंग का दरवाज़ा नहीं खुला।

दद्दा की आवाज़ सुनायी दी, "बायीं तरफ़ जा, सुकू! बायीं तरफ़ मुड़ जा!"

उस वक्त तक भी दद्दा का दरवाज़ा नहीं खुला! दरवाज़ा काफ़ी बाद में खुला।

अबीर के बाबूजी और...

सब कुछ की जड़ में, कुछेक उलटी-पुलटी घटनाओं की धक्कामुक्की!

ज़रा और गहरे उतरो तो सब कुछ मेरी तकदीर! अब अगर विधाता, मेरी तकदीर में ही दुर्भोग लिख दे, तो मैं क्षुद्र इन्सान भला क्या कर सकता हूँ? वर्ना मोहन दत्त का बेटा इन्सान का हत्यारा हो सकता है? नियति किसे नहीं बाँध लेती? यह बात मेरे ठाकुर की किताब में ही लिखी है। अगर मैं ठाकुर की किताब नहीं पढ़ता, आश्रम में दीक्षा न लेता, तो शायद चल ही नहीं पाता।

बड़े-बुजुर्ग बिलकुल सच कहते थे—औरत को औरत की तरह ही रहना चाहिए। अगर वह ऐसा नहीं करती, तो सारा कुछ गड़बड़ हो जाता है। मेरी दीदी, मेरी बीवी—किसी ने भी स्कूल-कॉलेज में पढ़ाई नहीं की। मेरी बीवी ने तो कभी रंग-बिरंगी साड़ी तक नहीं पहनी; मुहल्ले के फ़ंक्शन के दौरान, किसी दोस्त-बन्धु के घर, गपशप करके, अली-गली से हो कर, दौड़ती हुई, घर भी नहीं लौटी! कोई उन पर हमलावर भी नहीं हुआ।

अतिशयता कभी भली नहीं होती! हद हमेशा बुरा होता है! सुकू खाता था, खाता ही जाता था। उसकी माँ खिलाती थी; खिलाती ही जाती थी।

सुकू आलमारी धकेलता था। सिर पर गद्दी उठाये, छत पर उन्हें सुखाने ले जाता था। अपने दोनों हाथों में दो-दो बाल्टियाँ उठाये-उठाये वह छत पर पौधों को पानी देने आ पहुँचता था। अनगिनत गमले! वह दिन भर में बीस-पच्चीस बार छत पर चढ़ता-उतरता था।

माँ कहती थी, "वा-ह!"

मेरी दीदी कहती थी, "वा-ह!"

सुकू की दीदी कहती थी, "वा-ह!"

लेकिन बहुत बाद में, आश्रम पहुँच कर मैंने समझा, ज़रूरत से ज़्यादा रुपये, ज़रूरत से ज़्यादा दरिद्रता, अधिक देहबल, अधिक भूख—यह सब पाप है। गुनाह है।

वैसे देह कुछ भी नहीं होती, आत्मा ही सबकुछ होती है। देह अगर अतिशयता करती है, तो आत्मा कलुषित होती है। सुकू के अन्दर यह जो अतिशय ग़ुस्सा भरा था, उसका आख़िर नतीजा क्या निकला? हो सकता है, तेरी दीदी का मान-सम्मान...

उस वक्त मिलन इन्सान नहीं था। वह तो उस वक्त जानवर बन गया था। रावण! राक्षस!

अरे, तू उसके हाथ तोड़ देता; पैर तोड़ देता! एकदम से जीवन ही ले लिया?

सारा कुछ पाप-चक्र था।

वरना इस्तरी भला वहाँ क्यों मौजूद होती? सुकू भी भला उसे हाथ में क्यों लेता?

"अरे, यह क्या? अरे, अरे, धक्का क्यों दे रही हो, सुबू की माँ?"

"तब से क्या बुदबुदा रहे हो? तुम जाप तो नहीं कर रहे?"

"अपनी तकदीर के बारे में सोच रहा हूँ।"

"ज़रा सुकू के बारे में भी सोचो–"

"उसके बारे में क्या सोचूँ? उसने तो अपना इन्तज़ाम कर ही लिया है।"

"क्या इन्तज़ाम किया है? इतने दिनों जेल काटी...बेकसूर ही सज़ा झेलता रहा।"

"बेकसूर कैसा? उसने ख़ून नहीं किया?"

"चिल्लाओ मत! दिनोंदिन...सुबू और उसकी बहुरिया और तुम्हारे गुरु भाइयों के उकसाने पर, तुम्हारा तो दिमाग़ ख़राब हो गया है। उसने ख़ून करने के इरादे से ख़ून नहीं किया, वरना तुम्हारी बेटी...क्या कहूँ? उसे मर जाना पड़ता। समझे?"

"अब मुझसे क्या चाहती हो, मैंने क्या वकील नहीं किया? अदालत-कचहरी नहीं की?"

"हाँऽऽ, हाँ, वकील दिया...मगर ऐसा वकील दिया कि उसने, उन लोगों से रुपइय्ये खा कर, बेटे की उम्र ही बदल दी...वरना, सुकू जाने कभी ही बाहर आ जाता।"

"देखो, मुझे तंग मत करो। जेल जाते हैं, चोर-चोट्टे-बदमाश! हमारे ख़ानदान के किसी भी बन्दे ने जेल की रोटी नहीं तोड़ी–"

"जब तुम्हारा यह ख़याल है, तो वह जेल गया ही क्यों?"

"वह मेरी कमज़ोरी थी..."

"जब गया, तब क्या वह नहीं जानता था कि एक न एक दिन, वह जेल से बाहर भी आयेगा और यहीं आयेगा।"

"देखो, सुबू की माँ..."

"क्यों? 'सुबू की माँ' क्यों कहते रहते हो? 'सुकू की माँ' कहने में अगर ज़ुबान अटकती है, तो तुम 'अतसी' बुला सकते हो। मेरे माँ-बाप ने मुझे एक नाम भी दिया था–"

"इसके लिए मैं क्या करूँ?"

"तुम कुछ नहीं करोगे, सुबू कुछ नहीं करेगा, फिर कौन करेगा? वह खायेगा कैसे?"

"मुझे क्या पता?"

"तुम्हें नहीं पता, तो और किसे पता है? आज दीदी यहाँ मौजूद हैं, इसलिए बेचारा लड़का, प्यार के दो बोल तो सुन पाता है। यह घर क्या उसका भी नहीं है? क्या उसका हिस्सा नहीं है? उस बच्चे को तुमने कहाँ फेंक रखा है? कभी किसी दिन दीदी के कमरे में झाँक कर देखा है?"

"मैं उस महल में पाँव भी नहीं रखता।"

"क्यों? इसलिए कि तुमने दीक्षा ली है?"

"मुझे तुम्हारी बातों का जवाब नहीं देना–"

"तो फिर सुनो, पड़ी रहे तुम्हारी दीक्षा! पड़ी रहे, तुम्हारे देवी-देवताओं की किताबें! मैं उसे ले कर निकल जाऊँगी।"

"हाँऽऽ, बस, यही तो बाकी रह गया है।"

"तुमने एक बार भी उससे बात की? कभी तुमने उसे समझाया कि जो होना था, वह हो गया। अब तूने पास भी कर लिया। अब ज़रा कोई कामकाज देख या फिर कोई कारोबार ही कर। या किसी चीज़ की दुकान ही खोल ले?"

"अगर मैं कुछ कहने जाऊँ..."

"इसके लिए सुबू की तरफ़ से मनाही है, यही न?"

"मेरे पास रुपये कहाँ धरे हैं?"

"यही तुम्हारा आख़िरी फ़ैसला है? छिः छिः इस घर की लड़की की आबरू चली जाती, उसकी ज़िन्दगी बर्बाद हो जाती...सुकू ने अपनी ज़िन्दगी को तिलांजलि दे कर उसे बचा लिया। तभी लड़की की घर-गृहस्थी बसी। उसी भाई को देख कर, अब वह मुँह फेर लेती है और सुबू...? वह तो मुझे इन्सान ही नहीं लगता...मेरे बच्चे को कोई नहीं है, रे।"

"चुप हो जाओ, रोओ मत! रोओ मत! बड़ी तकलीफ़ से भगवान की शरण में गया हूँ, जी! जबसे लोगों को यह कहते सुना कि मैं ख़ूनी का बाप हूँ...। इधर क्लब का नाम मिलन के नाम पर रखा गया...मिलन की बीवी यहाँ की काउंसिलर है...और दोलन तो ख़ैर नेता ही बन गया है..."

"सुकू का क्या होगा, जी?"

"तुम...उसे छतवाला कमरा दे सकते हो।"

"न्ना! रात को सुकू को सपने आते हैं, उसे डर लगता है! दीदी के पास वह मज़े में है। कल...मैं भइया के यहाँ जाऊँगा।"

"वे क्या करेंगे?"

"पता नहीं...फिर भी एक बार कोशिश कर देखूँ। बेटे के बारे में बात करने से मेरी इज़्ज़त नहीं चली जायेगी।"

"रुको...ज़रा सोचने दो।"

"सोचने का वक्त गुज़र चुका है। अगर यह पता था कि वह यहाँ आ कर, ऐसी मुसीबत में पड़ जायेगा, तो उसे यहाँ आने ही क्यों दिया?"

"रोओ मत! चुप हो जाओ! यह तुम क्या कर रही हो?"

"मैं अपने बैंक की पास-बुक खोज रही हूँ–"

"कुल सात हज़ार रुपये ही हैं।"

"उतने से ही काम चल जायेगा।"

अबीर की बुआ

''आजकल तो देखत हौं, सब के सब नये-नये बनने में लगे हैं। आज मुँहअँधेरे बहुरिया आयी और सुबू को ख़ूब-ख़ूब झाड़ा। लेकिन ई घर उनका इकल्ले का नाहीं है। सुकू का भी बराबरी का हक है। सुन, एक मिस्तीरी बुलाय दे! आज ही!''

''क्यों, माँ?''

''दीदी और सुकू का कमरा रंग कराना है। घर का बच्चा, घर आवा है। उस बिचारे को तुमने बुआ की कुठरिया में धकेल दियो और ख़ुद मेहरिया के पाँव चाटत हों...''

''यह क्या कह रही हो, माँ?''

''ठीक ही कहत हौं! पइसों का तो पहाड़ जमाय रहे हो, जाओ न, जहाँ मन करे, चले जाओ! इस घर से निकलो! हम सब इस तरफ़ रहेंगे, वह हिस्सा किराये पर उठा देंगे। सुकू की ज़िन्दगी आराम से कट जावेगी।''

सुकू ने तैश के मारे उछल-कूद मचा दिया, ''दद्दा के आसरे-भरोसे ज़िन्दा हैं, उन्हें ही इतना कुछ सुना दिया?''

मैंने कहा, ''तू चुपचाप मज़ा देख न!''

अभी वक्त सुबू की बहुरिया भी बाहर निकल आयी। वह सुबू से जाने क्या तो कहने आयी थी।

बहुरिया ने भी सुना दिया, ''तुमने इस घर में पाँव क्या रखा, हमारे यहाँ मानो शनि घुस आया है। जैसा ख़ानदान, वैसी ही माँ भी! अरे, काँटों के झाड़ में भला कभी बाँस उगता है?''

''लो, देखो, हम सड़ते रहें, तुम लोग फुटानी करते फिरो, ऐसा नहीं चलेगा। सुकू को कुल एक मछली, और बीवी को जलाकर मार डालनेवाला ख़ूनी भाई, जब जेल से बाहर आया, तो उसके लिए राज़भोग? लेकिन तुमसे यह सब कह कर क्या फायदा? सुबू ही गुलामों का गुलाम बन गया।''

ऐसी बात तो उसने कभी नहीं सुनायी।

सुबू अचकचा गया, ''देखता हूँ—''

"तू जो देखेगा, हमका मालूम है! सुन, मिस्तरी का खरच, हम ही दे दूँगा। छिः छिः! इत्तने दिन बाद, भाई घर लउटा है। उससे न कोई बातचीत, न प्यार के दो बोल! ऊ का खावेगा, का करेगा, ज़िन्दगी में का करेगा...भगवान भी न! हमका अइसा सिंह-पोंछकट्टी बना दिया कि...अइसे तो नाहीं चलेगा। हम तो कहती हैं—जा, सुकू, अपनी मइया को पकड़!"

❑

मैं दौड़ गया। मैं माँ से लिपट गया। माँ रोते-रोते बेहाल हो गयीं। उसके आँसुओं से, मेरे सीने पर पड़ी बनियान तक भीग गयी। माँ उस वक्त ज़ार-ज़ार रोती रही; बाद में भी रोते-रोते बेहाल रही। माँ को बेतरह रुला रहा हूँ। ज़िन्दगी भर रुलाता रहा।

माँ मानो बिखर गयी है।

मैंने कहा, "माँ! माँ!"

माँ ने कोई जवाब नहीं दिया।

मैं चीख़ उठा, "दद्दा! माँ को सँभालो! लगता है, माँ बेहोश हो गयी है।"

दद्दा दौड़ कर आ पहुँचे!

बुआ ने कहा, "पानी दे! माथे पर पानी छिड़क!"

हम सब माँ को धर-पकड़ कर कमरे में ले लाये।

बाबूजी ने कहा, "डॉक्टर बाबू को..."

दद्दा ने कहा, "मैं जा रहा हूँ। तपती, तुम माँ के सिर पर पानी छिड़कती रहो।"

मेनका ने कहा, "लाओ, माँ का सिर ज़रा इधर करो। मैं थामती हूँ! छोटे भइया, तुम पानी ले आओ हाँ, इसे माँ के सिर के नीचे..."

माँ के सिर के नीचे प्लास्टिक रख दिया गया। वाकई मेनका काफ़ी कुशल है! मैं माँ का सिर थामे रहा। मेनका उनके सिर पर पानी उँड़ेलने लगी।

कुछेक पल बाद माँ बुदबुदायी, रहने दो!

भाभी बड़ा-सा तौलिया लिये खड़ी थी।

बुआ ने कहा, "माथा पोंछ दो, मेनका!"

माँ का सिर पोंछ कर, उन्हें चित सुला दिया। उनके बाल भी खोल दिये।

मेनका ने कहा, "तुम लोग ज़रा बाहर जाओ। हम उनके कपड़े बदल दें।"

दद्दा डॉक्टर को ले आये। इस डॉक्टर को मैं नहीं पहचानता। कोई नये डॉक्टर थे। अब जो डॉक्टर, रिक्शेवाले, चपरासी, ठेलेवाले, जमादार वग़ैरह नज़र आते हैं, मैं उनमें से किसी को भी नहीं पहचानता। मेरे वनवास के दिनों में सब कुछ बदल गया है। सबकुछ!

आज तो डॉक्टर आये थे, वे न तो जवान थे, न प्रौढ़! माँ को बड़े जतन से देखा।

उन्होंने कहा, "प्रेशर ज़रा बढ़ा हुआ है। हाइपर-टेंशन यानी तनाव बहुत बुरा होता है। फ़िलहाल, ये दवाएँ देते रहें...कच्चा नमक न खायें! पूरा आराम करें! कोई न कोई हमेशा पास रहे–"

मैंने कहा, "मैं रहूँगा–"

दद्दा ने कहा, "मैं जा कर दवाएँ ले आता हूँ।"

"सुनिए, राय कम्पनी से ही लीजियेगा। इस मुहल्ले की सारी दुकानें ही..."

"हाँ, हाँ, वहीं से लूँगा–" दद्दा ने कहा, "नर्सिंगहोम से आया भी लेता आऊँगा?"

मैं समझ गया, बेचारा दद्दा बेतरह घबड़ा गया है। इतने दिनों वह मुझसे हर पल कतराता रहा था।

सामना होते ही, अपना एरिस्टोक्रैट ऑफिस बैग झुलाये-झुलाये उसने कहा, "दफ़्तर जा रहा हूँ, काम पर!"

कैसा काम, मालूम नहीं। ज़रूर कोई अच्छा काम ही होगा।

अब वही दद्दा मुसीबत में पड़ गया था, क्योंकि माँ ने उससे कभी इस लहज़े में बात नहीं की थी। यूँ कभी बेहोश भी नहीं हुई। यह सब तो नियम-व्यतीत काण्ड था। दद्दा शायद नियमों के राज में वास करता था। वह अपने चारों तरफ़ ऐसा अदृश्य कवच पहने रहता है कि सुकू उसका भाई है, यह बात उसे सुनना न पड़े।

सचमुच, मैंने उन लोगों को काफ़ी मुसीबत में डाल दिया है।

मैंने कहा, "मैं अस्पताल में ही तो ड्यूटी करता था। जाने तू किसे ले आयेगा। उसके पास भी सैकड़ों बहाने होंगे। यह काम मैं ही कर लूँगा। माँ की सेवा करना, मेरे लिए सौभाग्य की बात है।"

"हाँ, तेरी भाभी तो...। उसकी दोनों बेटियाँ सिजेरियन से ही हुईं, इसलिए वह तो..."

अचानक बाबूजी बोल उठे, "हुँहः जो काम वह कर सकती थी...ज़रा मीठे बोल बोलना...वही उससे नहीं हुआ..."

बुआ ने भी फट् से सुना दिया, "चुप कर, मोहन! तूने बहू के लिए क्या किया? अब मुँह बन्द रख।"

"तुम लोग यहाँ से जाओ तो! माँ को ज़रा सोने दो–" मैंने कहा।

मैंने माँ की पलकें पोंछ दीं।

माँ की आख़िर कितनी उम्र होगी? यही कोई पैंसठ साल? वे बाबूजी से सिर्फ़ पाँच साल छोटी थीं। लेकिन चेहरे पर दुःखों की रेखाएँ ही रेखाएँ! वे तो बुआ से भी ज़्यादा बुढ़ा गयी हैं।

बुआ ने अस्फुट आवाज़ में कहा, "मछली-वछली त्याग दी! आहार कम करते-करते..."

"माँ को मैं अच्छा कर दूँगा, बुआ!"

बहरहाल, माँ की बीमारी ने त्तकालीन परिस्थितियों को काफ़ी कुछ आसान बना दिया। कम से कम कुछ दिनों के लिए।

माँ-बाबू जी सोये रहते हैं। मैं फ़र्श पर पेट के बल लेटा रहता हूँ, ताकि सिर उठाते ही, मुझे माँ नज़र आती रहे।

सोचना होगा! गम्भीरता से सोचना होगा! मुझे भी सोचना होगा। पिछले चौदह सालों में सब अपनी-अपनी ज़िन्दगी में रस-बस चुके हैं। राम का वनवास भी तो पूरे चौदह सालों का था।

उम्रक़ैद की सज़ा की आख़िर तो चौदह साल की ही होती है।

मैं तो चला गया, लेकिन उस दिन से बाबूजी को यहीं से, वकील के यहाँ दौड़-धूप में, एड़ी-चोटी का पसीना एक करना पड़ा। सेशन कोर्ट ने सज़ा सुना दी। उसके बाद हाईकोर्ट! इसी राह तो लौटते होंगे। लोगों की बातों का जवाब भी देते होंगे। रोज़मर्रा के तमाम फ़र्ज वह निभाते रहे।

इतने दिनों बाद मेरा वापस लौटना...उन लोगों को विपर्यस्त कर गया है।

मुझे सोचना होगा।

शानू'दा के बारे में, मैं जानता हूँ। उनकी माली स्थिति भी अच्छी है। उनका परिवार भी उनके लिए कोई-न-कोई इन्तज़ाम ज़रूर कर देगा।

मंटू'दा अपने बारे में कम ही बोलते हैं। लेकिन उसीने अपने भाई के लिए प्रेस खोल दिया था। ख़ुद भी कम्पोज़र का काम जानता था।

वह कहता था, "देखता जा, दो साल के अन्दर-अन्दर कुछ न कुछ ज़रूर करूँगा।"

पुलक'दा को शायद एहसास हो गया था कि उन लोगों ने समाज के एक दुश्मन को मारा था, वह उसी समाज में लौट आया है—स्थानीय समाज ऐसा नहीं सोचता।

इसीलिए तो वह चला गया।

पुलक'दा ने एक तस्वीर आँकी थी—सलाखों के पीछे क़ैद, कई बच्चे हाथ बढ़ा कर सूरज को पकड़ने की कोशिश करते हुए!

मैंने ग़ौर किया, वह बन्दी जीवन में, बाहर के प्रकाश, सूर्य, मैदान—इन्हीं सबकी तस्वीर वह ज़्यादा आँकता था।

लेकिन जिस बाहर के लिए उसके मन में इतना हाहाकार था, वह बाहर, तुम्हारे लिए कितना तैयार था?

माँ ने पानी माँगा।

मैंने पानी पिलाया।

माँ रो पड़ी।

मैंने कहा, "सब ठीक-ठाक है, माँ!"

"तेरा क्या होगा?"

"दद्दा तो हैं न तुम्हारे पास, तुम फ़िक्र क्यों करती हो?"

"अपने बाबूजी से...बातचीत करते रहना..."

"सब ठीक हो जायेगा, माँ! सभी लोग तो हैं मेरे! तुम बेकार सोच-सोच कर, अपना प्रेशर मत बढ़ाओ, माँ!"

"बहू तुझसे बात करती है?"

"हाँ, करती है न! ढेर-ढेर बातें करती है! तुम सो जाओ, माँ, मुझे भी नींद आ रही है।"

माँ सो गयी।

इस बार माँ ठीक हो जाये, एक बार मुहल्ले का चक्र कर लगाऊँगा।

अबीर के बाबूजी, मोहन दत्त

ढेर-ढेर दोषारोपण कर गयी, उन लोगों की माँ! उसके मन में ढेर-ढेर बातें जमा थीं। सारा कुछ उगल कर भी वह अपने को सँभाल नहीं पायी। अफ़सोस, उसे याद भी नहीं है कि अब मेरी उम्र सत्तर साल हुई। पहले काम पर जाता था, घर लौटता था, अपने बाल-बच्चों के बारे में कई-कई कल्पनाएँ भी की थीं मैंने। अपने बड़े बेटे को मैंने जादवपुर में दाख़िला दिलाया था। बेटी ख़ास तेज़ नहीं थी। उसने बस, किसी तरह पास किया था। मैंने तय किया कि इक्कीस-बाईस साल में ही मैं उसका ब्याह कर दूँगा। ब्याह भी दिया।

छोटे बेटे से ही मुझे ज़्यादा उम्मीदें थीं! उसकी सेहत अच्छी थी, पढ़ाई-लिखाई में भी वह बुरा नहीं था। मैंने सोचा था, तकलीफ़ें उठा कर ही सही, मैं उसे आई.पी. एस. कराऊँगा।

सत्पथ पर रह कर, सरकारी काम करके देश का भला किया जा सकता है। ऐसा विश्वास मेरे अन्तस में मौजूद था।

लोग कहेंगे—यह पढ़े-लिखे शिक्षित लोगों का घर है।

बड़ा बेटा इंजीनियर ज़रूर बना; सरकारी काम भी उसे मिल गया। लेकिन वर्तमान समय का वह संक्रामक बुख़ार! बीस या तीस साल में नहीं, कुल पाँच साल में ढेर-ढेर रुपये चाहिए। रुपये हो जायें, तो समाज में प्रतिष्ठा मिलती है; समाज सम्मान करता है।

शायद यही सच हो।

प्राण किशोर बाबू, जो कभी अनुशीलन पार्टी के सदस्य हुआ करते थे, सालों जेल की सज़ा काटी थी, जिन्होंने पेंशन भी नहीं लिया; ताम्र पदक भी नहीं; जो बयराबाग़ा प्राइमरी विद्यालय के प्रतिष्ठाता थे, वे इसी तीन नम्बर बस्ती के करीब ही रहते थे यह ख़बर तो मुझे अख़बारों से मालूम हुई।

सुना है, दोलन ने अपने चेलों को ख़ूब-ख़ूब हड़काया, ऐसा एक शख़्स यहाँ रहता था...तुम लोगों ने उसके बारे में कोई खोज़-ख़बर नहीं रखी? छिः छिः!

लेकिन छिः छिः तो हमारे नाम देना चाहिए। वह आदमी अट्ठासी साल की उम्र में गुज़र गया, यह बात मैं भी नहीं जानता था। हम अपने बच्चों को क्या जानकारी देते?

हाँ, तो मैं कह रहा था कि नौ करी छोड़ कर मेरा बेटा, मेट्रो रेल का सब-ठेकेदार बन गया।

कैसा तो आशाभंग! हम तो यही जानते थे कि ठेकेदारी या दलाली बुरा काम है। इसमें पैसा तो मिलता है, मगर सम्मान नहीं मिलता।

लेकिन ऐसा कहाँ है? वह तो दोलन के भी 'गुड् बुक' में है और आनन्द के भी! वह इन्हें भी चन्दा देता है, उन्हें भी। जिन लोगों ने साजिश रच कर, तेरे भाई को जेल भेज दिया, पूजा में उन लोगों को उसमें मोटा चन्दा दिया; विज्ञापन भी ला कर दिये। यह बात बेहद दर्दनाक है।

हमारी मुनिया! श्रीमती श्रीला!

उसके नसीब में कोई बेहतर वर नहीं जुटा। आख़िरकार गद्दी-तकिया-मसहरी हेन-तेन की दुकान का दुकानदार मिला। उसकी दुकान का नाम 'सुख शैया'! वह सौ फ़ीसदी दुकानदार ही तो है।

मेरी बेटी कभी काग़ज़ की तह तक नहीं खोलती, कोई किताब तक नहीं पढ़ती। लेकिन बड़े गर्व के साथ, वह अंग्रेजी मीडियम के स्कूल में पढ़ा रही है।

ये सारी घटनाएँ, आशाभंग की ही सबूत हैं, यह बात बच्चों की माँ नहीं समझती। न उन लोगों की माँ समझती है, न बुआ। लेकिन, अपने बच्चों पर क्या गर्व है उन्हें! उनके बच्चे अंग्रेजी में बोलते-बतियाते हैं।

दोनों ही वज्र-मूर्ख।

छोटे बेटे से काफ़ी उम्मीदें थीं। मेरी फूटी तकदीर! उसी बेटे ने मेरी कमर तोड़ दी। मुझे मालूम था कि मिलन और उसके भाइयों में पटरी नहीं बैठती थी। मिलन के विवाह के बाद तो शक्ति और दोलन उस भाई का नाम तक नहीं लेते थे।

उनका कहना था, "उसने बड़े पेड़ से अपनी नाव बाँधी है, वरना रेल की ठेकेदारी यूँ ही नहीं मिल जाती।"

कहते थे, "उसके चेले-चामुण्डे सब, गुण्डा-बदमाश हैं।"

मिलन ताड़ी चुल्लू यानी देशी ताड़ी पीता था। मिलन औरतबाज़ था और इन सभी कुकृत्यों से भाइयों को बेहद नफ़रत थी।

...उस दिन तो मैं घर पर था ही नहीं। मुहल्ले में जाने कौन-सा कार्यक्रम था। उन लोगों की माँ उसी में गयी थी। मुनिया अपनी किसी सहेली के यहाँ गयी थी। मैं हर रोज़ की तरह अतुल्य के घर में बैठा हुआ था। मैं अतुल्य, शिरीष बाबू, हमेशा ही शाम के वक्त एक जगह इकट्ठे हो कर गपशप किया करते थे। उसके बाद घर लौट कर, मैं अख़बार पढ़ने में जुट जाता था। उन दिनों हम 'अमृत बाज़ार' रखते थे।

अतुल्य का बेटा दौड़ता हुआ आया।

''काका, जल्दी से अपने घर जाओ। जल्दी?''

''क्यों, अशेष, क्या बात है?''

''कहता हूँ न, जल्दी जाइये, बाप रे! ख़ून की गंगा...''

किसे, क्या हो गया? मैं भाग कर घर लौटा। फ़ंक्शन के तमाम दर्शक मेरे घर के सामने खड़े थे।

कमरे में कदम रखते ही, मुझे सुकू की चीख़ सुनायी दी, ''सुकू रेऽऽऽ!''

मुझे लगा शायद सुकू नहीं रहा। लेकिन ऊपर आ कर जो देखा...

उस रात मिलन को मुर्दाखाना ले जाया गया और सुकू के साथ मैं थाने आ पहुँचा। सुकू ने दरोगा के आगे सारा किस्सा बयान किया। वे लोग मुनिया को भी ले आये। मुझसे भी लिखवा लिया।

ऐन उसी वक्त मिलन की बीवी थाने में दाख़िल हुई।

वह उछल-उछल कर चीख़ती रही, उस छो करी ने मेरे पति से घर पहुँचा देने को कहा। ...उस लड़की की नीयत क्या थी.. वह फूहड़-फूहड़ गालियाँ भी देती रही।

मैंने दरोगा के पैर पकड़ना भर बाकी रखा, बाकी सब किया।

''कुल सोलह साल का बच्चा...अपनी दीदी की बेइज़्ज़ती देख कर...मिलन को धक्का दे कर निकाल बाहर करने की कोशिश कर रहा था। वह दुर्धर्ष...''

''क्यों? आपका बेटा क्या श्री चैतन्य है? जिसे आप दुर्धर्ष कह रहे हैं, मरा तो वह बन्दा! आप तो घटना-स्थल पर थे ही नहीं! बात करने आये हैं?''

मैं किंकर्तव्यविमूढ़ मुहल्ले के महन्त-पण्डे या जिन्हें मैं अपना दोस्त समझता था, वे लोग मुझे अगर कोई तरकीब बतायें। अगर वे लोग सलाह दें कि दरोगा को घूस खिलाओ...तो जो तनख्वाह मिली है और सुकू की माँ घर में करीब हज़ार रुपये तो बचाये रखती है...और उसके गहने रेहन रख कर जो रुपये मिलेंगे... सारे रुपये मिला कर, घूस का इन्तज़ाम कर दूँगा।

लेकिन किसी ने कोई तरकीब नहीं बतायी। 'ख़ून' शब्द सुनते ही सभी लोग खिसक लिये।

उधर दोलन लोग घर में भी रुपये भी रखते थे और घूस भी खिलायी। सुनने में आया, पहले उन्होंने ही रपट लिखायी। हमारी डायरी बाद में दर्ज़ की गयी यानी थाने में ही धोखाधड़ी और हेर-फेर की बुनियाद पड़ गयी।

लेकिन अगले ही दिन, जिसने भी घटना सुनी, मसलन आनन्द परिवार, अतुल्य परिवार, मुहल्ले में ही जिन-जिन लोगों को दोलन वग़ैरह पर रोष था, सबने मुझे दिलासा दिया।

''लड़के ने कोई ग़लत काम, कोई अन्याय नहीं किया। अपनी बहन की आबरू बचाने की कोशिश में, उसने यह काम कर डाला।''

वकील ने भी यही दिलासा दिया, ''यह तो साफ़-साफ़ 'प्रोवोकेशन' था। यानी उसे इस काम के लिए उकसाया गया। उसने मारने के इरादे से नहीं मारा। इसे 'कल्पेबूल

होपिसाइड' कहते हैं। उस पर से लड़का नाबालिग़ है। आप फ़िक्र न करें।'' वकील ने कहा था।

दोलन लोग क्या कदम उठाने वाले हैं, उस वक्त हम नहीं जानते थे। शान्त बाबू ने भी इतना कुछ नहीं समझा था।

उन्होंने मुझसे कहा, ''अरे, उन लोगों की भी जान छूटी। मिलन तो उनके गले का काँटा था। उसने जिस लड़की से विवाह किया था, वह भी बेहद बदज़ात लड़की है।''

लेकिन, यह हिसाब ग़लत साबित हुआ। दोलन का समूचा ख़ानदान एकजुट हो गया और मिलन की हत्या का बदला लेने के लिए मैदान में उतर पड़ा।

पता नहीं, घर की वजह से या पैतृक सम्पत्ति की वजह से या मिलन की दौलत की वजह से, वे लोग बदला लेने पर आमादा हो गये। उन लोगों ने सुकू को नृशंस ख़ूनी साबित करने के लिए, ढेर-ढेर रुपये खिलाये।

उन लोगों ने बड़े से बड़ा वकील तो दिया ही, मेरे वकील को भी हथिया लिया, वरना सुकू की उम्र के अठारह वर्ष में चार महीने और जोड़ दिये जाते?

मैंने अपने किसी बच्चे का कार्पोरेशन से सर्टिफ़िकेट नहीं कराया था। उन दिनों परीक्षाएँ भी ग्यारहवीं क्लास में होती थीं। सुकू ने उच्च माध्यमिक पास नहीं किया था, कि उसके सर्टिफ़िकेट में उसकी उम्र लिखी होती।

इस मामले में सिर्फ़ मुनिया की गवाही और सुकू की गवाही!

लेकिन सुकू ने ख़ुद ही कबूल किया कि ग़ुस्सा चढ़ जाने पर उसे किसी बात का होश नहीं रहता। वैसे गवाहों की भी ख़ास पेशी कहाँ हुई? सिर्फ़ हेडमास्टर साहब ने ही बयान दिया कि ऐसी घटना में एक किशोर बच्चे ने अपराधी को सज़ा दे डाली, इससे भविष्य की आशा जागती है। अगर घर-घर में अबीर दत्त जैसा किशोर मौजूद होता, तो माँ-बहन-बेटियों पर लांछन कम हो जाता।

शान्त बाबू और सुकू के दोस्तों की गवाही, उन लोगों ने बस, सुन ली।

उन लोगों के वकील ने दलील दी, ''धक्का देना या आघात करना एक बात है। और बार-बार वार करते रहना एक बात! इससे यह साबित हो जाता है कि...''

ख़ैर फ़ैसला शायद बहुत पहले ही कहीं हो चुका था। राय सुनायी गयी।

उसे 'सुकू की माँ' क्यों नहीं कहता? उस वक्त अगर इस सम्बोधन से पुकारता, तो तुम रो पड़तीं।

''जो नहीं है, उसका नाम क्यों लेते हो?''

जाने कितने-कितने अभिशाप दिये तुमने! उसे तो उन्हीं दिनों लोग भूल गये। अभी भी दफ़्तर में सभी लोग मुँह ज़ुबानी हमदर्दी दिखाते है, आड़ में कहते हैं...

क्या कहते हैं?

जो बात नाते-रिश्तेदार, दोलन वग़ैरह कहते हैं।

मुनिया भी दूध-धुली, तुलसी दल नहीं है। अरे, औरत बढ़ावा न दे, तो मर्द भला यूँ नाचता है?

दोलन वग़ैरह तो यही करते फिरे कि मुनिया से मिलन का ब्याह कराने के लिए मैंने ही उन्हें उकसाया था। चूँकि मिलन ने कहीं और विवाह कर लिया, इसीलिए हमने यह काण्ड किया। यह अफ़वाह फैलाने के बाद, दोलन वग़ैरह को किसने तो मार-पीट कर ठण्डा कर दिया, मुझे नहीं मालूम!

वे लोग पुलिस ले आये।

मेरे यहाँ सिर्फ़ 'पूछताछ के लिए' पुलिस की दौड़ आयी।

मैंने कहा, "मैं तो दफ़्तर में था; बड़ा बेटा जादवपुर में! यह हादसा तो बेलेघाटा जा कर, शाम या रात के वक्त, मेड़ी-दफ़्तर के पिछवाड़े हुआ था न? वहाँ मार-पीट हुई। वह जगह यहाँ से सात मील दूर है। फिर मैं कहाँ से...? तब यह ज़रूर मेरी पत्नी या दीदी की करतूत होगी। उस वक्त तो मुनिया भी अपने ननिहाल गयी हुई थी। ऐसा करें, इन्हें ही पकड़ ले जायें।"

दरोगा बाबू का चेहरा लटक गया।

उसके बाद मैं क्या करता? सुकू से भेंट करने जा पहुँचा। उसके आँसू देखता रहा। और ज़्यादा बड़ा वकील ले कर, हाईकोर्ट दौड़ पड़ा। हाईकोर्ट ही अगर सही फ़ैसला कर दे और सुकू छूट जाये।

लेकिन उसे सही इन्साफ़ नहीं मिला। नहीं मिला।

उफ़! सीने में तीख़ा दर्द टीसता रहता है! मुझ जैसा कानून-पालनकर्ता नागरिक जितना कुछ कर सकता था, मैंने किया। लेकिन कानून भी मुझ जैसे मामूली इन्सान को नहीं देखता। उस मिलन ने जाने कितनी बार कितने ही दंगा-फसाद किये थे... कितनी ही औरतों की इज़्ज़त लूटी थी।

कभी, किसी कानून ने उसे सज़ा दी?

बहरहाल, हाईकोर्ट का फ़ैसला सुना दिया गया! अदालत के दरवाज़े भी बन्द हो गये। उसी बार, दोलन और उसके चमचों ने दुर्गापूजा में भयंकर मारपीट की पण्डालों में अहाग लगायी। लोगों की गाड़ियाँ फूँक दीं...भयंकर करतूतें कीं! दोलन ही मिलन के चेले-चामुण्डों के ज़रिये पूजा मैनेज करा रहा था। उसके साथ मुहल्ले के लड़कों की मारपीट हो गयी। अन्त में पथराव शुरू हो गया। उनके घर की पहली मंज़िल की एक खिड़की का काँच और गेट का बल्ब टूट-फूट गया।

बाद में शान्त बाबू ने बताया, "दरोगा को भी ईंट लगी है।"

ख़ैर, लगी होगी! लेकिन मेरा बेटा जेल में ही रहा। यह हाहाकार आख़िर मैं कैसे बुझाता?

उसके बाद जैसे-जैसे दिन गुज़रते गये, लोग बदलते गये।

अब अबीर दत्त जैसा तो मुहल्ले में कोई रहा नहीं! अब हर जगह खुलेआम औरतों का असम्मान बेइज़्ज़ती।

सुना है, दोलन लोग विरोधी पार्टी में हैं।

दिनोंदिन उसका प्रताप बढ़ता जा रहा है, वरना सबके मुँह पर जूते मारकर, ब्वायज क्लब को मिलन स्मृति क्लब बना पाता?

मिलन की बीवी ने दिवंगत मिलन की तस्वीर और बड़ी करा ली थी और दुबारा अख़बारों में छापा था। तस्वीर के नीचे लिखा था—भूली नहीं, भूल नहीं सकती, भूलूँगी नहीं।

अब तो मुहल्ला भी पहले जैसा नहीं रहा।

उन दिनों सुकू के समर्थन की मानसिकता मौजूद थी। अब वह मानसिकता नहीं रही।

...बरानगर में कहाँ तो तैरते हुए, तोबले और वंशी डूबे जा रहे थे। सुकू ने उन्हें खींचकर, पानी से बाहर निकाला।

...इसी तरह, नन्दन बस तले कुचलने ही वाला था, हमारे सचिन ने उसे बचा लिया।

इन सब घटनाओं के बारे में कभी, कोई हलचल नहीं मची।

लेकिन अब, किसी दूसरे की जान बचाने से ही बात नहीं थमती। उसे वीरत्व का पुरस्कार भी मिलता है। जो लोग मिलन स्मृति क्लब में ता धिन-धिन्ना नाचते-कूदते रहते हैं, उन्हें तो शायद पता भी नहीं है कि वह कैसा इन्सान था।

उस दिन सुकू के नाम दण्डादेश सुनकर मेरा दिल टूट गया। अब, सुनता हूँ, जज-मैजिस्ट्रेट जैसे विचारपति भी रिश्वत लेते हैं। कम से कम बहुत-से लोग तो लेते ही हैं।

मिलन की बीवी का बिलकुल अलग मकान, अलग गाड़ी! जाने कहाँ तो पोशाकों की दुकान है। सुना है, वह किसी गुरु-भाई के साथ रहती है।

ना, कोई उसे बुरी नहीं कहता।

अब सारा कुछ उलट-पलट गया है।

इन सबके बीच सुकू कहाँ फ़िट होगा? नहीं, मैं उसे फेंकना नहीं चाहता, लेकिन मैं उसे रखूँ कहाँ?

मेरे किरायेदार ने ही पूछा, "आपका वह 'लाइफ़र' बेटा लौट आया है, वह अब कुछ करेगा तो नहीं?"

सुकू इस मुहल्ले के समूचे समाज की आँखों में एक ख़ूनी था। लेकिन, अब यह किसी को भी याद नहीं है कि इस ख़ून के पीछे 'वजह' क्या थी।

जहाँ, लोग वजह ही भूल चुके हैं, वहाँ सुकू...

वे लोग उसे भूलते जा रहे हैं, इस बात का मुझे पाँच साल पहले ही अन्दाज़ा हो गया।

उन दिनों, मैंने मुनिया से कहा था, "विजयादशमी पर उसे एक ख़त भी नहीं लिखा। वह घर-घर करते हुए पागल है..."

मुनिया ने फट् जवाब दिया, "ना, बाबूजी, अपनी ससुराल के लोगों को जवाब देते-देते, मेरी तो नाक में दम हो गया।"

"लेकिन तू और विजित तो..."

"हाँ, हम दोनों अलग ज़रूर रहते हैं। वैसे तो सभी हैं। आना-जाना भी है।"

"वे लोग तुझे ताने सुनाते हैं?"

"सुनाना कोई छोड़ता है भला? मैंने भी नहीं सोचा था कि सुकू उसे एकबारगी ही..."

आते हुए मैं पार्क में जा बैठा। शान्त बाबू क्लब नहीं आते, लेकिन पार्क आते रहते हैं। तीन नम्बर बस्ती के लड़के भी कभी-कभार आते हैं।

उस दिन भी मैं पार्क में जा बैठा।

मैंने शान्त बाबू से कहा, "औरों को क्या कहूँ, ख़ुद मुनिया ही भूल गयी है कि सुकू ने ऐसा काम किया क्यों। मैंने यह नहीं सोचा था।"

"असल में याद रखा, तो मुसीबत ही समझें मोहन बाबू! अगर भूल जायें, तो कितनी ख़ूबसूरती से जीया जा सकता है।"

"ख़ैर मेरे लिए तो उम्र-क़ैद है! मैं कैसे भूलूँ?"

"सच्ची, मैं क्या बताऊँ? लेकिन मैं इसे भूला नहीं हूँ। जब वह आयेगा, तो मैं उसे बताऊँगा।"

इसके बाद ही, जब मैं घर लौटा, तो मैंने कहा, "हम दोनों ही प्राणी हताश-निराश, बेमौत मर रहे हैं। चलो, चलकर गुरुमन्त्र ले लें। मुमकिन है, थोड़ा-बहुत भूल सकें।"

"काहे? उसे भूलूँ क्यों?"

"हर वक्त का यह हाहाकार! चलो, जप-तप, पोथी-पाठ, निरामिष आहार में हम अपने को व्यस्त रखेंगे। निरंजन बाबू को ही देखो! बीवी कैंसर में मर गयी। बेटी-दामाद हवाईजहाज दुर्घटना में, बेटा विदेश में ही चल बसा। अब निरंजन कहते हैं—अब मन उतना नहीं जलता।"

कभी-कभी भयंकर ग़ुस्सा भी आता था, तब मन ही मन सबको ख़ूब-ख़ूब गालियाँ भी देता था। लेकिन अब ज़ुबान पर गाली आती ही नहीं।

सुकू! सुकू रे! तू तो मेरा वही सुकू है। लेकिन अब समाज...दुनिया और की और हो गयी है! बिलकुल ही बदल गयी है।

काश, इस मकान के चार हिस्से किये होते। एक हिस्सा हमारा होता, बाकी तीन हिस्से, तुम लोगों के होते। अपना और तेरा हिस्सा बेचकर, एक हिस्से के रुपये लेकर हम और दीदी आश्रम चले जाते।

तेरा हिस्सा, तुझे दे देता! तू कहीं और चला जाता और नये सिरे से ज़िन्दगी शुरू करता! हम तो तेरे साथ होते ही।

लगता है यही बेहतर होगा! सारा का सारा टूट-फूट हो चुका है। अब तो बस, चिप्पी-थिगली लगाकर, जैसा चल सके, चलता रहे।

अबीर के दद्दा

पता था...मुझे पता था, माँ से अब बर्दाश्त नहीं हो पा रहा है। सुकू के बारे में चिन्ता-फ़िक्र करते-करते...सोचते...सोचते...

आगे चलकर, मैंने देखा, माँ के लिए सुकू जितना कर रहा है, उसका चवन्नी भर भी मैं नहीं कर पाता। कितने जतन से वह माँ को बाथरूम में ले जाता है...सारा कुछ कितने एहतियात से कर रहा है।

माँ कहती है, "छिः! छिः!"

सुकू उन्हें दिलासा देता है, "बीमार और छोटा बच्चा, दोनों बिलकुल बराबर होते हैं, माँ! बचपन में तुमने मेरा सारा कुछ नहीं किया?"

"तुम लोगों का तो सारा कुछ बुआ ने किया था। तेरी बुआ ने तो कभी, कोई मौका ही नहीं दिया। अभी भी वह कथरी सीती है, 'संक्षिप्त कथामृत' पढ़ती है..."

सुकू माँ को कितने जतन से खिलाता है।

माँ की बीमारी ने समूचे घर को, क्षणिक रूप से बदल दिया है।

तपती भी काफ़ी समझ-समझकर चल रही है। टीवी तो बिलकुल बन्द ही है बेटियाँ भी काफ़ी दबे-पाँव चलती-फ़िरती हैं।

मैं भी क्या स्वार्थी हो गया हूँ? अक्सर मैंने यह सोचा है। सुकू लौट आयेगा। यह तो मुझे मालूम था।

कितनी आसानी से मैंने कह दिया था—"तुम्हारा बेटा है, तुम लोग समझो! मैं क्या कहूँ?"

पता नहीं, मेरी यह मनःस्थिति कितने दिनों रहेगी? मैंने शुभ संकल्प तो बार-बार किया है, लेकिन पूरा नहीं कर पाया।

तपती को ब्याहकर यहाँ क्यों ले आया?

माँ-बाबूजी को तो ख़बर भी नहीं है कि हमारा फ़्लैट जाने कभी तैयार हो चुका है! हम अब किसी भी दिन चले जायेंगे!

माँ ने कहा, "दौलत का तो पहाड़ जमा कर लिया है। अब, जहाँ मन करे, चले जाओ न।"

तपती ने जवाब दिया था, "चाहती तो मैं भी हूँ, मगर इस घर में हमारा भी हिस्सा है, उसे मैं भला क्यों छोड़ूँ?"

लेकिन इस वक्त मेरी आँखों पर धूल का चश्मा या टिंटेड ग्लास नहीं चढ़ा है। रंगीन चश्मे से तो सारा कुछ रंगीन ही दिखता है। हाँ बेहतर है कि मैं यह भी कबूल कर लूँ कि मैं रंगीन चश्मे का ही अभ्यस्त हो चुका था। अब मैंने वह चश्मा उतार दिया है। वैसे, फिर कभी, दुबारा पहन लूँगा।

तुम लोगों का बेटा है, तुम लोग समझो। मैं क्या कहूँ—? यह बात मैंने काफ़ी क्रूरता से कही थी। मन ही मन जब यह सोचता हूँ, तब किसी समाधान पर न पहुँच पाने पर, मैं झुँझला उठता हूँ।

वह हादसा सन 1974 में घटा था। उन दिनों मेरी उम्र बीस साल थी। मैं जादवपुर हॉस्टल में रहकर, इंजीनियरिंग पढ़ रहा था। अगर शिवपुर में दाख़िला मिल गया होता, तो मैं शिवपुर ही चला जाता। बाबूजी के मन में कहीं यह डर समाया हुआ था कि जादवपुर जा कर, कहीं मैं भी राजनीति न करने लगूँ।

वे बेवजह डरते थे! मैं तो चिरकाल ही अराजनीतिक रहा हूँ, क्योंकि मैं कैरियर बनाने के लिए, ध्रुवतारा की तरह अटल था। मेरे यार-दोस्त भी कम थे। मैं शरीफ़ लड़का था; किताबी कीड़ा था, अध्यापकों का दलाल था! यह सब सुनते-सुनते, मैं इन फिकरों का अभ्यस्त हो चुका था।

उस दिन मैं यहीं था। सर्दी के मौसम में मुहल्ले में फ़ंक्शन हो, उसमें मैं शामिल न होऊँ, यह मैं सोच भी नहीं सकता था। मुहल्ले की 'पूजा' में, मैं शामिल न होऊँ, क्लब के फ़ंक्शन में, मैं मौजूद न होऊँ, ऐसा नहीं हो सकता।

फ़ंक्शन में शामिल होने का प्रमुख आकर्षण थी—सुकू के दोस्त, नन्द की दीदी, रूबी! रूबी और मैं, गुपचुप एक-दूसरे को प्यार करते थे। जवानी! जवानी के शुरुआती दिन! रूबी के बाप कभी अपने किसी छात्र से, अपनी बेटी का विवाह नहीं कर सकते थे। निशीथ और रंजना की तरह, अगर हम एक-दूसरे को न मिलते, तो भी आत्महत्या हरगिज़ न करते। हम दोनों भागते भी नहीं!

हम दोनों में से, किसी एक में भी हिम्मत नहीं थी, फिर भी हम एक-दूसरे को प्यार करते थे। उस दिन फ़ंक्शन के दौरान भी हमारी भेंट हुई थी। हम दोनों बोलते-बतियाने में मशगूल थे।

आज भी हमारे मुहल्ले मे क्लब का फ़ंक्शन, पूजा होती है, रवींद्र-नज़रुल-सुकान्त सप्ताह वग़ैरह-वग़ैरह मनाया जाता है।

मैं ईषत हँसते-मुस्कराते चन्दा तो दे देता हूँ, मगर उन कार्यक्रमों में कभी नहीं जाता।

पता नहीं, किसने तो ख़बर दी थी।

अचानक माइक पर शान्त काका की आवाज़ सुनायी दी—"सुबीर दत्त, तुम जहाँ कहीं भी हो, अपने घर पहुँचो। सुबीर दत्त, तुम घर पहुँचो।"

उस शाम माँ भी उस फ़ंक्शन में मौजूद थी, लेकिन मैंने माँ को नहीं ढूँढा। मैं दौड़ते हुए घर पहुँचा।

मेरे घर का दरवाज़ा पूरी तरह खुला हुआ था। नीचे कुछेक लोगों की भीड़! मैं दो-दो, तीन-तीन सीढ़ियाँ फलाँगकर ऊपर पहुँचा।

मुनिया आर्त लहज़े में रो रही थी। और कुछ-कुछ बोल भी रही थी। मैं उसके कमरे की तरफ़ दौड़ा।

मिलन'दा का माथा फटा हुआ! चेहरा कुचला हुआ और ख़ून में रंगी हुई इस्तरी ताने सुकू!

शहर के सीने पर नक्सल आंदोलन! मैं दर्शक की तरह बाहर से ही देखता रहा। इतना सारा ख़ून, इतने करीब से, मैंने कभी नहीं देखा था। मैंने कभी सपने में भी नहीं सोचा था कि सुकू कभी ऐसा भी काम कर सकता है।

मुनिया रो-रोकर पूरी घटना का हवाला देती रही।

मेरे मन में पहली प्रतिक्रिया यह जागी कि मुनिया जब फ़ंक्शन में जा ही रही थी, तो वह शाम तक अपनी सहेली के यहाँ क्या कर रही थी?

मेरे मन में अगली प्रतिक्रिया यह जागी कि यह तो भयंकर स्कैंडल हो गया। अब पुलिस आयेगी, लोगों की भीड़ लग जायेगी...भयंकर कलंक लगेगा।

मेरा सिर चकराने लगा।

सुकू ने जाने किससे तो कहा, "दीदी को...मिलन'दा...दीदी को..."

यह कहते-कहते वह बेतरह रो पड़ा।

अचानक मेरी छाती धक्क् से रही गयी। मुझे भयंकर धक्का लगा।

उसके हाथ से इस्तरी लेकर मैंने फेंक दिया। उसे बाथरूम में ले गया।

मैंने कहा, "चल, सारे कपड़े बदल डाल! बदन भी धो डाल।"

दोलन बाबू की आवाज़ सुनायी दी, "नहीं, नहीं, पुलिस के आने तक, कुछ मत हटाओ। कुछ भी मत हिलाओ-डुलाओ।"

मैंने सुकू से कहा, "तू उनकी बात मत सुन!"

जब पुलिस आयी, सुकू बिलकुल साफ़-सुथरा होकर, कसकर मेरा हाथ थामे हुए, सन्न बैठा था। उसकी कलाई में काफ़ी, काफ़ी ताकत थी।

"मुझे बहुत डर लग रहा है, दद्दा!"

"हम सब हैं न!"

"क्यों? क्यों? मिलन'दा उस ढंग से...मेरे सामने ही उसने कहा... वह दीदी की साड़ी खींच रहा था–"

ऐसा तो है समाज! ऐसी तो है व्यवस्था! कोई लुच्चा-लम्पट, मुनिया का बलात्कार कर देता! बलात्कार की शिकार लड़की मृतक समान होती है! उसके साथ इन्साफ़ नहीं होता। मिलन तो हाथ झाड़कर बाहर निकल जाता। मुनिया से ब्याह करने को कोई बन्दा तैयार नहीं होता। हम बिरादरी-बाहर होते। मुमकिन है, उसे मौत ही चुन लेना पड़ता।

आख़िर वह मेरी बहन थी! अपनी बहन को तो मैं लाइन में नहीं उतार सकता था न!

बहरहाल, बलात्कार नहीं हुआ! वह लुच्चा-लम्पट कत्ल हो गया। बीच में फँस गया मेरा भाई। वह 'लाइफ़र' हो गया।

हाईकोर्ट में मुकदमा हार जाने के बाद, बाबूजी ने निःसहाय-निरुपाय मुद्रा में कहा, "तू अपना कैरियर बनाकर निकल जा, सुबू! तुझे प्रतिष्ठित देखकर मैं समझूँगा कि सब कुछ अकारथ नहीं गया।"

मैंने भी मन ही मन तय कर लिया। सुकू चन्द पलों के लिए अपना नियन्त्रण खो बैठा और हममें से प्रत्येक के सीने पर वज़नी बोझ बनकर सवार हो गया।

"प्रतिष्ठित' होना, बाबूजी के लिए सरकारी नौकरी पाना था। लेकिन मैं ऐसा नहीं सोचता था।

दोलन और शक्ति! उन दोनों ने एकजुट होकर, जो किया, वह अन्याय था। जिसे कहते हैं, प्रतिहिंसा परायणता!

दोलन ने तो कहा ही था, "मुझे मालूम है कि मिलन लुच्चा-लम्पट था। चलो, मान लिया कि वह लुच्चा-लफंगा था। लेकिन इसलिए कोई लड़का कहीं से उड़ता-उड़ाता आये और बंगाली लड़के का ख़ून कर दे, यह नामुमकिन है। लाट न रहा, तो क्या? भेड़ी भी मौजूद है और वह मन-मिज़ाज भी।"

ये लोग तो काकद्वीप-तेभागा के बाद, डरकर भाग आनेवाले अभी कल के लाटदार हैं।

वह जो बचकर निकल गया, वह तो रुपयों के ज़ोर पर! बाबूजी की रीडिंग ग़लत निकली। अगर पास में रुपइय्ये हों तो 'लॉ ऐंड ऑर्डर' भी उसी का है! थाना भी उसीका है और जनमत भी उसी का!

दोलन और देवी एक-दूसरे का मुँह तक नहीं देखते। लेकिन देवी को काउंसिलर तो उसी दोलन ने बनाया। दिनोंदिन कितनी धूर्तता के साथ, वह खेल, खेलता रहा।

मिलन मेमोरियल क्लब का उद्घाटन करने के बाद उसने कहा, "देखो, हे, शान्त बाबू, लुच्चे-लम्पट के नाम पर क्लब नहीं बनाया जाता।"

"एक तो बन ही गया। अब दूसरा भी होगा। लेकिन, दोलन बाबू, हर दिन बराबर नहीं होता। सुकू तो तुम लोगों का उपकार ही कर गया। मिलन अगर आज ज़िन्दा होता तो वह तुम लोगों को कतई उठने देता?"

शान्त बाबू ने जवाब दिया, "दौलत या जान-पहचान के दम पर ऊपर उठने में नैतिकता नहीं होती।"

मैं सोचता रहा। सुकू के इस काम में नैतिकता थी, यह बात तो लोग भूल ही जाना चाहते हैं। नैतिकता को ही लेकर पड़े रहने से कमाना-धमाना मुश्किल होता।

किसी और मुहल्ले में जा बसने के बजाय मैंने इसी मुहल्ले में रहकर ही यह दिखा दिया कि मुझे रुपये कमाना और रुपये जमाना आता है। वह भी दोलन या नस्कर जैसे लोगों के तलवे चाटने के बिना ही मैं दौलत कमा सकता हूँ! इसी तरह मैंने सारा कुछ सही और व्यवस्थित कर लिया था।

तपती की एक ही रट थी, "तुम्हारे ख़ूनी भाई के साथ मैं कोई रिश्ता नहीं रखना चाहती।"

"रिश्ता रखने की ज़रूरत भी क्या है? तुम अपनी मर्जी मुताबिक रहना।"

"उसे इस घर में हिस्सा क्यों मिले?"

"यह घर बाबूजी का है। उनके तीनों बच्चों को हिस्सा मिलेगा।"

"तुम उनसे बात क्यों नहीं करते? यह कहो न कि तुम इस घर की जगह बहुतल कोठी बनवाओगे और सबको एक-एक फ़्लैट दोगे।"

"बाबूजी राज़ी नहीं होंगे।"

"तो फिर उन लोगों के हिस्से ख़रीद लो। हम लोग नये फ़्लैट में चले जायेंगे और यहाँ हम 'हाइराइज़' बनवा लेंगे।"

हाँ, यह प्रस्ताव मेरे मनलायक है और जब इस बारे में योजना बनाता हूँ, सुकू के लिए उसमें कोई जगह नहीं होती।

लेकिन...सारा कुछ उलट-पलट गया।

अब तो मैं और सुकू, रात का खाना साथ-साथ खाते हैं खाना खाने के बाद गपशप भी करते हैं।

तपती खाना परोसकर हट-बढ़ जाती है।

सुकू को नज़रअन्दाज़ करते हुए, जाते-जाते मुझे हिदायत दे जाती है, "बर्तन वग़ैरह समेटकर रख जाना। ठीक है?"

"ठीक है! समेट दूँगा।"

उस दिन, वह सुकू से भी मुखातिब हुई, "जो लड़की खाना पकाने आती है, उसे खाना पकाना बिलकुल नहीं आता। देखा, कैसा बेस्वाद पकाती है!"

सुकू ने भी सहज भाव से जवाब दिया, "क्यों? ठीकठाक ही तो पकाती है। सुनो, मेरे लिए तुम लोग फ़िक्र न किया करो।"

"अरे, नहीं, नहीं, ऐसी मुसीबत के वक्त..."

उसके बाद, मैं और सुकू कुछ देर के लिए बरामदे में आ बैठे।

"सिगरेट चाहिए?"

"मैं सिगरेट नहीं पीता, दद्दा!"

"अब तू क्या करेगा, कुछ सोचा है?"

"सोच रहा हूँ! नौकरी तो मिलने से रही..."

"असम्भव!"

"लेकिन कुछ न कुछ तो करना ही होगा। मैं कुछ शुरू कर दूँ, तो माँ-बाबूजी-बुआ को ज़रा चैन आये। अगर किसी को धर-पकड़कर, एक टैक्सी निकाल सकूँ, तो..."

"तू टैक्सी चलायेगा?"

"ड्राइविंग सीख लेता! जेल में बैठे-बैठे यही सब बातचीत तो होती रहती थी कि रिहा होने के बाद, कौन क्या करेगा। मतलब...कोशिश की जा सकती है।"

"तू ड्राइविंग स्कूल में भर्ती हो जा न!"

"माँ ज़रा ठीक हो जाये! अच्छा, दीदी क्या यहाँ नहीं है?"

"ज़रूर यहीं होगी! इन दिनों तो बेटियों का स्कूल भी खुला हुआ है।"

"माँ का हाल पूछने एक बार भी नहीं आयी।"

"वैसे भी वह कहाँ ज़्यादा आती-जाती है?"

"तू सोच क्या रहा है? कुछ कहना चाहता है?"

"ना...बस, यह सोच रहा था कि बाबूजी की भी अब उम्र हुई। इस मकान के बारे में सोच-विचार करना ज़रूरी है।"

सुकू ईषत मुस्करा उठा, "इस बारे में तुझे बाबूजी से बात करना चाहिए। बातचीत तो तू कर ही सकता है। वैसे तू क्या सोचता है। यह तो मैं नहीं जानता...लेकिन मेरे बारे में तुझे फ़िक्र करने की ज़रूरत नहीं है।"

"मतलब...?"

"उन दिनों जितना मेरे हाथ में था, अब उससे भी कहीं ज़्यादा है। तू डर मत. ..कहीं न कहीं, कोई न कोई काम, मुझे मिल ही जायेगा। मुझे इस बात का भी अन्दाज़ा है कि मेरे यहाँ रहने से तुम लोगों को काफ़ी शर्मिंदगी झेलनी पड़ती है। इसलिए मैं कहीं दूर चला जाऊँगा।"

"कहाँ?"

"पता नहीं! लेकिन, घर मुझे अच्छा नहीं लग रहा है, दद्दा! सब कैसे अलग-अलग. ..इससे तो शानू'दा का घर काफ़ी ख़ुशहाल है। वहाँ सभी लोग अपने-अपने काम-धन्धे में लगे हुए! कामयाब! सब अपने-अपने में मगन!...उनका आपसी रिश्ता भी बेहतर है।"

"वह लम्बू-सा लड़का...? घुँघराले बालोंवाला..."

"हाँ, अमीर ख़ानदान का लड़का है...! तू बता, तू फ़्लैट ख़रीद रहा है या बनवा रहा है?"

"तुझसे किसने कहा?"

"कल माँ ही बता रही थी..."

"माँ-बाबूजी जानते हैं?"

"ऐसा ही तो लगा। यह तो बहुत अच्छी बात है, दद्दा! माँ को ज़रा ठीक हो लेने दे। तुम सब आपस में खुलकर बात कर लो। बस, मुझे किसी बात में मत शामिल करना।"

"इस घर में तेरा भी तो हिस्सा है।"

"घर बाबूजी का है! तुम लोग जो फ़ैसला करोगे, मैं मान लूँगा। तुझे मुझसे खौफ़ खाने की ज़रूरत नहीं है। भाभी भी मन ही मन डरती है, ख़ैर, आशंका होनी भी चाहिए। लेकिन, तू भी...यही सोचता है? ख़ैर, तुझसे 'ना' नहीं कहा जाता न?"

मैंने उसे आश्वस्त करना चाहा—ना, सुकू, मैं ऐसा नहीं सोचता! मैं तुझे ख़ूनी नहीं मानता। मेरा तार्किक मन कहता है, वह हादसा अचानक हो गया। गुस्से में, तेरी मति-गति काम नहीं कर रही थी। उन दिनों तेरे हाथ में भी ज़बरदस्त ताकत थी। लेकिन तर्क से परे, यह मन कहीं डरता भी है...कहीं फिर कभी अचानक तेरा वह चाण्डाल क्रोध दुबारा न जाग उठे।

लेकिन, सुकू उठ खड़ा हुआ।

नहीं, पहले माँ ठीक हो ले।

बहरहाल माँ-बाबूजी से बातचीत करके, हम चले आये।

सातवीं मंज़िल पर, तीन बेडरूम और दो बरामदोंवाला फ़्लैट! बनर्जी लोगों ने मिल-जुलकर यह कोठी खड़ी की है। इसीलिए मुझे ऐसे दामों में फ़्लैट मिल गया। मैंने बनर्जी का ढेरों मुनाफ़ा कराया है, इसलिए उसने मुझे यह फ़्लैट दे दिया।

कहा नहीं जा सकता! बिलकुल कहा नहीं जा सकता, सुकू जाने कब दुबारा भड़क उठे।

बनर्जी तपती का ही बड़ा भाई है। लेकिन मैं उसे अपना 'रिश्तेदार' नहीं, 'बैनर्जी' ही मानता हूँ।

दूर...सबसे बहुत दूर है यह फ़्लैट! जहाँ मुझे सुकू की छाया महसूस करते हुए गुज़ारा नहीं करना पड़ता।

श्रीला

अंगूर, अनार, कोम्प्लान, सोया-नगेट, सोया-मिल्क वग़ैरह मेज़ पर रखकर, श्रीला ने कहा, "अभी माँ के बदन को ताकत की ज़रूरत है। इतनी दुबली और कमज़ोर हो गयी है कि..."

बुआ ने कहा, "खाना-पीना त्याग दे, तो कीड़ा-पतिंगा भी नहीं बचता! आहार छोड़ दिया। तभी तो ऐसी हालत भयी।"

"बाबूजी कहाँ हैं?"

"ज़रा बाहिर निकले हैं। हमने ही कहा, घर में बैठा-बैठा तू काहे अपनी सेहत बरबाद कर रहा है! सुकू तो सब कर ही रहा है! तू ज़रा बाहर घूम आ–"

श्रीला ने ईषत मान भरे लहज़े में कहा, "दद्दा ने दुकान फोन किया था। माँ इतनी बीमार है, यह तो उसने नहीं बताया।"

"तुझे परेशान नहीं करना चाहता था–" सुकू ने सफ़ाई दी।

"मुझे क्या परेशानी होती?"

श्रीला मन ही मन आशंकित थी। सुकू कहीं यह शिकायत न जड़े–"मेरे आने के बाद, तू एक दिन भी नहीं आयी! कोई ख़त-वत भी नहीं लिखा, जबकि मैं तेरे लिए ही..."

लेकिन सुकू ने कहा, "टीवी परिवार की मालकिन है तू! तू काफ़ी व्यस्त भी रहती है..."

"लगता है, दद्दा के कमरे में बैठा ख़ूब टीवी देखता रहता है..."

"टीवी अब उनके भीतरी कमरे में रहता है। भाभी अपनी बेटियों को लेकर, कमरा अन्दर से बन्द कर लेती है और आवाज़ धीमी करके, कभी-कभी टीवी देखती है। माँ तो ख़ैर, देखकर भी क्या कर सकती है?"

"वैसे ख़ूब ज़्यादा नहीं। एक दिन...बस, ज़रा देर के लिए...माँ जब से बीमार हुई है, भाभी टीवी नहीं चलाती–" सुकू ने दुबारा कहा।

"टीवी परिवार कैसा लगता है, रे?"

"बिलकुल झकास! नेरोलैक रंग...! बेहद ख़ूबसूरत रसोई में, बेहद ख़ूबसूरत गृहिणियाँ, अपने ग्रेट पतियों और ग्रेट बच्चों के लिए, खासे लज़ीज पकवान बनाती हैं।"

"पिछले दिनों मैंने भी कुकिंग रेंज ख़रीदा है–"

"देख, मैंने कैसे अन्दाज़े से बता दिया।"

"ज़रूर भाभी ने बताया होगा।"

"न्ना! मुझे किसी ने भी नहीं बताया।"

दीदी, बेहद, सज-सँवरकर आयी थी। ख़ूब बनाव-शृंगार किया था। असम्भव अचीन्हा चेहरा! हल्का-सा मेकअप! उड़ते-लहराते बाल! बेहद मोहक ख़ुशबू!

"माँ बात क्यों नहीं करती? ओ माँ, मैं हूँ...मुनिया!"

"मैं समझता हूँ।"

"बता न, बात क्यों नहीं कर रही है, सुकू?"

"तुम लोग ज़रा बाहर जाओ! माँ बाथरूम जायेगी–" सुकू ने कहा।

"बेडपैन...यूरिनल...?"

"माँ को इसकी आदत नहीं है।"

श्रीला बाहर निकल आयी।

बुआ ने कहा, "बाहर ही बैठ! ज़्यादा बातचीत बहुरिया सह नाहीं पाती। ओका कपार पिराने लगत है।"

"सारा काम सुकू ही करता है?"

"सुकू था...तभी तो...। सुकू ने अपनी माँ को क-भी बिस्तर पर लेटे नाहीं देखा। उस दिन तो बिलकुल सन्न रह गया। वही झटपट डॉग्दर बुला लावा।"

"दद्दा ने मुझे कुछ भी नहीं बताया।"

वैसे बताता भी तो क्या हो जाता? विजित और मेरा विवाह, शर्तों में हुआ था। उसने कहा था, "हाँ, मैं तुमसे शादी करूँगा, लेकिन...शादी के बाद, तुम सुकू से कोई रिश्ता नहीं रखोगी।"

इसी शर्त पर विवाह हुआ था। हाँ, उस वक्त मुझे दो टूक जवाब देना चाहिए था–"ऐसी शर्तों पर मुझे तुमसे विवाह नहीं करना है–" लेकिन मैंने कहा, "ठीक है! मंज़ूर!"

ऐसा भी नहीं था कि मेरी काफ़ी उम्र हो गयी थी। छब्बीस वर्ष, कोई ख़ास उम्र नहीं होती। लेकिन उस हादसे के बाद आठ साल मैंने कैसे गुज़ारे, बयान नहीं कर सकती। माँ तो न दिन देखती थी, न रात! हर वक्त, उसकी ज़ुबान पर एक ही जुमला–"तुझे बचाने की कोशिश में सुकू...तुझे बचाने के लिए–"

"एइ, दीदी, क्या सोच रही है?"

"चल, सुकू। बुआ के कमरे में चलते हैं।"

"मैं और तू...उस कमरे में चलें?"

"हाँ, तुझसे मुझे बातें करनी हैं।"

"विजित'दा को यह पसन्द नहीं आयेगा।"

"हाँ कह ले! कह ले! तुझे हक है! मुझे सुनाने का तुझे पूरा हक है।"

"तू बता न, दीदी, क्या वजह थी, जो तू मुझे ख़त नहीं लिख सकती थी? इतने दिनों तू मिलने क्यों नहीं आयी? वैसे मैं समझता हूँ। मैं सिर्फ़ एक बात कहूँगा, उस दिन मैंने जो किया, उसके लिए आज भी...मुझे रंचमात्र भी पछतावा नहीं है। मैं नहीं समझता कि मैं हत्यारा हूँ। मैं ख़ूनी हूँ। पिछले चौदह साल मैं सोचता रहा... सोचता रहा...! मेरी राय में कोई जाना-पहचाना कुत्ता भी अगर पागल हो जाये और हिंस्र हो उठे...तो उसे मार डालना चाहिए। मैंने एक कुत्ते को मार डाला था।"

"चल, सुकू...एक बार, उस कमरे में चल! हम वहाँ बैठकर, बातें करें।"

"लेकिन यहाँ आ कर देखा, माँ-बाबूजी और बुआ को छोड़कर, तुम सब मुझे ख़ूनी समझते हो! मुझसे डरते हो।"

"मैं डरती नहीं हूँ...।"

"दद्दा भाभी, बच्चे—सभी, जैसे ही मैं आया, सब सिहर उठे हैं...डर से सिमट गये हैं। हालाँकि मैं यहाँ लौटा हूँ...अपनों के बीच लौटा हूँ...मैंने तो यही सोचा था। यह लौटना कितना मुश्किल होता है...।"

"तुझसे डरकर, मैं पीछे नहीं हटी हूँ।"

"जानता हूँ! तुम अपना विवाह बचा रही हो! बचाओ...वही बचा लो। विजित'दा. ..वैसे मैं उन्हें दादा क्यों कह रहा हूँ...। विजित'दा से तेरा विवाह शर्तों की तहत हुआ था। तू अपनी शर्तें पूरी कर क्योंकि मैं तुम्हारे किसी काम का नहीं हूँ। तेरे घर में मेरा कोई परिचय नहीं है! चल मैं यह मान लेता हूँ कि तेरी बेटियों को शायद यह जानकारी हो कि उनका सिर्फ़ एक ही मामा है या फिर वे जब यह जानती हों कि उनके छोटे मामा ने शायद ऐसा कोई गुनाह किया हो कि उसका नाम तक लेने की मनाही है। तू यह बता कि इसमें कौन-सा सच है?"

"यह मैं नहीं बता सकती।"

"वैसे तू मज़े में ही है। मुझे बाद दे कर चलने में तुझे कोई परेशानी तो नहीं है। माँ-बाबूजी को एक कमरे में ढकेलकर लगभग पूरे मकान पर दखल जमाकर, अपना राज-पाट फैलाने में, दद्दा को भी कोई परेशानी नहीं है। इसलिए तुझे माफ़ी माँगने की ज़रूरत नहीं है।"

"माफ़ी किससे माँगूँ? तू हँस रहा है?"

"हँसूँगा नहीं?" तू किससे माफ़ी माँगे, यह मुझे क्या पता? मेरा तो कोई स्टेटस ही नहीं है। मैं, तुम लोगों की दुनिया का बन्दा ही नहीं हूँ। लेकिन बाहर की दुनिया इतनी हिंस्र हो उठी है, इसका मुझे अन्दाज़ा नहीं था।"

"अब तू और बुआ साथ रहते हैं?"

“एक वही प्राणी, जाने क्यों तो बिलकुल नहीं बदला! फ़ालतू इन्सान है! आदिकाल के मूल्यबोध से चिपकी हुई है। उसका कहना है–तूने भला काम किया था। ऐसा काम भला कितने जन करते हैं?”

“और बाबूजी? माँ?”

“बाबूजी भी बेहद खीजे हुए और असहाय हैं। माँ बेहद कातर और निरुपाय हैं। लेकिन वह क्या करे? तुम लोगों ने उनकी सेहत नहीं देखी? अच्छा, एक बात तो बता, मैं तो जेल में ही था। माँ बाबूजी और बुआ की देख-भाल न करने की शर्त भी क्या भाभी और विजित'दा ने ही लगायी थी?”

“चल, छोड़, सुकू! मैं जा रही हूँ।”

“माँ को देखने तो कभी-कभी आ जाया कर।”

“माँ को तो अब तू मिल गया है।”

“ना! मुमकिन है कि माँ के आगे भी किसी ने शर्त रखी होगी। बेहतर होता, उनके आगे कोई शर्त न रखी जाती। उसी टेंशन में माँ बीमार हो गयी। ख़ैर तेरा माँ को इस वक्त देखने आना...जब मैं भी यहाँ हूँ...मुझे समझ में नहीं आया।”

“मैं...चलती हूँ।”

“बीमार होकर ही, माँ ने मुझे...”

“क्या...? माँ ने तुझे बाँध लिया?”

“नहीं, परेशान कर दिया–”

“अब तू है न! उन दोनों को देखना...इस घर में...”

“मुझसे कितना-सा हो सकेगा?”

“तू करेगा...अभी वक्त गुज़र तो नहीं गया।”

“तू ही बता...मेरे पास क्या अभी भी वक्त है?”

सुकू उसके करीब चला आया।

उसका हाथ सहलाते हुए, उसने स्नेहिल लहज़े में कहा, “मैंने जो कहा, उसका एक भी शब्द, गुस्से में नहीं कहा, समझी? विजित'दा को समझाना...माँ बहुत बीमार है...वे ज़रूर समझेंगे।”

श्रीला फफक-फफककर रो पड़ी।

सुकू सकपका गया।

बुआ, श्रीला को अपनी बाँहों में लपेटकर कमरे में ले आयी।

“क्या बात है, दीदी? एइ दीदी! रोते नहीं! देख, बाबूजी अभी आ पहुँचेंगे! एइ, दीदी!”

“मुझे...बहुत...”

“समझ गया...समझ गया! चल, आँसू पोंछ ले!”

“तुझसे, खतो-किताबत का रिश्ता रखने को भी...”

"पता है! तुझे इसकी भी अनुमति नहीं है। वैसे विजित'दा बेहद भलेमानस हैं। सब कुछ जान-सुनकर, उन्होंने तुझसे शादी की...तेरी इज़्ज़त सलामत रखी...ख़ुद भी अपना कारोबार खड़ा किया..."

"हाँ, सिर्फ़ तेरे ही मामले में इतने..."

"यही स्वाभाविक है, दीदी! मध्यवित्त इन्सान को काफ़ी कुछ मानकर चलना पड़ता है। तुझे याद है। जो बन्दा...मातीन...मिलन'दा के साथ-साथ घूमता फिरता था, उसी ने हरि साब को कत्ल कर दिया...! वैसे मतीन का बाल भी बाँका नहीं हुआ...। उस मतीन को पूजा-पण्डाल में देखकर, हम किस कदर डर गये थे! ऐसा तो होता ही है!"

"पता नहीं रिश्ते में भाभी का कैसा तो भाई लगता है...उसके ख़िलाफ़ बीवी को जलाकर मार डालने का मुकदमा चल रहा है...कुछ दिन जेल में रहा। वह तो आराम से आता-जाता है...। सुना है, जमानत पर बाहर आया है। अभी भी केस चल रहा है..."

"भई, उन लोगों के हिसाब से यह बिलकुल अलग किस्म का मामला है।"

"तू तो भाभी के लहज़े में बात कर रहा है। भाभी यही कहती है, उसके ख़िलाफ़ केस साबित तो नहीं हुआ। केस ज़रूर चल रहा है...लेकिन हमारी राय में, यह महज़ एक दुर्घटना थी।"

"ख़ैर, जिसे मैं नहीं जानता, उसके बारे में मैं कोई राय नहीं देना चाहता।"

"मैं तो भाभी की राय बता रही हूँ।"

"मुमकिन है, उन्हें लगता हो, मेरा मामला बिलकुल और तरह का है..."

"सॉरी! तेरे केस के बारे में बार-बार ज़िक्र छेड़कर..."

"नहीं, नहीं कोई बात नहीं! तुझे जाना नहीं है?"

"जाना है, सुन, माँ से अगर ज़रा बात करूँ, तो क्या माँ को तकलीफ़ होगी?"

"बातचीत तो वह बहुत कम ही कर रही है! वैसे डॉक्टर की राय है कि वह पहले से बेहतर है। अब, अगर प्रेशर कंट्रोल में आ जाये, तो..."

"चल, छोड़, नहीं जाऊँगी! इस घर में...रंग रोगन हो जाता, तो... कैसा तो बदरंग हो आया है...। रंग हो जाता, हो तुझे भी अच्छा लगता।"

"पहले माँ तो अच्छी हो ले! तू...ठीकठाक रहना..."

"तू भी अपना ख़याल रखना।"

श्रीला ने बाल सँवारे और चेहरा पोंछ लिया।

"फिर किसी दिन आऊँगी!" उसने कहा।

सुकू ख़ामोश!

"जाऊँ, बुआ से भी विदा लूँ..."

"बुआ, माँ के कमरे में बैठी हुई है।"

"माँ को फल-वल खिलाते रहना।"

"फल तो दद्दा भी लाते रहते हैं! इतने फल की ज़रूरत नहीं है।"

"अरे, तुम चाय पीकर जाना! चाय बनाती हूँ।"

"नहीं, रहने दो।"

श्रीला उठ खड़ी हुई।

❑

विजित ने सवाल किया, "वहाँ गयी थी?"

"हाँ, गयी थी।"

"तुम्हारा भाई लौट आया है, इसके बावजूद गयी थी?"

"हाँ, गयी थी! माँ बेहद बीमार हैं। वैसे तुमने मुझे नहीं बताया कि माँ इतनी ज़्यादा बीमार है।"

"तुम्हारे भाई ने ही मुझे बताने को मना किया था।"

"क्यों?"

"तुम घबड़ा जाओगी! बेकार तुम्हें दौरे पड़ने लगेंगे।" विजित ने आवेगहीन लहज़े में जवाब दिया।

श्रीला की अपलक निगाहें, उसके चेहरे पर गड़ी रहीं।

"तुम मुझे ऐसे क्यों घूर रही हो?"

"सोच रही हूँ! सन 1982 में हमारी शादी हुई! अब सन 1994 चल रहा है। इतने सालों के दौरान, मुझे कितनी बार दौरे पड़े हैं?"

विजित कपड़े बदल रहा था।

"भाई को ख़त लिखने को लेकर...?" उसने फिर सवाल किया।

"हाँ, वही, बस, एक बार! लेकिन मेरे प्रसंग में, तुम दौरे पड़ने की बात बार-बार दुहराते रहते हो।"

"आज की बात अलग है, श्रीला!"

"कौन-सी बात?"

"चलो, छोड़ो, कभी बाद में बात करेंगे।"

"नहीं, जो बात है, सो अभी हो जाये।"

"बेटियाँ आती ही होंगी।"

"तुम अच्छी तरह जानते हो कि उन्हें, उनकी बुआ 'पिकअप' करने वाली है। वही उन्हें अपने साथ ले जायेगी।"

"अरे, हाँ, हमें भी तो वहाँ जाना है।"

"बात क्या है, अभी बताओ।"

"आसान-सी बात है! मैंने शादी से पहले ही कह दिया था। तुम उस भाई के साथ रिश्ता नहीं रखोगी। इस मामले में आज तुम वहाँ गयीं। कल वह यहाँ आयेगा...। नहीं, श्रीला, नहीं—"

श्रीला के चेहरे पर तीखी-सी मुस्कान झलक उठी, "सुकू, इस घर में कभी कदम नहीं रखेगा। तुम निश्चिंत रहो।"

"यह बात क्या वह जानता है?"

"यह बात उसीने कही है।"

"चलो, यह बात उसे याद रहे, तो ग़नीमत है।"

"और मेरी माँ अगर बीमार पड़ी है, तो मैं उसे देखने ज़रूर जाऊँगी, विजित! इसके लिए मैं तुमसे अनुमति नहीं लूँगी।"

"जब अबीर मौजूद हो वहाँ, तो न जाओ, तो क्या बेहतर नहीं होगा?"

"वह अपने माँ-बाप के पास आया है। मैं अपनी माँ को देखने जाऊँगी।"

"जाओ, जब मर्जी हो, आओ-जाओ। सच्ची, कैसे अजीब घर में शादी की मैंने!"

"वह भी आरजू-मिन्नत करके! मेरे माँ-बाप से बात करने, तुम ख़ुद गये थे।"

"इस बारे में मैंने कभी, कुछ कहा क्या?"

"नहीं, 'अजीब घर' कहा न, इसलिए मेरा यह जवाब है–"

"तुम्हारे दद्दा के अलावा, उस घर में कोई बन्दा है, जो बातचीत के लायक हो?"

"मेरे माँ-बाप के पास तो तुम फटकते तक नहीं–"

"यह सम्भव नहीं है, श्रीला मेरा विश्वास करो! वे दोनों प्राणी, सिर्फ़ और सिर्फ़ अपने छोटे बेटे की चर्चा के अलावा और कोई..."

"ऐसी एक दुर्घटना...। उनकी ज़िन्दगी कैसी बदतर बना दी है, इस हादसे ने...। ऐसे में वे और क्या बात करेंगे?"

"उनका एक और बेटा भी तो है।"

"तुम्हारे माँ-बाप को भी तो और दो-दो बेटे हैं। वे दोनों तुमसे भी ज़्यादा समृद्ध हैं। इसके बावजूद, उनके सारे काम, अकेले तुम्हें ही क्यों करना पड़ते हैं?"

"सारे बेटे क्या बराबर होते हैं?"

"वाह! ख़ुद ही जवाब भी दे लिया?" तुम्हारे भाई अपने माँ-बाप के प्रति कोई कर्तव्य नहीं निभाते, इसीलिए तुम पर इतना दबाव है। उनके लिए तुम ही हो।"

"नहीं, नहीं, तुम भी काफ़ी..."

"रहने दो, विजित, रहने दो। बहुत हुआ। इतने सालों बाद, तुम लोगों की ज़ुबान से, मुझे अगर यह जानना-सुनना पड़े कि हाँ, मैंने तुम लोगों के लिए कुछ किया है. .. पता नहीं, मैं पागल ही न हो जाऊँ–"

"तुम इतना तैश खा जाओगी, अगर मुझे यह पता होता, तो..."

"अब, बात मत घुमाओ! मेरे दद्दा ही अगर माँ-बाप की सही देख-भाल करते, तो वे दोनों छोटे भाई का यूँ बार-बार नाम नहीं लेते। यह बात तुम क्या समझते नहीं? या समझना नहीं चाहते?"

"जो बेटा 'लाइफ़र' हो जाये, वह..."

"कहा न, तुम अपने से बाहर कुछ नहीं समझते! बिना समझे ही कह दिया। मेरे माँ-बाप का एक बेटा, तथाकथित सफल होने के बावजूद, माँ-बाप की देख-भाल नहीं करता। दूसरा बेटा जेल में हो तो माँ-बाप की क्या हालत होती है। तुम समझ सकते हो?"

"नहीं, नहीं, यह मैं नहीं मान सकता। तपती के लिए ही तुम्हारे दद्दा...तुम हँस रही हो?"

"बड़ी तकलीफ़ से हँस रही हूँ! बेटा अगर फ़र्ज़ से मुँह मोड़ ले, तो इसका सारा दोष उसकी बीवी पर डाल दिया जाता है—ऐसा सभी करते हैं। बेटे अपना फ़र्ज़ निभाते रहें, उसमें उनकी बीवी का भी सहयोग हो, यह बात कोई नहीं कहता। दद्दा का कोई. ..अच्छा, छोड़ो!"

"बहरहाल, सुकू के साथ...!"

"मैं माँ से मिलने भी जाऊँगी और वहाँ सुकू से भी भेंट होती रहेगी। वह यहाँ नहीं आयेगा।"

"चलो, निश्चिंत हुआ!"

"पता है, सुकू, हम दोनों को...दद्दा को...टीवी विज्ञापनों का दम्पती मानता है और यह उसकी नज़र में मूल्यबोध हीनता का परिचय है।"

"यह उसकी ईर्ष्या है! एक ख़ूनी असामी..."

"याद रखो, वह ख़ून उसने मेरी इज़्ज़त बचाने के लिए किया था या तुम यह कहोगे कि इज़्ज़त जा रही थी, तो जाने देते, उसने ख़ून क्यों किया?"

श्रीला के हावभाव में चुनौती उभर आयी।

विजित सकपका गया।

"क्यों, अब चुप क्यों हो गये? कुछ कहोगे नहीं?"

"ना! अच्छा, अब तैयार हो लो, श्रीला, मीता लोग हमारा इन्तज़ार कर रहे होंगे। बुल्टी का जन्मदिन जो है। रास्ते में अभी 'प्रजेंट' भी ख़रीदना है।"

"उसने राजस्थानी ड्रेस की फ़र्माइश की थी, मैं ले आयी हूँ। ऐसा करो, तुम ही चले जाओ।"

"क्यों? तुम नहीं चलोगी?"

"न्ना! एक साल न भी गयी, तो क्या हो जायेगा? अर्णव की दौलत का गरूर और ईडियट जैसी बातचीत का रंग-ढंग न भी सुना...तो क्या फ़र्क पड़ेगा? वहाँ जा कर तुम्हारे भाई-भौजाइयों और मीता की बनावटी बातें न सुनीं, तो क्या नुकसान होगा? जुरासिक पार्क का कैसेट नहीं देखा...मुझे यह सब अच्छा नहीं लगता।"

विजित का मुँह अचरज से फैला का फैला रह गया। सच तो यह था कि वह शान्तिप्रिय! परिवार-केन्द्रित, आत्मतुष्ट शख़्स था! अतिशय ग़ुस्सा या बेअदबी, उसके स्वभाव के ख़िलाफ़ था। इतने सालों में उसने श्रीला को कभी 'ना' करते हुए नहीं सुना था। आज पहली बार श्रीला ने साफ़ मना कर दिया।

"तुम...क्या करोगी?"

"मैं नहाऊँगी-धोऊँगी।"

"ऐसे असमय में?"

"मेरे लिए तो ठण्डे-गर्म पानी का इन्तज़ाम मौजूद है; हेयर-ड्रॉयर है, सो नहाने में क्या परेशानी है? मैं नहाऊँगी, आराम से लेटी रहूँगी, किताब पढ़ूँगी, जो मन करेगा, करूँगी।"

"शिउली भी नहीं है..."

"उसे तो मैंने ही छुट्टी दे दी है। किसी को खाना-पीना भी नहीं है। झूठमूठ उसे क्यों रोके रखती?"

"तुम्हारे लिए मैं कुछ ले आऊँ?"

"तुम्हें कुछ नहीं करना है। विजित! तुम जाओ। मैं नहाने चली–"

"अब मैं तुमसे क्या कहूँ? अपना ख़याल रखना।"

"घर तो ग्रिल से घिरा हुआ है; कोलैप्सिबल गेट भी है...सारा कुछ सुरक्षित है. ..खतरे की क्या बात है?"

"ख़ैर जाते-जाते मैं रजत से कहता जाऊँगा।"

"ठीक है, कह देना।"

"समझ में नहीं आ रहा है कि मीता को क्या सफ़ाई दूँगा?"

"जाने का मन नहीं किया, यह तो तुम कह नहीं सकोगे। कह देना, सिर-दर्द था।"

बाथरूम में घुसकर, श्रीला ने दरवाज़ा अन्दर से बन्द कर लिया। वाकई, आदर्श टीवी परिवार है। बेटियों का नाम–शालिनी और मालिनी था, अब वे दोनों रिचा और रिया हो गयी हैं। सुकू उनके परिवार को आदर्श परिवार कहता है! लेकिन विजित ने सिलीगुड़ी में भी 'सुख-शय्या' की शाखा खोलने के बाद, 'वृत्तिका' होटल का चेन-ऑर्डर पाने के बाद, अपना घर, अपना ड्रॉइंगरूम, डाइनिंगरूम और दो-दो बाथरूम, किचेन सारा कुछ उसने 'डिज़ाइनर' पत्रिका की तस्वीर देख-देखकर बनवाया था।

यह सब बनवाना ही पड़ता है। मैदान में उतरने के बाद, दौड़ लगाना ही पड़ती है। हाँ, गाड़ी कुल एक ही है। वैसे मैं माँ-बाबूजी के यहाँ भी कम ही जाती हूँ। जाती भी हूँ तो गाड़ी नहीं लेती। यूँ देखा जाये, तो कहीं, कोई त्रुटि नहीं है।

दुकान जा कर हेयर-स्टाइल कराने या साज-राज्जा करने या मालिश कराने की आदत, अभी तक नहीं पड़ी है। मीता यह सब करती रहती है।

विश्वास करें, विवाह के वक्त विजित का इतना ठाठ-बाट नहीं था। यह तो दिनोंदिन बढ़ा है। इसलिए विजित और उनके घरवालों का ख़याल है कि मैं बेहद शुभ और सुलक्षणी साबित हुई हूँ।

सुकू की दीदी! वह भी सुलक्षणी! ख़ैर! मैंने भी इस बात पर यकीन कर लिया है! ज़रूर ऐसा ही होगा।

असल में, उस दिन के बाद, मैं बेतरह बदल गयी।

उस दिन...तू अगर घर पर न होता, तो मुझे आत्महत्या ही करना पड़ती। पता नहीं! मिलन'दा तो छोड़ने वाला जीव नहीं था। जो लड़कियाँ बलात्कार का शिकार हो जाती हैं उन्हें लेकर तो हर कोई मुसीबत में पड़ जाता है।

मिलन'दा अक्सर ही रास्ते-घाट पर पीछे पड़ा रहता था। मैं तेज़-तेज़ चाल में अपने घर लौट आती थी! मैं अक्सर अपने को यही समझा लेती थी कि वह मुझे बचपन से देखता आया है। उसका कोई बुरा इरादा नहीं है, मैं फ़िज़ूल ही

डरी-सहमी रहती हूँ।

उम्र में तू छोटा था! मैं बड़ी! लेकिन मैं किसी दिन भी तेज़-तर्रार नहीं थी। अपने बारे में बहुत ज़्यादा सजग भी नहीं थी। लेकिन नौवीं क्लास में पढ़ते हुए, अचानक मुझे एहसास होने लगा कि उम्र के लिहाज़ से मेरा तन-बदन काफ़ी गदरा उठा है इसीलिए जब कभी मैं किसी शादी-ब्याह में जाती थी, तो हर किसी की निगाहें मुझ पर ही गड़ी होती थीं। मैं हर किसी का ध्यान अपनी तरफ़ खींच लेती थी। वैसे मैं ख़ूबसूरत भी नहीं थी, खास ग़ौरी-चिट्टी भी नहीं, लेकिन लड़कियाँ मुझे 'अट्रैक्टिव' कहती थीं। बेहद आकर्षक!

उसी आकर्षण की क्षमता की वजह से ही, हमारे घर में सर्वनाश की शुरुआत हुई!

जब तुझे गिरफ़्तार करके ले गये, उसके बाद कितने ही दिनों तक मैं मरणासन्न-सी पड़ी रहती थी! अर्से तक मैं निष्प्राण लेटी रहती थी, क्योंकि इस हादसे के कुछ ही दिनों बाद लोगों ने कहना शुरू कर दिया, "एक हाथ से ताली नहीं बजती! उस लड़की का क्या ज़रा भी दोष नहीं है?"

देवी भाभी तो चीख़-चीख़कर मुझे फूहड़-फूहड़ गालियाँ सुनाया करती थीं।

जब सेशन कोर्ट का फ़ैसला सुनाया गया, माँ ने रोते-रोते कहा, "देख, कैसा सर्वनाश हो गया, तेरी ही वजह से..."

"मैं हर वक्त घुटने लगी! मैं कहाँ जाऊँ, कहाँ छिप जाऊँ, क्या करूँ।"

मैंने बुआ से कहा, "अब बर्दाश्त नहीं होता, बुआ! बी.ए. पास करने के बाद, अगर कहीं नौकरी-चाकरी मिल जाती, तो मैं चली जाती।"

बुआ ने समझाया, "सुकू के लिए ही सबलोग पगलाये हुए हैं, तोरे दद्दा तो सदा का अड़ियल-अक्खड़...अलग-थलग रहा! अगर तू भी चली जावेगी, तो हम सब क्या करेंगे, बता?"

बुआ अक्सर बुदबुदाया करती थी—"ई तो उल्टा पुरान हो गया। मिलन का इत्ता बड़ा पाप, कोऊ नाहीं देखा! सारा दोष हमारा घोर कलियुग है! समझी, मुनिया?"

बुआ तो मन्दिर भी जाती थी, दुकान भी जाती थी और शाम को भगवान को चढ़ाने के लिए फूल ख़रीदने भी निकल जाती थी।

वह अक्सर पूछती थी, "ई बहुरिया काहे मुँह छिपाये फिरत है? तू भी मुँह लटकाये काहे घूमत है? हमका देख, हम माथा ऊँचा करके बाहिर जात हैं, घूमत-फिरत हैं। हमरा

माथा हरदम ऊँचा रहेगा। हमार बचवा कउनो दोष नाहीं किया! उसने तो पापी-तापी को दण्ड दिया है।''

तूने सच ही कहा, सुकू! बुआ का मूल्यबोध बाबा आदम के ज़माने का है। सच्ची, बुआ बिलकुल फ़ालतू है।

सच्ची, बुआ जैसी भला और कौन है?

मेरी हालत बिलकुल अलग थी, सुकू! तूने जो किया, मैंने कभी उसे अन्याय नहीं माना। आज भी नहीं मानती। मैं तेरी वजह से ही तो ज़िन्दा हूँ। बहुत बड़ी कीमत चुकाकर, मैंने, बहुत कुछ पाया है। इसके लिए मैं किस कदर एहसानमन्द हूँ, यह तो तू ही मुझे कहने नहीं देता।

तूने सही समझा, ढेर-ढेर समझौते करके मैं किसी तरह अपना विवाह बचा रही हूँ। उन दिनों मैंने बी.ए. तो पास कर लिया, मगर नौकरी नहीं मिली। माँ-बाबूजी की हालत तो मैं देख ही रही हूँ। दद्दा को नौकरी मिल गयी। उसने अपने को और अलग कर लिया। अब, हमारी हालत ज़रा समझने की कोशिश कर।

तूने जो किया, वह अपनी दीदी की आबरू बचाने के लिए, यह बात दोलन बाबू ने लोगों को भूल जाने में मदद की।

लेकिन इन्सान...यहाँ के इन्सानों को तो जो समझना था, उन लोगों ने वही समझ लिया।

हम ही कौन-से व्यतिक्रम थे? विज्ञापन जो कहता है, हम वही करते हैं। वही शैम्पू, साबुन, पाउडर, साड़ी, चप्पल, बर्तन-भांड़े...गृहस्थी के सारे सामान ख़रीदते हैं। अख़बार जो सोचने-समझने को कहता है, हम वही सोचते-समझते हैं। अर्सा हुआ, मैंने बुद्धि भिड़ाना बन्द कर दिया है।

तेरे मामले में भी हादसे की वजह भुला देने में मदद की गयी। बच रही, एक अदद वीभत्स हत्या की याद! तेरे एक ही वार में मिलन'दा चित हो गये। तेरे पहले ही हमले ने उनका सिर फोड़ दिया। उसके बाद, चन्द सेकण्ड के लिए, तू जाने कैसा तो हो आया था। मैं चीख़ती रही...चिल्लाती रही...तेरा हाथ पकड़कर खींचती रही! तुझे किसी बात ने स्पर्श नहीं किया।

तेरा वह बार-बार का हमला ही तेरे ख़िलाफ़ पड़ गया। लेकिन, मुझे पता है, तू अपने आपे में नहीं था। या तू अपना हाथ रोक नहीं पाया।

यह तो हाल था, सुकू! मेरी न नौकरी-चाकरी न मैं अपने यार दोस्तों को प्रिय रहा! न मुझे ननिहालवाले पसन्द करते हैं। उन दिनों तेरी ही तरह, मैं भी सबके लिए भयंकर अवांछित थी। उन दिनों मैं गाने के स्कूल भी काफ़ी जबरन जाया करती थी। लेकिन इसके लिए भी मुझे अन्दर से काफ़ी ज़ोर लगाना पड़ा था।

एक दिन माँ ने ही कहा, ''मुनिया का ब्याह कर दो।''

उन्होंने दद्दा से कहा, ''तू भी कोई लड़का देख—''

इसके लिए अख़बारों में विज्ञापन भी दिया गया। कई-कई रिश्ते भी आये। मगर होने को कुछ भी नहीं हुआ। इसी तरह मैं छब्बीस की उम्र तक पहुँच गयी।

मैंने देखा, दद्दा ने भी विवाह कर लिया।

माँ ने कहा, "बहन को पार कर देते, तब अगर..."

दद्दा ने छूटते ही जवाब दे डाला, "उससे शादी करने के लिए कौन आगे आयेगा, माँ?"

दद्दा के प्रीति-भोज के दिन, मैं बाथरूम में जा कर ख़ूब-ख़ूब रोयी थी, सुकू! मुझमें अगर हिम्मत होती तो मैं उस दिन कुछ कर गुज़रती। लेकिन इतनी हिम्मत ही नहीं थी।

बाबूजी से मैंने कहा, "मुझे किसी आश्रम में भेज दो, बाबूजी!"

विजित गाने के स्कूल में मीता को छोड़ने और लेने आया जाया करता था। तुझे तो पता है, वह उम्र में मुझसे नौ साल बड़ा है! मैंने कभी सिर उठाकर भी उसे नहीं देखा।

एक दिन मीता ने ही पूछा, "मेरे छोटे भइया अगर तुझसे शादी करना चाहें, तो तू करेगी? देख, मैं तुझसे यह बात नहीं करना चाहती थी, मगर छोटे भइया ही मेरे पीछे पड़े हैं।"

मीता मुझसे करीब तीन साल छोटी है। काफ़ी पटर-पटर बोलती है।

मैंने कहा, "मुझसे शादी? वे क्या नहीं जानते?"

"जानते हैं! जान-समझकर ही कहा है।"

"ज़रूर मज़ाक किया होगा—"

लेकिन विजित ने मज़ाक नहीं किया था। एक दिन क्लास के बाद, ख़ुद आग बढ़कर उसने मुझसे जान-पहचान की।

चन्द दिनों बाद, मैंने विजित से पूछा, "आप मेरे घर चलेंगे? मेरे बाबूजी से बात करेंगे?"

"पहले आपकी मर्जी तो पता चले—"

"बाबूजी की मर्जी ही, मेरी मर्जी है! लेकिन, हाँ, मेरे बाबूजी पैसे-वैसे ख़र्च नहीं कर पायेंगे। रहा मेरा भाई, उसके बारे में आप जानते हैं।"

ख़ैर, विजित की तरफ़ से रुपये-पैसे की माँग थी भी नहीं और उसे मेरे भाई के बारे में भी पता था। उसने बाबूजी से बात की। उसने बताया कि कामकाज और कारोबार के चक्कर में और दोनों बहनों का ब्याह करने में ही उनकी उम्र निकल गयी। मैं उसे बेहद पसन्द आयी हूँ। उसे ऐसी ही घरेलू, शरीफ़, शान्त लड़की की तलाश थी।

ना, उसकी कोई माँग नहीं थी। उसने सिर्फ़ इतना ही अनुरोध किया था कि बरातियों का अच्छी तरह स्वागत किया जाये और सबको खिला-पिला दिया जाये।

मैंने कहा, "मैं चाहती हूँ कि सारी बातें घर में ही तय हो जायें।"

अस्तु, सारी बातचीत घर में ही तय हो गयी, सुकू!

मैंने कहा, "इस शादी से मीता को तो ख़ुशी नहीं होगी। शायद घरवालों को भी ख़ुशी न हो।"

"ठीक वक्त पर मेरी शादी नहीं की। उस पर से मेरे कन्धे पर ढेरों ज़िम्मेदारियाँ भी लाद दीं। अब मैं चाहे जिससे भी शादी करूँ, वे लोग मान लेंगे।"

"मुझे क्या उन लोगों के साथ ही रहना होगा?"

"हमारे घर में कोई, किसी के साथ नहीं रहता। भाईसाब, छोटे भइया, बस अगल-बगल, लेकिन अलग-अलग रहते हैं। रह गये पापा-मम्मी और मीता। मीता का तो विवाह ही हो जाना है। मैं दुकान की ऊपरी मंज़िल में रहता हूँ। सायकिल की दुकान थी, चोट खा गया। साड़ी का कारोबार शुरू किया, फिर धक्का खाया। अब यह नया कारोबार शुरू किया है...लगता है, जम जायेगा।"

"लेकिन, मेरी उम्र..."

"मेरी भी उम्र तो पैंतीस की हो गयी। अब इस उम्र में क्या दुधमुँही बच्ची ब्याहकर लाऊँगा? या दुकान के लिए कोई 'डमी' तैयार करूँगा? देखो, मैं शरीफ़ लोगों के लिए बेहद शरीफ़ हूँ, मगर बदमाशों के लिए बदमाश! बहुत दिन शरीफ़ बनकर रह लिया, अब मैं सिर्फ़ अपने बारे में सोचूँगा।"

"ठीक है!"

मैं मन ही मन उसकी बेहद कृतज्ञ हो आयी थी।

"तुम्हें मेरे माँ-बाप के साथ रहने की ज़रूरत नहीं है। वे जिस हाल में हैं, आराम से रहें। किसी के साथ रहने-सहने लायक बन्दे वे नहीं हैं। लेकिन, मेरी एक शर्त ज़रूर है।"

"कौन-सी शर्त है?"

"तुम अपने भाई, अबीर से रिश्ता नहीं रखोगी। यह नहीं चलेगा। किसी दिन भी नहीं!"

"ठीक है! नहीं रखूँगी।"

"मैं नहीं चाहता कि उसका नाम तक इस घर में लिया जाये।"

"नहीं लूँगी।"

उस वक्त मैंने सिर्फ़ अपने ही बारे में सोचा था, सुकू! सिर्फ़ अपने ही बारे में!

बारह साल का समय कम नहीं होता, सुकू! धीरे-धीरे मैंने समझा है, असल में विजित को किसी ऐसी लड़की की तलाश थी, जो हर हाल में उसकी अनुगत रहने को लाचार हो।

लाचारी आख़िर लाचारी होती है, क्योंकि इन्सान तब दूसरों पर आश्रित होता है, दूसरों के सहारे चलता है। मैंने भी इसे कबूल कर लिया है।

विजयादशमी पर तुझे प्यार और शुभकामना देने के लिए मैं ख़त लिखने बैठी थी! उफ़, क्या महाभारत मचा!

उसी दिन मैंने, बाबूजी से साफ़ कह दिया—"मैं ख़त-वत नहीं लिख पाऊँगी।"

विजित ने अपना वादा निभाया है। मैं अलग ही रहती हूँ। कभी-कभार किसी सामाजिक अनुष्ठान वग़ैरह में, घर के बाकी लोगों से भेंट-मुलाकात होती है, तो दोनों ही पक्ष शरीफ़ और शिष्ट रहते हैं। उसके माँ-बाप को भी किसी बात की कमी नहीं है। जिस मकान में वे रहते हैं, वह अपना है। मकान के पहले मंज़िले से किराया भी आता है। इसके अलावा, उन्हें पेंशन भी मिलती है। इन सब वज़ह से, वे दोनों मज़े में है। लेकिन जब कोई बड़ा ख़र्च आता है, तो उन्हें विजित के सामने हाथ फैलाना पड़ता है। इसलिए अपने छोटे बेटे यानी विजित को वे दोनों कभी नाराज़ नहीं करते।

विजित अपनी नाप-जोख मुताबिक शायद मुझे प्यार भी करता है और उसे पक्का विश्वास हो चुका है कि मेरी ही वजह से उसका कारोबार फल-फूल रहा है।

वह मुझे तमाम दुनियावी सुख-सुविधाएँ देता है। वह इस बात का भी ख़याल रखता है कि 'पूजा' पर, मैं अपने बाबूजी, माँ, दद्दा, भाभी, दद्दा की बेटियों और बुआ—सबको कीमती कपड़े-लत्ते दूँ। वह मुझे काफ़ी रुपये-पैसे भी देता रहता है।

हमारी दो बेटियाँ हैं। दोनों स्कूल में पढ़ती हैं। चूँकि हमारी शादी शर्तों की तहत हुई है, इसलिए हम दोनों ही अपनी-अपनी शर्तों पर कायम रहकर, चलने की कोशिश करते हैं और अब तो जैसे इसकी आदत-सी पड़ गयी है।

हमारे रिश्ते ने बारह साल पार कर लिए हैं। अब मेरे मन में उसके प्रति कोई बैर-भाव भी नहीं बचा है।

लेकिन इन बारह सालों में तू भी मेरे मन में बसा हुआ है। मेरे सपनों में तू मेरे करीब आता है। वह जो क्लब में जर्सी पहने हुए, तेरी तस्वीर है न, वह तस्वीर हर वक्त मेरे पास रहती है। हाँ, इसकी ख़बर किसी को नहीं है।

यह तो स्थिति है मेरे विवाह की और इसे ही बचाने में, मैं जुटी हुई हूँ।

❒

पानी की यह तेज़-तेज़ आवाज़ कैसी?

श्रीला अपने में वापस लौट आयी।

बाथरूम का 'शावर' खुला हुआ था जाने कितनी देर से पानी की तेज़-तेज़ धार बही जा रही है।

श्रीला पानी की धार के नीचे नहीं खड़ी थी—ज़रा दूर खड़ी थी।

खिड़की के काँच के पार रोशनी! सड़क की रोशनी! यानी शाम हो आयी है।

श्रीला शावर के नीचे आ खड़ी हुई। इतने...इतने सालों बाद, वह सुकू के लिए रो पड़ी...रोती रही!

अबीर

दद्दा ने जाने किस रंग कम्पनी के छपे हुए रंग-बिरंगे नमूने का काग़ज़ थमाते हुए, मुझसे कहा, "पहले तेरे कमरे का रंग-रोगन होगा, उसके बाद माँ के कमरे में हाथ लगायेंगे।

मैंने कहा, "बिलकुल सफ़ेद...चूना करा दो, दद्दा! इससे कमरा उजला-उजला, रोशनीदार भी लगता है और साफ़-सुथरा भी लगता है।"

अब हमारा कमरा बुर्राक-दूधिया सफ़ेद और खिड़की-दरवाज़े पीताभ हरे! दोनों तरफ़ दो ट्यूब की रोशनी! पंखे पर नया रंग! खाट-आलमारी पर नयी पॉलिश! चमचमाती हुई!

जो घड़ियाँ वक्त नहीं बताती थीं, क्षमाप्रार्थी की तरह बस, टकटकी बाँधे देखा करती थीं, अब वे निर्वासित कर दी गयीं।

अब दीवार पर, बैटरी वाली घड़ी टाँग दी गयी है, जो हर घण्टे अलग-अलग तरह के सुर बजाती है और समय का ऐलान करती है।

सबसे ज़्यादा हेर-फेर बाथरूम में हुआ है। बाथरूम तो बिलकुल ही बदल गया है। झक्झक् सफ़ेद दीवारें, नया नल, खुरदुरा फ़र्श, ताकि बुआ का पैर न फिसले।

माँ यह सब देखकर बेहद ख़ुश!

हाँ, माँ यह कमरा देखने के लिए ख़ुद चलकर आयी! अब, वह काफ़ी बेहतर है! अब, वह अकेली ही बाथरूम जाती है और उसका सिर भी नहीं घूमता। वह बिस्तर से उतर कर फ़र्श पर बैठकर खाना खाती है। दीदी भी और एक दिन आ कर, माँ को देख गयी।

माँ को उसके पैरों पर चलाकर, मैं अपने कमरे में ले आया।

"देखो, माँ, समूचा कमरा सफ़ेद कर दिया गया है–"

"सुन्दर है! बहुत सुन्दर!"

अब, इस कमरे में बैठे हुए, बिलकुल याद ही नहीं आता कि यहाँ कभी, कोई, भयंकर हादसा भी हुआ था।

आलमारी में जड़ा आईना, जब धुँधला पड़ा था, तब लगता था शायद किसी वक्त, चौदह साल के जेलयाफ़्ता सुकू का चेहरा उसमें झलक उठे।

अब वह आईना झक्झक् जगमगा रहा है। हाँ, कभी-कभी उस आईने में मुझे सुकू ज़रूर नज़र आता है। सबल माँसपेशियाँ, कसी-कसी त्वचा, कटे-छँटे बाल! खद्दर का कुर्ता और पायजामाधारी कोई और ही सुकू, जिसकी निगाहें बेहद दुर्बोध!

मिस्त्री लोग झटाझट अपना काम करके चले गये। मैंने आलमारी खींचकर, सामने लगा दी।

किसी ने कहा, "वाह! तुम्हारी देह में तो काफ़ी ज़ोर है! कलाइयाँ कितनी चौड़ी-चौड़ी।"

दद्दा ने कहा, "ज़्यादा खींचा खींची मत कर! कहीं चोट-वोट न लग जाये..."

"अरे, नहीं चोट क्यों लगेगी?"

"तू इस तरह...भौचक्की निगाहों से इन्हें क्यों देखता है? ये बेहद पुख़्ता लोग हैं। बड़े-बड़े काम पकड़ते हैं। वह तो जान-पहचान थी, इसलिए मेरे यहाँ..."

माँ के निरोग होने के साथ-साथ ही, घर का ढर्रा एकदम से, यथावत रुटीन में वापस नहीं लौटा! अभी भी मैं और दद्दा साथ-साथ खाना खाते हैं। मुझे अन्दाज़ा है कि माँ को यह भला-भला लग रहा है।

भाभी रोज़ ही माँ से पूछती है, "आज, आपकी तबीयत कैसी है?"

लेकिन कुछ दिनों पहले ही वह अपनी बेटियों को मायके में जमा कर आयी थी।

दद्दा की दोनों बेटियों से जान-पहचान बढ़ाने की कतई कोशिश नहीं की। भाभी एकदम से आतंकित हो उठती। मेरे दाहिने हाथ के बारे में, वे बेतरह आशंकित रहती हैं। बे-चा-री! दद्दा उन्हें लेकर कहीं और क्यों नहीं चले जाते?

दद्दा की दोनों बेटियों की सूरत-शक्ल इतनी मिलती-जुलती है। (हालाँकि उन दोनों की उम्र में दो साल का फ़र्क है) कि वे दोनों मेरी पहचान में ही नहीं आतीं। मैं पिया और पिउ में कोई फ़र्क नहीं कर पाता।

ऐसी अजीब लड़कियाँ मैंने कभी नहीं देखीं।

एक तो ऐसे ही दोनों एक ही जैसे कपड़े, जूते पहनकर, एक जैसा बैग लेकर स्कूल जाती हैं। ऐसा लगता है, मानो चाबीवाली दो गुड़ियाँ सामने से गुज़र गयी हों। उन दोनों को मैंने हँसते-खिलखिलाते, उछलते-कूदते या खेलते हुए मैंने कभी नहीं देखा। वे दोनों ही अपनी माँ की परम भक्त!

दस और आठ साल की दो बच्चियाँ, स्कूल से करीब तीन बजे लौटती हैं। ठीक चार बजे, एक स्मार्ट-सी महिला उन्हें पढ़ाने आ पहुँचती हैं। उस महिला के चले जाने के बाद, भाभी उन दोनों को लेकर, बैठती हैं। रात सात बजे से नौ बजे तक खाते-खाते वे लोग टीवी देखती हैं। उसके बाद सो जाती हैं।

भाभी और दद्दा अपने कारोबार के काग़ज़-पत्र लेकर बैठ जाते हैं। रात तक काम करते हैं।

मैंने पूछा, "तू तो पार्क स्ट्रीट जाता है। यहाँ नीचे, जो दफ़्तर है, वह किसलिए?"

"मेरा बिल्डिंग-कंस्ट्रक्शन का काम है न? इस कारोबार का सारा काम दफ़्तर में नहीं होता।"

"तू भाभी को यहाँ ले आया?" मैंने फिर पूछा।

"हाँ, इस तरह घर-किराया भी बच गया। बच्चे भी बड़े हो गये। वैसे अब..."

"ये बच्चियाँ खेलती नहीं हैं?"

"स्कूल में खेलती हैं न!"

उनके नये फ़्लैट के बारे में चूँकि मैं जान गया हूँ, इसलिए दद्दा ने कहा, "वहाँ जा कर तो वे दोनों ला-पार्टिनियर में पढ़ेंगी। इसके लिए उन्हें तैयार करना ज़रूरी है। असल में शिक्षा-दीक्षा ही सब कुछ है। शिक्षा पर ख़र्च करना, एक किस्म का इन्वेस्टमेंट है।"

आज के ज़माने में, इस किस्म के सोच-विचार को आधुनिक सोच-विचार कहा जाता है! स्वार्थी सोच-विचार!

ख़ैर इस किस्म का सोच-विचार तो हमेशा से ही प्रचलित है! हाँ, ये विचार किसी और तरह की जिल्द में परोसे जाते हैं; और तरह की भाषा में लिखे जाते थे; और तरह के काग़ज़ पर मुद्रित होते थे।

मेरे दादा-परदादा के ज़माने में संयुक्त परिवार होता था। जिसका एक प्राणी कमाता था और बाकी सब लोग उसकी छाती पर सवार होकर खाते-पीते थे। शरतचन्द्र के कहानी-उपन्यासों में तो इसी किस्म के पात्र चित्रित किये जाते रहे। मैंने यही कुछ पढ़ा है।

लेकिन मेरे बाबूजी को यह सब नहीं करना पड़ा। लेकिन उनके ज़माने में भी यही धारणा प्रचलित थी कि जो बन्दा पढ़-लिखकर काम-काज करेगा, उसकी आमदनी भी संयुक्त परिवार पर ही ख़र्च होगी।

बाबूजी ने जब दद्दा को इंजीनियरिंग पढ़ाना शुरू किया, तब वे हरदम कहा करते थे, "मुझसे जितना हो सका, मैंने किया। जब सुबू अपने पैरों पर खड़ा हो जायेगा, तो वह अपने भाई को भी खींचकर खड़ा कर देगा।"

ना, वे 'बहन' के बारे में कुछ नहीं कहते थे। और-और पिताओं की तरह मेरे पिता का भी यही विश्वास था कि बेटियों की तो शादी कर दी जाती है।

बहरहाल, दद्दा अपनी बेटियों को अन्त में किस किस्म की शिक्षा देंगे, मुझे मालूम नहीं लेकिन मैं यह ज़रूर समझ गया हूँ कि आजकल के माँ-बाप अपने बच्चों की शिक्षा-दीक्षा के बारे में ज़्यादा सोचते हैं। लड़कियाँ असम्भव मेहनत करती हैं। माँ के कमरे की खिड़की से या छत पर खड़े होते ही, बाहर का मंज़र साफ़ नज़र आता है। यूनिफॉर्म पहने बेटे-बेटियों को लेकर, आकुल-व्याकुल माताएँ, उन्हें स्कूल-बस, चार्टर्ड बस वग़ैरह में सवार कराने में व्यस्त रहती हैं। मुहल्ले में ड्रॉइंग या नाच-गान के स्कूलों में भी हद भीड़ रहने लगी है। स्कूल के बाद भी पढ़ाई, पढ़ाई के बाद भी

ड्रॉइंग! ड्रॉइंग के बाद, नाच-गान! इन बच्चों के बचपन में 'छुट्टी' नाम पर कुछ भी नहीं है।

मुमकिन है, दीदी की बेटियाँ भी इसी ढर्रे पर बड़ी हो रही हैं। कितना कुछ जाने बिना, प्रत्यक्ष देखे बिना, कितने सारे साल गुज़र गये। ढेर सारे साल यूँ ही गुज़र जायेंगे, किसे पता था? बीच का अन्तराल काफ़ी लम्बा है। यूँ भी सारी सूनी जगहें, भरी भी नहीं जा सकतीं।

मैंने ही माँ से पूछा, "छत पर चलोगी? थोड़ी देर खुली हवा में टहल लेना–"

"सीढ़िया कैसे चढ़ूँगी?"

"मैं ले जाऊँगा न!"

"छत पर तो कोई जाता भी नहीं! काफ़ी गन्दी होगी छत!"

"मैंने पूरी छत साफ़ कर दी है।"

पहले मैं छत पर चटाई बिछा आया। उसके बाद माँ का हाथ पकड़कर, धीरे-धीरे उन्हें छत पर ले आया।

"कितने अर्से बाद, छत पर आयी हूँ।"

"तुम छत पर आ-जा तो सकती थीं। टहल भी सकती थीं। पता नहीं, तुमने बाहर निकलना क्यों छोड़ दिया। कितने ही लोगों के बेटे कैसे-कैसे निकल जाते हैं। उनके माँ-बाप क्या घर से बाहर निकलना छोड़ देते हैं?"

"हमें हमेशा यही लगता रहा कि..."

"काण्ड तो मैंने किया था, माँ! यह बात हम अपनी ज़िन्दगी से मिटा नहीं सकते। हमें इसी एहसास के साथ रहना-सहना है। अब अगर किसी का हाथ या पाँव कट जाता है, तो इस मजबूरी के साथ जीना पड़ता है।"

"तू इतना कुछ समझता है! जैसे काफ़ी बुज़ुर्ग हो चुका हो।"

"बुआ को नहीं देखतीं? उनका कहना है–दो दिन की जिन्दगानी में आख़िर कितना रोऊँ? क्यों रोऊँ?"

"हाँ, दीदी के मन में काफ़ी ज़ोर है। उन्होंने काफ़ी कुछ देखा भी है। जितने दिन साँस है, उतने दिन, बस देखते रहो।"

"और, हाँ, माँ, दद्दा के बारे में तुमने अपना मन इस कदर कड़ा क्यों कर लिया है? दद्दा ने वह सब कर दिया, जो-जो तुम चाहती थीं। जो-जो करने की तुमने हिदायत दी थी।"

"अब तेरा भी कोई इन्तज़ाम हो जाये, तो..."

"कैसा इन्तज़ाम चाहती हो?"

"इतने लोगों से जान-पहचान है,...कहीं कोई काम..."

"यह कैसे सम्भव है, माँ? सभी जानते हैं, दद्दा के सिर्फ़ एक ही भाई है, वह भी 'लाइफ़र'!"

"जितने भी लोग थे, सबके सब क्या...?"

"अलग-अलग लोग, अलग-अलग परिवार के होते हैं, माँ! सब अपनी-अपनी मर्जी मुताबिक रहते हैं....रहेंगे।"

"मेरा मन चाहता है, तू यहीं रह...कोई काम शुरू कर दे! मन तो यह भी कहता है, तू शादी-ब्याह करके, अपनी गृहस्थी बसा..."

"इस उम्र में? नहीं, नहीं, यह सम्भव नहीं है।"

"तेरी ज़िन्दगी कैसे गुज़रेगी?"

"गुज़र जायेगी! तुमने ये गमले अभी तक नहीं फेंके—"

"हाँ, चन्द गमले रह गये हैं! पता नहीं, कौन, इसमें पौधे लगाये, कौन इन्हें सींचे...! यह सब शौक तो बस, तेरी दीदी को ही था..."

हाँ, कभी दीदी को ही बेहद शौक था। वैसे पानी ढो-ढोकर लाने और पौधों को सींचने का काम मुझे ही करना पड़ता था। चूँकि शौक था, इसलिए पौधे भी मौजूद थे और उनमें ख़ूब-ख़ूब फूल भी खिला करते थे।

लेकिन यह सालों...सालों...पहले की बात है।

"कल मैं ज़रा बाहर निकलूँगा, माँ!"

"कहाँ जायेगा?"

"हर वक्त घर में पड़ा रहता हूँ...कल ज़रा मुहल्ले का चक्कर लगा आऊँ। तोबले भी कह रहा था, तू हर वक्त घर में क्यों पड़ा रहता है?...तोबूले ने दुकान कब खोल ली, माँ?"

"बहुत दिन हो गये! नौकरी...नौकरी! नौकरी की खोज में काफ़ी दिन भटकता रहा। अन्त में घर के नीचे ही, एक दुकान खोल ली।"

"दुकान अच्छी चलती है?"

"ख़ूब अच्छी! नौकरी से कहीं बेहतर है! तू अपने घर के नीचे, एक दुकान नहीं खोल सकता?"

"देखता हूँ! कुछ न कुछ तो करूँगा ही! लेकिन, अभी जो भी करूँ, उसके लिए पूँजी चाहिए—"

"शान्त बाबू ही तुझे बेहद याद करते थे! आते-जाते भी थे।"

"अब नहीं आते?"

"उनसे सीढ़ियाँ नहीं चढ़ी जातीं। पैर की हड्डी में जाने क्या तो हुआ था...! पार्क में आते हैं! लेकिन, रहते हैं, उसी तीन नम्बर बस्ती में!"

शान्त काका का घर खोज निकालने में कोई परेशानी नहीं हुई। उनका एक-मंज़िला मकान बिलकुल पहले जैसा ही है! मकान से सटा हुआ, वह मैदान भी अभी तक मौजूद है! हैरत है!

शान्त काका बरामदे में बैठे अख़बार पढ़ रहे थे। मुझे देखकर, उनका चेहरा चमक उठा।

मेरे प्रणाम करते ही, वे बोल उठे, "इतने दिनों बाद फ़ुर्सत मिली?"

"क्या बताऊँ? माँ ऐसी बीमार हुई कि..."

"हाँ, तुम्हारे बाबूजी बता रहे थे..."

"आपके पैर में क्या हुआ? माँ बता रही थी कि आपके लिए सीढ़ियाँ चढ़ना, मुश्किल हो गया है।"

"मेरा पैर..." शान्त काका ईषत मुस्करा उठे।

कमाल है! शान्त काका की उम्र नहीं बढ़ी। वही बेहद छोटे-छोटे छँटे हुए कच्चे-पक्के बाल! हजामत बनायी हुई, साफ़-सुथरा चेहरा! घर में धुली हुई लुंगी और बनियान! पाँवों में रबड़ की चप्पल! चेहरे का हावभाव भी जस की तस!

"चलो, सुकू, कमरे में चलकर बैठें।"

हम कमरे में चले आये।

कमरे की दीवार पर काकी-माँ की तस्वीर! तस्वीर के गले में 'शोले' की माला!

शान्त काका हमेशा मुस्कराते हुए ही बातें करते हैं।

उन्होंने उसी तरह मुस्कारते हुए कहा, "आज दस साल हो गये..."

"काकी को हुआ क्या था?"

"अमीरों का रोग! कैंसर...! लेकिन वह सती-लक्ष्मी थी। उसने मुझे ज़्यादा तकलीफ़ नहीं दी। अस्पताल में महीने भर भी नहीं रही..."

"आपने अकेले ही...?"

"बेटी आती-जाती थी। लेकिन दामाद जी अब पटना रहने लगे हैं, सो अब वह नहीं आ पाती।"

"अभी-अभी आप चलकर आये। आपकी चाल से तो..."

"ऊँचाई चढ़ते हुए तकलीफ़ होती है।"

"हुआ क्या था?"

"वही...क्लब का नाम बदलने पर मैंने एतराज किया...। उस क्लब का नाम बदलकर, मिलन मेमोरियल क्लब क्यों किया जाये? उस क्लब के जनक तो शान्त नन्दी थे। सो दोलन के 'ब्लैक बुक' में दर्ज़ हो गया। एक दिन जाने किसने या किन लोगों ने चाकू फेंककर मारा। अन्दाज़े से मैं छिटककर, हट गया, सो चाकू पाँव में लगा। लगता है, नस ही जख़्मी हो गयी। लेकिन, तुम परेशान न हो, सुकू, मैं ठीक हूँ।"

"तब से कोई बदलाव नहीं आया?"

"ज़िन्दगी बेहद छोटी है, सुकू, मुझमें बदलाव कैसे आ सकता है? ख़ैर, छोड़! चाय पीयेगा?"

"चाय? कौन बनायेगा?"

"मैं ही बनाऊँगा! चल, देख तो सही, मेरा किचेन कैसा है। चल उठ! खड़ा हो जा।"

मैं उठ खड़ा हुआ। शान्त काका ने मुझे 'तू' कहा। मारे कृतज्ञता के मुझे रुलाई छूटने लगी।

"वाकई! सेहत कायम रखी है। उन दिनों तो तोबले की बॉडी भी काफ़ी पुख़्ता थी..."

"सेहतमन्द तो भेबूलू भी था। दोलन को तेल मारते-मारते..."

"भेबूलू का नाम मत ले! दोलन को तेल मार-मारकर..."

"भेबूलू!"

"हाँ, एकमात्र वही बदल गया। तोबूले, बंशी, नन्द...मतलब, तेरा बैच...ठीकठाक ही हैं। तेरी किसी से भेंट हुई?"

"तोबूले! पहले जैसा ही है। मतलब आचार-व्यवहार में..."

"दोलन ने तो सभी को निगल जाने की कोशिश की थी, मगर नाकाम हो गया। नन्द का तो ख़ैर, सवाल ही नहीं उठता। वह आनन्द का भाई है..."

"नन्द इन दिनों क्या करता है?"

"किसी कॉलेज में टाइपिस्ट या क्लर्क है! कोई पत्रिका भी निकालता है। मुझसे भी सम्पर्क रखता है।"

"और वंशी?"

"किसी दवा की दुकान पर दवाइयाँ बेचता है।"

उस कमरे से सटी हुई, छोटी-सी एक कोठरी भी थी, जो काकी माँ के ठाकुर जी का घर था। वही अब शान्त काका की किचेन! चमचमाती हुई, साफ़-सथुरी रसोई!

शान्त काका ने बड़े प्यार से चाय बनायी। मर्तबान खोलकर, उन्होंने मुझे चिउड़े के लड्डू दिये।

"क्यों, रे, लड्डू कैसा है?" उन्होंने पूछा।

"अच्छा तो है..."

"इसी मुहल्ले की कई लड़कियाँ चिउड़े और मुरमुरों के लड्डू, मोवा की छोटी-छोटी मिठाइयाँ वग़ैरह बनाकर, दुकान-दुकान सप्लाई करती हैं।"

"आप क्या करते हैं, शान्त'दा?"

"पहले चड्ढा कम्पनी के ग़ैरेज का हिसाब-किताब रखने का काम करता था और जीवन बीमा की एजेंसी थी। बस, गुज़र हो जाती है! वैसे तेरी काकी-माँ काफ़ी बुद्धिमती थी। संयुक्त बीमा से मिले हुए, उसके हिस्से के रुपये मैंने बैंक में जमा कर दिये हैं। थोड़ा-बहुत उसका ब्याज आ जाता है...।"

"और क्या करते हैं? मेरा मतलब है...'"

"वही, जो पहले करता था..."

उनके चेहरे पर निर्मल-शुभ्र मुस्कान झलक उठी, "तीन नम्बर बस्ती के बच्चों को मैं खेल सिखाता हूँ। इन दिनों हमने एक क्लब भी खोल दिया है। चल, अब अपनी ख़बर बता—"

"बताऊँ?"

"हाँ, हाँ ज़रूर बता। पता है, मैं बच्चों को हमेशा समझाता रहता हूँ कि औरत का अपमान करना, काफ़ी बढ़ गया है। लेकिन, अब तक कोई और सुकू नहीं आया, जो गुनहगारों को सज़ा दे।"

"शान्त काका..."

"जानता हूँ, सुकू, जानता हूँ! इन्सान वजह भूल गया है, उसे सिर्फ़ 'ख़ूनी' याद है। क्या कहना चाहता है, कह डाल। आजकल दिन-काल ऐसा ही है। चारों तरफ़ दोलन जैसे लोग, सारा कुछ खा-पीकर हजम करते जा रहे हैं। दोलन अब हर दल में मौजूद है! वे लोग अनन्त हैं।"

"आपको इस बस्ती का समर्थन मिलता है?"

"अरे, यह ज़मीन पूरी बहत्तर कट्ठे है! काफ़ी लम्बी-चौड़ी कीमत! दोलन ने इस बस्ती को उजाड़ फेंकने की कम कोशिश नहीं की। लेकिन वह नाकाम रहा। नन्द का सम्पर्क लिखा-पढ़ी, लोगों का आना-जाना...दो-दो संगठन आ पहुँचे। हेन-तेन! भला बस्ती के लोग भी अपनी जगह क्यों छोड़ें? सरकार ने प्राइमरी स्कूल दिया...सुलभ शौचालय करा दिया...पानी के लिए ट्यूबवेल भी बिठा दिया। इसमें स्थानीय लोकल कमेटी भी जुड़ी हुई है! कुल मिला कर ये सभी लोग दोलन के विरोधी हैं। मैं भी इन लोगों के साथ अर्से से जुड़ा हुआ हूँ।"

"यह घर तो आपका अपना है।"

"क्या कीमत थी इस घर की? सन चौवन में, मैंने घर बनाया...उस वक्त क्या दाम था इसका? पहले कुल एक कमरा, फिर धीरे-धीरे...तेरी काकी-माँ...! तू तो सब कुछ जानता है।"

"धुँधला-धुँधला-सा! ख़ैर, छोड़िए।"

नहीं, नहीं, धुँधला-धुँधला-सा जानता हूँ। हम सब, पुराने इलाके के लोग... । कमोबेश, हर कोई हर किसी की संक्षिप्त जीवनी जानते हैं। बचपन से ही सारे किस्से सुनता आया हूँ। काकी-माँ शान्त काका के किसी रिश्तेदार की रिश्तेदार थीं। विधवा होने के बाद, शान्त काका के 'नन्दी भवन' में उन्हें आश्रय मिला था। जवान औरत! निस्सन्तान विधवा! वे कतई सुरक्षित नहीं थीं। पता नहीं किसने तो उनसे बेअदबी करने की कोशिश की। शान्त काका ने अपने उस भाई या चाचा को बेभाव पीटा और काकी-माँ को लेकर भवानीपुर से काफ़ी दूर चले आये। अपने घर के लिए त्याज्य-पुत्र हो गये। पढ़ाई-लिखाई सिर्फ़ मैट्रिक तक हुई! हमेशा खेल-कूद और व्यायाम में ही मगन रहते थे।

"अच्छा, काकी-माँ कभी झुँझलाती नहीं थीं? हम सब उन्हें हद परेशान जो करते थे?"

"झुँझलाहट तो वह जानती ही नहीं थी। देखो न, जो औरत देवी-देवताओं में इस कदर विश्वास करती थी, व्रत-उपवास हेन-तेन करती थी, वही गॉलब्लाडर के कैंसर से तड़पती हुई, इस हाल में मरी।"

"काकी-माँ के पूजा-पाठ में हम सब बेहद उत्साहित होते थे।"

"वह खिलाती-पिलाती जो थी।"

"वे लोग गये कहाँ?"

"बेटी ले गयी।"

"ख़ैर, वक्त किस कदर बदल जाता है! यह सच है न?"

"इसी का नाम तो जीवन है।"

"हमारे ही घर में जीवन...यहाँ तक कि मैं अटककर रह गया।"

"यह तो स्वाभविक है।"

"जब से मैं आया हूँ, मुझे लग रहा है कि मैंने सबको मुसीबत में डाल दिया है। मुझे लेकर क्या करें। इसी उलझन में..."

"हाँ, सुबू...श्रीला...इन सभी लोगों की अलग-थलग ज़िन्दगी है। और तेरी बुआ?"

"बुआ भी...आपकी ही तरह...जस की तस हैं।"

"मोहन बाबू और तेरी माँ ही ज़्यादा परेशान हैं न?"

"हाँ, परेशान तो हैं। वे दोनों चाहते हैं कि जीवन की कोई भली-सी परिणति हो।"

"भली परिणति तो होगी ही! तूने कोई ग़लती नहीं की, यह मैं भी जानता हूँ। मेरी और तेरी अच्छी और शुभ परिणति भला कौन रोक सकता है? अब मैं क्लब में नहीं हूँ, लेकिन उसका नतीजा क्या कुछ बुरा हुआ?"

"ना, शान्त काका, ना! बहुत अच्छा हुआ। सुनो, काका, नन्द, बंशी भेबूलू—नहीं, भेबूलू नहीं, लेकिन उन लोगों से बात की जा सकती है..."

"बस, इतनी-सी बात? मैं ख़बर दे दूँगा तुझे..."

"कैसी ख़बर, शान्त काका?"

"अर्सा हो गया, मैंने जश्न नहीं मनाया, सुकू! अगर उन लोगों को मैं इकट्ठा कर सका, तो मैं अपने यहाँ, किसी इतवार को भोज दूँगा। तुम लोग ही खाना पकाना, तुम लोग ही खाना! अरे, भई, हीरो का अभिनन्दन भी तो ज़रूरी है।"

"वे लोग आयेंगे?"

"ज़रूर आयेंगे! बेशक आयेंगे।"

"अच्छा, तो आज मैं चलूँ?"

"चल, तुझे अपना मुहल्ला दिखाऊँ, वैसे इस वक्त कोई भी अपने घर पर नहीं होगा। सब अपने-अपने काम पर गये होंगे! शाम को मजमा लगता है।"

"ठीक है! किसी दिन शाम को ही आऊँगा।"

"हाँ, तभी आना! चल, मैं कुछ दूर तुझे छोड़ आऊँ।"

"नहीं, नहीं, इसकी ज़रूरत नहीं है।"

"तो, पल भर रुक जा!"

शान्त काका ने बेचैन आवाज़ में कहा, "तेरे आने की वजह से, रुके हुए पानी में कंकड़ तो पड़ा—"

"कैसे?"

"दोलन, निरा साँप है। वह इसे नेक नज़र से नहीं देखेगा।"

"क्यों? उसने कुछ कहा है?"

"अजीब परेशानी में पड़ गया है।"

"तो पड़ने दें–"

"वह नुकसान पहुँचा सकता है।"

"जैसे आपको पहुँचाया?"

"हाँ, वैसा ही या उससे भी कहीं ज़्यादा! हो सकता है, वह कुछ भी न करे, फिर भी..."

"समझ गया।"

"तू क्या थाने गया था?"

"नहीं, शान्त काका!"

"जा, घर जा! तू परेशान न हो! हम सब हैं न! और हाँ, अपने बाबूजी से कहना कि शाम को वे पार्क में ज़रूर आयें।"

"आप पार्क में अभी भी टहलने जाते हैं?"

"ज़रूर! जितने दिन जा सकूँगा, जाऊँगा।"

"आपके लिए क्या सुरक्षित है?"

"मैं अकेले नहीं जाता, सुकू, लड़के साथ जाते हैं।"

"बस्ती पर होने वाले हमलों से मुकाबले के लिए, कुछ लड़के तैयार कर लिए गये हैं। वे लोग हमेशा सतर्क रहते हैं। वे लोग मार खा भी सकते हैं और मार लगा भी सकते हैं। तू तो जेल में था। तुझे काफ़ी कुछ की जानकारी नहीं है।"

"लेकिन अब तो जानना होगा, वरना टिका कैसे रहूँगा? बाहर ही तो जान बचाने की ज़रूरत पड़ती है, जेल के अन्दर नहीं।"

"दैट्स द स्पिरिट! यही हौसला रखना चाहिए।"

मैं उनसे विदा लेकर चला आया।

वापस लौटते हुए, मैं जान-बूझकर चारों तरफ़ भरपूर निगाहों से देखता-परखता आया। न्ना! मुहल्ले को पहचानने का कोई उपाय नहीं था। सिर्फ़ क्लबवाली जगह ही नहीं बदली है। बित्ता भर मैदान! चहारदीवारी से घिरा हुआ! क्लब बंगले की डिज़ाइन पर निर्मित था। गेट के तोरण पर लोहे के अक्षरों से लिखा हुआ–मिलन मेमोरियल क्लब!

मैं तोबूले की दुकान के सामने आ कर ठिठक गया।

"कुछ चाहिए, सुकू?"

"मैं पैसे लेकर नहीं निकला।"

"बुआ के लिए 'मोवा' मिठाई ले जा!"

"पैसा नहीं लाया, रे!"

"चल, पैसे बाद में दे देना! ले जा! मौसी कैसी है?"

"पहले से काफ़ी बेहतर हैं।"

"तुझे पाते ही–"

"चलता हूँ! तू ठहरा व्यस्त दुकानदार! तेरा वक्त बर्बाद नहीं करना चाहिए।"

"तुझे भी कोई दुकान वग़ैरह ही खोलना होगी! तू ग्रैजुएट जो है! जैसे मैं हूँ, बी.ए. पास! आदमी जैसे ही ग्रैजुएट होता है, वह नौकरी के काबिल नहीं रह जाता।"

"बेटा क्या पढ़ रहा है?"

"अभी तो क्लास फोर में है! बस, वही इकलौटा बेटा है भइये! बड़ा हो जाये, तो उसे किसी तकनीकी स्कूल में भर्ती करा दूँगा।"

"बीवी राज़ी होगी?"

"हाँ, हाँ! समझदार औरत है।"

तोबूले ने काफ़ी व्यवस्थित ढंग से दुकान खोली थी। स्टेशनरी की दुकान! खाने की सूखी चीज़ें! बिस्कुट! केक! दूसरी तरफ़ सिगरेट की दुकान! दुकान के माथे पर बोर्ड झूलता हुआ–'पान माँगकर, शर्मिंदा न करें–' वग़ैरह-वग़ैरह!

मैं घर लौट आया!

माँ, बाबूजी, बुआ अधीर आग्रह से मेरा इन्तज़ार कर रहे थे।

"तू लउट आया, सुकू?"

"क्यों? क्या हो गया?"

"कब का गया-गया अब लौट रहा है?"

"शान्त काका के घर जा रहा हूँ, यह तो मैं बताकर ही गया था। शान्त काका से बातचीत में..."

"ख़ैर चलो, फ़िक्र से तो राहत मिली।"

मैंने खाने की मेज़ पर कहा, "तुम लोग आख़िर क्या सोचते हो? रात-दिन घर में बैठा रहा, तो भला चलेगा? तोबूले को देखो। वह ग्रैजुएट हो चुका है। उसने दुकान खोल लिया है। नौकरी-चाकरी इतनी आसानी से नहीं मिलती, माँ!"

"मुझे खौफ़ होता है, सुकू!"

"तुम अपना खौफ़ मिटाने की कोशिश करो। मैं किसी से मार-पीट, दंगा-फसाद करने नहीं जा रहा हूँ, न मुझे कोई मार-पीट रहा है!"

"ठीक है, अब जो भगवान दिखाये।"

"तुमने ठीक वक्त पर खाना खा लिया था? दवा ली?"

"स-ब ले ली!"

"देखो, किसी भी बात पर टेंशन मत करो! तुम ठीकठाक रहोगी।"

❐

बुआ ने कहा, "अब ज़रा सो ले, लल्ला!"

मैंने बिस्तर पर लेटते हुए कहा, "देखा, कैसे झटाझट सारा काम हो गया। काश, जेल में राजमिस्त्री का काम भी सिखा देते।"

"ऊँहा तो कामकाज भी सिखावत हैं।"

"हाँ, सिखाते हैं—"

"ऊ सब काम अब नाहीं किया जा सकता?"

"ना, बुआ यहाँ सब बाबा आदम के ज़माने के जन्तर-पाती होते हैं—"

"तोरे माँ-बाप को डर लागत है...दोलन कहीं, कुछ कर न बैठे...कोई करतूत न दिखाये—"

"मैंने तो उसका कोई नुकसान नहीं किया। उसका कुछ बिगाड़ा भी नहीं, बल्कि तुमसे जो सुना, उसकी राह का काँटा ही हटा दिया—"

"ख़ैर, ऊ लोग भले डरें, हम नहीं डरातीं। अब वो माथे की चोट से बिलकुल पगलाया भया है...मिलन की बहुरिया से भी डरात है। कभी...बरखा की जंगली लतर माफिक फनफना उठत है...कभी लीडर बन जात है! घर क्या आलीसान बनवाया है! जइसे, सनीमा का महल!"

"बुआ, तुम इतनी सब ख़बर रखती हो?"

"काहे नाहीं रखूँ? लेकिन, नीचे... किरायेदार की बहुरिया रहत है, जब से तू आया है, तोका देखकर, अब नहीं आती—"

"देखा, तुम्हारे सुकू का कितना सुनाम है? क्यों, डरती है मुझसे?"

"पता नहीं, असल में वो किरायेदार बड़ा शक्की-दिमाग़ है। बहुरिया सुन्दर है! ओका भरोसा नहीं होता।"

"बहुत सुन्दर है?"

"अरे, हाँ, बस, है जउन-तउन! सुन्दर तो तोरी जेठी थी। जहाँ-जहाँ ऊ पाँव रखती, कमल के फूल खिल पड़ते थे—"

"उनकी तो जो तस्वीर देखी, वह तो पाँच बच्चों की माँ है—। चलिए, यह बताइए, किरायेदार की बीवी ने क्या कहा?"

"वह किसी और के बारे में बता रही थी। पता नहीं कैसा तो 'साटीफिकिट' लेने, ओका घर गयी हुई थी। उस कोठी के क्या ठाठ-बाट थे। उसे बिठाये रखा...बिठाये रखा...। मुटकी, कमरे में बैठी-बैठी घण्टी बजाती थी। उसके बाद, कोई आदमी आया। उसने पूछा—नाम लिखकर दें, क्या काम है, वह भी लिखिए। उनके पास वक्त बहुत कम है! बाप रे! मानो साच्छात गवरमिंट हो।"

"अच्छा, बुआ, तुम्हें नींद नहीं आती?"

"तोरे में यही बहुत बड़ा दोस है, सुकू! रात-रात भर माथे पर पंखा घूमत रहत है। हम कथरी ओढ़कर सोती हूँ!...उसके बाद दिन में भी सोना...?"

"और जो तुम मुझे सो जाने को कह रही हो?"

"तू तो हमसे पुलुस जइसा जिरह करने बैठ गया—"

इतना कहकर बुआ गहरी नींद में बेख़बर सो गयी। चेहरे पर परम सन्तोष! उनका मोहन, मोहन की बहुरिया उनके बाल-बच्चे, सब राज़ी-ख़ुशी हैं, सही-सलामत हैं...सुकू लौट आया है...बुढ़िया बेहद ख़ुश है।

सच्ची, अगर बुआ नहीं होती, तो मैं क्या करता?

तू तो पुलुस जइसा जिरह करता है—बुआ कहती हैं। शान्त काका भी पुलिस का ही ज़िक्र कर रहे थे। थाने के बारे में शानू'दा ने ही समझा-बुझा दिया है।

बाहर 'लाइफ़र' के अनगिनत दुश्मन होते हैं। अपनी-अपनी शान से न रहते हुए भी, अनगिनत लोग ज़िन्दगी दूभर कर देते हैं।

राजनीतिक पार्टियाँ चाहेंगी कि तुम उन लोगों के अपने आदमी बन जाओ और उनके लिए मस्तानी करो। 'लाइफ़र' का मतलब ही है, उसे समाज-विरोधी बना डालने का मौका! आजकल तो निचले स्तर पर कौन समाज-विरोधी है, कौन राजनीतिक, इसमें हमेशा, हर कहीं, कोई ख़ास फ़र्क नहीं होता।

हमारे रजिस्टर में अगर तुमने अपना नाम दर्ज़ नहीं कराया, तो तुम हमारे दुश्मन बन जाओगे!

थाना चाहता है, तुम अपराध करते रहे हो, अपराधों में ही शामिल रहो, वरना तुम्हें शक की निगाह से देखा जायेगा।

वैसे शानू'दा वग़ैरह थाने नहीं जाते होंगे।

मैं तो ख़ैर हरगिज़ नहीं जाऊँगा, जाने का सवाल ही नहीं उठता।

बहरहाल, मुझ तक कोई 'एप्रोच' नहीं आया। किसी भी तरफ़ से नहीं आया।

शान्त काका ने कहा, "देख, झट से कोई सिफ़ारिश नहीं आयेगी। तेरे माँ-बाप, दद्दा-दीदी—सभी लोग मुँह छिपाते फिरे! लेकिन तू तो शान से सिर उठाये-उठाये घूमता-फिरता है! ये लोग भौचक्के रह गये हैं। इन्हें समझने में परेशानी हो रही है।"

"समझना आसान कैसे होता?"

"अगर तुम दर-दर दौड़ लगाते...! वैसे तुम लोगों के घर का काफ़ी सुनाम है। यहाँ के लोग सिर्फ़ रुपइय्या समझते हैं। ख़ैर रुपइय्ये की कद्र विजित भी समझता है, सुबू भी समझता है। इसके अलावा, सबको चन्दा वग़ैरह दे कर, सुबू ने सारा मामला बेहद आसान बना लिया है।"

"हाँ इन्सान रुपये ही समझता है।"

"सूबू का कारोबार, उसकी बीवी का भाई, बनर्जी में कंसल्टेंट इंजीनियर है, इन सबका क्या कोई वज़न नहीं है? सबने कहा, सुकू जब आयेगा, वे लोग उसे काम दिला देंगे। इन लोगों का कोई पुलिस रिकॉर्ड तो है नहीं।"

"वैसे यह बात सच भी है।"

"धत! धत! सुबू ने अपनी तरफ़ से शायद ठीक ही कहा था। वैसे लाइन हो, तो जेलयाफ़्ता असामी को हमेशा ही काम-काज मिल जाता है और लोग काम-काज करते भी हैं।"

"इन सबसे मैं लगभग बेख़बर हूँ। जेल से निकलने को मैं पगला उठा था। जेल की दुनिया, बिलकुल अलग दुनिया है। वहाँ का सब कुछ ही बिलकुल अलग-थलग होता है! इसके अलावा, जेल में हो, तो बाहर की दुनिया के इतने सारे परिवर्तन की, उन्हें ख़बर भी नहीं हो पाती। अख़बार पढ़कर या टीवी देखकर, भला कितनी-सी जानकारी मिलती है? ख़ैर छोड़िए! मुझे कोई नहीं, छेड़ेगा।"

"हर किसी की ज़ुबान पर यह बात तो रट गयी है कि तेरी देह में दानवी ताकत है! तेरा ग़ुस्सा भयंकर ख़तरनाक है। हाथों में भी महाशक्ति है! मेज़ तोड़ देने की कहानी, मैं भी अक्सर सुनाता रहता हूँ।"

"...."

"यह सब कह-सुनकर...उस दिन तू यहाँ आया। उसके बाद, मैं थाना बाबू के पास गया। मैंने उनसे कहा, नहीं, नहीं, वह शरीफ़ बच्चा है।"

"मैंने उसे भी बताया कि हमारा हीरो लौट आया है।"

"ओ सी का तो सिर ही घूम गया।"

"बिलकुल भी नहीं! थाना बाबू ने कहा—पूरा केस ही बिलकुल और तरह का है। इससे पहले उसका कोई क्राइम-रिकॉर्ड नहीं है। मैंने यह भी वास्ता दिया कि वह काफ़ी प्रतिष्ठित घराने का लड़का है। क्लब का जगमगाता रत्न है! कितने ही लड़के-बच्चों को उसने डूबने से बचाया है। बस्ती में लगी आग बुझाने में वह सबसे आगे-आगे दौड़ जाता था। यह हादसा तो बस, हो गया। मैंने उसे मुनिया के बारे में भी बताया।"

"क्यों, उसे क्या इन सबकी ख़बर नहीं थी?"

"कहाँ से ख़बर होती? मेरी बातें सुनकर, वह गम्भीर हो आया। उसने पूछा—इन दिनों वह क्या कर रहा है? मैंने बताया—अभी तो कुछ नहीं कर रहा है, लेकिन जल्दी ही कुछ न कुछ करेगा। उसने यह भी पूछा कि कहीं वह दोलन के यहाँ तो नहीं आता-जाता? मैंने फ़ौरन सुनाया—इसका तो सवाल ही नहीं उठता। सुकू सिर्फ़ मेरे पास ही आता-जाता है। आया कुछ समझ में?"

"समझ गया—"

"दोलन तो इन दिनों बहाने ढूँढ रहा है। उसे मामूली-सा भी मौका मिल जाये, तो वह फ़ौरन थाने को ख़बर कर दे कि तू दहशत फैला रहा है। उसके बाद?"

"मेरी छुट्टी कर देगा।"

"ख़ैर, इतना दम-ख़म उसमें नहीं है। इन दिनों मिलन की बीवी ही कहीं ज़्यादा क्षमताशाली है। उसके पीछे बड़े-बड़े लोग हैं। इसके अलावा, दोलन और शक्ति ने तो किसी का कत्ल-वत्ल कराया नहीं। वह बन्दा तो मिलन था।"

"और आपके पैर की चोट?"

"उसने मुझे सबक दिया! ख़ैर, सबक तो मैंने लिया नहीं। इन दिनों उसने कई-कई कार्यक्रमों में आमन्त्रित किया, मैं नहीं गया। तुझसे छेड़छाड़ क्यों नहीं कर रहा है, बता तो?"

"मुझे पता है, शांन्त काका!"

"मैं तेरा क्या इन्तज़ाम करूँ, बता तो?"

"जेल से मैं ढाई हज़ार रुपये लेकर निकला हूँ। इतनी-सी पूँजी के सहारे मूँगफली तो बेची जा सकती है..."

"बेशक बेची जा सकती है! मुझे ही देख, तेरी काकी-माँ को लेकर, जब मैं घर छोड़कर निकला, हमारे पास सिर्फ़ नौ रुपये, चौदह आने की पूँजी थी। लेकिन देख, ज़िंदा हूँ या नहीं? लेकिन दोलन जैसे इन्सानों की नज़र हम पर हर पल गड़ी रहेगी, यह भी जानता हूँ।"

"आज चलता हूँ, काका!"

"अगले इतवार को यहाँ...दोपहर को..."

"वे लोग आयेंगे?"

"तू तो आ जाना। अब तो, पहले की तरह, राक्षस जैसा खाना नहीं खाता न?"

"नहीं, अब तो बिलकुल..."

मैं अपनी सोच में डूबा-डूबा लौट आया। माँ चाहे जितना भी हाहाकर करे। कहीं मेरी उपस्थिति से, वे लोग किसी मुसीबत में न पड़ जायें।

माँ-बाबूजी, सुवीर-अबीर-श्रीला

श्रीला ने पूछा, ''यह पारिवारिक मीटिंग किसलिए?''

सुबू ने ईषत सूखी आवाज़ में जवाब दिया, ''बाबूजी जानें।''

बाबूजी ने कहा, ''हमें ही कुछ बातें करना थीं! तुम लोगों की माँ और मैंने काफ़ी सोचा—''

''भाभी कहाँ हैं?'' श्रीला बीच में ही पूछ बैठी।

''तपती ने कहा है कि तुम लोगों का मामला है, तुम्हीं लोग बात करो! मैं इसमें शामिल नहीं होना चाहती।''

''और बुआ?''

''बुआ ने भी साफ़ जवाब दे दिया कि यह तुम लोगों का मामला है, तुम्हीं लोग तय करो। मैं तो मोहन को नहीं छोड़ सकती।''

''तीनों बूढ़े-बूढ़ी एक ही जगह, साथ-साथ रहेंगे।''

''अरे, भई, रुपये-पैसों के बारे में बातचीत करनी है—'' श्रीला ने कहा, ''यह सुनकर विजित ने कहा—जाओ, जाओ फ़ौरन जाओ।''

सुकू ने ईषत मुस्कराते हुए दीवार से पीठ टिकाते हुए कहा, ''मैंने तो पहले ही कहा था कि इन सब मीटिंग में, मुझे तो बाहर ही रखो।''

बाबूजी झुंझला उठे।

उन्होंने तैश भरे लहज़े में कहा, ''तुम लोगों के लिए यह अति तुच्छ मामला हो सकता है, मगर मेरे लिए ऐसा नहीं है। समूची ज़िन्दगी में, मैंने सिर्फ़ एक ही काम पूरा किया है। अपनी यथासाध्य कोशिश-तदबीर से बस, यह एक घर खड़ा कर सका हूँ। इससे बाहर, मेरे पास भला और क्या है, एक पेंशन के अलावा?''

सुबू ने कहा, ''कम से कम पी.एफ. तो होता... फिक्स्ड डिपोजिट भी...''

सुकू ने पहले की तरह ही मुस्कराते हुए कहा, ''कैसे होता, दद्दा? मैं ही तो समूचे ध्वंस की वजह बन गया।''

बाबूजी ने कहा, ''तुम लोगों का क्या ख़याल है? बेटे के लिए वकील खड़ा नहीं करता? कोई कोशिश तक नहीं करता।''

"हाँ, किया है! किया है! हाँ, चाहे जितना भी प्रोवोकेशन रहा हो, जब केस मर्डर का था..."

श्रीला ने तीखे लहज़े में कहा, "तूने 'प्रोवोकेशन' शब्द जो इस्तेमाल किया...। हाँ, हाँ, सुकू ने उसे मार डाला, लेकिन केस लड़ने का फ़ैसला करके बाबूजी ने कौन-सा अन्याय कर डाला?"

"मैंने जो नहीं कहा, वह मेरी ज़ुबान में मत डाल, मुनिया! मैंने क्या ग़लत कहा?"

"नहीं, तूने घटना बयान की। यह घटना हम सब जानते हैं। इसके अलावा बाबूजी ने तुझे पढ़ाया-लिखाया, मेरी शादी करायी। और क्या करते बाबूजी?"

माँ ने उसे बरजते हुए कहा, "तू चुप कर, मुनिया!"

सुकू आँखे मूँदे-मूँदे सुनता रहा। उसे यह देखकर अच्छा लगा था कि उसकी दीदी आज पहले की ही तरह, बिना मेकअप, बिना साज-सिंगार के ही आयी है। उसने यह भी ग़ौर किया कि आज उसकी बातचीत का लहज़ा भी काफ़ी बदला हुआ है। बाबूजी भी भूल नहीं पाये हैं।

"तुम्हारा फ़्लैट हो गया! मुनिया का अपना निजी मकान! मेरे लिए यह घर ही बेहद प्रिय है! बेहद बेशकीमती! अब दीदी का आख़िरी सहारा, इसी घर में लगाऊँगा।"

"ख़ैर, छोड़ो, बाबूजी! तुम जो कहना चाहते हो, वही कहो–"

"उसी प्रसंग में, सुकू के बारे में, वकील से हुई बातचीत मेरे न रहने पर इस घर के चार हिस्से किये जायें। एक हिस्सा तुम्हारी माँ का और बाकी तीन हिस्से तुम लोगों के लिए।"

"चलो, मान लिया। सुकू के बारे में तुमने क्या सोचा है?"

मानो कमरे में सुकू या दूसरे लोग मौजूद ही न हों, सिर्फ़ बाबूजी और दद्दा ही हों।

"मेरे जीते-जी भी चार हिस्से ही होंगे।"

"हाँ, बाबूजी, वह तो मैं समझ गया–"

"इस घर में पार्टीशन तो असम्भव है! सुबू, तुमने निचली मंज़िल में अपना दफ़्तर खोल लिया है, लेकिन, तुम किराया नहीं देते। बेहद अफ़सोस के साथ कह रहा हूँ। ऐसी बात करते हुए, मेरी छाती फटी जा रही है।"

"लेकिन, मैं बिजली का बिल चुकाता हूँ। मेनका, जमादार और पार्ट-टाइम नौकरानी को तनख़्वाह तो देता ही हूँ, बाबूजी!"

श्रीला ने ईषत हँसकर कहा, "यह तो तू भी जानता है, दद्दा ऐसे दो कमरों के लिए बाबूजी को सलामी भी मिलती और किराये के भी हज़ार रुपये मिलते। ख़ैर चलो, छोड़ो!"

"तो क्या मैं बाबूजी को ठग रहा हूँ?"

अचानक सुकू बोल उठा, "तुम सब कुछ ज़्यादा ही बकवास कर रहे हो। बाबूजी क्या कहना चाहते हैं, उन्हें कहने दो। इतनी सारी बातें सुनकर मेरा..."

समूचा कमरा निस्तब्ध! साँसें रुकी हुईं।

सुकू ने आँखें मूँदकर कहा, "हाँ, कहें, बाबूजी!"

"मेरा प्रस्ताव है कि...सुकू और हमारा हिस्सा तुम लोग ख़रीद लो–"

"उसके बाद?"

"सुबू! सुकू का यहाँ रहना, ख़तरे से खाली नहीं है। न उसके लिए, न हमारे लिए।"

"हाँ, यह तो सच है।"

"तुम लोग हमारा हिस्सा ख़रीद लो और हमें रुपये दे दो। आश्रम में रुपये जमा कर दें, तो वे लोग दीदी को जतन से रखेंगे! कुछ रुपये हम अपने लिए रख लेते और सुकू का हिस्सा, उसे सौंप देते। वह अपना कोई काम शुरू कर देता। यहाँ नहीं, और कहीं..."

"चलो, यह भी कर लिया! लेकिन इस मकान के आधे हिस्से का दाम, दस लाख रुपये तो होंगे।"

"आधा नहीं दद्दा, तीन हिस्सा! मुझे कोई हिस्सा नहीं चाहिए। मेरा हिस्सा सुकू के लिए..."

"तू क्या पागल हो गयी है, मुनिया?"

"क्यों, दद्दा? ज़िन्दगी में कम से कम एक काम तो किया! पूरी आज़ादी से सोच-समझकर, आज़ाद फ़ैसला लिया है। और तू मुझे पागल कहता है?"

"विजित से भी एक बार..."

"यह विजित का मामला नहीं है। उसके रुपये-पैसे, माँ-बाप या कारोबार के बारे में, मैंने कभी कुछ नहीं कहा, कभी दखल नहीं दिया।"

"वह खफ़ा हो सकता है, दीदी!"

"वह मैं समझूँगी, सुकू! वैसे भी विजित किसी-किसी मामले में अक्खड़ भले हो, मगर उसका मन छोटा नहीं है।"

सुबू ने कहा, "मैं पन्द्रह लाख रुपये चुकाकर, तीनों हिस्से ख़रीद लूँ? तुम लोगों ने क्या सोचा है, मैं इतने सारे रुपये निकालकर दे सकता हूँ?"

श्रीला ने छूटते ही कहा, "तो जितना तेरे लिए सम्भव हो, उतना दे दे। विजित कहता है कि रुपये-पैसों के मामले में लिखा-पढ़ी हो जाये, तो बेहतर है। वैसे यह घर तू क्यों रखे? इस घर को तोड़कर बहु-तल कोठी खड़ी कर लेना। तुझे ऐसे लोग भी आराम से मिल जायेंगे, जो इसमें रुपये लगाने को तैयार हों।"

सुकू की निगाहें बाबूजी पर गड़ी हुई थीं। बाबूजी को चेहरा बुझ आया। यह मकान बाबूजी ने काफ़ी तकलीफ़ उठाकर बनवाया था। यह अजीबोग़रीब मकान, बाबूजी की जान है, जिसका चेहरा मानो क्षमाप्रार्थी हो आया है। अनगिनत जगमगाते मकानों के बीच, एक बेहद अनमेल-सा एक घर!

बाबूजी ने अफ़सोस की उसाँस भरकर कहा, "चलो, यही सही!"

सुबू ने कहा, "मकान का कोई न कोई इन्तज़ाम करना ही पड़ता। फ़्लैट के बारे में मैं बात करने ही वाला था। जब तुम जान ही गये, तो सचमुच..."

माँ बोल उठी, "तुझे जाना तो था ही, सुबू!"

सुकू ने कहा, "मेरा कुछ कहना शायद शोभा नहीं देता। लेकिन। बाबूजी, तुमने हम सबकी ख़ातिर ही यह मकान बनवाया था। अब दद्दा ने अपने बीवी-बच्चों के लिए एक नया फ़्लैट ख़रीदा है, तो उन लोगों को वहाँ जाने दो न! तुम दोनों तो यह देख-देखकर ख़ुश होना कि दद्दा ख़ुश हैं! भगवान करें, वे हमेशा ख़ुश रहें। दद्दा अगर स्वार्थी होते, तो वे बहुत पहले ही यहाँ से जा सकते थे। है न?"

सुबू ने कहा, "रहने दे, सुकू!"

"क्यों? मैं जो सोचता हूँ, वह क्यों न कहूँ? तू अपना फ़्लैट...माँ-बाबूजी को दिखा ला—"

श्रीला ने दुबारा कहा, "विजित की भी यही राय है—यह घर तोड़कर, ख़ूबसूरत फ़्लैटवाली कोठी खड़ी की जा सकती है।"

"यानी सबसे ज़्यादा मैं ही मुनाफ़े में रहा?" सुकू ने सवाल किया।

"ज़ाहिर तो यही होता है।" सुबू ने जवाब दिया।

श्रीला हँस पड़ी, "नयी कोठी बन जायेगी, तो रुपये भी वसूल हो जायेंगे।"

"ज़रा मुझे सोचने दे! इतने सारे नकद रुपये तो..."

बाबूजी ने काँपती हुई आवाज़ में कहा, "मुझे जो कहना था, सब कह दिया। वसीयत बनाने में सैकड़ों झमेले हैं। इसलिए यह जानना ज़रूरी है कि इस प्रस्ताव से तुम लोग सहमत हो या नहीं?"

"वैसे ख़याल सेंसिबल है! इस पर सोचा जा सकता है! बाकी बातें प्रमोटर और डेवलपर लोग समझेंगे।"

माँ ने बेहद कमज़ोर लहज़े में कहा, "सोचने में ज़्यादा वक्त मत लेना, बेटा! मेरी सेहत तू देख ही रहा है। इनकी भी उम्र हुई। सुकू के लिए भी कोई इन्तज़ाम करना ज़रूरी है।"

"हाँ, दोलन जैसे इन्सान का क्या भरोसा? ग़ुस्से में आ कर सुकू के ख़िलाफ़ कुछ कर बैठे, तो?"

"चलो, मैं राज़ी हूँ! वैसे मुनिया से मैं कहूँगा कि एक बार वह फिर सोच ले।"

श्रीला ने कहा, "विवाह के वक्त एक शर्त उसकी थी और एक मेरी! मेरी शर्त थी, बाबूजी शादी में रुपये-पैसे नहीं ख़र्च करेंगे। उसकी शर्त थी कि मैं सुकू से कोई रिश्ता नहीं रख सकूँगी। मैं अपनी शर्त निभाती आयी। अब बाबूजी का घर बिक रहा है, तो अपने हिस्से का रुपया नहीं ले सकूँगी। सुकू तेरे पास तो ढेरों होगा। इतने रुपये लेकर तू करेगा क्या?"

"एक और टीवी परिवार बनाऊँगा।" अगले ही पल उसका लहज़ा बिलकुल बदल गया, "मेरी बात जानने की कोशिश मत करना। यह बात तो बिलकुल साफ़ है कि

मेरे साथ रहना-सहना, तुम लोगों के लिए सम्भव नहीं होगा। लेकिन, मुझे कोई शिकायत नहीं है! ज़रा भी नहीं! भाभी मुझसे डरी-सहमी रहे, मुझे ही क्या भला लगता है? दद्दा भी हर वक्त आशंकित रहते हैं कि कहीं मेरा उन्मादी ग़ुस्सा, मुझ पर दुबारा न सवार हो जाये। बच्चे भी जब मुझे देखते हैं, तो उनका चेहरा फक्क् पड़ जाता है। चलो, बातें तो ख़त्म हो गयीं। अब मैं ज़रा बाहर का चक्कर लगा आऊँ!''

''ऐसी भरी दुपहरिया में कहाँ जायेगा?''

''विक्टोरिया मैदान, चौरंगी, गंगा-धार वग़ैरह अर्से से नहीं देखा। नन्दन, रवीन्द्र सदन भी नहीं देखा, न ही सॉल्ट लेक स्टेडियम, ढाकुरिया लेक के दर्शन किये—''

''असल में ट्राम-बस, गाड़ी-सवारियों का जो हाल है इन दिनों...''

''मैंने माँ और बुआ से वादा किया है कि उन्हें दक्षिणेश्वर ले जाऊँगा—''

''थोड़े दिनों बाद तो तू गाड़ी भी ख़रीद लेगा—'' सुबू ने कहा।

''बहुत मुमकिन है...कहा नहीं जा सकता।''

''चल, मुझे टैक्सी दिला देना—'' श्रीला ने कहा।

''तो फिर यही तय रहा! अब कोई एक वकील पकड़ा जाये। लिखा-पढ़ी भी हो जाये।''

''देखूँगा...देखूँगा...''

''दीदी को तो बताया ही नहीं...'' बाबूजी ने कहा।

''बुआ को मैं समझा दूँगा।''

''दोलन तो बस, देखता जा रहा था...'' सुबू ने कहा, ''कभी कुछ कहा नहीं। उस दिन कहने लगा—शान्त बाबू उसे अपनी पार्टी में खींच रहे हैं। सुकू को चाहिए कि उन जैसे लोगों से वह दूर ही रहे।'' सुबू ने कहा।

''पहले क्यों नहीं बताया, दद्दा? परसों तो शान्त काका के यहाँ नन्द वग़ैरह आ रहे हैं। हम सबका दोपहर का खाना वहीं है।''

''अच्छा? चलो, अच्छा है! मैंने, फटाफट सारा इन्तज़ाम कर डाला है, बाबूजी! हमारी सुरक्षा इसी में है कि हम सब यह मुहल्ला छोड़कर चले जायें—''

''हाँ! इसलिए कि सुकू ने एक पगलाये कुत्ते को मार डाला था—'' श्रीला ने मन्तव्य दिया।

''मुनिया...!''

''यही तो अचरज की बात है! उस आदमी की वजह से हम सबके मुँह पर कालिख पुत सकती थी। यह बात, हम नहीं सोचते। सुकू ही सबके ज़्यादा शर्मिंदगी और आतंक की वजह बन गया।''

''तू चलेगी, दीदी?'' सुकू ने पूछा।

''चल! तुम लोगों का काग़ज़-पत्तर तैयार हो जाये, तो मुझे बुला लेना। मैं दस्तखत कर दूँगी।''

माँ की आँखों से आँसुओं की धार बह निकली।

"माँ, तुम रो क्यों रही हो? तुम भी तो यही चाहती थीं–" सुबू ने पूछा!

"अब हम कित्तने दिन हूँ? सब लोग राज़ी-ख़ुशी रहें, यही..."

"शान्त हो जाओ...शान्त हो जाओ–" बाबूजी ने तसल्ली दी, "तुम्हारे बच्चे समझदार हैं! सब समझते हैं।"

"थोड़ा वक्त लगेगा, बाबूजी! सुबू बोल उठा, "यह एक बड़ा काम..."

"क्यों? एक डेवलपर पकड़ो...वही फटाफट तय कर देगा कि कौन-सा जादू चलायें कि...! चल, सुकू!" श्रीला उठ खड़ी हुई।

अबीर बाहर निकल आया।

श्रीला ने कहा, "चल, कुछ दूर पैदल-पैदल चलते हैं।"

"घर में बताकर तो आयी है न?"

"हाँ, वे लोग जानते हैं।"

"विजित'दा ख़ुश नहीं होंगे। तू ही भला बुद्धुओं की तरह त्याग दिखाने क्यों गयी?"

"मैं बुद्धिमती कब थी, रे?"

"दद्दा नाराज़ हों गये हैं..."

"नाराज़ होगा तो नहीं चाहिए, क्योंकि यह मकान तोड़ किया जाये, उन लोगों को कुछ रुपये टिका दिया जायें...नया मकान बनवाया जाये, कम से कम चार-मंज़िला...भाभी तो यह अर्से से रट रही है। उस मकान का प्लान कैसा होगा, इस बारे में भी बातचीत हो चुकी है।"

"कहाँ?"

श्रीला ठठाकर हँस पड़ी, "मेरे घर में! विजित तो दद्दा को काफ़ी ज्ञानी-गुणी मानता है न! हमेशा से ही..."

"चल, टैक्सी पकड़..."

"दुःखी तो हैं बाबूजी! यह मकान नहीं रहेगा, इस ख़याल से मुझे भी तकलीफ़ हो रही है।"

"अब तू भी रो मत पड़ना–"

"अरे, नहीं! टीवी परिवार की बहुएं कभी रोती नहीं! चल, टैक्सी पकड़!"

टैक्सी में बैठते हुए, श्रीला ने ड्राइवर से कहा, "चलिए! विक्टोरिया मेमोरियल चालिए।"

"दी-दी..."

"चुप कर! कुछ मत कह! इतने सालों तो तू ही देता रहा है...एक दिन तो मुझे देने दे–"

"बहुत सारा किराया लगेगा–"

"लगने दे।"

बहरहाल, विक्टोरिया मेमोरियल, रेसकोर्स, मैदान का चक्कर लगाने के बाद, उन दोनों ने रवींद्र सदन के सामने टैक्सी छोड़ दी। वहाँ से पैदल-पैदल ही नन्दन अकादमी

होते हुए, वे दोनों टहलते-टहलते शिशिर मंच आ पहुँचे। पिछवाड़े की दुकान पर चाय पी गयी।

"तू सिगरेट नहीं पीता?"

"ना! इसकी आदत नहीं डाल सका।"

"तुझे रुपयों की ज़रूरत है, सुकू?"

"बिलकुल नहीं! जितने रुपये लेकर, मैं जेल से बाहर निकला, सब बुआ के पास जमा कर दिया है।"

"बुआ जस की तस रह गयी–"

"ज़्यादातर लोग वैसे के वैसे ही रह गये, दीदी! शान्त काका, तोबूले, नन्द..."

"मैं क्या बहुत ज़्यादा बदल गयी हूँ?"

"ज़रूरत पड़ने पर बदलना ही पड़ता है, दीदी!"

"बाबूजी, माँ, बुआ...इन सबके लिए घर छोड़कर जाना बेहद..."

"अपने छोटे बेटे के लिए, यह तकलीफ़ कबूल किये बिना, माँ भी तो चैन से नहीं रह पा रही है! ख़ुद भी जल रही है।"

"तू ख़ुश है न?"

"बे-हद! बेहद ख़ुश हूँ! चल, अब उठा जाये! इसके बाद, भीड़ बढ़ जायेगी न?"

"हाँ, भीड़ तो बढ़ेगी।"

"बस, तू सकुशल रह, दीदी! मेरे लिए ज़रा भी परेशान न हो।"

"नहीं! परेशान कहाँ हूँ?"

"फ़िज़ूल ही ढेर सारे रुपये ख़र्च कर डाले..."

"बेटियों के स्कूल पर इससे ज़्यादा रुपये ख़र्च हो जाते हैं। दद्दा की बेटियों, मेरी ससुराल के बच्चों को जन्मदिन, पूजा का उपहार देने में ही ढेर-ढेर रुपये निकल जाते हैं।"

"जब, जैसा नियम हो! जो ख़र्च कर सकते है...जिनकी औकात है, वे करते हैं।"

"कुछ खायेगा, सुकू?"

"न्ना! मैं क्या अभी भी वह पहले जैसा सुकू हूँ कि कटलेट खाने के लालच में बीस-बीस बाल्टी पानी भर दूँगा?"

"हाँ, मेरा बगीचा..."

"सुन, दीदी, उन पिछले दिनों को अब और खींचा नहीं जा सकता।"

"हाँ, वे सब दिन अब ख़त्म हो गये।"

टैक्सी में श्रीला लगभग ख़ामोश रही! उसने पहले सुकू को उतारा! टैक्सी से सुकू को उतारते हुए, उसने सुकू की हथेली एक बार कसकर थाम ली, अगले ही पल छोड़ भी दिया।

"शाम हो गयी है, अब पैदल-पैदल घर मत लौटना।"

"तू भी...ठीकठाक रहना, दीदी!"

"हाँ, रहूँगी! रहूँगी! रहूँगी!"

सुकू ने मन ही मन हाथ हिलाकर, उसे विदा दी! वह बेचारी भी टीवी परिवार की बहू बनने की कोशिश कर रही थी, इसमें शायद सफल भी हो रही थी। लेकिन सुकू ने आ कर सारा कुछ गड़बड़ कर दिया। उसका मन भी उलट-पलट गया। सुकू अब क्या करे?

तोबूले की दुकान से उसने खट्टा-मीठा लॉजेंस ख़रीदा। बचपन में ऐसे चार लॉजेंस, उसे 'सात्वना पुरस्कार' के तौर पर मिला करते थे। तोबूले उसी में महाख़ुश! लॉजेंस ही सही, इनाम तो था।

लगभग बेआवाज़ एक गाड़ी आ कर रुकी।

"तोबूले, एक इंडिया किंग तो देना, भइये—" जानी-पहचानी! धातु जैसी आवाज़!

सुकू ने मुड़कर देखा।

दोलन बाबू और सुकू, एक-दूसरे की निगाहें, आपस में जा टकरायीं। दोलन बाबू का चेहरा धीरे-धीरे फक्क पड़ गया। उसकी बगल में बैठे नौजवान की आँखों में भी उत्सुकता झलक उठी।

"अरे, ये कौन है? अबीर है न? मज़े में तो हो?"

"ख़ूब मज़े में!"

"अच्छा है! बहुत अच्छा है!"

अबीर ने लॉजेंस मुँह में डाल लिया।

"तोबूले और दो लॉजेंस दे—"

गाड़ी चली गयी।

तोबूले ने कहा, "घबड़ा गया..."

"उसके साथ वह लड़का कौन था?"

"उसका दामाद! अब वह घर-दामाद बन गया है। बेटे को तो जाने किस रोग ने धर दबोचा, गर्दन लटक गयी—"

"मर गया?"

"हाँ, हाँ, 'बेलव्यू' में भर्ती था! एकदम से आँख उलट दी। छोटा बेटा तो उसकी धन-दौलत झाड़कर, हवा हो गया। बेटी के ही एक पैर में ऐब था। लँगड़ी थी...तुझे याद नहीं?"

"क्या तो नाम था...हाँ, पर्णा!"

"हाँ, उसी की शादी करके, दामाद को अपने घर में रख लिया। वैसे उसकी बीवी बुरी नहीं थी, रे, उस वक्त उसी ने केस करने को मना भी किया था। कैंसर झेलते-झेलते. .."

"मर गयी?"

"कभी ही... मर गयी। अब इस कमबख़्त का ख़ास दबदबा नहीं रहा। शक्ति'दा भी सॉल्ट लेक जा बसा! घर-बँटवारे को लेकर मुकदमा चल रहा है।"

"... ..."

"अब दरोगा का ही राज-पाठ है!" तोबूले ने अगला वाक्य जोड़ा।

"दरोगा?"

"मिलन की बीवी! साक्षात दरोगा है! तेरे लौट आने से वे सबके सब घबड़ा गये हैं।"

"चलो, अच्छा है! इतवार को तू आ रहा है न?"

"बे-शक! जाये बिना भला रह सकते हैं?"

अबीर का मन ख़ुश हो गया।

घर पहुँचते ही बुआ ने सवाल किया, "इतनी देर लगा दी?"

"बताकर तो गया था कि घूम-घामकर लौटूँगा।"

"ख़ूब-ख़ूब घूम आया न, सुकू?"

"खू-ब!"

"चलो, भला है! सब इन्तज़ाम तय हो गया न?"

"चलो, तुम्हें और माँ को दक्षिणेश्वर घुमा लाऊँ।"

बुआ खिलखिलाकर हँस पड़ी, "महा-अचरज की बात है न? सुबू कहिस है कि ऊ गाड़ी लै आवेगा और सब-लोग जावेंगे।"

"दक्षिणेश्वर?"

"हाँ, रे, हाँ! पूजा-टूजा दे कर, शुभ मुहूरत देखकर, ऊ लोग नये घर में जावेंगे।"

"माँ...ख़ुश है न?"

"ख़ुश क्या...निश्चिंत हो गयी! मोहना की छाती फट रही है, मगर अउर कउनो उपाय भी तो नाहीं है।"

❐

रात को बुआ ने कहा, "सुकू...तोंसे एक बात कहना थी..."

"तुम दस बात करो, मैं सुनूँगा, बुआ।"

बुआ ने अपनी कमज़ोर-सूखी उँगलियों से उसका सिर सहलाते हुए कहा, "आसरम..पता नहीं कैसा होगा। तोका जो रुपइय्या मिलेगा, तू एक छोटा-सा घर बनवाकर, मोका अपने घर में नाहीं रख सकता?"

"यह तो तुमने बहुत अच्छी बात कही, बुआ! ज़रूर रख सकता हूँ।"

"बहुरिया कहत है कि बहुत रुपइय्ये लगेंगे! तू घर बनवा ले...हम लोग भी उस घर में रहें, तू भी रहे...बियाह-सादी हो जावेगी, तो तुझे भी देखनेवाली आय जायेगी–"

"हाँ, बुआ, लेकिन दक्षिणेश्वर जाना तो रह गया न?"

"काहे? तू भी चलना! बहुरिया तो तेरे लिए पूजा-मनौती कर ही चुकी है।"

"अच्छा, बताओ तो वह घर कैसा होगा?"

"इत्तना बड़ा तो नहीं होवेगा। एक तल्ला बना लें, तो भला है! बुढ़ापे की उमिर में सीढ़ी चढ़ने की तकलीफ़ ना उठावे पड़ी।"

"कितने कमरे होंगे?"

"काहे? एक हमारा...एक मोहना का..."

"अरे, वाह! अगर मैंने ब्याह कर लिया, तो?"

"हाँ, सच्ची तो! इधर मेनका भी कहत रही, वह बहुरिया को छोड़कर नाहीं जावेगी।"

"तब तो, चार कमरे चाहिए!"

"यही ठीक रहेगा। ईहाँ रहो, तो तुम लोग हमका 'नीमतल्ला' लै जाते...अब, जहाँ भी जइहौं, 'मरघट' तो साथ रहेगा न?"

"धत्त्! ऐसी जगह रहेंगे, जहाँ मरघट न हो! तब तुम मरोगी भी नहीं!"

"धत बुद्धू कहीं का! मर भी गयी, तो अगला जन्म भी तो है न?" बुआ ने एक लम्बी उसाँस भरकर कहा, "अइसा मुहल्ला नहीं मिलेगा, लेकिन अब क्या उपाय?"

"हाँ, बुआ, अब और कोई उपाय नहीं है। मैंने ही सबको निरुपाय बना दिया।"

शान्त काका का घर

सबसे पहले पहुँचने के बावजूद, मैंने देखा, शान्त काका ने पहले से ही कामकाज शुरू कर दिया है।

"अरे, आपने खाना-वाना भी चढ़ा दिया?"

"तू न, बिलकुल 'होपलेस' लड़का है, सुकू! निरा निकम्मा! इतनी देर से आया है तू?"

"अभी तो कुल नौ बजे हैं, शान्त काका, बाज़ार से सौदा-सुलुफ ले आऊँ?"

"नहीं, तुझे सिर्फ़ खाना है। चल, दिखाऊँ–"

शान्त काका के घर के भीतरी बरामदे में एक हट्टा-कट्टा नौजवान, हाफपैंट पहने, प्याज काट रहा था।

हमें देखकर वह सिर उठाकर, ज़रा मुस्करा उठा। अगले ही पल वह दुबारा अपने काम में जुट गया।

शान्त काका ने बताया, "यह दिलीप पासवान है! हमारे स्कूल का नया टीचर!"

"उसे आपने खाना पकाने में लगा दिया?"

"अरे, बच्चे, उसके बाप के रिक्शे पर सवार होकर, तेरी काकी माँ घूमा करती थी। दिलीप बचपन से ही...अब तो, वह मेरा बॉडीगार्ड भी है..."

"मतलब?"

"दिलीप ने ब्याह किया, लेकिन रहने का ठिकाना नहीं था। माँ से झगड़कर वह तो बस्ती छोड़कर जा रहा था। अब, यहाँ इसी घर में रहता है। बीवी आ जायेगी, तो वह भी यहीं रहेगी। इसके अलावा, तू यह घर तो देख ही चुका है। दिन में वह कैंटीन में काम करता है, रात को कॉलेज में पढ़ाई कर डाली! उसके हाथ के पकाये खाने में जिसे कहते हैं..."

"वाकई हुनरमन्द है–"

"बे-हद हुनरमन्द! उसके रहने से...मुझे भी...। ऐसे भी रात के वक्त, इस कमरे के फ़र्श पर दो और लड़के भी सोते हैं। तू कह सकता है, वे दोनों भी मेरे बॉडीगार्ड ही हैं।"

"इश्श्! मैं तो सोच रहा था, इस काम के लिए, मैं ही दरख्वास्त पेश करूँ।"

"सच्ची?"

"सच्ची।"

"हहः! मोहन बाबू बता रहे थे कि तुम्हारे घर-द्वार का बहुत अच्छा इन्तज़ाम हो गया है। सुबू ही सारा कुछ...देखना, वह किसी न किसी मारवाड़ी को घुसा लेगा–"

"उसके मन में जो आये, करे।"

"तेरा भी एक पक्का इन्तज़ाम...हो जायेगा।"

"अच्छा, यह बतायें कि आज के खाने का मेनू क्या है?"

"दिलीप के फॉर्मूले मुताबिक, गोश्त का रेज़ाला...भात-दाल तली हुई मछली...चटनी!"

"अरे, इसमें तो काफ़ी ख़र्च हो जायेगा–"

"सभी लोग मिलजुलकर कर रहे हैं–"

"यानी चन्दा जमा करके...?"

"हाँ! लेकिन तुमसे कुछ नहीं लिया जायेगा।"

"क्यों? चन्दे के लिए रुपया तो मैं जेल से ही कमाकर ले आया हूँ! रिहा होते समय, जेल से ही..."

"ईडियट, तू आज का सम्मानित मेहमान है! आज का हीरो!"

"परसों दोलन ने गाड़ी रोककर मुझसे बात की!"

"टेरर! आतंक से काँपता रहा?"

"सुना कि उसके परिवार में..."

"हाँ, बड़े बेटे को एनफेलाइटिस हो गया था। पहले मुहल्ले के नर्सिंग होम में ही रखा गया। लेकिन डॉक्टर बसु ने जब जवाब देते हुए कहा कि इस बीमारी का इलाज, उसके वश की बात नहीं है, तब उसे बेलव्यू में भर्ती कराया गया। छोटे बेटे का मामला तो अत्यन्त रहस्यमय निकला! वह तो शायद कई लाख रुपये लेकर, फुर्र हो गया। इन लोगों का कहना था कि वह बम्बई में था...फिर विदेश चला गया। लेकिन, दोलन लाल बाज़ार में काफ़ी दौड़-धूप करता रहा...उस दिन भी! असल में वह बुरे लोगों की संगत में पड़ गया था...पिछले सात-आठ सालों से बिलकुल ही लापता है...! उसकी बीवी को ही देखो, कैंसर झेलते-झेलते...बंबई के टाटा अस्पताल में भर्ती थी। वहीं इन्तकाल कर गयी..."

"दामाद साथ था...?"

"दामाद नहीं, घर-दामाद! और सारा कुछ उसी के पेट में जायेगा–"

"तोबूले ने बताया कि यह घर कर मामला है...!"

"शक्ति ने सॉल्ट लेक का घर हड़प लिया। सरकारी कर्ज़ लेकर, बादा में चिंगड़ी मछली की फार्मिंग कर रहा है। अब... जैसा कि होता है...! सम्पत्ति का मामला कोर्ट में झूल रहा है...।"

"उसमें मिलन की बीवी भी शामिल है?"

"हाँ, वह भी शामिल है! उसका रवैया तो सबसे ज़बरदस्त है! ढेरों और-और कारोबार तो चलाती ही है...काउंसिलर भी है! मन्त्री वग़ैरह को अपनी मुट्ठी में रखती है। जो शख़्स उसका सेक्रेटरी है, उसे तो कहना चाहिए, सीधे-सीधे डॉन ही है। उन दोनों के आपसी रिश्ते को लेकर भी सैकड़ों तरह की बातें..."

"पूरा परिवार ही जहन्नुम में चला गया..."

"इससे और बेहतर भला क्या होता? मैं तू तो काफ़ी भली हालत में हैं। मसलन, आज गोश्त खाना नसीब हो रहा है।"

नन्द मुझे बुरा-भला कहते हुए, कमरे में दाख़िल हुआ।

"आज सुकू खायेगा, इसलिए चन्दा दो! रबड़ी मँगाओ...यह सब क्या मज़ाक है, रे, सुकू?"

"मैंने क्या तुझसे लाने को कहा?"

"नहीं, सो तो नहीं, कहा, लेकिन तूने फूलन देवी से तो विवाह नहीं किया। दीपलेखा, एक तरह से फूलन देवी ही है। वही मेरी जान खाती रही, और मैं भी ज़रा सेंटी-मेंटी हो गया। हीरो के लिए जितना कुछ भी किया जाये, कम ही होगा। सो, अगली पार्टी मेरे यहाँ..."

वंशी हाथ में दही की हंडिया लिये-दिये दाख़िल हुआ।

"देख, मेरा घर है! मेरा नाम 'बी' से शुरू होता है, तेरा 'एन' से!" उसने जैसे अपने को ही झटकते हुए कहा, "कोई मतलब होता है? यह अभागा, कत्ल के इल्ज़ाम में जेल काटकर लौटा। उसके लिए गंगूराम की दही लाना पड़ी?"

"पता है, तुम लोगों का चिट्ठी पत्तर, मैंने सहेजकर रख दिया है।"

"रखना ही चाहिए! ख़ुद जो लिखता था, वह तो कहने लायक नहीं है! हज़ारहा वर्तनी की भूलें! ख़ैर, बंगला में तो तू हमेशा से ही..."

नन्द ने कहा, "सच्ची, सुकू में हिम्मत थी! तुम्हारा देखा-सुना मानो याद रखने लायक इन्सान'की तर्ज़ पर उसने 'रवीन्द्रनाथ, जैसा मैंने देखा' निबन्ध लिख डाला था। वैसे उस निबन्ध में सत्यजित राय के 'रवीन्द्रनाथ' नामक तथ्य-चित्र की बातें ही लिखी गयी थीं।"

"तोबूले क्या लानेवाला है?"

"वह सबको 'इंडिया किंग' सिगरेट पिलायेगा। हम लोग शान्त काका के सामने सिगरेट नहीं पीयेंगे, लेकिन जेब में ज़रूर ठूँस लेंगे। हाँ, अब बता सुकू, कैसा है तू?"

"बिलकुल मज़े में!"

"तुझे इतने साल क्यों लग गये?"

"चौदह साल बाद ही तो रिहा होने की बात थी। लेकिन, पुलक'दा...उसमें मैं भी शामिल था, कैदियों पर अत्याचार करने को लेकर, एक वार्डर को..."

"पीट दिया था तूने?"

"नहीं, मैंने नहीं मारा था। लेकिन अनशन, हड़ताल वग़ैरह ज़रूर की थी। यह सब आदर्श आचरण तो नहीं था। इसके अलावा, अगर जेल की तरफ़ से सिफ़ारिश न की जाये, तो...। इसीलिए, मैंने नहीं पीटा था। मारपीट करने से मैं डरता हूँ। अपने दाहिने हाथ से मैं अभी भी खौफ़ खाता हूँ।"

"उन दिनों, मैं तेरे घर बार-बार जाता रहता था। उसके बाद, मैंने देखा, हम सबको देखकर, मौसा, काफ़ी विचलित हो जाते थे..."

अचानक तोबूले कमरे में दाख़िल हुआ।

"कमाल है! सिगरेट कितनी बुरी चीज़ है—यह बात रात-दिन सुन रहा है, देख भी रहा है। मगर फिर भी...पीना ज़रूरी है। ले...पी! सुकू को देख तो..."

"छिः छिः, सुकू!"

"छिः छिः क्यों हो रहा है, भई?"

बस, नन्द, वंशी और तोबूले शुरू हो गये।

"सुकू सिगरेट नहीं पीता, कोई सोच सकता है?"

"अब सुनेंगे, वह चाय भी नहीं पीता—"

"ख़ैर, सिगरेट नहीं पीता, यह तो अच्छी बात है। लेकिन बीड़ी तो पी सकता है?"

मैंने हाथ उठा दिया, "प्रिय मित्रो सिगरेट के नशे की लत पड़ती, इससे पहले ही...वग़ैरह-वग़ैरह...मेरी त्रुटि क्षमा करें।"

नन्द ने आँखें मूँदे-मूँदे ही, हाथ उठाकर कहा, "चलो, क्षमा किया। लेकिन, शान्त कक्का, एक बात तो बतायें! चूँकि हम खाना खायेंगे, इसलिए क्या चाय नहीं पी सकते?"

तभी दिलीप की हाँक सुनायी दी, "चाय तैयार है, ले जायें।"

"जा, तोबूले, जा। बैठा मत रह! दुकानदारी करते-करते तुझे बैठे रहने की आदत पड़ गयी है।"

लेकिन तोबूले को उठकर जाना नहीं पड़ा। दिलीप ख़ुद ही चाय लिये-दिये हाज़िर हो गया। मिट्टी के गिलास में चाय, साथ में गर्मागर्म पकौड़े!

"अब दुबारा चाय नहीं मिलेगी। इसके बाद, अगर चाय की तलब लगे, तो दुकान तक चले जायें—"

मारे ख़ुशी के मेरी आँखें भर आयीं।

नन्द ने पूछा, "सुकू, दीदी कैसी है, रे? अर्से से उन्हें देखा नहीं—"

"ठीक-ठाक ही है।"

"उन दिनों, दीदी ने जब बाहर निकलना शुरू किया, हम सब उन्हें हमेशा गार्ड करते रहे! हर पल पहरा देते रहे।"

"अच्छा किया! दीदी तो डरपोक की दुम है।"

शान्त काका ने कहा, "उन दिनों जिसने भी उलटी-पलटी बात की, उसीने इन लड़कों के हाथों घूँसे खाये।"

नन्द बोल उठा, ‘‘मेरे दद्दा बेहद दुःखी थे। वे कहते रहे–मिलन को तो मेरे हाथों मरना था। कमबख़्त सुकू ने उसे मार डाला?’’

मुझे यह सारा माहौल बेहद सहज लगता रहा! घर लौट कर भी जैसे मैं नहीं लौटा था। हर किसी के मन इतनी-इतनी तरह के टेंशन...कि ऐसा लगता है, जैसे यह आना नहीं है, जाना है! लेकिन, इन लोगों के देखने का नज़रिया ही बिलकुल अलग है।

‘‘पुलक’दा ने कहा था–’’

‘‘कौन? पुलक धर?’’

‘‘तू उन्हें पहचानता है, नन्द?’’

‘‘नाम सुना है। क्या कहा था उन्होंने?’’

‘‘उन्होंने कहा था–जो लोग, तेरे कामकाज को सामाजिक मुद्दे के तौर पर देखें, उनके पास जायेगा, तो तुझे शान्ति मिलेगी। घरवाले इसे बिलकुल दूसरी नज़र से देखेंगे।’’

‘‘हाँ, पुलक धर ऐसा कह सकता है।’’

‘‘वह चला गया, तुझे पता है?’’

‘‘कहाँ गया?’’

‘‘बहुत दूर! पहले वह अपनी मौसी के यहाँ रहता था। वहाँ से भी...’’

‘‘उसका एक ग्रुप है। उस ग्रुप ने किसी समाज-विरोधी, पुलिस के चमचे यानी ख़बरिए का ख़ून कर डाला था–’’

‘‘हाँ, सुना था!’’

‘‘तूने भी वही किया।’’

‘‘मुझे लगता है...सबके लिए ख़तरनाक, किसी हिंस्र, पागल कुत्ते का कत्ल किया था मैंने! ज़रूरत पड़ी, तो मैं दुबारा इस किस्म का ख़ून करूँगा।’’

‘‘ठीक है! लेकिन आजकल, सुकू...समाज के लिए ख़तरनाक लोग, बुलेट-प्रूफ सुरक्षा समेत घूमते हैं। सिस्टम ही उनकी हिफ़ाज़त करता है।’’

‘‘मुझे भी थोड़ा-बहुत अन्दाज़ा है...’’

नन्द ने बेतरह बौखलाकर कहा, ‘‘देख, इन दिनों बुद्धि का प्रतिरोध गढ़ना, बेहद ज़रूरी है।’’

‘‘ऐक्शन नहीं?’’

शान्त काका ने कहा, ‘‘जिससे, जितना हो सके, ऐक्शन की भी तैयारी करे। सुकू की बुआ शान से सिर उठाकर चलती-फिरती हैं–पूजा मंडप, दुकान-बाज़ार। उन्हीं दिनों से कहाँ-कहाँ नहीं जातीं...’’

बंशी ने ख़ुश-ख़ुश लहज़े में कहा, ‘‘दैट इज़ ऐक्शन!’’

‘‘अब मैं अगर बुआ को यह बताऊँ...बुआ कहेगी–धत, छंउड़ा! हमसे मसखरी करता है?’’

‘‘भई, असली काम तुम लोग भूल नहीं रहे हो?’’ शान्त काका ने कहा।

‘‘बिलकुल नहीं।’’

"कौन-सा काम, शान्त काका?"

"चुप, सुकू, एकदम चुप!"

उन लोगों ने मुझे कुर्सी पर बिठा दिया।

उसके बाद वे लोग समवेत आवाज़ में चीख़ उठे, "थी चिअर्स फॉर सुकू! युग-युग जीओ, सुकू! हिप्-हिप्-हुर्रे!"

और मैं?

मैं तो रो ही पड़ा।

तोबूले ने कहा, "जा ब्बाबा! इसमें रोने की क्या बात है?"

"आज का दिन..."

"ऐसे-ऐसे दिन अभी बहुत-से आयेंगे..." नन्द ने कहा!

"तुम लोग यहीं आ जाना! देखो, हमें बस्ती-उच्छेद का प्रतिरोध करना है; एक संगठन यहाँ विधिमुक्त शिक्षा-केन्द्र भी शुरू करना चाहता है और खेल-कूद तो ख़ैर, है ही, इसमें तुम लोगों की भी मदद मिल जाये, तो बेहतर ही होगा।"

"जब ज़रूरत हो, कह दीजियेगा। हम लोग आपके साथ हैं।"

"तुम लोगों ने शायद नहीं सुना, सुकू और उसका परिवार, कुछ ही दिनों में यहाँ से जा रहा है।"

"यह क्या बात हुई, शान्त काका?"

"इसके दद्दा ने फ़्लैट ख़रीद लिया है। वह नये फ़्लैट में चला जायेगा। अब सुकू के बाबूजी के पास इतनी पूँजी नहीं है कि उसके लिए कुछ करें। नौकरी की आशा, दुराशा मात्र है। खुलकर कहूँ, तो सुकू कुछ नहीं करेगा। उससे कोई उम्मीद...। अब अगर वह अपने हिस्से के अलावा बाकी हिस्से भी ख़रीद ले, तो उसके माँ-बाप, बुआ, किसी आश्रम में चले जाँएगे। सुकू जो करेगा, अपनी कोशिश-तदबीर करेगा। कोई दुकान वग़ैरह...या कोई कारोबार..."

नन्द बोल उठा, "अरे, उसे छोटा-मोटा प्रेस ख़रीद दूँगा। ऑर्डर का काम करके, उसका काम आराम से चल जायेगा।"

बंशी ने कहा, "आश्रम क्यों? किराये पर घर दिला दूँगा, सब मिलकर रहना।"

तोबूले ने कहा, "देख, दुकान वग़ैरह के चक्कर में मत पड़ता।"

तीनों ने ही कहा, "हम सब हैं न! हो जायेगा।"

शान्त काका ने कहा, "ख़ैर, वह चाहे जहाँ भी रहे, वह जगह हम लोगों से दूर नहीं होगी! हमारे करीब ही होगी।"

"हाँ, शान्त काका, किसी दिन भी नहीं। लेकिन तुम लोगों की फैमिली...मेरा मतलब है, किसी के भी साथ तो..."

वंशी ने कहा, "अच्छा, सुनो एक-एक दिन, एक-एक के घर पर पार्टी तय! और होगा, ग्रैंड रीयूनियन!"

“अच्छा, बातें बहुत हो गयीं। अब चलो, खाना खाते हैं। वैसे दिलीप का ब्याह भी तो जश्न का ही मौका होगा।”

“बेशक! बेशक!”

तोबूले ने दाल चखते हुए कहा, “ओए दिलीप, मास्टरी छोड़ दे और एक होटल खोल ले।”

दिलीप ने भी हँसते हुए जवाब दिया, “इतवार-इतवार को आप लोग अपने-अपने यहाँ दावत कीजिएगा। मैं जा कर पका दिया करूँगा।”

“हाँ रे, सुकू; चल अब दिखा दे, सच्चा खउका किसे कहते हैं।” बंशी ने बढ़ावा दिया।

“हट्! अब मैं उतना नहीं खाता।”

“लेकिन ऐसे मौज-मज़े का भोज-भात...हमने सोचा भी नहीं था। दिलीप सच ही, कमाल का खाना पकाता है।”

“क्यों रे, सुकू, तू शरमा रहा है?” शान्त काका ने छेड़ा।

“देखो न, शान्त काका, आधा गोश्त तो मैं अकेले ही सपोड़ गया।”

“तुम लोगों की काकी-माँ की मौत के बाद, इस घर में ऐसा जश्न कभी नहीं मनाया गया।”

महाख़ुशी का एक ख़ूबसूरत दिन अचानक ख़त्म हो गया।

सभी लोग रुख़्सत हो गये।

मैंने शान्त काका से सवाल किया, “आप ख़ूब भोर-भोर ही उठ जाते हैं, काका?”

“भोर पाँच बजे! हमेशा से ही!”

“आज बहुत मज़ा आया, शान्त काका!”

“आज सभी लोग बेहद ख़ुश थे।”

वापसी

बुआ, माँ, बाबूजी—यह ख़त तुम सबके लिए है। दद्दा और दीदी के लिए भी! मैं यह ख़त बेहद ठण्डे दिमाग़ से लिख रहा हूँ! ना, इस वक्त मेरा दिमाग़ ज़रा भी गर्म नहीं है। तुम सबने देखा है, मैं दिमाग़ गर्म नहीं करता। हर स्थिति में शान्त ही रहता हूँ। सिर्फ़ एक ही दिन अचानक मेरे दिमाग़ में आग धधक उठी थी। काफ़ी, काफ़ी कोशिशों के बाद, अपने को नियन्त्रण में ला सका हूँ; अपने पर काबू पा सका हूँ। अपने जेल जीवन में यही मेरा सबसे बड़ा हासिल है।

सुनो, जिस दिन घर के बँटवारे की बात हुई, उस दिन मैं और दीदी, काफ़ी देर तक साथ-साथ टहलते रहे। मेरे लिए वह बेहद सुखद दिन था। दीदी को अब तुम लोग जल्दी-जल्दी बुलाया करना। अब वह आती भी रहेगी और तुम लोगों के पास रह भी सकेगी। अब मैं ही जा रहा हूँ!

दद्दा कब चले जायेंगे, मैं नहीं जानता। लेकिन, दद्दा से कहना, उसके बाद भी वे आना-जाना जारी रखें। तुम लोगों की ज़िम्मेदारी, उन्हीं पर छोड़े जा रहा हूँ। देखो, भाभी भी आया करेंगी। बेटियाँ भी आयेंगी। अगर मैं न रहा, तो तुम लोगों की ज़िन्दगी बेहद सहज हो जायेगी। मैं लौट आऊँगा...मैं वापस लौटूँगा—तुम लोग यह उम्मीद वर्षों से लगाये रहे। इस ख़याल ने तुम लोगों के दिल में सैकड़ों गुत्थियों को जन्म दे डाला।

सिर्फ़ बुआ ही इस उलझन से परे है। अगर मेरे वश में होता तो मैं बुआ को भी अपने साथ ले जाता।

कल शान्त काका के घर गया था। वहाँ नन्द, बंशी, तोबूले भी आये थे। समूचा दिन बड़े आनन्द में गुज़र गया। तुम लोग यह ख़त शान्त काका को भी दिखा सकते हो। मुझे जैसे अनेक लड़कों के वे नितान्त अपने हैं।

तुम सब लोगों के मन में यह सवाल ज़रूर उठ रहा होगा कि जब सारी बातें तय हो चुकीं, तो मैं चला क्यों गया। पता नहीं, मैं लिखकर, तुम लोगों को समझा सकूँगा या नहीं। लगता है, मैं समझा सकूँगा।

एक बात पहले ही बता दूँ—एक बात मैंने दीदी को और शान्त काका को बतायी है कि न चाहते हुए भी, मिलन'दा को मैंने मार डाला। इसके लिए मैंने सज़ा भी झेली। लेकिन इसके लिए मुझे कोई पछतावा नहीं है। अगर वह शख़्स ज़िन्दा होता, तो बहुत-सी लड़कियों का सर्वनाश करता। चारों तरफ़ आतंक फैलाता! दीदी को वह कितने ही वर्षों से देखता आया था। वह उसी के साथ बलात्कार करने आ धमका।

एक बार, एक कुत्ता पगला गया था। मैंने सड़क पर ही उसे पीट-पीटकर उसकी कमर तोड़ दी, बाद में उसे मार डाला था, तुम लोगों को याद है? जो कुत्ता पागल और हिंस्र हो उठता है, वह हर किसी के लिए ख़तरनाक बन जाता है। मैंने भी ऐसे ही एक कुत्ते को मौत के घाट उतार दिया था। मुझे इसका कोई अफ़सोस नहीं है।

अगर मैं उसे नहीं मारता, तो क्या हो जाता? उसकी वजह से दीदी की ज़िन्दगी बर्बाद हो जाती। मैं उसे मार डालूँ, ऐसा मेरा कोई इरादा नहीं था। कुछेक सेकण्ड के लिए मैं अपने आपे में नहीं था। फिर भी मैं यही कहूँगा कि मैंने बिलकुल ठीक किया। दीदी की जगह अगर कोई और लड़की होती, तो भी मैं यही कर गुज़रता।

यह बात मैंने पहले ही बता दी। अब अगली बात कहूँ—मैं घर लौट आऊँगा! तुम लोगों के पास वापस लौटूँगा—यह बात मैंने मन ही मन कितने लाख बार दुहरायी है, तुम लोगों को बता नहीं सकता।

और लौट आने के बाद? मैंने देखा, तुम लोग अपने-अपने मन में शान्ति-मन्त्र लिये बैठे हो। दद्दा-भाभी काँटा बने हुए हैं। दीदी के लिए यह घर निषिद्ध है। इन सबके मूल में, मैं हूँ! घर का लड़का घर लौट आया। लेकिन उसे साथ लेकर चला कैसे जाये? माँ मेरी फ़िक्र में इस कदर पागल हो उठी कि इस कदर बीमार पड़ गयी।

एक ही घर में, साथ-साथ रहते हुए, दद्दा इतना पराया क्यों बन गया? वजह तो मैं ही हूँ न! सुकू लौट आयेगा, लेकिन वह कातिल है! ख़ूनी है! भाभी ने ब्याह से पहले ज़रूर यह तय कर लिया था कि वह ऐसे शख़्स से कोई रिश्ता नहीं रखेगी। दद्दा ने पूरे मन से, उनके इस फ़ैसले में सहमति दी थी। मुझे इसमें कोई दोष नज़र नहीं आता। मेरी ही वजह से उन दिनों दीदी के विवाह में क्या मुश्किल नहीं हुई थी? विजित अगर दीदी से शादी न करते, तो दीदी का क्या होता? उसे भी तो सैकड़ों बार यह ताना सुनना पड़ा है कि—'तेरी ही वजह से सुकू को यह गुनाह करना पड़ा।'

इसके अलावा, तुम सबको कहीं यह डर भी सताता रहता है कि मैं जो लौट आया हूँ, इस वजह से दोलन बाबू जैसे लोग या काउंसिलर महिला, फिर कोई मुसीबत न खड़ी कर दें। इसीलिए बाबूजी ने घर बेच-बाचकर कहीं और चले जाने का फ़ैसला कर डाला।

मैं समझ गया, मैं लौट तो आया हूँ, मगर बुआ के अलावा और किसी के भी अन्तस में दाख़िल नहीं हो पाया। इसे लौट आना नहीं कहते। यह घर न रहा, तो दद्दा कहीं से भी आहत नहीं होंगे, लेकिन बाबूजी का दिल टूट जाता। रुपये-पैसे दे कर, हम आश्रम में रहें—यह तो निरुपाय-सी बात है। घर में रहते हुए, माँ-बाबूजी, बुआ

क साथ-साथ दादा और मैं भी बेहद ख़ुश होंगे। यह घर हम सब के बेहद प्यार का घर है। मैं चाहे जितनी भी दूर रहूँ, तुम सब यहाँ रहते हो, यह जानकर, मैं बेहद राहत महसूस करूँगा।

मैं जानता हूँ, तुम सबने अपने बारे में नहीं सोचा, सिर्फ़ मेरे ही बारे में सोचा। लेकिन इस उम्र में तुम सब, सिर्फ़ मेरे लिए, मेरी चिन्ता-फ़िक्र में, अपनी यह जानी-पहचानी जगह त्यागकर, कहीं और चले जाओ, ऐसी भयंकर क्रूरता, मैं नहीं कर सकता! दीदी ने जो अपना हिस्सा लेने से इनकार कर दिया, वह भी तो मुझसे क्षमा-प्रार्थना ही है। मैं यह नहीं चाहता।

मैं बेहद खुले दिल से कहता हूँ—बाबूजी सत्तर के हुए, माँ पैंसठ की और बुआ चौहत्तर की! इस उम्र में तुम लोग कहीं और जा कर, किसी और की सेवा लो, यह तुम लोगों के वश की बात नहीं है।

यह बात दद्दा को ही समझना है कि वे अपने फ़्लैट में चले भी जायें, फिर भी उनके हिस्से में माँ-बाबूजी-बुआ आराम से रहें। बाकी हिस्सा, देख-सुनकर किराये पर उठा दिया जाये, बाबूजी इसकी देख-रेख के लिए, कोई आदमी रख लें, तो वे सुख-चैन से रहेंगे।

घर का तीन हिस्सा मुझे मिलनेवाला था। अब मैं सोचूँगा, चलो, एक हिस्सा तो मेरा है। अगर अगले दस साल तक मैं न लौटूँ, तो इस एक हिस्से के बारे में, बाबूजी जैसा सोचें, कर डालें।

एक बात और! घर चाहे किराये पर उठाओ या जो भी करो, बाबूजी शान्त काका, विजित'दा से ज़रूर बात कर लें और द्दा भी इस बात का ध्यान रखें कि बाबू जी को आज के बाज़ार-दर पर ही किराया मिले। आजकल तो सलामी भी चलती है।

मुझे यह बिलकुल नहीं लगा कि मैं लौट आया हूँ। लेकिन अब तुम लोगों को दुश्चिंता से मुक्ति दे कर जा रहा हूँ। इस तरह तुम लोगों को अपने बेहद करीब महसूस कर रहा हूँ। इसमें मुझे अपने लौट आने का एहसास हो रहा है।

अब 'सुकू' का ज़िक्र करते हुए, दद्दा या दीदी को कोई हिसाब-किताब नहीं करना होगा। माँ को भी यह नहीं लगेगा कि सुबू, सुकू की देख-रेख नहीं करता। बाबूजी की भी आँखों में हताशा नहीं झलकेगी।

कोई एक सुकू, क्यों तो किसी एक मिलन का ख़ून कर देता है, इसे सामाजिक परिप्रेक्ष्य में देखा जाना चाहिए।

शान्त काका जैसे लोग ही ऐसा कर सकते हैं।

बाबूजी, माँ, भाई, बहन ऐसा नहीं कर पाते। भला कैसे कर पायेंगे? बुआ कैसे कर पाती हैं? बेहद सीधी-सादी समझ की इन्सान हैं। उनका ख़याल है कि जो बन्दा औरतों का असम्मान करता है, वह चाहे ड्राइवर हो या मिलन जैसा इन्सान—वे लोग पापी हैं! गुनहगार हैं। इस जुर्म पर, अगर उन्हें कत्ल कर दिया जाये, तो कोई दोष-पाप नहीं लगता। यह विश्वास, उन्हें पहले भी था, अब भी है।

तुम लोगों के लिए तो मैं नितान्त अपना सुकू हूँ। कोख जाया बेटा! सगा भाई—उसे पास रखा जाये तो सारा कुछ विपर्यस्त हो जायेगा, ख़ैर उसे फेंका भी तो नहीं जा सकता।

तुम लोगों ने मेरे रहने की सारी व्यवस्था कर डाली, लेकिन मैं जा रहा हूँ। वैसे यह भी सोचने की बात है कि मैं लाखों रुपयों का कारोबार करूँगा। मैं क्या कारोबार करूँगा? कारोबार के बारे में मैं जानता कितना-सा हूँ? मैं किस चीज़ की दुकान खोलता? कहाँ खोलता? मैं ठहरा लाइफ़र! जिसने कभी, कोई राजनीति नहीं की। साधारण-सा ख़ूनी हूँ! अन्त में उसे, कोई न कोई प्रभावशाली पार्टी या इन्सान, उसे समाज-विरोधी काम-काज में उतारने को आतुर हैं। अगर वह उन कामों में न उतरे, तो उसकी शामत आ जानी है।

बहुत-सी जगहों के थाना-अफ़सर ही जहाँ दुर्नीतिग्रस्त हैं, वे भी यही चाहते हैं।

मैं घर से बाहर नहीं निकला, इसलिए किसी मुसीबत में भी नहीं पड़ा, यह सच है। (बार-बार यही लगता है कि बुआ की वजह से ही मैं ठीक-ठाक हूँ) , लेकिन भविष्य? भविष्य में क्या होगा, यह नहीं पता।

पुलक'दा हमेशा आगाह करते रहते थे, "सुन, सुकू, अपनी व्यावहारिक बुद्धि कभी मत गँवाना। एक पाँव अतीत में और दूसरा पाँव भविष्य में रखकर नहीं चला जाता। अहम है वर्तमान!"

पुलक'दा ने मुझे काफ़ी कुछ सिखाया था।

सुनो, मेरे लिए परेशान न होना। जेल से जब रिहा हुआ था, तब अपने साथ दो हज़ार, दो सौ चालीस रुपये लाया था। वे रुपये बुआ के पास जमा थे। यकीन मानो, उसमें से एक-एक पैसा, मैं रुपया समझकर ख़र्च करूँगा। आज के ज़माने में, इससे भी बहुत कम पूँजी के बल-भरोसे, इन्सान दो जून की रोटी जुटा ही लेता है।

अगर मैं कहीं, ठीक-ठिकाने टिक गया, तो मैं ख़त लिखूँगा। ऐसा मैं अपने स्वार्थवश ही कर रहा हूँ। तुम लोगों ने मेरे लिए जो इन्तज़ाम किया था, मैं उसमें रह नहीं पाता। शान्त काका को भी समझा देना। कभी न कभी उन्हें भी ख़त लिखूँगा।

आज जाते हुए ऐसा लग रहा है, मानो मैं लौट आया हूँ। मैंने यह सब क्यों लिखा, ज़रा सोच देखना। तुम सबको मैं बेहद-बेहद प्यार करता हूँ। लेकिन प्यार करने के बावजूद, कभी-कभी चले जाने की लाचारी होती है, इसलिए जा रहा हूँ। तुम सबका—सुकू!

❐ ❐ ❐